죽여 마땅한 사람들

죽여 마땅한
사람들
THE
KIND WORTH
KILLING

피터 스완슨 지음
노진선 옮김

푸른숲

나의 어머니,
엘리자베스 엘리스 스완슨에게 바친다

차

례

1 부

공항 라운지 바의 법칙

1장

테드

"안녕하세요." 여자가 말했다.

히스로 공항 비즈니스 클래스 라운지 바에 앉아 있던 나는 옆의 빈 의자 등받이에 놓인 손을 바라보았다. 주근깨투성이의 창백한 손. 그리고 시선을 들어 낯선 얼굴을 바라보았다.

"절 아십니까?" 내가 물었다. 딱히 눈에 익은 얼굴은 아니었지만 미국식 억양, 빳빳하게 다린 흰 셔츠, 딱 달라붙는 스키니 진, 무릎까지 올라오는 부츠로 보아 아내의 정 떨어지는 친구들 중 한 명인 듯도 했다.

"유감스럽지만 아니에요. 그냥 당신이 마시는 술이 궁금해서요. 앉아도 될까요?" 여자는 가죽을 씌운 회전식 스툴에 길고

11

가냘픈 몸을 구겨 넣더니 바에 가방을 올려놓았다. "그거 진인 가요?" 여자가 내 앞에 있는 마티니를 보며 물었다.

"헨드릭스죠." 내가 대답했다.

그녀는 바텐더에게 손짓해 올리브 두 개를 넣은 헨드릭스 마티니를 주문했다. 머리를 뾰족뾰족 세우고 턱에 피지가 번들 거리는 십대 소년 바텐더가 마티니를 내오자, 그녀는 나를 향 해 술잔을 들어 보였다. 나 역시 한 모금 정도 남은 잔을 들어 올리며 말했다. "해외여행 예방접종을 위해."

"건배."

나는 잔을 비웠고 한 잔 더 주문했다. 그녀가 자기소개를 했지만 이름은 바로 잊어버렸다. 나도 내 이름을 말해주었다. 테드 스버슨이 아닌 테드라고만. 적어도 그 자리에서는 그랬다. 우리는 사방이 가죽으로 도배되고 조명이 너무 많은 히스로 공 항 라운지에 앉아 각자 술을 마시며 몇 마디 이야기를 나눴고, 둘 다 보스턴 로건 공항으로 가는 비행기를 기다리는 중이라는 걸 알게 되었다. 여자가 가방에서 얇은 책을 꺼내 읽기 시작한 덕분에 그녀를 찬찬히 바라볼 기회가 생겼다. 미인이었다. 긴 빨간 머리, 열대지방의 바닷물처럼 투명하고 초록빛이 도는 푸 른 눈동자, 피부는 창백하다 못해 탈지유처럼 푸르스름할 지경 이었다. 그런 여자가 바 옆자리에 앉아 내가 마시는 술을 궁금 해한다면 이제부터 인생이 바뀔 거라고 생각할 것이다. 하지만 공항 라운지 바에서라면 얘기가 다르다. 여기서는 조금 전까지 함께 술을 마셨다 해도 금세 반대 방향으로 갈라서기 때문이다. 게다가 설사 이 여자가 보스턴에 간다 해도, 나는 출장을 떠나기 전 아내와 있었던 일로 아직 화가 잔뜩 난 상태였다. 영국에 머무는 일주일 내내 머릿속에는 오로지 그 생각뿐이어서 제대로 먹을 수도, 잘 수도 없었다.

확성기에서 안내 방송이 흘러나왔는데 두 단어만 알아들을 수 있었다. '보스턴'과 '지연'. 나는 선반 안쪽에 달린 조명등 불빛을 등진 채 일렬로 늘어선 술병들 위의 전광판을 힐끗 봤다. 우리 비행기의 이륙 시간이 한 시간 늦춰졌다.

"한 잔 더 마셔야겠군요. 내가 사죠." 내가 말했다.

"좋아요." 그녀는 책을 덮고 표지가 위로 가게 해서 가방 옆에 내려놓았다. 퍼트리샤 하이스미스, 《1월의 두 얼굴》.

"책 재미있어요?"

"작가의 최고작은 아니네요."

"비행기가 지연되었을 때 재미없는 책만큼 끔찍한 것도 없죠."

"당신은 뭘 읽나요?"

"신문요. 책은 별로 안 좋아해서."

"비행기 안에서는요?"

"술을 마시죠. 살인 계획을 짜거나."

"재밌네요." 그녀가 처음으로 미소를 지었다. 인중에 주름이 잡히고, 가지런한 이와 핑크색 잇몸이 살짝 보일 정도의 함박웃음. 나이가 궁금했다. 처음 봤을 때는 나와 비슷한 삼십대 중반일 거라고 생각했는데 이 미소와 콧잔등에 흩어진 엷은 주근깨 때문에 더 어려 보였다. 스물여덟쯤? 아내의 나이다.

"물론 업무를 처리하기도 하고요." 내가 덧붙였다.

"무슨 일을 하시는데요?"

나는 간단히 설명했다. 신생 인터넷 기업에 자금을 대고 조언하는 일을 한다고. 그 기업이 전도유망하다고 생각되는 순간 곧바로 팔아버린 덕분에 내 재산의 대부분을 벌어들였다는 말은 하지 않았다. 또한 굳이 일하지 않고도 여생을 보낼 수 있으며, 1990년대 후반 IT 버블 붕괴가 일어나기 직전에 발을 뺀 (그리고 내 주식을 모두 팔아치운) 소수의 인터넷 사업가들 중 하나라는 말도. 그런 사실을 감춘 이유는 딱히 없다. 그저 말하고 싶지 않았을 뿐이다. 새로운 길동무가 내게 실망할까, 혹은 나와 이야기하고 싶어 하지 않을까 우려해서가 아니다. 나는 내가 번 돈에 일말의 죄책감도 없다.

"당신은요? 무슨 일을 하죠?" 내가 물었다.

"윈슬로 대학에서 일해요. 문서 보관 담당자죠."

윈슬로 대학은 보스턴에서 32킬로미터 떨어진, 녹음이 우거진 교외에 있는 여자 대학교다. 나는 문서 보관 담당자가 하는 일을 물었고, 그녀 역시 나름대로 간단히 답했다. 대학의 문서를 수집해 보관하는 일을 한다고.

"그럼 윈슬로에 사십니까?" 내가 물었다.

"네."

"결혼은?"

"안 했어요. 당신은요?"

그사이에 여자의 눈동자가 미묘하게 휙 움직여 내 왼손에 반지가 있는지 살폈다. "했습니다, 불행히도." 난 그렇게 대답하고는 왼손을 들어 올려 반지를 끼지 않은 약지를 보여주었다. "하지만 공항 라운지 바에서 당신 같은 여자가 옆에 앉을 경우를 대비해 결혼반지를 빼놓은 건 아닙니다. 원래 반지는 끼지 않아요. 답답한 느낌이 싫어서요."

"왜 불행히도, 라고 했죠?" 그녀가 물었다.

"말하자면 깁니다."

"비행기가 지연됐잖아요."

"정말로 내 추악한 인생 얘기가 듣고 싶어요?"

"마다할 이유가 없죠."

"그 얘기를 하려면 한 잔 더 마셔야 합니다." 나는 빈 잔을 들어 올렸다. "당신도 마실래요?"

"아뇨, 고맙지만 됐어요. 난 두 잔이 한계거든요." 여자는 이로 올리브를 이쑤시개에서 빼내 톡 깨물었다. 핑크빛 혀끝이 살짝 보였다.

"내가 늘 하는 말이 있죠. 마티니는 두 잔은 너무 많고 세 잔은 늘 부족하다."

"재밌네요. 제임스 서버도 그런 말을 하지 않았나요?"

15

"처음 듣는 이름인데요?" 난 그렇게 말하며 히죽 웃었다. 원래 유명한 구절을 내가 한 말인 척하려니 약간 멋쩍기는 했지만. 바텐더가 불쑥 내 앞으로 왔고 나는 한 잔 더 주문했다. 진을 마시면 늘 그렇듯이 입가가 기분 좋게 무감각해졌고, 이대로 가다가는 술김에 너무 많이 떠들어댈 위험이 있었다. 하지만 공항의 법칙이 있지 않은가. 설사 길동무가 우리 집에서 겨우 32킬로미터 떨어진 곳에 산다 해도, 난 벌써 그녀의 이름을 잊어버렸고 평생 다시 볼 일도 없을 것이다. 게다가 낯선 사람과 술을 마시며 얘기하자니 꽤나 즐거웠다. 생각을 입 밖에 내기만 했는데도 분노가 조금은 해소되었다.

그래서 난 이야기를 들려주었다. 아내와 결혼한 지 3년이 되었고, 현재 보스턴에 살고 있다고. 지난해 9월 어느 날, 우리 부부는 메인 주 남쪽 해안가에 있는 케네윅인이라는 호텔에 일주일을 머물렀다. 그러다가 그 동네와 사랑에 빠져버렸고, 해안가의 부지를 사들였다. 아내 미란다는 예술과 사회적 행위라나 뭐라나 하는 분야의 석사학위가 있었기에 자신이 건축설계사무소와 공동으로 집을 설계할 자격이 있다고 생각했다. 그리하여 최근 브래드 다겟이라는 시공업자와 함께 작업하며 대부분의 시간을 케네윅에서 보내고 있었다.

"그래서 부인과 브래드가……?" 두 번째 올리브를 입속으로 미끄러뜨리며 여자가 물었다.

"네."

16

"확실해요?"

난 더 자세히 설명했다. 미란다는 결혼 생활에 점점 싫증을 내던 참이었다. 결혼 첫 해에는 보스턴 사우스엔드에 있는 우리의 신혼집을 꾸미는 데 열심이었다. 그후에는 소와 지구에 있는 친구의 갤러리에서 파트타임으로 일했지만 그때쯤 나는 우리의 결혼 생활이 이미 권태기에 들어섰다는 걸 알 수 있었다. 저녁 식사 도중에 대화가 끊기기 시작했고, 잠자리에 드는 시간도 달라졌다. 더 중요한 점은 관계를 유지하는 동안 서로를 정의해주었던 정체성을 잃어버렸다는 것이다. 관계 초반에 나는 아내를 고급 와인과 자선 파티의 세계로 인도하는 부유한 사업가였고, 아내는 태국 해변가로 여행을 떠나 싸구려 술집에서 사람들과 어울리기를 좋아하는 보헤미안 아티스트였다. 진부한 조합이지만 우리에게는 효과 만점이었다. 우린 모든 면에서 찰떡궁합이었고, 비교적 잘생긴 편인 내가 그녀와 함께 있을 때면 사람들의 눈길을 전혀 끌지 못한다는 상황조차 즐거웠다. 아내는 다리가 길고, 가슴은 풍만하고, 얼굴은 하트 모양에, 입술은 도톰했다. 밤색 머리카락은 늘 검은색으로 염색해, 막 자다 일어난 사람처럼 일부러 헝클어뜨리고 다녔다. 잡티 하나 없는 피부라 화장할 필요가 전혀 없었지만 검은 아이라인을 그리지 않고서는 집을 나서지 않았다. 나는 바나 레스토랑에 갈 때마다 아내에게서 눈을 떼지 못하는 남자들을 여럿 보았다. 내 마음이 투사된 탓인지 몰라도 남자들의 눈길은 굶주린 듯 원시

17

적이었다. 그런 놈들을 보고 있자면 일상적으로 무기를 들고 다니던 시절에 태어나지 않아 다행이다 싶었다.

케네웍으로 떠난 여행은 다분히 충동적이었는데, 둘이서 시간을 보낸 지 1년도 넘었다는 미란다의 불평 때문이었다. 그때가 9월 셋째 주였다. 처음 며칠은 구름 한 점 없이 맑고 따뜻했다. 하지만 수요일이 되자 캐나다에서 휩쓸고 내려온 폭풍우 때문에 스위트룸에 갇혀 지냈다. 할 수 있는 일이라고는 호텔의 지하 펍에서 알라가시 화이트 맥주를 마시고 바닷가재를 먹는 것뿐이었다. 폭풍우가 지나간 후에는 기온이 서늘하고 건조해졌다. 햇빛은 더 회색빛을 띠었고 황혼은 더 길어졌다. 우리는 스웨터를 사서 입고 1.5킬로미터가량의 절벽 산책로를 걸었다. 산책로는 호텔 북쪽에서 시작해 굽이치는 대서양과 절벽 가장자리 사이를 구불구불 돌아갔다. 얼마 전까지만 해도 자외선 차단제 냄새가 진동했던 습한 공기는 짭조름하고 상쾌한 공기로 변해 있었다. 우리 부부는 케네웍과 사랑에 빠졌다. 사랑에 빠지다 못해 산책로 맨 끝, 로즈힙으로 뒤덮인 부지에서 터무니없이 높은 가격이 적힌 '판매 중' 간판을 발견하자마자 나는 구입하기로 결정했다.

그로부터 1년 뒤 로즈힙 덤불은 모두 제거되었고, 기초공사를 거쳐 방 여덟 개짜리 저택의 외관이 거의 완성되었다. 우리는 브래드 다겟을 책임 시공업자로 고용했다. 다부진 체격에 이혼남인 그는 숱 많은 검은 머리에 염소수염을 길렀고, 코는 흰 듯했다. 내가 보스턴에서 MIT를 막 졸업하고 블로그 중심의 검색 엔진을 위한 새로운 알고리즘을 만들어낸 청년들에게 창업 조언을 해주는 동안, 미란다는 케네윅에서 점점 더 많은 시간을 보냈다. 그러다 아예 호텔에서 지내며 공사의 진행 상황을 점검하고 타일 하나, 붙박이 가구 하나에도 일일이 참견했다.

9월 초가 되었을 때 나는 몰래 아내를 찾아가 깜짝 놀래 주기로 했다. 보스턴의 95번 주간고속도로에 접어들었을 때 그녀의 휴대전화에 메시지를 남겼다. 정오 직전, 케네윅에 도착해 호텔로 가서 아내를 찾았다. 직원들은 그녀가 아침에 나가서 돌아오지 않았다고 했다. 나는 공사 중인 집으로 차를 몰았고, 자갈이 깔린 진입로에 주차된 브래드의 포드 F-150 뒤에서 차를 세웠다. 미란다의 민트색 미니 쿠퍼도 거기 주차되어 있었다. 3~4주 만의 방문이었는데 공사가 눈에 띄게 진척된 걸 보니 흐뭇했다. 창문은 모두 제자리에 뚫려 있었고, 저택 아래쪽 정원에 깔리고 내가 직접 주문한 청석 타일도 도착해 있었다. 나는 집 뒤쪽도 둘러봤다. 2층 침실마다 발코니가 달려 있고, 방충망이 설치된 1층의 베란다는 거대한 석조 파티오로 이어졌다. 파티오 앞에는 풀장을 만들려고 파놓은 네모난 구덩이가 있었다. 파티오의 돌계단을 오르던 나는 바다 쪽으로 난 부엌 창문 너머로 브래드와 미란다를 발견했다. 내가 왔다는 걸 알리려고 창문을 두드리려던 찰나, 나도 모르게 멈칫했다. 두 사람은 새로 설치한 석영 조리대에 몸을 기댄 채 창문 너머로 케네윅코브 쪽 전망을 보고 있었다. 담배를 피우던 브래드가 다른 쪽 손에 들고 있던 커피잔에 재를 톡 터는 모습이 보였다.

하지만 내가 멈칫한 이유는 미란다 때문이었다. 그녀의 자세, 조리대에 기댄 채 브래드의 넓은 어깨 쪽으로 몸을 돌린 자세에 무언가가 있었다. 너무나 편안해 보였다. 브래드가 불붙은 담배를 그녀의 손가락 사이에 끼워주자, 그녀는 아무렇지도 않게 손을 들어 올려 길게 한 모금 빨았다. 그러고는 다시 브래드에게 담배를 돌려주었다. 담배가 오가는 동안, 둘 중 누구도 서로를 바라보지 않았다. 그 순간 난 두 사람이 함께 잤을 뿐 아니라 서로 깊이 사랑한다는 걸 깨달았다.

제일 먼저 치밀어 오른 감정은 분노나 당황스러움이 아닌 공포였다. 파티오에서 두 사람의 친밀한 순간을 훔쳐보는 걸 들킬지도 모른다는 공포. 나는 정문으로 뒷걸음질 쳤고, 베란다를 가로질러 유리문을 활짝 열고는 "아무도 없어?"라고 외쳤다. 집 안에 내 목소리가 메아리쳤다.

"여기야." 미란다가 외쳤고 나는 부엌으로 걸어갔다.

그들은 아까보다 조금 더 떨어져 있었지만 그렇다고 많이는 아니었다. 브래드는 커피잔에 담배를 비벼 끄고 있었다.

"연락도 없이 웬일이야, 테디." 미란다가 말했다. 장난으로 시작된 이 애칭을 사용하는 사람은 아내뿐이다. 나에게 전혀 어울리지 않기 때문이다.

"안녕하세요, 테드. 집을 보신 소감이 어떠세요?" 브래드
가 말했다.

미란다는 조리대를 돌아 나와 내 입꼬리에 키스했다. 그녀
에게서 고급 샴푸와 말보로 냄새가 났다.

"좋네요. 내가 주문한 타일도 도착했고요."

미란다가 웃었다. "이이에게 고르라고 한 물건은 그거뿐이
거든요. 그래서 거기에만 관심이 있어요."

브래드도 조리대를 돌아 나와 내게 악수를 청했다. 큼직하
고 손가락 관절이 불거진 손은 메마르고 따뜻했다. "집 안을 구
경시켜드릴까요?"

두 사람이 집 안 곳곳으로 날 끌고 다니는 동안, 브래드는
어떤 건축자재를 썼는지 설명했고 미란다는 어떤 가구를 어디
에 놓을지 말했다. 나는 차츰 내가 본 장면을 다시 생각하게 되
었다. 두 사람 다 내 앞에서 특별히 긴장하는 것 같지 않았다.
어쩌면 둘은 그냥 가까운 친구가 되었는지도 모른다. 나란히 서
서 담배를 나눠 피울 정도의 친구. 미란다는 스킨십을 좋아해
서 여자 친구에게도 팔짱을 끼는가 하면, 아는 남자를 만나거
나 헤어질 때도 입술에 키스했다. 내가 너무 예민하게 받아들
였는지도 모른다.

집 안을 구경한 뒤, 미란다와 나는 차를 몰고 케네윅인 호
텔로 가서 지하 펍인 리버리에서 점심을 먹었다. 겉이 새카매
질 정도로 바싹 구운 해덕대구 샌드위치를 각자 하나씩 먹었

고, 나는 스카치 앤드 소다를 두 잔 마셨다.

"브래드 때문에 다시 담배를 피우게 된 거야?" 내게 담배 피우는 걸 들켰을 때 어떤 반응을 보일지 궁금해서 내가 물었다.

"뭐라고?" 그녀가 미간을 찡그리며 물었다.

"당신에게서 살짝 담배 냄새가 났거든. 아까 집에서."

"한두 모금 몰래 피웠을 거야. 그렇다고 담배를 다시 피우는 건 아니야, 테디."

"상관없어. 그냥 궁금해서 물어본 거야."

"집 공사가 거의 다 끝났다는 게 믿겨져?" 내가 짜놓은 케첩에 프렌치프라이 하나를 푹 담그며 그녀가 말했다.

우리는 한동안 집 이야기를 했고, 나는 아까 본 장면이 한층 더 의심스러웠다. 미란다의 행동에서는 어떤 죄책감도 보이지 않았다.

"주말 보내고 갈 거야?" 그녀가 물었다.

"아니, 그냥 얼굴만 보고 가려고 들렀어. 오늘 밤 마크 라프랑스와 저녁을 먹기로 했거든."

"취소하고 여기 있어. 내일 날씨가 끝내주게 좋을 거야."

"오늘 미팅 때문에 마크는 비행기까지 타고 왔어. 게다가 준비해야 할 서류도 있고."

원래는 미란다와 함께 호텔에서 늘어지게 낮잠을 자고 오후 늦게야 떠날 생각이었다. 하지만 내 돈으로 짓는 호화로운 부엌에서 브래드와 미란다가 다정하게 있는 꼴을 보고 나니 생각이 바뀌었다. 내게는 새로운 계획이 있었다. 점심 식사를 마친 후, 다시 공사 중인 저택으로 그녀를 데려다주었다. 그런 다음 곧장 95번 고속도로로 빠지지 않고 1번 도로를 달려 키터리에서 남쪽으로 400미터가량 떨어진, 아웃렛 매장들이 죽 늘어선 곳으로 갔다. 그중 키터리 트레이딩 포스트라는 아웃도어용품 매장 앞에 차를 세웠다. 지금까지 그 앞을 숱하게 지나다녔지만 들어간 적은 한 번도 없었다. 15분 동안 카무플라주 무늬의 방수 바지, 후드가 달린 회색 레인코트, 알이 큰 보잉 선글라스, 최신식 쌍안경을 구입하며 500달러 가까이 썼다. 그러고는 크레이트 앤드 베럴 맞은편의 공중화장실에서 옷을 갈아입었다. 레인코트의 후드를 쓰고 보잉 선글라스까지 쓰니 아무도 날 알아보지 못할 것 같았다. 적어도 멀리서 볼 때는. 다시 북쪽으로 차를 몰아 케네윅코브 근처의 공영 주차장으로 들어가 두 대의 픽업트럭 사이에 내 아우디 콰트로를 끼워 넣었다. 미란다나 브래드가 이 주차장까지 올 이유는 없었지만, 그렇다고 내 차를 눈에 띄게 주차해둘 이유도 없었다.

바람은 잦아들었어도 낮게 내려앉은 하늘은 온통 잿빛이었고, 따뜻한 안개비가 대기 속에 흩날리기 시작했다. 나는 해변가의 축축한 모래사장을 가로질러 부서진 바위와 이판암 무더기를 올라 절벽 산책로 초입에 들어섰다. 오른쪽으로 펼쳐지는 대서양 풍경 대신 포장된 산책로에서 눈을 떼지 않은 채 조심스럽게 걸어갔다. 산책로는 비 때문에 미끈거렸고, 지상으로 돌출된 나무뿌리로 인해 군데군데 파손되었다. 또 일부는 완전히 부식되어서 빛바랜 표지판이 위험을 경고했다. 이런 이유로 이 산책로에는 사람의 왕래가 많지 않았고, 그날 오후에 본 사람이라고는 보스턴 브루인스 팀의 유니폼을 입은 십대 소녀뿐이었다. 소녀에게서는 방금 전 마리화나라도 피우고 온 듯한 냄새가 났다. 우리는 시선을 피한 채 인사도 나누지 않고 서로 지나쳤다.

산책로 끝부분에 이르자 무너진 시멘트 벽이 나타났다. 석조 오두막의 뒤쪽 토지 경계선을 표시하기 위한 벽이었는데 오두막부터 400미터가량 미개발지가 이어지다가 우리 집에서 끝났다. 갑자기 산책로가 해수면 높이로 뚝 떨어지더니 여기저기 뜯긴 부표와 해초가 흩어진 바위투성이의 짧은 해변을 가로질러 자라다 만 가문비나무들 사이를 지나 가파르게 올라갔다. 빗줄기가 점점 거세지자 나는 비에 젖은 선글라스를 벗었다. 미란다나 브래드가 집 밖으로 나올 확률은 매우 적었기에 로즈힙을 치운 공터가 나오기 직전, 절벽 아래쪽을 따라 튼튼한 관목들로 이뤄진 잡목림 속에 자리 잡을 작정이었다. 혹시 둘 중 누구라도 밖으로 나와 쌍안경을 든 나를 본다 해도 새를 관찰하는 사람이라고 생각할 것이다. 또 그들이 내게 다가올 경우에는 얼른 산책로로 후퇴할 수도 있었다.

여기저기 파인 흔적이 남은 땅 위로 어렴풋이 우리 집이 보이자, 새삼 바다를 마주 보는 저택 뒷면이 길에 면한 앞면과

정반대 스타일이라는 생각이 들었다. 천연 석재 박판으로 마감한 저택 앞면은 작은 창문이 서너 개 있었고, 우뚝 솟은 진갈색 나무 문에 지나칠 정도로 큰 아치가 있었다. 반면 저택 뒷면은 베이지색으로 칠한 목재로 마감되었고, 똑같은 발코니와 똑같은 창문들 때문에 중형 호텔처럼 보였다. "난 친구가 많아." 왜 손님방이 일곱 개나 필요하냐고 묻자 미란다는 그렇게 대답하고는 마치 집에 왜 배수관을 설치해야 하느냐는 질문이라도 받은 듯한 눈초리로 날 보았다.

분재처럼 뒤틀리고 구부러진 채 자라다 만 가문비나무 아래가 집을 관찰하기에 적당해 보였다. 앞에 있는 축축한 땅 위로 엎드려 쌍안경을 이리저리 만지작거렸더니 마침내 초점이 잡혔다. 집과는 45미터 정도 떨어진 거리였기에 창문 안쪽이 훤히 보였다. 1층을 죽 훑었지만 어떤 움직임도 감지되지 않아 2층을 훑었다. 아무도 없었다. 쌍안경을 내려놓고 맨눈으로 집을 훑으며 잠시 눈을 쉬었다. 저택 앞면 진입로가 보이는 곳에 자리 잡을걸 그랬다. 내가 본 바로는 집에 개미 새끼 한 마리 없었다. 아까 미란다를 내려줄 때 주차되어 있던 브래드 다겟의 트럭이 그대로 있기는 해도.

몇 년 전 인터넷 회사 투기꾼인 지인과 낚시를 간 적이 있었다. 내가 아는 사람 중에 바다낚시를 제일 잘하는 친구였는데 수면만 보고도 물고기가 어디에 있는지 정확히 알아냈다. 눈의 초점을 흐리게 해서 가시거리에 있는 모든 사물을 동시에 보는 것이 비결이라고 했다. 그렇게 보면 잠깐 스쳐가는 움직임이나 수면의 변화까지 잡아낼 수 있다는 것이다. 당시 나도 그 방법을 써봤으나 가벼운 두통만 얻었을 뿐이다. 쌍안경으로 다시 한 번 집 안을 훑어봤는데도 여전히 아무도 보이지 않자, 그 방법을 써보기로 했다. 눈앞의 모든 사물을 흐릿하게 만든 다음, 주의를 끄는 움직임이 나타나기를 기다렸다. 그렇게 집을 바라본 지 채 1분도 되지 않아, 거실로 쓰일 예정인 북쪽 맨 끝 공간의 높은 창문 너머로 움직임이 감지되었다. 나는 쌍안경을 들어 창문에 초점을 맞췄다. 브래드와 미란다가 막 그곳에 들어서고 있었다. 둘의 모습이 비교적 또렷하게 보였다. 나직하게 걸린 오후의 태양 빛이 창문에 적절한 각도로 떨어져 눈이 심하게 부시지 않으면서도 실내가 환했기 때문이다. 목수들이 임시로 만들어둔 테이블 옆으로 다가가는 브래드가 보였다. 그는 천장 몰딩용으로 보이는 긴 목판을 집어 들고 미란다에게 보여주었다. 그가 손가락으로 목판 안쪽의 홈을 훑어 내리자 아내도 똑같이 했다. 그의 입술이 움직였고 무슨 말을 하는지는 몰라도 아내는 고개를 끄덕였다.

순간적으로 나는 한심한 의처증 남편이 된 기분이었다. 카무플라주 무늬 바지를 입고 아내와 시공업자를 감시하는 꼴이라니. 그때였다. 브래드가 목판을 내려놓자, 미란다가 그의 품에 안기더니 고개를 뒤로 젖혀 입술에 키스했다. 브래드의 큼직한 손 하나는 아래로 내려가 아내의 엉덩이를 자신에게 밀착시켰고, 다른 손은 그녀의 부스스한 머리카락을 움켜잡았다. 나는 이제 그만 보자고 생각했지만 왠지 그럴 수가 없었다. 브래드가 테이블 위로 아내를 엎드리게 하고, 진한 보라색 스커트를 들어 올리고, 손바닥만 한 하얀 팬티를 끌어내린 후, 뒤에서 덮치는 모습을 적어도 10분간 지켜봤다. 미란다는 테이블 위에 최대한 효과적인 자세로 엎드린 채 한 손은 테이블 가장자리를 움켜잡고, 다른 손은 다리 사이로 뻗어 그를 안으로 이끌었다. 두 사람은 분명 처음이 아니었다.

나는 몸을 뒤로 빼고 땅 위에 앉았다. 다시 산책로로 나왔을 때는 후드를 뒤로 젖히고, 바람에 잔물결이 이는 검은 웅덩이에 점심을 다 토해냈다.

"그게 언제였어요?" 내 이야기를 다 들은 후, 길동무가 물었다.

"일주일 조금 넘었네요."

그녀는 눈을 깜빡거리고 아랫입술을 깨물었다. 눈꺼풀이 화장지처럼 창백했다.

"그래서 이제 어떻게 할 거예요?" 그녀가 물었다.

그건 내가 일주일 내내 자문했던 질문이기도 했다. "아내를 죽이고 싶어요. 그게 내가 정말로 원하는 거죠." 나는 술 때문에 무감각해진 입으로 미소 지으며 진담이 아니라는 걸 암시하기 위해 살짝 윙크했다. 하지만 여자의 표정은 여전히 진지했다. 그녀는 머리 색깔과 같은 빨간 눈썹을 들어 올렸다.

"나도 당신과 같은 생각이에요." 그녀가 말했다. 나는 농담이라는 암시가 있기를 기다렸지만 그녀의 눈빛은 변함이 없었다. 나는 그녀를 마주보며 처음 생각했던 것보다 훨씬 아름답다는 걸 깨달았다. 마치 르네상스 시대 그림에 나오는 여자처럼 세월이 흘러도 변치 않는 천상의 아름다움이었다. 1950년대 싸구려 통속 소설 표지에 나올 법한 미란다와는 전혀 달랐다. 마침내 내가 말문을 열었을 때 여자는 고개를 갸웃하더니 확성기에서 흘러나오는 둔탁한 목소리에 귀를 기울였다. 우리의 항공편이 탑승을 시작한다는 안내방송이었다.

2장

릴리

열네 살이 되던 여름, 엄마는 쳇이라는 화가를 집으로 초대해 함께 지내게 했다. 그의 성은 기억나지 않는다. 사실 당시에도 몰랐다. 그는 엄마의 작업실 위층에 있는 부엌 딸린 다락방에 머물렀다. 진한 갈색 뿔테에 알이 두꺼운 안경을 썼고, 늘 물감이 튀어 있는 덥수룩한 수염을 길렀으며, 너무 익어버린 과일 냄새가 났다. 처음 만났을 때 그의 시선이 내 가슴을 향해 휙 내려가던 모습이 기억난다. 벌써 날씨가 무더워지기 시작해 난 청바지를 잘라 만든 반바지에 탱크톱을 입고 있었다. 내 가슴은 기껏해야 모기에 물려 부은 정도밖에 안 되는데도 그는 아랑곳하지 않고 가슴을 바라보았다.

"안녕, 릴리. 쳇 삼촌이라고 부르렴." 그가 말했다.

"왜요? 아저씨가 내 삼촌이에요?"

그는 악수하던 내 손을 놓아주며 웃었다. 꺼져가는 엔진처럼 털털거리는 웃음이었다. "네 부모님의 초대를 받으니 벌써 가족이 된 기분이구나. 여름 내내 작업할 수 있는 공간을 빌려주시다니, 정말 꿈같은 일이야."

나는 아무 말 없이 자리를 떴다.

그해 여름, 우리 집에 묵은 손님은 쳇만이 아니었다. 사실 몽크스하우스에 손님이 한 명뿐이라는 건 있을 수 없는 일이다. 특히 교직에 몸담은 부모님이 교육의 의무에서 해방되고 당신들이 정말로 사랑하는 일, 즉 술과 간통에만 집중할 수 있는 여름에는 더더욱. 내 어린 시절을 무슨 비극으로 포장하기 위해 하는 말이 아니다. 그저 사실대로 말할 뿐이다. 그해 여름, 쳇과 함께 지냈던 여름, 우리 집에는 어떻게든 빌붙으려는 빈대들과 대학원생들, 옛 애인들, 현 애인들이 번갈아가며 찾아왔다. 펄럭거리는 베란다 불빛으로 달려드는 나방처럼. 게다가 이렇게 집에 묵는 손님이 전부가 아니었다. 부모님은 늘 그렇듯 끝없이 파티를 열었고, 나는 침대에 누워 침실 벽을 뚫고 전해지는 파티의 웅웅거리는 소음과 요란한 함성을 듣곤 했다. 그것은 박장대소와 불협화음의 재즈, 망사문이 쾅 닫히는 소리로 시작해 이른 아침의 고함, 때로 흐느낌이 어우러지고 늘 침실문이 쾅 닫히는 소리로 끝나는 매번 비슷한 교향곡이었다.

쳇은 우리 집의 여느 손님들과는 살짝 다른 종자였다. 엄마는 그를 아웃사이더 아티스트라 불렀는데, 이는 그가 엄마와 다른 대학 출신이며 엄마의 제자도, 객원 예술가도 아니라는 뜻이었다. 아빠가 쳇에 대해 이렇게 말한 기억이 난다. "네 엄마가 잠시 방을 내준 노숙자 탓이야. 그치를 가까이 하지 마라, 릴리. 내 생각에는 문둥병 환자야. 수염에 가려진 피부가 어떤지 누가 알겠니." 진심 어린 충고였다고는 생각하지 않는다. 그 말을 들을 수 있는 거리에 있었던 엄마를 의식해서 하는 말이었다. 하지만 어쨌거나 아빠의 말은 예언이 되고 말았다.

그때까지 난 태어난 후로 계속 몽크스하우스에서 살았다. 몽크스하우스는 뉴욕 시에서 한 시간 거리인 코네티컷 주의 숲 속 깊은 곳에 자리 잡은 백년 고택이었는데, 아빠는 빅토리아 시대에 지어진 이 썩어가는 대저택에 몽크스하우스라는 이름을 붙였다. 우리 아빠 데이비드 킨트너는 영국 태생의 소설가로 자신의 처녀작이자 가장 성공한 소설을 영화화하는 데 재산을 탕진했다. 그 작품은 기숙사에서 벌어지는 섹스 소동을 다룬 소극으로 1960년대 후반에 잠시 센세이션을 일으켰다. 아빠는 셰포그 대학에 객원 작가로 초대를 받아 미국에 왔고, 대학에 계속 남아 조교수로 재직하던 중에 우리 엄마 샤론 헨더슨을 만났다. 엄마는 추상표현주의 아티스트로 같은 대학 미술학부의 종신 교수였다. 두 사람은 함께 몽크스하우스를 구입했다. 엄마가 날 임신했던 해이자, 두 분이 이 집을 구입했던 해에는 집에 이름이 없었다. 하지만 여섯 개나 되는 침실을 창의적이

31

고 똑똑한 (그리고 어린 여자) 손님들로 가득 채우면 된다고 합리화한 아빠는 이 집에 버지니아 울프와 레너드 울프가 살았던 집의 이름을 붙였다. 이는 아빠가 가장 좋아하는 음악가인 델로니우스 몽크를 기리는 이름이기도 했다.

몽크스하우스에는 특이한 시설들이 많았다. 담쟁이덩굴로 도배되어 한 번도 사용한 적 없는 태양 전지판, 낡은 영사기가 있는 영사실, 흙바닥으로 된 와인 저장실, 뒤뜰에 있는 강낭콩 모양의 작은 수영장. 이 수영장은 청소를 거의 하지 않아 세월이 흐르며 물이 점점 탁한 연못처럼 변해갔다. 바닥과 측면은 갈조류로 뒤덮이고, 수면에는 늘 썩은 낙엽들이 한 겹 내려앉아 있고, 사용하지 않는 필터는 죽어서 퉁퉁 불어버린 쥐와 다람쥐로 막혀 있었다. 그해 여름이 막 시작되었을 때 나는 물이 반쯤 차 있던 수영장을 직접 청소하기 위해 곰팡이투성이의 방수포를 걷어내고, 잠자리채를 찾아내 낙엽을 건져내고, 살짝 더웠던 6월의 어느 하루 동안 호스로 물을 채워 넣었다. 나는 엄마, 아빠를 따로따로 찾아가 다음에 쇼핑 갈 때 수영장 살균제를 사다 달라고 부탁했다. 엄마의 대답은 이랬다. "난 사랑하는 내 딸이 여름 내내 살균제 속에서 수영하는 거 싫다." 아빠는 살균제를 파는 가게에 들러 꼭 사오겠다고 약속했다. 하지만 대화가 끝나기도 전에 아빠의 눈에서 약속의 기억이 희미해져가는 게 보였다.

어쨌든 그해 여름 중반까지는 수영장에서 수영을 했다. 적어도 이 수영장을 독차지할 수 있다고 위안하면서. 물은 녹색으로 변했고, 바닥과 측면은 갈조류로 미끈거렸다. 나는 이 수영장이 사실은 숲속 깊은 곳, 나만 아는 비밀 장소에 있는 연못이라 생각했고, 거북이와 물고기, 잠자리가 친구인 척했다. 주로 황혼녘에 수영했는데 칭얼대는 귀뚜라미 소리가 가장 커질 때라 집 앞쪽의 방충망이 달린 베란다에서 시작되는 파티 소리도 거의 들리지 않았다. 내가 처음 쳇을 발견한 것도 그런 황혼녘 수영을 즐기고 있을 때였다. 그는 한 손에 맥주병을 든 채 숲 가장자리에서 날 지켜보고 있었다.

"수영할 만하니?" 자신의 존재가 발각된 걸 알고 그가 물었다.

"그럭저럭 괜찮아요."

"집 뒤에 이런 수영장이 있는 줄 미처 몰랐구나." 그가 숲에서 나와 아직 남은 햇살 속으로 들어갔다. 하얀색 멜빵바지를 입었는데 물감이 여기저기 튀어 있었다. 그가 맥주를 한 모금 마시자, 수염에 거품이 묻었다.

"내 전용 수영장이에요. 부모님은 수영을 안 좋아하거든요." 나는 수심이 깊은 곳에서 헤엄을 쳤다. 물이 탁한 녹색이라 수영복을 입은 내 몸이 보이지 않아 다행스러웠다.

"언제 나도 수영 한번 해야겠구나. 그래도 되겠니?"

"난 상관없어요. 아저씨 마음대로 하세요."

그는 남은 맥주를 오랫동안 쉬지 않고 들이켜더니, 퐁 소리를 내며 입에서 병을 뺐다.

"사실 난 수영보다 이 수영장을 그리고 싶어. 너만 좋다면 수영장 안에 있는 너도 그리고 싶고. 그래도 되겠니?"

"모르겠어요. 그게 무슨 말이에요?"

그가 웃었다. "지금 이 모습 그대로 말이야. 햇빛을 받으며 수영장 안에 있는 너. 난 창조적인 그림을 좋아해. 주로 추상화를 그리지. 하지만 이건……." 그는 말끝을 흐리며 허벅지 안쪽을 긁적였다. 정적이 흐른 후에 그가 물었다.

"네가 얼마나 아름다운지 아니?"

"아뇨."

"사실이야. 넌 아름다워. 아직 어린애한테 그런 말을 하면 안 되지만 난 화가니까 괜찮아. 난 아름다움이 뭔지 알아. 적어도 그런 척하지." 그가 웃었다. "한번 생각해볼래?"

"앞으로 계속 수영을 할지 잘 모르겠어요. 물이 좀 더러워서요."

"알았다."

첫이 내 뒤의 숲을 바라보며 고개를 주억거렸다. "난 한 병 더 마셔야겠어. 너도 뭐 마실래?" 이제 그는 빈 맥주병을 거꾸로 잡아 다리 옆으로 들었고, 손질하지 않은 잔디 위로 맥주 방울이 뚝뚝 떨어졌다. "맥주, 갖다줄까?"

"난 맥주 안 마셔요. 겨우 열세 살이라고요."

"알았다."

챗은 그렇게 말하고 또 한동안 날 바라봤다. 혹시 내가 수영장에서 나오려나 싶어 기다리고 있었다. 입을 살짝 벌린 채 또 허벅지 안쪽을 긁적였다. 나는 물장구를 치며 제자리에 있다가 그의 시선을 피하기 위해 몸을 빙글 돌렸다.

"오필리아." 그가 혼잣말을 하듯 중얼거렸다. "좋아. 맥주 한 병 더 마셔야겠다."

그가 떠나자 난 수영장에서 나왔다. 올여름 수영은 이걸로 끝났다. 내 비밀 연못을 망쳐놓은 챗이 미웠다. 나는 수영장에 올 때 가져왔던 큼직한 비치 타월로 몸을 감싼 뒤, 집을 가로질러 내 방에서 제일 가까운 2층 욕실로 갔다. 내 안의 분노가 풍선이 되어 터지지는 않고 계속 부풀어 오르기만 하는 것처럼 가슴이 뻐근했다. 욕실에 들어가 덜걱거리며 돌아가는 환풍기를 켜고, 샤워기를 세게 틀어놓은 채 내가 아는 욕을 모두 동원해 소리를 질러댔다. 화가 났기 때문이기도 했지만 울지 않기 위해서이기도 했다. 하지만 소용없었다. 나는 타일 바닥에 주저앉아 목구멍이 쓰릴 때까지 울었다. 날 바라보던 챗의 소름 끼치는 시선을 생각하며 한편으로는 부모님을 생각했다. 왜 부모님은 늘 집에 낯선 사람들을 들이는 걸까? 왜 죄다 섹스광들만 알고 지내는 걸까? 샤워를 마친 후, 침실로 가서 옷장 안쪽에 달린 전신 거울에 알몸을 비춰 보았다. 나는 거의 평생 섹스를 알고 살았다 해도 과언이 아니다. 가장 오래된 기억 중의 하나는 해변가로 떠났던 여행에서 부모님이 모래 언덕에 큼직한 타월을 깔아놓고 섹스를 했던 일이다. 나는 1미터쯤 떨어진 곳에서 플라스틱 삽으로 모래를 파고 있었다. 내 젖병에 뜨듯한 사과 주스가 가득 들어 있었던 기억이 난다.

나는 돌아가며 몸 구석구석을 살펴봤다. 다리 사이로 돋아나기 시작한 빨간 털이 역겨웠다. 길 아래쪽에 사는 친구 지나와 달리, 적어도 가슴은 거의 티가 나지 않았다. 어깨를 뒤로 확 젖히면 감쪽같이 납작해졌다. 손으로 다리 사이를 가리기만 하면 내 몸은 열 살 때와 똑같았다. 목 아래쪽과 팔이 주근깨투성이인 말라깽이 빨간 머리 소녀.

저녁인데도 아직 푹푹 찌듯이 더웠지만 나는 청바지에 두툼한 면 티셔츠를 입고, 땅콩버터 샌드위치를 만들어 먹기 위해 아래층으로 내려갔다.

그후로는 수영장에서 헤엄을 치지 않았다. 쳇이 수영장으로 날 찾아갔는지는 모를 일이다. 가끔씩 엄마의 작업실 위 다락방으로 이어지는 계단 맨 위에서 그가 담배를 피우며 우리 집 쪽을 바라보는 모습이 보였다. 또 가끔씩 부엌에서 엄마와 이야기 나누는 걸 보기도 했다. 주로 예술에 관한 대화였다. 그의 눈은 날 발견했다가 슬쩍 떠난 후에 다시 내게 돌아오곤 했다.

그해 여름, 아빠는 3주 동안 집을 비웠다. 아버지의 영국인 친구들 몇 명이 찾아온 직후였는데 그중에는 로즈라는 젊은 시인도 있었다. 아빠는 우리를 소개하며 이렇게 말했다. "로즈, 여긴 우리 딸 릴리. 릴리, 여긴 로즈. 서로 경쟁할 거 없어. 둘 다 아름다운 꽃이니까." 마르고 가슴이 큰 로즈에게서는 정향 담배 냄새가 났고, 그녀는 내 정수리를 보며 나와 악수했다. 나는 아빠가 사라진 후로 쳇이 집에 더 자주 나타날까 걱정되었다. 하지만 대신 다른 남자가 나타났다. 러시아식 이름을 가진 남자. 나는 그 남자를 좋아했는데 그에게 고리키라는 이름의 털이 짧고 예쁜 잡종 개 한 마리가 있었기 때문이다. 석 달 전 내가 키우던 고양이 베스가 죽은 뒤로 우리 집에서 동물이라고는 찾아볼 수 없었다. 그 러시아인이 머물면서 쳇은 한동안 시야에서 사라졌고, 나는 비로소 안전하다는 느낌이 들었다. 그러던 어느 토요일 늦은 밤, 쳇이 내 침실로 찾아왔다.

토요일이라는 걸 기억하는 이유는 그날 중요한 파티가 열릴 예정이었기 때문이다. 엄마는 일주일 전부터 그 파티 이야기를 했다. "애야, 릴리, 토요일 파티가 있기 전에 목욕해야 한다." "릴리, 이번 파티에 스파나코피타(시금치를 넣은 그리스식 파이-옮긴이)를 내놓을 건데 요리할 때 좀 도와줄래? 그럼 파티에서 네가 원하는 방식으로 파이를 나눠줄게." 엄마가 특별히 이 파티에 신경 쓰는 게 이상했다. 엄마는 늘 파티를 열었고 주로 동료 교수와 학생들이 참석했다. 그런데 이번 파티에는 새로 온 러시아인을 만나기 위해 뉴욕에서도 사람들이 왔다. 아빠는 여전히 집을 비운 상태였다. 엄마는 어찌나 긴장했는지 짧게 자른 머리의 뒷부분이 삐죽 튀어나왔다. 틈만 나면 머리를 손으로 쏟아내렸기 때문이다. 나는 그날 주로 집 밖에 있었다. 소나무가 길게 늘어선 길을 따라 내가 제일 좋아하는 장소로 갔다. 오랫동안 버려진 농가 옆, 가장자리에 돌담이 빙 둘린 초원이었다. 나무에 돌을 던지고 놀다가 팔이 아파서 버드나무 근처의 잔디가 깔린 부드러운 언덕에 누웠다. 그러고는 나의 다른 가족, 상상 속에 존재하는 가족들을 생각하며 몽상에 빠져들었다. 고리타분한 부모님에 남자아이는 넷, 여자아이는 셋, 모두 합쳐 일곱 형제를 둔 가족. 날은 무더웠다. 윗입술에서 짭짤한 땀의 맛이 났다. 그렇게 누워서 하늘에 부푼 먹구름이 점점 쌓이는 광경을 바라봤다. 나지막한 천둥소리를 처음 들었을 때 얼른 일어나 다리에 붙은 잔디를 털어내고 집으로 돌아갔다.

한 시간 동안 주위가 캄캄해지더니 폭풍우가 몽크스하우스를 강타했다. 엄마는 진을 마시고 오븐에서 음식을 꺼내며 폭풍우가 몰아치다니 정말 완벽하다, 파티의 배경음악으로 정말 안성맞춤이라고 말했지만 나는 엄마가 속상해한다는 걸 알 수 있었다. 손님들이 도착했을 무렵에는 하늘이 다시 맑아졌고, 폭풍우가 지나갔다는 증거는 깨끗해진 공기와 홈통에서 똑똑 떨어지는 물방울뿐이었다. 나는 처음 보는 사람들에게 애피타이저를 나눠준 다음, 저녁으로 먹을 팝타르트 두 개를 집어 들고 데우지도 않은 채 침실로 도망쳤다.

방에서 팝타르트를 다 먹은 후에는 책을 읽으려 했다. 엄마의 침대 머리맡에 쌓여 있는 책들 중에서 집어온 책이었다.

조세핀 하트의《데미지》. 이 책 별로다. 싸구려 소설을 문학인 양 포장했다는 엄마의 말을 듣고 고른 책이었는데 나 역시 별로였다. 우리 아빠 같은 영국 남자가 자기 아들의 여자 친구와 섹스를 하는 내용이었다. 나는 소설 속에 나오는 사람들이 전부 다 싫었다. 결국 책 읽기를 포기하고 책장에서 낸시 드류 책을 뽑아들었다. 제10권《락스퍼 레인의 암호》. 낸시 드류 시리즈를 읽을 나이가 지났다는 건 알지만 단연코 내가 제일 좋아하는 책이었다. 그렇게 책을 읽다 잠이 들었다.

나는 침실 문이 열리는 소리에 잠에서 깼다. 복도의 불빛이 방 안으로 떨어졌고 아래층에서 요란한 록음악이 쿵쾅거렸다. 나는 옆으로 누워 몸을 웅크린 상태였고, 시트 한 장만 허리까지 끌어 올린 채 문을 마주보고 있었다. 실눈을 떠보니 문가에 쳇이 서 있었다. 빛을 등지고 섰지만 수염과 진한 갈색 안경 때문에 쉽게 알아볼 수 있었다. 안경 가장자리로 복도의 노란 불빛이 반짝거렸다. 강풍을 맞는 나무처럼 쳇의 몸이 살짝 흔들렸다. 나는 그가 떠나기를 바라며 움직이지 않았다. 어쩌면 나를 찾아온 게 아닐지도 모른다. 그럴 리 없다는 걸 알고 있었지만. 소리를 지르거나 방에서 뛰쳐나갈까 생각해봤지만, 집 안 전체에 베이스와 드럼의 쿵쿵 소리가 꾸준히 울려 퍼지고 있어서 누구도 내 소리를 듣지 못할 것이다. 그렇게 되면 분명 쳇이 날 죽이겠지? 그래서 나는 다시 눈을 감고 그가 떠나기를 바랐다. 그렇게 눈을 감은 채 쳇이 방으로 들어와 조용히 문 닫는 소리를 들었다.

나는 계속 눈을 감고 자는 척하기로 했다. 심장이 마구 펄떡거렸지만 호흡은 일정하게 유지했다. 코로 들이쉬고 입으로 내쉬고.

쳇이 몇 발짝 더 다가오는 소리가 들렸다. 그가 날 내려다보고 있다는 걸 알 수 있었다. 그의 숨소리, 들쑥날쑥하고 축축한 숨소리가 들렸고 특유의 냄새도 났다. 담배와 알코올 냄새가 섞인 퀴퀴한 과일 향.

"릴리." 그가 조금 큰 소리로 속삭였다.

나는 움직이지 않았다.

그가 내게로 몸을 숙이더니 다시 내 이름을 불렀다. 이번에는 좀 더 작게.

나는 깊이 잠들어서 못 듣는 척했다. 두 무릎을 더 몸 쪽으로 끌어당기고 잠든 사람처럼 몸을 뒤척였다. 그가 내 방에서 뭘 하려고 하는지, 뭘 원하는지 알고 있었다. 나와 섹스를 하려고 할 것이다. 하지만 내가 아는 한 그 짓은 오로지 내가 깨어 있을 때만 가능하다. 그래서 난 쳇이 무슨 짓을 하든 잠든 척하기로 했다.

쳇의 무릎에서 빠그닥 소리가 나고, 청바지 스치는 소리가 들리더니 시큼한 맥주 향 같은 입 냄새가 났다. 그가 내 옆에 쪼그리고 앉은 것이다. 아래층에서 쿵쿵거리던 음악이 멈추고 다른 음악, 하지만 아까와 거의 똑같은 음악이 다시 흘러나왔다.

지퍼의 작은 금속 톱니가 천천히 하나씩 내려가는 소리가 들리더니 스웨터 위에서 손을 앞뒤로 빠르게 문지르는 듯한 리드미컬한 소리가 이어졌다. 그는 자기 자신에게 그 짓을 하고 있었다. 내 계획이 성공한 것이다. 소리는 점점 크고 빨라졌으며 쳇은 나직하고 쉰 목소리로 내 이름을 서너 번 더 속삭였다. 그가 날 만지지는 않을 거라고 생각했는데 가슴 앞쪽의 공기가 약간 변한다 싶더니 내 가슴 위에서 팽팽하게 당겨진 잠옷을 따라 손가락 하나가 스쳐갔다. 방 안은 더웠는데도 온몸에 소름이 돋았다. 나는 눈을 뜨지 않으려고 안간힘을 썼다. 쳇의 손가락이 내 가슴을 눌렀고, 날카로운 손톱이 젖꼭지를 찔렀다. 그는 신음과 들숨의 중간쯤 되는 소리를 낸 후에야 젖꼭지에서 손을 뗐다. 그가 바지 지퍼를 다시 올리고 재빨리 방에서 나가는 소리가 들렸다. 나가는 길에 문틀에 머리를 찧더니 등 뒤로 문을 닫았다. 조용히 닫으려는 노력조차 하지 않았다.

나는 잠시 웅크린 채 그대로 누워 있다가 침대에서 일어나 책상 의자를 문손잡이 바로 밑에 밀어 넣었다. 낸시 드류가 했을 법한 일이다. 의자는 높이가 딱 맞지 않았지만—약간 낮았다—그냥 두는 것보다 나았다. 쳇이 돌아온다면 적어도 문을 열기 힘들 테고, 의자가 바닥에 떨어지면서 소리가 날 것이다.

그날 밤 잠을 못 잘 줄 알았는데 의외로 잠이 들었다. 아침이 되자 침대에 누운 채 어떻게 해야 할지 생각했다.

엄마에게 자초지종을 말했다가는 쳇과 섹스를 해야 한다

고 말할 게 뻔했다. 그게 제일 두려웠다. 아니면 그를 방에 들어오게 했다고, 혹은 수영장에서 날 지켜보게 두었다고 화를 낼 것이다. 이건 나 혼자서 해결해야 할 일이었다.

그리고 나는 어떻게 해야 할지 알고 있었다.

3장

테드

자정이 다 된 시각, 나는 만을 마주보는 브라운스톤 저택의 정면 계단에 서 있었다. 미란다와 공동 명의로 등록된 집이었다. 택시의 빨간 후미등이 길을 따라 서서히 멀어졌고, 나는 일주일 전 런던으로 떠날 때 집 열쇠를 어디에 넣어두었는지 기억해내려 했다.

기내용 수트케이스의 바깥쪽 지퍼를 막 열었을 때 현관문이 획 열렸다. 미란다가 짧은 잠옷용 셔츠에 울 양말을 신은 채 하품을 하고 있었다. "런던은 어땠어?" 내 입술에 키스한 뒤, 그녀가 물었다. 입에서 살짝 시큼한 냄새가 났고, 나는 그녀가 텔레비전을 보다가 잠들었을 거라고 생각했다.

"축축해."

"돈 좀 벌 거 같아?"

"응, 벌 거 같아." 나는 등 뒤로 문을 닫고 원목 바닥에 수트케이스를 내려놓았다. 집 안에서 타이 음식 냄새가 났다. "근데 당신이 여기 웬일이야? 케네윅에 있을 줄 알았는데." 내가 말했다.

"자기 보고 싶어서 왔지, 테디. 일주일 꼬박 걸린 출장이었잖아. 술 마셨어?"

"비행기가 지연되는 바람에 마티니 몇 잔. 냄새 나?"

"응. 양치하고 침대로 와. 나 너무 피곤해."

나는 2층 침실로 이어지는 가파른 계단을 오르는 미란다를 바라보았다. 날씬한 종아리 근육이 조였다 풀리고, 엉덩이 움직임에 따라 셔츠가 앞뒤로 흔들렸다. 그러자 브래드 다겟이 임시 테이블에 그녀를 눕히고 스커트를 들어 올리던 장면이 생각났다.

나는 부엌과 거실이 있는 지하층으로 내려갔다. 냉장고 속 하얀 종이 박스에 새우 레드 커리가 있는 걸 보고 부처 블록 butcher block 아일랜드(부처 블록은 하나로 된 원목이 아닌 각목을 연결하여 만든 판재를 말하며, 아일랜드는 조리대 겸용 식탁이다-옮긴이)에 앉아 데우지 않고 먹었다.

골치가 아프기 시작했고 갈증이 났다. 공항 라운지에서, 나중에는 기내에서 마신 진 때문에 벌써 숙취에 시달리고 있음을 깨달았다. 잠을 안 자도 숙취에 시달리기는 마찬가지였다.

44

바에서 만난 빨간 머리도 비즈니스 클래스에, 나와 통로를 사이에 두고 한 줄 뒤에 앉았다. 비행기에 탄 뒤에도 우리는 통로 너머로 계속 이야기를 나눴다. 다만 아내가 저지른 부정에 대한 이야기는 중단했다. 내 옆 창가에 앉은 노부인은 그런 우리를 보더니 "부인과 함께 앉을래요?"라고 물었다.

"고맙습니다. 그렇게 해주시면 좋죠." 내가 말했다.

빨간 머리가 옆자리로 왔고, 나는 승무원에게 진토닉을 주문한 후에 다시 그녀의 이름을 물었다.

"릴리예요." 그녀가 말했다.

"성은요?"

"말해줄게요. 일단 게임부터 하고요."

"좋아요."

"아주 쉬운 게임이에요. 지금 우린 장거리 비행기를 탔고 앞으로 다시 볼 사이가 아니니까 서로 완벽한 진실만 말하기로 해요. 어떤 예외도 없이."

"당신은 성도 알려주지 않았잖아요."

그녀가 웃었다. "맞아요. 하지만 그래서 이 게임을 할 수 있는 거예요. 서로 아는 사이면 할 수가 없죠."

"예를 들어봐요."

"좋아요. 난 진을 싫어해요. 그런데도 마티니를 주문한 이유는 마티니를 시킨 당신이 멋있어 보였기 때문이에요."

"정말요?"

"흉보기 없어요. 이젠 당신 차례예요." 그녀가 말했다.

"좋아요." 난 잠시 생각한 후 입을 열었다. "난 가끔씩 내가 알코올 중독자가 아닐까 걱정될 정도로 진을 좋아하죠. 만약 내 마음대로 하고 살았다면 매일 밤 마티니를 여섯 잔씩 마셨을 겁니다."

"대개 그렇게 시작되죠. 정말 알코올 중독일 수도 있겠네요. 당신 부인은 바람을 피우고 있는데 당신은 어때요? 당신도 바람피운 적 있나요?"

"아뇨, 없어요. 난…… 지미 카터가 뭐라고 했죠? ……그 양반 말대로 나도 가슴속에 욕망은 있습니다, 당연히. 예를 들어, 벌써 당신과 섹스하는 상상을 했으니까요."

"그랬어요?" 여자의 양 눈썹이 올라갔고 그녀는 약간 충격을 받은 듯했다.

"완벽한 진실, 기억나요? 그렇게 놀랄 거 없어요. 당신이 만나는 남자들은 대부분 5분 만에 당신을 상대로 역겨운 짓들을 상상할 겁니다."

"정말이에요?"

"네."

"얼마나 역겨운데요?"

"모르는 게 좋을걸요."

"알고 싶은데요." 여자는 그렇게 말하며 내 쪽으로 몸을 돌렸다. 나는 진토닉을 한 모금 마셨고, 얼음이 앞니에 달그락 부덮혔다. "재밌네요." 그녀가 말했다. "누군가를 만나 단번에 섹스하고 싶은 생각이 들다니, 상상이 안 가요."

"딱히 그렇다기보단 그냥 상상하는 게 우리 남자들의 고질적인 습관이라고 할 수 있죠. 예를 들어, 아까 우리가 탑승구 앞에 서 있을 때 난 당신을 보며 당신 나체를 상상했어요. 저절로 그렇게 돼요. 여자들은 안 그런가요?"

"갑자기 모르는 남자와 섹스하는 상상을 하냐고요? 아뇨, 안 그래요. 여자들은 달라요. 방금 만난 남자가 나와 섹스하고 싶어 할까를 궁금해하죠."

나는 웃었다. "하고 싶어 한다니까요. 남자는 다 그래요. 하지만 그 이상은 모르는 게 좋을 겁니다. 내 말 들어요."

"봐요, 이 게임 재밌지 않아요? 이제 아내를 어떻게 죽이고 싶은지 좀 더 말해봐요."

"하하. 진지하게 생각해본 건 아닙니다."

"그래요? 아까 말할 땐 진지한 것 같던데요?"

"이거 하난 인정하죠. 두 사람이 함께 있는 모습을 봤을 때 내게 총이 있었다면 창문 너머로 둘 다 쏴버렸을 겁니다."

"그러니까 아내를 죽여야겠다고 생각하는 거잖아요." 여자는 그렇게 말했고, 비행기가 이륙을 준비하며 웅웅 소리를 냈다. 우리는 각자 안전벨트를 맸고 나는 진을 길게 한 모금 마셨다. 비행기는 탈 때마다 긴장이 된다. "저기," 그녀가 다시 입을 열었다. "당신이 말하고 싶지 않은 걸 알아내려고 술수를 쓰는 게 아니에요. 그저 관심이 있을 뿐이에요. 게임의 일부이기도 하고요. 완벽한 진실."

"그럼 당신 먼저 해요. 지금까지 당신은 진을 싫어한다는 말밖에 안 했으니까."

"좋아요." 여자는 그렇게 말하고 잠시 생각했다. "솔직히 난 살인이 사람들 말처럼 그렇게 나쁘다고는 생각하지 않아요. 사람은 누구나 죽어요. 썩은 사과 몇 개를 신의 의도보다 조금 일찍 추려낸다고 해서 달라질 게 뭔가요? 게다가 당신 부인은 죽여 마땅한 사람 같은데요."

비행기의 웅웅거리는 소음이 칭얼거림으로 변했고, 기장이 승무원들에게 착석하라고 지시했다. 나는 옆자리 여자의 말에 바로 대꾸하지 않아도 되어 고마울 지경이었다. 그녀가 한 말은 일주일 동안 아내를 죽이는 상상을 하며 즐거워할 때마다 나를 끈질기게 괴롭히던 생각과 똑같았다. 나도 미란다를 죽이는 게 세상을 이롭게 한다고 생각하던 참이었는데 옆자리 승객이 갑자기 내 욕망에 도덕적 정당성을 부여해준 것이다. 난 그녀의 말에 충격을 받은 한편, 진이 몸 전체에 지릿지릿 퍼져나가며 취기가 올라왔다. 왜 사람들이 이 좋은 술을 마다하고 제정신을 유지하려 드는지 의아할 정도로. 난 정신이 맑은 동시에 정신이 나간 상태였고, 만약 사람들이 조금 적은 데 있었더라면 당장 릴리를 끌어안고 키스하려고 했을 것이다. 비행기가 이륙하자 나는 다시 이야기를 시작했다.

48

"솔직히 아내를 죽인다는 생각이 매력적으로 느껴지긴 합니다. 만약 나와 이혼한다면, 혼전계약서가 있어서 재산의 절반을 가져가진 못할 테지만 그래도 한몫 챙길 겁니다. 여생을 편안히 보낼 수 있을 정도로요. 게다가 바람을 피웠다는 증거도 없습니다. 탐정을 고용해서 증거를 잡으라고 할 수도 있지만 돈이 꽤 들 겁니다. 결국에는 시간과 돈을 날리고 망신만 당하겠죠.

만약 아내가 솔직히 말했다면, 설사 브래드와 사랑에 빠졌고 그래서 나와 헤어지고 싶다고 말했어도 난 이혼해줬을 겁니다. 아내가 밉긴 하겠지만 떨쳐내고 다시 잘 살았겠죠. 내게 치명적인 상처가 된 건…… 내가 도저히 떨쳐낼 수 없는 건…… 그날 두 사람이 내 앞에서 보인 태도예요. 두 사람은 지극히 태연하고 차분하게 나와 얘기했습니다. 미란다는 너무도 천연덕스럽게 거짓말을 했죠. 어디서 그런 걸 배웠는지 모르겠습니다. 그래서 다시 생각해봤죠. 아내에 대해 내가 아는 모든 것, 그리고 만나는 사람에 따라 달라지던 그녀의 태도를 곱씹은 끝에 아내는 원래 그런 사람이라는 결론을 내렸습니다. 경박하고 가식적인 거짓말쟁이. 어쩌면 소시오패스인지도 모릅니다. 왜 전에는 미처 몰랐는지 이해가 안 돼요."

"아마 부인은 당신이 바라는 대로 행동했을 거예요. 둘이 어떻게 만났나요?"

나는 우리 둘 다 알고 지내는 친구의 여름 밤 집들이 파티에서 아내를 처음 만나게 된 사연을 들려주었다. 미란다는 처음부터 내 눈에 띄었다. 다른 손님들은 여름 원피스나 와이셔츠를 입었는데 미란다는 청바지를 잘라 만든 반바지에 탱크톱을 입고 있었다. 바지는 어찌나 짧은지 너덜너덜한 가장자리 밑으로 주머니의 흰색 안감이 삐져나와 있었고, 탱크톱에는 재스퍼 존스(팝아트의 아버지로 불리는 미국 화가. 깃발이나 과녁을 주로 그렸다-옮긴이)가 그린 과녁이 스텐실 기법으로 찍혀 있었다. 손에는 팹스트 블루 리본 캔을 든 채 채드 파본과 이야기 중이었다. 채드는 내 대학 동창으로 오늘 집들이 파티의 주인이다. 고개를 뒤로 젖히고 깔깔 웃는 미란다를 보며 머릿속에 즉시 두 가지 생각이 떠올랐다. 지금까지 내가 만난 여자 중에서 가장 섹시한 여자로군, 그리고 채드 파본은 평생 재미있는 말이라고는 한 적이 없는 친구인데 대체 무슨 말을 했기에 저렇게 웃는 걸까? 나는 얼른 시선을 돌려 내가 알 만한 사람들을 찾았다. 사실은 미란다를 본 순간 가슴을 한 대 맞은 듯했고, 성인 잡지나 할리우드 영화가 아닌 현실 세상에도 저런 여자들이 존재하며 그렇다면 십중팔구 누군가와 함께 왔으리라는 걸 불현듯 깨달았기 때문이다.

　나는 채드의 부인에게 물어 그녀의 이름을 알게 되었다. 미란다 호바트. 1년 동안 그 동네에서 하우스시팅(장기간 집을 비우는 사람들을 위해 대신 머물며 애완동물을 돌보거나 집을 관리하는 일-옮긴이)을 했는데 원래 직업은 무슨 아티스트라고 했다. 또 여름에

50

만 문을 여는 연극 전용 극장 매표소에서도 일한다고 했다.

"싱글인가요?" 내가 물었다.

"믿기 힘들겠지만 그래요. 가서 말 걸어봐요."

"나 같은 타입을 좋아하지 않을 텐데요."

"물어보기 전엔 모르죠."

마침내 우리가 이야기를 하게 됐을 때 먼저 다가온 사람은 미란다였다. 파티 막바지였고, 나는 채드와 셰리 부부의 집 뒤쪽 비탈진 잔디밭에 혼자 앉아 있었다. 겹겹이 쌓인 지붕들 너머 보랏빛으로 빛나는 바다가 보였다. 바다는 빙글빙글 돌아가는 등대의 불빛을 받아 주기적으로 환해졌다. "당신이 아주 부자라고 들었어요. 다들 그 얘기만 하더군요." 그녀가 말했다. 저음에 억양이 없고 약간 혀가 풀린 목소리였다.

당시 나는 사진을 업로딩하는 프로그램과 소셜미디어 사이트를 개발한 소규모 회사를 내가 생각해도 약간 헐값에 매입한 상태였다. "네, 맞습니다." 내가 말했다.

"분명히 알아두세요. 부자라는 이유만으로 당신과 자진 않을 거예요." 그녀가 미소 지었다. 도발적으로.

"알려줘서 고맙군요." 나는 서투르게 응수했다. 멀리 보이는 지붕들의 선이 살짝 기울어져 있었다. "하지만 당신은 나와 결혼하게 될 겁니다. 내가 장담하죠."

미란다는 고개를 뒤로 젖히고 걸걸하게 웃었다. 채드의 말에 웃던 바로 그 모습이었다. 하지만 가까이서 보니 가짜로 웃는 것처럼 보이지는 않았다. 나는 그녀의 턱선을 유심히 바라보며 저 부드러운 목에 내 입술이 닿으면 어떤 느낌일까 생각했다.

"결혼하고말고요. 지금 나한테 청혼하는 건가요?" 그녀가 물었다.

"안 될 거 없죠."

"그럼 언제 결혼하죠?"

"아마도 다음 주 주말? 이런 일은 서두르면 안 되니까요."

"동감이에요. 이건 중대한 일이니까요."

"그냥 궁금해서 그러는데, 나야 이 관계에서 당신에게 줄 게 있지만 당신은 정확히 내게 뭘 줄 겁니까? 요리할 줄 알아요?" 내가 물었다.

"요리도 바느질도 못해요. 하지만 청소는 할 줄 알죠. 그런데도 정말 나와 결혼하고 싶어요?"

"영광이죠."

우리는 좀 더 이야기를 나눴고 그러다 키스를 했다. 바로 그 잔디밭 위에서, 어색하게. 우리의 이가 딸그락거렸고 턱이 부딪혔다. 그녀는 다시 큰 소리로 웃었고, 난 결혼은 취소라고 말했다.

하지만 결혼은 취소되지 않았다. 우리는 결혼했다. 일주일이 아닌 1년 후에.

"처음부터 의도적으로 접근했을까요?" 내가 릴리에게 물었다. 비행기는 이륙한 뒤였고 우린 비행기 여행이라는 특별한 거품 속에 있었다. 혹한의 고도에서 나라와 나라 사이를 엄청나게 빠른 속도로 이동하지만 탁한 공기와 푹신한 의자, 엔진의 지속적인 소음에서 마음의 안정을 얻는다.

"아마도요."

"하지만 그녀가 내게 접근한 방식이…… 미란다는 처음부터 내가 부자라는 얘기를 꺼냈어요. 그 사실이 자기에게는 재미있는 일인 것처럼요. 정말로 부자 남편을 낚을 생각이었다면 절대 그런 말을 하지 않았을 거라는 듯이요."

"심리를 역으로 이용하는 거죠. 그 얘기를 바로 꺼내서 오히려 순수하게 보이는 거예요."

나는 말없이 생각에 잠겼다.

"저기," 그녀가 말을 이었다. "그 여자가 당신을 이용했다고 해서 당신에게 호감이 없다거나 당신과 함께한 시간이 즐겁지 않았다는 뜻은 아니에요."

"네, 우린 정말 즐거운 시간을 보냈습니다. 그리고 이제 아내는 다른 사람과 즐거운 시간을 보내고 있고요."

"부인이 브래드와 바람을 피워서 얻는 이득이 뭘까요?"

"무슨 뜻이죠?" 내가 물었다.

"누가 봐도 밑지는 장사잖아요. 부인은 결혼 생활이 깨질 위험을 감수하며 바람을 피우고 있어요. 설사 재산의 절반을 얻는다 해도, 지금 짓고 있는 해변가의 멋진 집은 포기해야 하죠.

브래드와 함께 있으면 그렇게 된다고요."

"나도 많이 생각해봤습니다. 처음에는 브래드를 사랑하는 줄 알았지만 지금은 아내가 누구도 진정으로 사랑하지 않는다는 생각이 들어요. 아내는 그냥 싫증이 난 겁니다. 나하고는 완전히 끝났어요. 나는 그저 돈줄일 뿐이죠. 아내는 변하지 않을 겁니다. 여전히 젊고 예쁘니 앞으로도 수많은 사람들에게 상처를 줄 테고요. 어쩌면 정말로 아내를 죽여야 할지도 모르겠습니다. 이 세상에서 골칫거리를 제거하기 위해서요."

나는 여자 쪽으로 몸을 돌렸지만 눈을 마주치진 않았다. 그녀의 양손은 무릎에 놓여 있었는데 드러난 팔에 소름이 돋아 있었다. 기내가 추워서일까? 아니면 내가 한 말 때문에?

"당신은 세상을 위해 좋은 일을 하는 거예요." 목소리가 너무 나직해서 눈을 들고 그녀 쪽으로 몸을 약간 숙여야만 했다. "그게 내 솔직한 심정이에요. 아까도 말했듯이 사람은 누구나 죽어요. 당신이 아내를 죽인다 해도 어차피 죽을 사람 조금 일찍 죽이는 것뿐이에요. 게다가 그녀에게 상처받을 많은 사람을 구해주는 일이기도 하고요. 그녀는 이 사회의 암적인 존재예요. 세상을 더 나쁘게 만든다고요. 그리고 당신에게 한 짓은 사람을 죽이는 것보다 더 나빠요. 죽음은 누구나 겪어야 할 일이지만, 사랑하는 사람이 바람피우는 현장을 목격하는 것은 누구나 겪어야 할 일은 아니니까요. 그녀가 먼저 주먹을 날렸다고요."

독서 등의 둥그런 노란 불빛 속에서 난 여자의 연한 초록색 눈동자에 여러 색깔이 섞여 있는 걸 보았다. 그녀는 눈을 깜빡거렸고, 화장지처럼 얇은 눈꺼풀은 핑크빛으로 얼룩덜룩했다. 이렇게 얼굴을 가까이 대고 있으니 섹스를 할 때보다 더 친밀감이 느껴졌고, 갑자기 시선이 마주치자 마치 그녀가 내 바지에 손이라도 올린 것처럼 깜짝 놀랐다.

"내가 어떻게 해야 할까요?" 나는 그렇게 물었고, 이번에는 내 팔에 소름이 돋았다.

"안 들키게 죽여야죠."

나는 웃었다. 일시적인 마법이 깨져버렸다. "쉽군요."

"네, 쉬워요."

"한 잔 더 드시겠습니까?" 엉덩이가 작고, 밝은 핑크색 립스틱을 칠한 갈색 머리의 여승무원이 내 빈 잔을 향해 손을 내민 채 내려다보고 있었다.

나는 한 잔 더 마시고 싶었다. 하지만 승무원 쪽으로 고개를 돌리자 갑자기 현기증이 일어서 술은 사양하고 대신 물을 달라고 했다. 다시 고개를 원래대로 돌렸을 때 여자는 팔을 쭉 뻗은 채 하품을 하고 있었다. 그녀의 손끝이 앞좌석의 등받이에 닿았다.

"피곤한가 보군요." 내가 말했다.

"조금요. 그래도 얘기는 계속하죠. 지금까지 비행기에서 나눴던 대화 중에 제일 재미있네요."

순간 갑자기 의심이 들면서 몸이 오싹해졌다. 나는 그저 재미있는 대화 상대일 뿐인가? 내일이 되면 이 여자가 친구에게 하는 소리가 들리는 듯했다. 공항에서 정말 희한한 사람을 만났지 뭐야. 그 변태가 자기 아내를 어떻게 죽이고 싶은지 다 털어놓더라니까. 마치 내 생각을 읽기라도 한 듯이 그녀가 내 팔을 잡았다.

"미안해요. 내가 너무 경솔했어요. 나도 이 일을 심각하게 받아들이고 있어요. 당신 못지않게요. 우린 진실만 말하는 게임을 하고 있어요. 기억하죠? 그리고…… 솔직히 난 당신이 아내를 죽이는 행위가 도덕적으로 문제가 있다고는 생각하지 않아요. 그 여자는 당신 앞에서 완전히 다른 사람 행세를 했어요. 당신을 이용하고 결혼까지 했죠. 당신이 번 돈을 쓰는 걸로도 모자라 이제는 당신에게 돈을 받는 남자와 바람까지 피웠어요. 내가 생각하기에는 죽여 마땅해요."

"맙소사…… 그냥 하는 말이 아니었군요."

"네. 하지만 난 그저 비행기에서 당신 옆자리에 앉은 사람일 뿐이에요. 결국 결정은 당신이 해야죠. 아내를 죽이고 싶어 하는 것과 실제로 죽이는 일은 천지 차이예요. 누군가를 죽이는 것과 죽이고도 잡히지 않는 건 더더욱 천지 차이이고요."

"경험에서 나온 말입니까?"

"거기에 대해선 묵비권을 행사하죠." 그녀가 다시 하품을 하며 말했다. "난 낮잠을 좀 자야겠어요. 그래도 괜찮겠죠? 당신은 계속 생각하세요."

그녀는 의자를 뒤로 젖히고 눈을 감았다. 나도 눈을 좀 붙일까 생각했지만 머릿속이 복잡했다. 실제로 아내를 죽이는 걸 고려하긴 했지만 이젠 그걸 입 밖에 내기까지 했다. 그게 좋은 생각이라고 믿는 듯한 사람에게. 이 여자는 진심일까? 나는 몸을 돌려 그녀를 바라봤다. 그녀는 벌써 코로 숨을 깊이 쉬고 있었다. 옆모습을 유심히 바라봤다. 끝에 살짝 주름이 잡힌 우아한 코, 꽉 다문 입술, 별 굴곡이 없는 윗입술. 길고 살짝 구불거리는 머리카락은 구멍을 뚫지 않은 자그마한 귀 뒤로 넘겼다. 코 위로 얼굴에서 가장 진한 주근깨가 나 있었지만 자세히 들여다보니 얼굴 대부분이 티끌만 한 주근깨로 덮여 있었다. 눈에 거의 띄지 않는 점들의 은하수. 그녀가 갑자기 가슴을 들썩이며 숨을 들이쉬더니 내 쪽으로 몸을 홱 틀었다. 그녀의 머리가 내 어깨에 떨어지자 나는 고개를 돌렸다.

우리는 적어도 한 시간 동안 그 자세로 앉아 있었다. 움직이지 않고 그대로 둔 내 팔은 저리기 시작하더니 이제는 아예 없는 것처럼 무감각해졌다. 나는 진토닉을 한 잔 더 주문하고 살인에 대해 이 여자가 했던 말을 생각했다. 맞는 말이었다. 누군가의 목숨을 빼앗는 게 왜 그리 끔찍한 일로 간주되는 걸까? 금세 새로운 세대가 세상을 차지할 테고, 지금 살고 있는 사람들은 죽을 것이다. 몇몇은 끔찍하게, 몇몇은 평온하게. 살인을 죄악시하는 가장 큰 이유는 남겨진 사람들 때문이다. 죽은 이를 사랑하는 사람들. 하지만 만약 누구에게도 사랑받지 못한 사람이었다면? 미란다에게 친구와 가족이 있기는 하지만 3년간의 결혼 생활을 통해 나는 그들이 미란다의 실체를 알고 있다는 걸 깨달았다. 그녀는 얄팍한 기회주의자였고, 외모를 이용해 살아가는 데 만족했고, 원하는 것을 쉽게 손에 넣었다. 그녀가 죽으면 사람들이 슬퍼하긴 하겠지만 진정으로 그리워하는 사람은 없을 것이다.

비행기가 살짝 들썩거리기 시작하더니 스피커에서 강한 미국식 억양을 구사하는 기장의 목소리가 흘러나왔다. "여러분, 우리 비행기는 방금 약간의 난기류를 만났습니다. 이 기류를 통과할 때까지 자리로 돌아가 안전벨트를 매주시기 바랍니다." 내가 술잔을 다 비우자, 비행기는 갑자기 하강하기 시작했다. 언덕 정상을 넘어선 차가 갑자기 빨라지듯이. 내 뒷자리의 여자가 날카로운 헉 소리를 냈고, 나의 새로운 공범은 움찔하며 잠에서 깨 초록색 눈동자로 날 올려다보았다. 그녀가 놀란 이유가 비행기의 갑작스런 하강 탓인지 아니면 내 팔에 엉겨 붙은 자세 때문인지는 알 수 없었다.

"그냥 난기류를 지나는 겁니다." 난 태연하게 말했다. 비행기가 처음 하강했을 때는 나 역시 무서워서 배 속이 뻣뻣해졌지만.

"아." 그녀가 등을 똑바로 펴며 양 손바닥으로 두 눈을 비볐다. "꿈을 꾸고 있었어요."

"무슨 꿈이었죠?"

"기억이 안 나요."

비행기는 두세 번 더 들썩이더니 잠잠해졌다. "우리가 했던 얘길 생각해봤습니다." 내가 말했다.

"그래서요?"

4장

릴리

챗이 오기 바로 전 해, 내 아름다운 오렌지색 고양이인 베스가 아직 살아 있던 시절의 일이다. 어느 날 아침, 나는 덩치 크고 털이 엉겨 붙은 검은 길고양이에게 몰려 채소밭 울타리를 등지고 있는 베스를 발견했다. 베스는 쉭쉭 소리를 내며 털을 잔뜩 부풀린 상태였지만 분명 도망치던 중이었다. 수컷으로 보이는 길고양이가 베스의 등에 올라타더니 엉덩이에 발톱을 박아 넣었다. 고양이는 사실상 비명을 지르지 않는다는 걸 알고 있지만, 그때 베스가 낸 소리는 비명이라고밖에 표현할 수 없었다. 공포에 질린 인간의 비명과 비슷했다. 나는 박수를 치며 앞으로 돌격했고 길고양이는 베스에게서 떨어졌다. 베스를 집 안으로 데려가 피가 나는 곳은 없는지 살폈다.

다행히 피는 나지 않았지만 그 흉측한 길고양이는 분명 다시 돌아올 터였다.

"베스가 밖에 나가지 못하게 하렴." 엄마가 말했다.

나도 그러려고 했지만 베스는 문 앞에서 계속 울어댔다. 게다가 학기 중이라서 아빠가 고학년들을 대상으로 집에서 세미나를 열었기 때문에 화요일과 목요일 밤이면 학생들이 늘 들락거렸다. 그들은 현관문을 열어둔 채 계단에서 담배를 피우기 일쑤여서 베스는 쉽게 밖으로 나갈 수 있었다.

당시는 봄이었고 날씨가 점점 더워지고 있어서 나는 침실 문을 빼꼼 열어두고 잤다. 어느 날 아침, 새벽이 막 지났을 무렵 밖에서 베스의 울부짖는 소리가 들렸다. 겁에 질리고 사나운 소리였다. 나는 운동화를 신고 아래층으로 내려가 뒤쪽 정원으로 나갔다. 회색빛 여명 속 고양이 두 마리가 금방 눈에 띄었다. 이번에도 베스는 울타리를 등진 채 몰려 있었고, 검은 길고양이는 쪼그린 채 베스를 공격할 태세였다. 그 끔찍한 순간, 둘 다 자연사박물관의 박제된 동물처럼 정지되어 있었다. 나는 박수를 치며 소리를 질렀지만, 못생긴 길고양이는 털이 엉겨 붙은 머리를 돌려 무심하게 나를 뜯어보더니 다시 베스를 바라봤다. 그 순간 나는 깨달았다. 꼭 지금이 아니더라도 언젠가 기회만 생기면 이 길고양이가 베스를 죽일 것이고, 나는 어떻게든 그걸 막아야 한다는 사실을.

공사가 덜 끝난 파티오 가장자리에는 포석이 한 무더기 쌓여 있었다. 너무 오랫동안 방치되어 일부에는 이끼가 자라고 있었다. 나는 내가 들 수 있는 가장 큰 포석을 집어 들었다. 가장자리가 뾰족했고 이슬이 내려앉아 미끈거렸다. 나는 조용히 재빠르게 걸어가 길고양이 뒤에 섰다. 하지만 조용히 걸어갈 필요도 없었다. 녀석은 날 무서워하지 않았고 오로지 베스를 겁주는 데만 정신이 팔려 있었다. 나는 아무 생각 없이 머리 위로 포석을 들어 올린 다음, 길고양이를 향해 있는 힘껏 내던졌다. 포석이 떨어지기 직전, 놈이 고개를 돌리다가 포석 모서리에 머리를 맞았고 이내 돌 전체에 몸이 깔리면서 악을 썼다. 베스는 내가 지금까지 본 적이 없는 속도로 뒤뜰을 가로질러 달아났다. 길고양이는 몸을 부르르 떨더니 이내 잠잠해졌다. 나는 동물이 살해되는 소리에 집에서 자던 사람들이 모두 깨어나고, 침실 불이 켜질 거라 예상하며 집을 돌아봤다. 하지만 아무 소리도 나지 않았다.

길고양이를 죽이기는 쉬웠다.

지하실 문은 잠겨 있지 않았다. 나는 나뭇잎이 떨어져 있는 어두운 계단을 살금살금 내려갔다. 입구 근처를 손으로 더듬거려 벽에 일렬로 세워진 눈삽들 중 하나를 집었다. 눈삽 가장자리로 길고양이 위에 놓인 포석을 밀어낸 다음, 사체 밑으로 삽을 넣었다. 털이 엉겨 붙은 놈의 머리에는 아무런 상처도 없었다. 혹시라도 고양이가 죽은 게 아니라 단지 의식만 잃었을 뿐이며, 그래서 금방이라도 벌떡 일어나 복수심에 가득 차

쉭쉭 소리를 내며 달려들까 무서웠다. 하지만 삽을 들어 올리자 녀석의 몸은 죽은 듯이 축 늘어졌고 갑자기 악취가 코를 찔렀다. 고양이가 죽을 때 저절로 분사된 배변 냄새였다. 나는 피를 볼 거라고만 생각했지 똥을 보게 될 줄은 몰랐다. 악취에 속이 울렁거렸지만 이 역겨운 고양이를 죽이길 잘했다는 생각이 들었다.

털이 뻣뻣해서 실제보다 크게 보였는지 길고양이는 생각만큼 무겁지 않았다. 집에서 3미터쯤 떨어진 숲 가장자리까지 녀석을 운반해 썩은 나뭇잎 위에 버렸다. 다시 5분 동안 땅을 파서 흙으로 사체를 덮었다. 이 정도면 충분했다. 어차피 부모님은 절대 숲에 오지 않으니까.

추위에 부르르 떨며 침대로 들어간 나는 다시 잠들지 못할 줄 알았다. 하지만 잠이 들었다, 금방.

그후 며칠간 난 고양이의 사체를 확인했다. 파리들만 웅웅거릴 뿐 사체는 거기 그대로 있었는데 어느 날 아침에 보니 사라져버렸다. 분명 코요테나 늑대가 가져갔을 것이다.

베스는 다시 집을 들락날락거리며 평화로운 일상을 되찾았다. 가끔씩 내 발목에 몸을 비비거나, 무릎에 앉아 가르릉거릴 때면 난 그것이 감사 인사라고 생각했다. 베스는 자기 왕국을 되찾았고, 그 세상에서는 모든 일이 순조로웠다.

파티가 있던 날 밤, 쳇과 그런 일이 있고 나서 난 즉시 길고양이 사건을 떠올렸다. 그 일을 통해 쳇을 어떻게 죽이고, 어떻게 해야 발각되지 않을지 아이디어를 얻었다. 시체가 발견되지 않는 게 제일 중요했다. 그리고 그렇게 하려면 쳇에 관해 좀 알아봐야 했다.

그날 이후로 쳇은 잠시 사라진 것처럼 다락방에서 나오지도, 본채에 오지도 않았다. 딱 한 번 밤에 본 적이 있는데 잔디밭에 서서 내 방 창문을 올려다보고 있었다. 난 자려고 불을 막 끈 상태에서 잔디밭에 서 있는 그를 보았다. 그는 미풍에 흔들리는 나무처럼 몸을 좌우로 흔들고 있었다. 나를 지켜보고 있었던 것이다. 나는 방 안에 공기가 통하도록 창문을 살짝 열어두고 블라인드도 올려둔 터였다. 바보가 된 기분이었고 무서웠고 눈물이 핑 돌았다. 하지만 다시는 쳇 때문에 울지 않겠노라고 다짐했다. 이젠 확실히 알 수 있었다. 쳇은 그저 때를 기다리고 있을 뿐이다. 나를 강간하고 죽이기에 적합한 때를. 엄마에게 자초지종을 설명할까 다시 생각도 해봤지만 엄마는 쳇의 편을 들면서 왜 별것도 아닌 일로 난리를 피우냐고 할 것 같았다. 그리고 아빠는 로즈라는 여자와 떠난 후로 아직까지 돌아오지 않았다. 가끔씩 엄마가 밤늦게 그 일을 얘기할 때의 말투로 보아 아빠는 영영 돌아오지 않을 듯했다. 한번은 엄마가 부엌에서 대형 후무스를 만들고 있을 때 내가 물었다.

"아빠한테서 전화 왔어요?"

"아빠 전화 안 왔다." 엄마는 최대한 극적인 효과를 내려고 단어마다 끊어서 말했다. "지난번에 듣기론 네 아빠가 뉴욕에

서 바보짓을 했다더구나. 그러니까 곧 돌아올 거야. 걱정돼서
그러니?"

"아뇨. 그냥 궁금해서요. 쳇 아저씨는요? 떠났어요?"

"쳇? 아니, 아직 여기 있어. 그건 왜 묻니?"

"요새 통 못 봤거든요. 만약 아저씨가 떠났으면 그 다락방
에 다시 드나들 수 있잖아요." 나는 원래 엄마 작업실 위에 있
는 그 다락방을 아주 좋아했다. 하얀색 벽에 큼직한 창문이 있
는 그 방에는 낡은 빨간색 빈백이 있다. 바닥이 살짝 찢어져 작
은 알갱이가 조금씩 흘러나온 탓에 원래 본채에 있던 걸 거기
로 옮겨 뒀다. 난 그 의자가 그리웠다. 쳇이 오기 전에는 책을
들고 다락방에 가서 읽곤 했다.

"지금도 드나들 수 있어. 쳇이 널 해치진 않아."

"아저씨 차 있어요?"

"아저씨 차 있냐고? 아니, 없을걸. 이 집 말고 달리 지낼 데
도 없을 거야."

"차도 없는데 어떻게 여길 왔어요?"

엄마는 웃음을 터뜨리더니 손가락에 묻은 후무스를 핥아
먹었다. "이런 부르주아 딸내미 같으니. 애야, 세상엔 차가 없는
사람도 있단다. 쳇은 기차를 타고 왔어. 근데 왜 이렇게 쳇에게
관심이 많아? 아저씨가 싫어?"

"네, 역겨워요."

"맙소사. 꼭 네 아빠같이 말하는구나. 너희 두 사람이 어

떻게 생각하든 간에 쳇은 진정한 아티스트야. 올여름 우리가 쳇에게 작업 공간을 제공하는 건 예술계에 큰 기여를 하는 거란다. 이걸 명심하렴, 릴리. 세상이 늘 널 중심으로 돌아가진 않아."

나는 엄마에게서 원하던 정보를 얻었다. 차가 없고 기차로 여기에 왔다는 건 쳇이 언제든 짐을 꾸려 훌쩍 떠날 수 있다는 뜻이다. 그렇다면 이번 일이 훨씬 수월해진다. 난 낡은 농가 옆 초원에서 계획을 짜기 시작했고, 내가 운반할 수 있는 가장 큰 돌들을 모았다. 또 쳇의 눈에 띄기 위해 본채와 작업실 사이 햇빛이 잘 드는 곳에 낡은 안락의자를 내놓았다. 그가 날 계속 피해 다니는 건 원치 않았다. 그가 조금은 날 신뢰하고, 우리 사이에 일종의 관계가 성립돼야 했기 때문이다. 내가 헤드폰을 쓴채 햇빛을 받으며 안락의자에 누워 책을 읽는 처음 며칠은 쳇이 얼씬도 하지 않았다. 유리 블라인드가 달린 다락방 문에 나를 지켜보는 그의 실루엣이 한두 번 비친 것도 같았다. 그러던 어느 날, 쳇이 어슬렁어슬렁 걸어 나오더니 층계참에 서서 담배를 피웠다. 안에 아무것도 입지 않은 채 물감이 튄 멜빵바지만 입고 있었다. 나는 읽고 있던 애거서 크리스티 소설 너머를 힐끗 보았고, 그는 내 쪽을 향해 고개를 까닥이더니 손을 흔들었다. 본능적으로 무시하고 싶은 마음이 들었다. 그에게 나와 인사를 나누는 즐거움을 주고 싶지 않았지만 억지로 손을 흔들었다.

66

이튿날 다시 그 안락의자로 갔을 때는 날씨가 후텁지근했다. 잠에서 깨면 온몸이 끈끈해 곧장 찬물 샤워를 하지만 욕실에서 나오는 순간 다시 땀이 흐르는 그런 날씨였다. 나는 초록색 비키니를 입었다. 2년 전에 사긴 했어도 그사이 내 몸은 그다지 성장하지 않았다. 브라는 맞았지만 골반이 넓어진 탓에 팬티는 살짝 작아서 대신 반바지를 입었다. 여름이 막 시작됐을 때 사달라고 졸랐던 바지인데 엄마는 체크무늬 때문에 내가 케네디가 사람처럼 보인다고 했지만 결국 사줬다. 나는 책과 자외선차단제를 들고 쳇의 다락방을 마주보는 의자에 앉았다. 나는 태양이 싫었다. 열기도 싫었다. 빨간 머리에 주근깨가 있어서 햇빛을 받으면 주근깨가 더 짙어진다. 자외선차단제에 적힌 숫자가 높을수록 좋다고 했는지 나쁘다고 했는지 기억해내려 애쓰며 차단제를 듬뿍 발랐다. 다락방을 계속 눈여겨보고 있었는데 이내 창문 너머로 쳇이 보였다. 그가 피우는 담배의 오렌지색 불빛이 깜빡거렸다. 15분이 흘렀고, 내가 〈레미제라블〉 테이프를 들으며 《잠자는 살인》을 읽고 있을 때 쳇이 커피가 든 머그컵을 들고 작업실 계단을 내려와 설렁설렁 걸어왔다.

"안녕, 릴리." 1.5미터 정도 떨어진 곳에서 그가 말했다. 이미 중천에 뜬 태양이 맨팔과 어깨의 털들을 환하게 비춰서 쳇은 희미하게 빛나는 것처럼 보였다. 며칠 동안 씻지 않은 듯한 냄새가 났다.

나도 안녕하세요, 라고 인사를 건넸다.

"무슨 책 읽니?"

나는 대꾸하기 싫다는 듯이 책을 들어 표지를 보여주려고 했다. 하지만 나중에 다락방에 찾아갈 때 의심을 받지 않으려면 좀 더 친절하게 굴어야 했다. "애거서 크리스티. 미스 마플이 나오는 소설이에요."

"멋지구나." 쳇이 그렇게 말하더니 머그컵 속의 커피를 후루룩 마셨다. 그의 모든 물건이 그렇듯 머그컵에도 물감이 튀어 있었다. "별일 없고?"

그가 진짜로 묻고 싶은 건 우리 사이에 별일이 없느냐, 그가 내 침실에 왔던 날의 일이 별일 아니냐는 것임을 나는 알고 있었다. 그날 밤의 일을 내가 아는지 떠보는 것이다. "네." 내가 대답했다.

쳇은 고개를 앞뒤로 까닥거리며 말했다. "여긴 더럽게 덥구나, 젠장."

나는 어깨를 으쓱이고는 다시 책으로 눈을 돌렸다. 이 정도면 할 만큼 했고 정말이지 더는 쳇과 얘기하고 싶지 않았다. 책을 읽는 척했지만 날 계속 유심히 바라보는 쳇의 눈길이 느껴졌다. 비키니 브라의 두 삼각형이 만나는 지점에 땀이 고였고, 땀 한 방울이 갈비뼈 쪽으로 조금씩 흘러내렸다. 불쾌할 정도로 천천히 흘러내리는 땀방울을 따라 면도날로 내 몸을 긋는 것 같은 시선을 느꼈지만, 그가 보는 앞에서 땀을 닦지 않으려고 꾹 참았다. 그는 다시 후루룩 소리를 내며 커피를 마시더니 흔들거리며 걸어갔다.

아빠가 돌아왔다. 고함이 난무하고 약간의 눈물 바람이 있었다. 러시아인은 떠났고 한동안 부모님은 늘 붙어 다녔다. 예전처럼 공사가 덜 끝난 파티오에서 재즈를 들으며 술을 마셨다. 내가 아빠의 귀환을 기뻐하는 데는 몇 가지 이유가 있었는데, 부모님이 서로에게 빠져 있는 동안 난 쳇을 처치하는 데 집중할 수 있다는 것도 그 이유 중 하나였다. 나는 초원에 완벽한 무대를 꾸며놓았다. 매일 돌을 날라 쌓았고, 오래된 우물 속에 밧줄을 내려놓았다. 이제 적당한 날을 고르는 일만 남았다. 내가 앞마당을 가로질러 쳇이 있는 다락방으로 가거나, 우리 둘이 함께 숲으로 들어가는 것을 볼 사람이 없는 날. 아빠가 돌아온 지 사흘째 되던 조용한 목요일이 바로 그런 날이었다. 나는 오후 내내 내 방에서 《비뚤어진 집》을 읽으며 부모님이 술 마시는 소리를 들었다. 그날은 일찍부터 시작해 점심에 와인 한 병을 나눠 마시더니 파티오로 이동해 음악을 들으며 다시 진을 마셨다. 음반이 다 돌아갔는데도 새 음반을 트는 소리가 들리지 않았고, 이내 부모님의 침실 문이 탁 닫히는 소리 그리고 웃음소리가 들렸다. 나는 침실 창밖을 내다보았다. 막 어스름이 내리기 시작했고, 잡초가 우거진 뜰에 드리워져 있던 근처 숲의 그림자가 길어졌다. 지금이 딱 좋은 때였다. 몽크스하우스에 다른 손님은 없었고, 부모님은 내일 아침이나 돼야 침실에서 나

69

올 것이다.

나는 청바지를 입고 양말과 운동화를 신었다. 숲에 있을 모기들에게 발목을 물리고 싶지 않았다. 몇 년 전에 산 하얀 탱크톱을 꺼냈다. 나비가 수놓여 있고 약간 작았지만 쳇을 초원으로 유인하는 데 도움이 될 것이다. 할아버지에게 받은 작은 주머니칼을 앞주머니에 집어넣었다. 칼이 허벅지에 닿으니 기분이 좋았다. 쓸 생각은 없지만 쳇이 어떻게 나올지 예측할 수 없었고, 혹시라도 우물에 가기 전에 섹스를 하려고 덤벼들지도 모른다. 계단 아래쪽에 놓인 서랍장의 맨 위 서랍에서 작은 펜라이트도 꺼냈다. 숲속은 늘 캄캄했다. 특히 황혼녘에는.

나는 현관문으로 나가 아스팔트 진입로로 이어지는 나무 계단을 내려간 다음, 마당을 가로질렀다. 갑자기 해가 너무 빨리 지고 있어서 걱정이 되었다. 엄마의 작업실 뒤로 길쭉한 핑크색 구름들이 물기가 많은 물감으로 슥슥 그어놓은 것처럼 줄무늬를 이뤘다. 마당에 내놓은 안락의자 옆을 지나는데 담배 연기가 보였다. 고개를 들어보니 쳇이 층계참으로 막 나오는 중이었다. 잘됐다. 다락방의 문을 두드릴 필요도, 그래서 혹시 다락방으로 끌려들어갈까 봐 걱정할 필요도 없었다.

"안녕, 꼬마 릴리." 그가 혀 꼬부라진 소리로 말했다.

나는 걸음을 멈추고 그를 올려다봤다. "쳇 아저씨, 부탁 좀 들어줄래요?" 처음 불러보는 그의 이름이 입안에서 이상하게 울렸다. 마치 해서는 안 될 욕을 한 것처럼.

70

"부탁? 뭐든지, 뭐든지 말만 해요, 나의 줄리엣, 이름이 무엇이든 여전히 향기로울 나의 장미." 그는 두 손을 가슴에 얹었다. 셰익스피어 연극을 흉내 내는 모양인데 완전히 틀렸다. 이 장면에서 줄리엣은 발코니에 있고, 로미오가 아래에 있어야 한다.

"고마워요. 이리로 내려와 주실래요?"

"곧 그대에게 가리다, 나의 줄리엣." 그는 그렇게 말하며 담배를 휙 던졌다. 높이 호를 그리며 날아가던 담배는 불똥을 뿌리며 진입로에 떨어졌다. 쳇은 다시 다락방으로 들어갔고 나는 기다렸다. 긴장될 줄 알았는데 전혀 긴장되지 않았다.

5장

테드

로건 공항에서 짐을 찾은 후, 릴리와 함께 E 터미널에 대기 중인 택시들을 지나 중앙 주차장 쪽으로 걸어 갔다. 어두운 주차장에 우리 두 사람만 남자 그녀가 곧바로 걸음을 멈췄다. 기장은 보스턴의 현재 기온이 12도라고 했지만 휘파람 같은 소리를 내며 쓰레기를 이리저리 굴리는 바람이 부는 탓에 훨씬 춥게 느껴졌다.

"일주일 뒤에 만나요." 그녀가 말했다. "먼저 장소를 정하죠. 마음이 바뀌면 나가지 않을 거예요. 당신도 마음이 바뀌면 나오지 마세요. 그러면 우리는 그런 대화를 나눈 적이 없는 거예요."

"그럽시다. 어디서 만날까요?"

"아는 사람이 없는 도시를 하나만 고르세요."

나는 잠시 생각했다. "콩코드가 어떨까요?"

"매사추세츠 주 콩코드요, 아니면 뉴햄프셔 주 콩코드요?"

"매사추세츠 주 콩코드."

우리는 다음 주 토요일 오후 3시, 콩코드 리버인 호텔에서 만나기로 약속했다. "당신이 오지 않아도 충격받지 않을 거예요. 상처받지도 않을 거고요." 그녀가 말했다.

"동감입니다." 나는 그렇게 말했고, 우리는 악수를 했다. 아내를 죽이는 걸 도와주겠다는 사람과 악수를 하니 어울리지 않게 격식을 차리는 느낌이 들었다. 릴리는 자기도 똑같은 기분이라는 듯 살짝 웃었다. 내 손에 잡힌 릴리의 손은 조그마했고, 고가의 도자기처럼 금세라도 부서질 듯했다. 난 그녀를 내 쪽으로 끌어당기고 싶은 충동을 억눌렀다.

대신 이렇게 말했다. "정말로 날 도와줄 겁니까?"

그녀는 손을 놓아주었다. "일주일 후면 알게 될 거예요."

다음 주 토요일, 난 일찌감치 콩코드 리버인 호텔에 도착했다. 릴리는 아는 사람이 아무도 없는 도시를 고르라고 했다. 그렇게 따지면 콩코드는 연고가 없긴 하지만 내 유년기의 중요한 부분을 차지하는 곳이기도 하다. 어릴 때 콩코드에서 서쪽으로 15킬로미터 정도, 보스턴에서는 50킬로미터 정도 떨어진 미들햄에 살았기 때문이다. 미들햄은 오랜 농촌 마을로, 생긴

지 얼마 안 된 숲과 벌판이 있는 외곽에 자리 잡았다. 1970년대 이 지역에서 두 가지 개발 사업이 실행됐는데 하나는 이젠 그곳에서 자라지 않는 나무의 이름을 딴 막다른 길을 내는 것이었고, 또 하나는 1에이커의 부지에 틀에 찍어낸 것처럼 똑같은 목재 가옥들을 짓는 것이었다. 근처 렉스트로닉스 사의 직원들에게 거처를 제공하기 위한 사업이었는데 우리 아버지도 그곳에 근무했다.

아버지는 MIT를 졸업한 컴퓨터 프로그래머로 당시는 컴퓨터 프로그래머가 무슨 일을 하는지도 모르는 시대였다. 아버지는 회사에서 어머니를 만났다. 어머니는 안내 데스크 직원이었는데 아버지가 태어나서 본 여자들 중에서 가장 아름다웠다. 서른 살에 어머니를 만난 아버지가 전에도 데이트를 한 경험이 있는지는 잘 모르겠지만, 만약 있다면 내겐 충격적인 일이 아닐 수 없다. 반면 어머니는 보스턴 대학교 출신의 남자와 만남과 헤어짐을 반복하며 이십대를 보냈는데 남자는 졸업 후 2년 동안 프로 하키팀에서 뛰다가 무릎 부상을 당해 선수 생활을 마감하게 되었다. 예전에 어머니에게 들기로는 그 남자와 헤어졌을 때 자기가 플레이보이에게 놀아나 8년이나 낭비했음을 깨닫고 앞으로는 평범하고 재미없고 믿음직한 남편감을 찾아내겠노라고 맹세했다고 한다. 그렇게 해서 찾아낸 남자가 우리 아버지였다. 두 분은 사귄 지 6주 만에 약혼했고, 또 약혼한 지 6주 만에 어머니의 고향인 코네티컷 주 웨스트하트퍼드에서 조출한 결혼식을 올렸다.

내게 콩코드가 중요한 곳이 된 이유는 어머니가 늘 거기로 이사 가고 싶어 했기 때문이다. 결혼 초기에 어머니는 시내에서 동떨어진 미들햄을 싫어했고, 박공 달린 집들과 잘 차려입은 주부들, 예술 작품처럼 거창한 보석들을 파는 가게가 있는 이 부유한 교외에 집착했다. 아버지는 어머니의 콩코드 타령에 진절머리를 냈기 때문에 어머니는 날 잘 차려입힌 다음, 가끔은 누나도 함께 데리고 콩코드에 가서 점심을 먹었다. 주로 콩코드 리버인 호텔에서였다. 점심 식사 후에는 가게들을 구경했는데 어머니는 새 옷이나 보석, 혹은 콩코드 치즈 가게에서 로크포르 치즈와 피노 그리지오 와인을 구입했다. 따라서 내가 다트퍼드 미들햄 고등학교에 다닐 때 어머니가 아버지와 헤어져 콩코드 중심가에 있는 임대 아파트로 이사를 간 것은 그리 놀랄 일이 아니었다. 어머니는 거기서 1년간 살다가 이혼한 회계사와 함께 캘리포니아로 갔다.

현재 은퇴한 아버지는 여전히 미들햄에 살고, 독립 전쟁 디오라마(그림으로 그린 배경을 바탕으로 모형을 설치해 역사적인 장면을 재현하는 것-옮긴이)를 만들며 시간을 보냈다. 나는 목요일 저녁마다 아버지를 찾아가는데, 아버지는 기온이 15도 이상이면 그릴에 스테이크를 구워주고 15도 이하일 때는 칠리 스튜를 만들어준다. 누나는 2년에 한 번씩 추수감사절에 아버지를 찾아오는데 우리 부자가 누나를 볼 수 있는 건 그때뿐이다. 두 번째 남편 그리고 남편의 네 아이들과 함께 하와이에 살기 때문이다. 누나는 엄마를 훨씬 자주 만나는데 엄마가 여전히 캘리포니아에 살기도 하고, 두 모녀가 워낙 비슷하기 때문이다. 이혼을 하면 가족은 성별과 지리적 위치에 따라 갈라지는 게 아닌가 싶다. 나와 아버지는 동부에 남고, 어머니와 누나는 서부로 간 것처럼.

콩코드 리버인 호텔의 계단을 올라가노라니 이곳 식당에서 우리 모자가 점심을 먹던 때가 절로 생각났다. 우리는 해산물 뉴버거를 주문했고 어머니는 핑크 레이디를, 나는 레몬 한 조각이 들어간 펩시콜라를 홀짝거렸다. 릴리와 나는 식당이 아닌 바에서 만나기로 했는데 나는 이 호텔의 지하에 바가 두 개라는 걸 잊고 있었다. 하나는 식당 반대편에 있는 L자형의 아늑한 바였고, 또 하나는 건물 뒤쪽으로 이어지는 큰 바였다. 나는 작은 바를 골랐다. 사람이 없기도 했고, 거기 앉으면 뒤쪽 바로 이어지는 복도를 지켜볼 수 있기 때문이다. 기네스를 주문한 다음, 나는 천천히 마시기로 다짐했다. 오늘은 절대 취하고 싶지 않았다.

지난주 런던 출장에서 돌아온 이후로 아내와 많은 시간을 함께 보냈다. 미란다에게는 새 집을 꾸밀 아이디어들이 넘쳐났다. 우리 집 서재의 빈티지 테이블은 그녀가 카탈로그에서 잘라낸 사진들과 인터넷에서 출력한 사진들로 뒤덮여 있었다. 미란다가 꼭 사야 한다고 주장하는 물건들을 하나씩 보여주는 동안, 나는 그녀와 브래드 다겟이 함께 있던 모습은 생각하지 않으려 했고 물건 구입에 모두 동의했다. 욕실 바닥에 설치할 열선이 들어간 타일, 2만 달러짜리 바이킹 전기레인지, 길고 좁은 실내 수영장. 그녀의 의견에 동의하면서 머릿속으로는 계속 하나만 생각했다. 그녀는 죽게 될 것이고 그렇게 만들 사람은 바로 나라는 사실. 마치 다이아몬드를 모든 각도에서 바라보며 금이 가거나 부서진 곳은 없는지 살피듯, 나도 그 사실을 머릿속으로 계속 생각하고 이리저리 굴리며 재고의 여지나 죄책감을 찾아보았지만 어디에도 없었다. 미란다는 내가 죽여야 할 괴물이라는 신념만 더욱 확고해졌다.

목요일이 되자 그녀는 케네윅으로 돌아갔고 내게 주말에 오라고 신신당부했다. 떠나기 전, 미란다는 날 다시 서재로 데려가 카탈로그에서 주문하고 싶은 물건을 몇 개 더 보여주더니 휴대전화로 무언가를 검색했다. 거실에 걸면 딱 좋을 그림이라고 했다.

"가로 180센티미터, 세로 270센티미터야. 남쪽 벽에 걸면 안성맞춤이라고." 그녀가 말했다.

난 휴대전화 속 조그만 사진을 바라봤다. 남자의 머리 같았는데 귀가 불타고 있었다.

"맷 크리스티의 자화상이야. 내가 장담하는데 투자 가치가 높아. 못 믿겠으면 검색해봐." 그녀는 '할인'이라는 말이 포함된 문장 속의 터무니없는 가격을 불러주었다.

"생각해볼게." 내가 말했다.

미란다는 발을 뗄 듯 말 듯 살짝 점프하더니 내게 키스했다. "고마워. 자기가 최고야." 그러고는 손으로 내 사타구니를 만지며 검지로 바지 지퍼를 훑어 내렸다. 그녀에 대한 감정과 별개로 아래가 단단해졌다. "케네윅에 오면 적절한 감사 표시를 할게, 알았지?" 그녀가 나직하게 말했다.

갑자기 그녀를 홱 돌려 빈티지 테이블에 엎드리게 하고 싶은 충동을 느꼈다. 브래드 다겟이 그랬던 것처럼. 하지만 나 자신을 믿을 수 없었다. 돌연 카탈로그로 미란다의 머리를 갈기거나, 바람을 피우는 나쁜 년이라고 소리 지를 수도 있었다. 그래서 그냥 빨라야 토요일 저녁에나 갈 수 있을 거라고 말했다. 그녀는 별로 실망하는 것 같지 않았다.

미란다가 짐을 다 챙기자, 나는 차고까지 배웅했고 미니 쿠퍼에 짐을 실어준 후 이렇게 말했다. "브래드가 당신을 곤란하게 하지 않았으면 좋겠군. 둘이 함께 있을 때."

"무슨 말이야?"

"브래드가 치근거린 적 없어?"

미란다는 생각에 잠긴 표정으로 날 돌아봤다. "브래드가? 없어. 그 사람은 일밖에 몰라. 왜, 질투 나?"

놀라움과 심사숙고, 태연함을 섞어 말하는 그녀의 태도는 완벽했다. 만약 내가 쌍안경으로 목격하지 않았더라면 둘 사이에 무슨 일이 있으리라고는 꿈에도 생각하지 못했을 것이다. 미란다를 알게 된 처음 몇 년 동안 나는 그녀가 감정을 그대로 드러내는 사람, 속이는 데 소질이 없는 사람이라고 생각했다. 어쩌면 그렇게 심한 착각을 했을까?

미란다는 운전석에 몸을 구겨 넣더니 손으로 키스를 날린 다음, 차고의 좁은 공간을 휙 빠져나갔다. 내가 옳은 일을 한다는 확신이 넘쳐흘렀다. 브래드와의 관계를 부인한 그녀의 몇 마디 말로 마음속 의심은 모두 사라졌다.

시간이 지나도 릴리는 오지 않았다. 주문한 기네스를 천천히 홀짝거리고 있자니 그녀가 오지 않을 거라는 확신이 들었다. 그러자 안도감과 실망감이 섞인 이상한 기분에 휩싸였다. 릴리를 다시 보지 못한다면 내 삶은 예전으로 돌아갈 것이다. 솔직히 말해 그녀의 도움과 격려 없이도 내가 아내를 죽일 수 있을까? 시도나 할까? 설사 내가 아내를 죽였다 해도 릴리가 신고하지 말란 법이 없다. 경찰에게 비행기에서 날 만났고 내가 술김에 범죄 계획을 털어놓았다고 말할지도 모른다. 그러니 만약 릴리가 나타나지 않는다면, 나는 정면 돌파를 선택해 아내에게 브래드와 바람피운 일을 알고 있으니 이혼해달라고 할 것이다. 끝없는 법적 공방과 의례적인 굴욕이 기다릴 테지만 견뎌낼 것이다. 혼전합의서가 있어도 미란다는 거액을 가져가겠지만 돈은 얼마든지 벌 수 있다. 그리고 브래드에게는 합당한 몫이 돌아갈 것이다. 내 아내.

하지만 콩코드 리버인 호텔에 홀로 앉아, 이제 다시는 릴리를 보지 못할 거라는 확신과 함께 느껴지는 실망감의 일부는 그녀가 날 다시 만나는 데 낭만적 이유도 있기를 내심 바랐기 때문이다. 그녀의 창백하고 아름다운 얼굴, 내 손에 잡혔던 가냘픈 손의 느낌이 아직도 생생하게 남아 있었다. 어쩌면 릴리와 바람을 피우는 게 미란다와 브래드에게 할 수 있는 가장 확실한 복수일지도 모른다. 눈에는 눈, 이에는 이. 또한 우리의 약속 장소가 호텔이라는 사실도 간과할 수 없었다. 반목재 천장 위로 층마다 놓여 있을 빈 침대들의 존재가 생생히 느껴졌다.

지난주 내내 그랬듯이 나는 보스턴행 야간 비행기에서 있었던 일, 갑자기 나타난 여자가 아내를 죽이는 걸 도와주겠다고 제안한 일을 집요하게 복기하기 시작했다. 당시 술에 취해 있긴 했어도 그날 밤 일을 또렷이 기억했다. 어떤 말이 오갔는지 한 줄, 한 줄 낱낱이 기억했지만 약간 비현실적인 꿈을 회상하는 듯했다. 내 기억이 확실하다고 믿어도 될지, 아니면 그 사건에 나의 야심과 욕망을 투사하기 시작했는지 알 수 없었다. 집에 온 후로 난 당연히 릴리에 관한 정보를 알아내려 했다. 윈슬로 대학 웹사이트에 들어가 기록보관소의 목표와 업적만 간략히 요약된 페이지를 찾아냈다. 거기에는 기록보관소 직원 두 명의 이름이 적혀 있었다. 대학 담당자인 오토 렘케, 그리고 문서 보관 담당자인 릴리 헤이워드. 각자 전화번호가 적혀 있었지만 이메일 주소는 똑같았다. archives@winslow.edu. 나는 릴리 헤이워드의 다른 정보를 찾아 인터넷을 검색했지만 그녀와 연관된 건 하나도 찾아내지 못했다. 그녀의 이름으로 된 페이스북도, 링크드인도 없었다. 사진도 없었다. 당연한 일이었다. 그녀는 인터넷에 자신의 존재를 드러낼 사람처럼 보이지 않았다. 설사 그랬다 해도 내가 정말로 알고 싶은 것은 알아내지 못할 것이다. 왜 처음 보는 사람에게 아내를 죽이는 일을 도와주겠다고 했는지, 그렇게 해서 얻는 게 무엇인지.

막 기네스 한 잔을 다 마셨을 때 릴리를 발견했다. 그녀는 비뚤어진 복도를 천천히 걸어오며 출입문 안쪽을 살피고 있었다. 나는 스툴을 빙글 돌려 그녀에게 들어오라고 손짓했다.

"왔군요." 놀란 듯한 어조로 그녀가 말했다.

"당신도 왔군요. 저쪽 테이블로 옮깁시다. 뭐 마실래요?" 내가 물었다.

그녀는 화이트 와인을 마시겠다고 했다. 나는 릴리가 마실 소비뇽 블랑과 내가 마실 기네스를 한 잔 더 주문해 그녀가 앉아 있는 테이블로 가져갔다. 릴리는 내가 기억하는 그대로였다. 긴 빨간 머리를 뒤로 묶어 틀어 올린 것만 빼고. 내가 그녀 앞에 와인잔을 내려놓는 동안, 그녀는 회색 재킷에서 몸을 빼냈다. 재킷 안에는 진한 파란색 블라우스와 베이지색 카디건을 입었고, 밖에서 들어온 탓에 양 볼은 상기되어 있었다.

우리는 술을 한 모금씩 마셨고 잠시 어색함이 흘렀다. 누구도 얼른 얘기를 꺼내지 않았다.

"망해버린 두 번째 데이트 같군요." 어색함을 깨기 위해 내가 말했다.

그녀가 웃었다. "우리 둘 다 상대가 나올 거라고 예상하지 않은 것 같아요."

"글쎄요. 난 당신이 나올 줄 알았습니다."

"난 당신이 안 나올 거라고 생각했어요. 다음 날 아침 끔찍한 숙취에 시달리며 깨어나서 아내를 죽일 계획을 세웠던 일만 어렴풋이 기억할 거라고 생각했죠."

"끔찍한 숙취에 시달리긴 했지만 우리가 한 얘기는 전부 기억합니다."

"아직도 죽이고 싶어요?" 릴리가 물었다. 마치 아직도 프렌치프라이를 먹고 싶으냐고 묻듯이. 하지만 그녀의 눈동자는 즐거움으로 반짝거렸다. 혹은 도전 의식으로. 그녀는 나를 시험하고 있었다.

"그때보다 더요." 내가 말했다.

"그럼 내가 도와줄게요. 아직 내 도움을 원한다면요."

"그래서 여기 온 겁니다."

릴리가 의자에 등을 살짝 기대더니 내게서 눈을 떼어 작은 바를 둘러봤다. 나도 그녀의 시선을 따라 광택제를 바르지 않은 마룻바닥과 2미터가 훌쩍 넘어 보이는 천장을 바라봤다. 우리 말고 다른 손님은 한 명뿐이었는데, 양복 입은 남자가 아까 내가 앉은 자리에서 휘핑크림을 얹은 아이리시 커피를 마시고 있었다. "여기서 얘기해도 괜찮겠어요?" 내가 물었다.

"여기 아는 사람 없죠?"

"전에 콩코드에 온 적은 있지만 아는 사람은 없습니다, 네."

나는 어머니를, 어머니가 여기 살았던 시절을 생각했다. 어머니는 이 바의 단골이었을까? 두 번째 남편을 물색하러 다닌 곳이 여기였을까? 여기서 키스 도널드슨, 어머니에게 캘리포니아로 떠나자고 설득한 이혼남을 만났을까? 두 사람은 결혼하지 않았지만 어머니는 아직도 캘리포니아에서 산다. 지금은 다른 남자와 함께. 어머니와는 1년에 한 번 만날까 말까 한다.

"긴장한 거 같네요." 릴리가 말했다.

"네. 긴장하지 않았다면 그게 더 이상하지 않을까요?"

"우리가 하려는 일 때문인가요, 아니면 나 때문인가요?"

"둘 다요. 지금은 당신이 왜 나왔는지 궁금합니다. 당신이 경찰이나 법조계와 관련된 사람이고, 내가 아내를 어떻게 죽이려는지 녹음하려는 게 아닐까 싶기도 하고요."

릴리가 웃었다. "내 몸에 도청장치는 없어요. 이런 공공장소가 아니었다면 내 몸을 뒤져보라고 했을 거예요. 설사 내가 도청장치를 달고 나왔다고 해도, 당신이 부인을 살해하려는 계획을 세웠다는 이유만으로 체포할 순 없어요. 그건 함정수사 아닌가요?"

"그럴 겁니다. 난 그냥 당신을 유혹하려고 아내를 죽이는 얘기를 지어냈다고 둘러댈 수 있으니까요."

"놀랍네요. 정말인가요?"

"뭐가요? 내가 당신을 유혹하려고 했냐고요?"

"네."

"비행기에서 한 게임을 아직도 하는 겁니까? 완벽한 진실? 그럼 거짓말하지 않고 사실대로 말하죠. 당신을 유혹해야겠다고 생각한 적은 없지만 아내에 대해 내가 했던 말과 그 일에 대한 내 감정은 모두 사실입니다. 난 솔직하게 말했어요."

"나도 솔직하게 말했어요. 난 당신을 돕고 싶어요."

"진심이라는 거 압니다. 다만 당신이 날 도우려는 동기를 잘 모르겠어요. 우리가 하려는 일에서 내가 얻을 몫은 알고 있지만……."

"부인과 빨리 갈라설 수 있죠." 와인을 한 모금 마시며 릴리가 말했다.

"네, 빨리 갈라설 수 있죠……."

"하지만 내가 뭘 얻게 될지 궁금하다고요?"

"네. 바로 그겁니다."

"그럴 줄 알았어요. 당신이 궁금해하지 않았으면 오히려 걱정됐을 거예요." 그녀의 이글거리는 눈동자가 내게 고정되었다. "내가 살인을 어떻게 생각하는지 말했죠? 사람들 생각처럼 살인이 비도덕적인 일은 아니라고 했잖아요? 난 정말 그렇다고 믿어요. 사람들은 생명이 존엄하다고 호들갑을 떨지만 이 세상에는 생명이 너무 많아요. 그러니 누군가 권력을 남용하거나,

미란다처럼 자신을 향한 상대의 사랑을 남용한다면 그 사람은 죽여 마땅해요. 너무 극단적인 처벌처럼 들리겠지만 난 그렇게 생각 안 해요. 모든 사람의 삶은 다 충만해요. 설사 짧게 끝날지라도요. 모든 삶은 그 자체로 완전한 경험이라고요. T. S. 엘리엇의 유명한 말을 들어본 적 있나요?"

"어떤 거요?"

"'장미의 한순간과 주목朱木의 한순간은 똑같이 지속된다.' 살인을 정당화한 말은 아니지만 얼마나 많은 사람이 오래 사는 걸 당연하게 생각하는지 강조하는 말이라고 생각해요. 대부분의 사람들은 자발적으로 타인에게 이용당할 때까지 살고 싶어 하는 거 같아요. 미안해요, 잠시 샛길로 빠졌네요. 우리가 처음에는 공항 라운지에서, 나중에는 기내에서 얘기를 나눌 때 아내를 죽이고 싶다는 말을 먼저 꺼낸 쪽은 당신이에요. 그래서 난 살인에 대한 내 철학을 말한 거고요. 그게 다예요, 정말. 난 당신과 얘기하는 게 좋아요. 아내를 죽이고 싶다는 말이 진심이라면 도울게요. 내가 할 수 있는 일이라면 무엇이든지."

릴리가 짧은 연설을 하는 동안 나는 그녀를 지켜봤다. 처음에는 잠깐 열정적으로 변하며 태양 숭배자들이 조금이라도 햇살을 더 받기 위해 태양을 따라가듯 내 쪽으로 얼굴을 내밀었으나 이내 자신을 너무 드러냈다는 듯 다시 뒤로 물러났다. 그러고는 손가락으로 와인잔의 기둥을 돌렸다. 그녀가 미친 게 아닐까 하는 의문이 잠깐 들었지만 동시에 그래도 모험을 해보기로 결심했다. 내가 익히 아는 감정이었다. 어리석은 도박을 감행해 엄청난 액수의 돈을 벌어들일 때도 이런 기분이었다.

"난 이번 일을 하고 싶습니다. 그리고 당신이 날 도와줬으면 해요." 내가 말했다.

"도울 거예요."

릴리는 다시 와인을 한 모금 마셨다. 그녀의 머리 위쪽에 있는 놋쇠 램프의 불빛에 와인잔이 은은히 빛났고, 그 빛이 다시 그녀의 창백한 얼굴에 반사되었다. 머리를 틀어 올리니 지난번보다 더 아름다웠지만 동시에 더 엄격해 보이기도 했다. 아내가 구독하는 몇몇 카탈로그 속 모델들을 연상시켰다. 트위드 재킷에 청바지를 입고, 말 옆이나 돌로 만든 시골 저택 앞에서 포즈를 취하는, 키가 크고 부티 나는 여자들이 잔뜩 나오는 카탈로그.

"궁금한 게 있는데, 지금까지 정확히 몇 명이나 죽였습니까?" 나는 농담처럼 말해 빠져나갈 여지를 주면서도 한편으로는 방금 그녀가 한 짧은 연설이 미리 연습해온 것인지 알고 싶었다.

"그 질문엔 대답하지 않겠어요. 우린 아직 서로를 잘 모르니까요. 이거 하난 약속하죠. 당신 부인이 죽고 나면, 당신이 알고 싶어 하는 걸 모두 말해줄게요. 우리 사이엔 어떤 비밀도 없을 거예요. 그거야말로 내가 고대하는 바이기도 하고요."

그렇게 말하는 릴리의 표정이 부드러워졌고, 마치 그녀의 말 속에 훗날 나와 섹스를 하겠다는 약속이 암시되어 이 고요한 실내에 울려 퍼지는 것 같았다. 내 잔은 비어 있었다.

"생각해본 적 있습니까? 어떻게 죽일지?" 내가 물었다.

"네, 많이요." 릴리는 그렇게 말하며 와인잔을 앞으로 밀어 내 맥주잔과 일렬로 놓았다. "우리에게는 대단한 이점이 있죠. 바로 나예요. 난 당신을 도울 수 있고 우리가 만났다는 사실은 아무도 몰라요. 난 당신의 보이지 않는 공범이죠. 당신에게 알리바이를 만들어줄 수 있고, 우리 둘이 아는 사이라는 걸 아무도 모르니 경찰은 내 말을 믿을 거예요. 당신과 나, 우리 사이에는 어떤 연관성도 없어요. 그것 말고도 당신을 도울 수 있는 방법은 많아요."

"당신이 대신 죽여줄 필요까지는 없습니다."

"네, 알아요. 내가 당신을 돕는다면 당신이 잡힐 가능성은 현저히 줄어들어요. 그게 가장 중요하죠. 범죄를 저지르긴 쉬워요. 사람들이 늘 하는 일이기도 하고요. 하지만 대부분의 사람들은 잡히게 마련이죠."

"그럼 어떻게 해야 안 잡힐 수 있죠?"

"사람을 죽이고도 잡히지 않으려면 시체를 숨겨야 해요. 아무도 찾지 못하도록. 애초에 살인이 없었다면 살인자도 없는 거니까요. 하지만 시체를 숨기는 방법은 여러 가지예요. 시체를 남기고도 실제와 정반대 일이 벌어진 것처럼 보이게 할 수도 있죠. 당신도 그렇게 해야 해요. 만약 미란다가 실종된다면 경찰은 그녀를 찾을 때까지 수색을 멈추지 않을 거예요. 경찰이 살펴보는 미란다의 시신은 당신과 전혀 상관없는 이야기를 해야 해요. 절대 당신이 없을 곳으로 경찰을 인도해야 한다고요. 당신에게 질문이 있어요. 브래드 다겟은 어떻게 생각해요?"

"무슨 말입니까?"

"그를 살릴지 죽일지 생각해봤어요?"

"생각해봤습니다. 브래드도 죽었으면 좋겠어요."

"잘됐네요. 그럼 일이 훨씬 쉬워질 거예요." 그녀가 말했다.

6장

릴리

쳇이 다락방에서 나와 마당에 있는 내게로 왔을 때는 다행히도 멜빵바지 안에 티셔츠를 입고 있었다. 그에게서는 여전히 고약한 냄새가 났다. 사과로 만든 사이다가 시큼해진 냄새. 나는 숲 건너편 초원에서 무언가를 발견했는데 아저씨의 도움이 필요하다고 했다. 아빠에게 부탁했지만 아빠는 바빠서 도와줄 수 없다고 덧붙이면서. 쳇은 못마땅하다는 표시로 끙 소리를 냈다. 부모님이 침실에서 재회했다는 걸 자기도 알고 있다는 듯이.

우리는 우리 집 부지와 옆집의 버려진 부지를 갈라놓는 경계선인 좁은 소나무 숲으로 들어갔다. "그 초원에 가본 적 있어요?" 내가 물었다. 쳇은 내 뒤에서 걸어오고 있었는데 발을 헛

디뎌 살짝 휘청거렸고, 마치 나뭇가지가 언제 얼굴을 후려칠지 모른다는 듯이 한 팔을 얼굴 앞으로 들어 올렸다.

"여기 처음 왔을 때 오래된 선로를 따라 산책한 적은 있어." 그가 말했다. 선로는 우리가 가려는 곳과 정반대였다.

"아주 멋진 초원이에요. 이젠 아무도 살지 않는 오래된 농가 뒤에 있는데 난 늘 거기서 놀아요."

"오래 가야 하니?"

"이 숲만 지나면 돼요." 우리는 숲 가장자리를 따라 세워졌으나 지금은 무너진 돌담을 기어올랐다. 낮게 걸린 태양의 햇살은 초원에 군데군데 핀 야생화의 색깔을 선명하게 바꿔놓았다. 하늘은 분홍색에서 진한 자주색으로 변해가고 있었다.

"아름답구나." 쳇이 그렇게 말하자, 나는 내 초원을 저자와 공유했다는 사실에 잠시 납득할 수 없는 짜증이 치밀었다.

"이쪽이에요." 나는 우물이 있는 쪽으로 걸어갔다.

"너도 그래. 너도 아름다워."

나는 억지로 몸을 돌려 그를 바라봤다.

"미안. 그냥 혼잣말이었어." 쳇이 말했다. "하지만 맙소사, 널 좀 봐. 넌 네가 얼마나 아름다운지도 몰라, 안 그러니, 꼬마 릴리? 이런 말 한다고 해서 기분 상하는 거 아니지? 그냥 내가 보기에 그렇다는 거야." 그는 몸을 약간 흔들며 제멋대로 자란 수염을 한 손으로 비볐다.

"괜찮아요. 하지만 먼저 날 도와주세요. 오래된 우물이 있는데 거기 밧줄에 뭔가 매달려 있고, 나 혼자서는 밧줄을 끌어 올릴 수가 없어요."

"알았어. 가서 한번 보자. 거기 우물이 있다는 건 어떻게 알 았니?"

나는 그의 질문을 무시하고 앞장서서 초원을 가로질렀다. 우물은 그다지 깊지 않았고, 손전등으로 비추면 바닥을 볼 수 있었다. 바닥에는 돌멩이뿐이었는데 비가 오면 가끔씩 물이 차 기도 했다. 처음부터 우물이었는지도 확실치 않았다. 우물이라 기보다 깊은 구멍에 가까웠다. 어쩌면 우물을 만들려고 파다가 실패했는지도 모른다. 아홉 살 때 초원을 이리저리 가로지르며 뛰어다니다 우연히 발견한 우물이었다. 갑자기 발밑 나무에 부 딪쳐 텅 울리는 소리가 났고, 노랗게 마른 잡초들을 헤쳐 보니 우물 뚜껑이 있었다. 사각형의 썩은 판자였는데 나 같은 사람 이 빠지지 말라고 덮어둔 듯했다. 뚜껑은 사각형 우물 구멍보 다 살짝 작아서 쉽게 들어 올릴 수 있었다. 우물 옆면에는 바위 가 차곡차곡 쌓여 있었다. 수중에 손전등이 없어서 깊이를 가 늠하려고 돌을 던져 보았다. 1초 만에 돌이 무언가 단단한 물 체에 부딪히는 것으로 보아 우물은 그다지 깊지 않았다. 나는 우물 안에 보물이 숨겨져 있거나 더 큰 미스터리를 푸는 단서 가 있을 거라고 생각해 얼른 집에 가서 손전등을 가져왔지만 실망하고 말았다. 우물은 그저 땅에 뚫린 구멍, 스스로 무너져 서 생긴 구멍일 뿐이었다.

"우와, 이것 좀 봐. 이 우물을 언제 발견했지?" 내가 우물을 보여주자, 쳇은 그렇게 말했다.

"일주일쯤 전에요." 나는 거짓말을 했다. "처음에는 밧줄을 발견하고 그다음에 뚜껑을 열어봤어요. 별로 깊지는 않은 것 같은데 나 혼자서는 밧줄을 끌어 올릴 수가 없어요. 밧줄 끝에 무거운 물건이 매달려 있나 봐요."

우물 속에 밧줄을 내려놓은 것 역시 내 아이디어였다. 며칠 전 우리 집 지하실에서 사용한 지 오래되어 보이는 밧줄과 낡은 금속 막대를 발견해 여기로 가져왔다. 그런 다음 초원에서 파낸 큼직한 돌에 밧줄의 한쪽 끝을 꽁꽁 묶어서 우물 속에 던지고, 다른 쪽 끝은 막대에 묶어 땅속 깊이 박았다. 딱히 진짜처럼 보이리라고는 생각하지 않았지만 상관없었다. 쳇이 우물 속 밧줄 끝에 뭐가 있을지 궁금해하기만 하면 그만이었다. 그날 아침, 나는 부모님 침실에 들어가 화장대에서 '포마드'라고 적힌 작은 플라스틱 통을 찾아냈다. 그걸 가져가 밧줄의 처음 30센티미터가량에 이 머릿기름을 문질러두었다. 밧줄이 손에서 자꾸 미끄러지도록 하기 위해서였다. 행여 쳇이 두 발로 똑바로 서서 밧줄을 쉽게 끌어 올리면 낭패이기 때문이다. 내 계획대로 되려면 쳇은 우물 앞에서 무릎을 꿇어야 했다. 그러나 막상 닥치고 보니 그건 기우에 불과했다. 쳇은 잔뜩 흥분한 소년처럼 우물 앞에 무릎을 꿇더니 밧줄을 잡았다.

"으, 밧줄에 뭐가 묻은 거지?"

"모르겠어요. 때가 꼈겠죠." 내가 말했다.

그는 손가락을 코에 대더니 냄새를 맡았다. "천연적인 냄새는 아니야. 샴푸 냄새 같은데."

"아마 누가 밧줄을 끌어 올리지 못하게 발라놓았을 거예요." 나는 쳇의 바로 뒤에 가서 섰다. 그는 나를 보려고 고개를 뒤로 돌렸다. 축축하고 부은 눈이 내 가슴을 응시했다. 내 살갗이 오그라들면서 양팔에 소름이 돋았다.

"나비 좋아하니?" 쳇이 물었다. 그의 눈은 여전히 내 탱크톱에 수놓인 자수에 머물러 있었다.

"그런 셈이죠." 나는 나도 모르게 뒤로 물러섰다. 갑자기 혐오감이, 그리고 나만의 비밀 초원에 이 작자를 데려온 나 자신에게 분노가 치밀었다. 우물 안에 뭐가 있든 이자가 관심이 없는 게 당연하다. 머릿속엔 오로지 섹스뿐이니까. 밧줄을 끌어 올리기도 전에 내게 자기 페니스를 찔러 넣고 싶겠지. 내가 멍청했다. 나는 무언가 할 말을 생각해내려 했지만 머릿속이 텅 비면서 입이 바짝 말랐다.

그때 쳇이 다시 물었다. "부모님에게는 말 안 했어?"

"네. 화만 내실 테니까요. 그리고 만약 우물에서 멋진 물건이 나온다면 가져가버리실 거예요."

"뭐가 나올지 한번 보자." 쳇은 그렇게 말하고 다시 우물로 고개를 돌렸다. "만약 저 아래서 보물 상자가 나오면 내 몫으로 얼마나 줄 거지?"

쳇은 내가 바라는 대로 움직이고 있었다. 밧줄을 더 잘 잡기 위해 허리를 숙여 미끄럽지 않은 부분을 잡았다. 머리를 우물 속으로 반쯤 집어넣었고, 몸을 무릎 앞쪽으로 내밀었다. "떨어지면 안 돼요." 내가 말했다. 그에게 안전하다는 느낌을 주기 위해 미리 생각해둔 말이었다.

"깊이가 얼마나 되지?"

"별로 깊지 않을 거예요."

쳇은 우물 속에 대고 우우 소리를 질렀고, 그 소리는 메아리가 되어 다시 올라왔다.

"내가 잡아줄게요." 이 역시 미리 생각해둔 말이었다. 내 손이 자기 등에 닿아도 이상하게 여기지 않도록. 괜히 어설프게 밀었다가는 그가 갑자기 몸을 벌떡 일으켜 내게 덤빌 수도 있었다.

내가 양손으로 쳇의 멜빵바지를 움켜잡았을 때 그가 말했다. "잡았다! 올라오고 있어."

나는 젖 먹던 힘까지 쥐어짜 최대한 세게 그의 등을 밀었다. 쳇은 고개를 들려고 했지만 머리가 이미 우물 속에 있었기 때문에 우물 가장자리에 뒤통수를 부딪혔다. 그의 몸 전체가 앞으로 기울어지며 떨어졌고, 한순간 나도 함께 떨어지는 줄 알았다. 전혀 예상치 못했던 일이었다. 하지만 쳇은 용케 한쪽 다리를 우물에 걸쳐 매달렸다. 그의 비명을 들으며 나는 옆으로 몸을 굴렸다. 그의 묵직한 워커 한 짝이 우물 입구의 평평한 돌

사이에 끼어 있었다. "맙소사." 그가 외쳤다. "도와줘!" 무언가가 우물 바닥에 떨어지며 쨍그랑 소리가 났다. 아마 그의 안경일 것이다.

나는 일어섰다. 손톱 하나가 아까 멜빵바지에 걸렸는지 찢어져 있었다. 나도 모르게 손을 털 때 얼굴에 피가 튀지 않았더라면 몰랐을 것이다.

"릴리, 맙소사…… 도와줘!"

나는 그의 신발이 낀 돌 옆에 쪼그리고 앉았다. 어차피 오래 버티지 못하고 곧 떨어질 테지만 그래도 닳아빠진 워커 밑창의 가장자리를 잡아 앞으로 밀쳤다. 윽 하는 신음 소리가 나더니 어딘가에 긁히는 소리가 났고, 이내 우물 바닥에 우당탕 떨어지는 소리가 났다. 살려달라는 소리가 좀 더 들릴 줄 알았으나 의외로 조용했다. 흙과 잔해가 계속 떨어지는 소리만 들릴 뿐이었다. 초원 반대편에서 까마귀 두 마리가 서로 까악까악 울어댔다.

집에서 가져온 펜라이트를 꺼내 돌렸더니 불이 켜졌다. 아주 강한 불빛은 아니었지만 우물 속 어둠을 들여다보기에는 충분했다. 손이 떨릴 줄 알았지만 떨리지 않았다. 나는 고도로 집중한 상태였고 생각하느라 여념이 없었다. 재미있는 책을 읽다가 오후가 훌쩍 지나가버렸을 때처럼. 우물 가장자리 너머를 응시하며 펜라이트의 빛줄기로 바닥을 비췄다. 쳇이 우물에 떨어져도 바로 죽지 않고, 내게 다시 올려달라고 애걸하리라 확신했기에 대응책도 미리 마련해둔 터였다. 하지만 그는 우물 바닥에 등을 댄 채 가만히 누워 있었다. 두 다리는 우물 벽에 대고 목은 이상한 각도로 꺾여 있었다. 나는 한동안 그를 바라봤다. 펜라이트의 불빛은 약했고 우물 안은 둥둥 떠다니는 먼지들로 가득했지만 어쨌거나 그는 움직이지 않는 듯했다. 그러다 보일 듯 말 듯하게 그가 움직였고, 나직한 한숨 소리가 들렸다. 쳇이 내는 소리일 수도 있고, 침입자가 들어온 우물에 무언가가 자리를 잡으면서 나는 소리일 수도 있다.

나는 자리에서 일어나 무거운 돌을 모아둔 곳까지 1미터쯤 걸어갔다. 그중에서 가장 크고 우둘투둘하고, 석영이 혈관처럼 가로지르는 회색 돌 하나를 골랐다. 양손으로 운반해야 했기 때문에 펜라이트를 입에 물었다. 그러고는 펭귄처럼 뒤뚱거리며 우물로 돌아가 우물 양옆으로 다리를 벌리고 허리를 숙였다. 펜라이트로 어둠을 비춘 상태에서 최대한 쳇의 머리 바로 위로 돌을 가져가 떨어뜨렸다. 떨어뜨리자마자 고개를 돌렸지만 돌이 쳇의 머리에 부딪히는 소리가 들렸다. 수박에 쩍 하고 금이 갈 때 나는 소리였다. 설사 우물에 떨어진 후에 살아 있었다 해도 이제는 확실히 죽었을 것이다.

돌을 운반하느라 양팔이 쑤셔서 한동안 쪼그리고 앉아 있었다. 까마귀 한 마리가 초원 가장자리의 죽어가는 단풍나무에 앉아 날 지켜봤다. 공기 중에 떠도는 죽음의 냄새를 맡고 온 걸까? 아마 그럴 것이다. 까마귀는 고개를 살짝 숙이더니 검은 날 개의 깃털을 부풀렸다. 마치 특별한 세계로 온 것을 환영한다고 말하듯이.

나는 펜라이트를 끄고 다시 주머니에 넣은 다음, 땅에 박았던 금속 막대를 뽑아 밧줄과 함께 우물 속에 던졌다. 그러고는 우물과 돌무더기 사이를 오가며 큰 돌 여섯 개를 더 떨어뜨렸다. 어차피 나중에 더 완벽하게 감출 생각이었지만 서둘러서 나쁠 건 없었다. 계속하고 싶었지만 하늘의 빛이 희미해지고, 구름은 자주색과 갈색으로 변하고, 초원과 주변의 숲은 선명하지 않은 여러 톤의 회색으로 시들어갔다. 원래는 작업실 위의 다락방으로 돌아가 쳇의 짐을 챙긴 다음, 다시 우물로 돌아와 그 속에 버릴 생각이었다. 돌을 더 떨어뜨려 전부 다 감추고 우물 입구를 다시 막으면 끝이다. 하지만 컴컴한 숲을 지나 돌아가다 보니 펜라이트 불빛으로는 앞에 있는 관목들만 겨우 알아볼 수 있었다. 그래서 일단 쳇의 짐만 꾸려놓고 우물로 옮기는 일은 내일 아침 일찍 하기로 했다. 부모님은 보나마나 늦잠을 주무실 테니까.

나는 작업실 위의 그 다락방을 잘 알고 있었다. 짐이 많으면 어쩌나 걱정했지만 많지 않았다. 큼직한 카키색 더플백 하나뿐이었는데, 접이식 침대 옆에 활짝 벌어진 채 놓여 있었다. 펜라이트 불빛에 의지해 방을 뒤지다가 문득 불을 켜도 된다는 걸 깨달았다. 어쩌다 부모님이 침실에서 작업실 쪽을 본다 해도 놀라진 않을 것이다. 오히려 불이 꺼져 있으면 놀라겠지.

다락방 램프는 흰 페인트를 칠한 벽과 아무것도 깔지 않은 마룻바닥을 가로질러 흐릿하고 노란 불빛을 드리웠다. 가구는 거의 없었다. 내가 아끼는 빈백 의자 하나와 천을 씌운 의자 두 개가 전부였다. 빈백 의자는 짜부라져 있었고, 천을 씌운 의자들은 둘 다 군데군데 천이 찢어져 솜이 삐져나와 있었다. 그중에서 잔가지 무늬의 파스텔 색깔 천을 씌운 의자는 내가 책을 읽을 때 즐겨 앉았던 곳이다. 난 그 의자에는 책이 쌓여 있는 걸 보고 기뻤다. 쳇이 저 의자에는 앉지 않았다는 뜻이니까.

접이식 침대 주위에 옷가지가 널브러져 있었다. 티셔츠 두 개와 팬티 하나. 나는 티셔츠를 이용해 팬티를 집어든 다음, 둘 다 더플백에 넣었다. 반쯤 채워진 가방에서는 퀴퀴하고 몸이 근질거릴 듯한 체취가 풍겼지만 다락방 자체는 예상만큼 냄새가 고약하지 않았다. 주로 테레빈유와 담뱃재 냄새였다. 마룻바닥 한가운데에는 빈 커피 통이 놓여 있었는데 담배꽁초가 가득했다. 나는 그 통을 집어 들고 어디에 버릴까 생각하다가 그냥 더플백에 넣으면 된다는 걸 깨달았다. 쳇이 이 옷을 다시 입을 일은 없을 테니까.

욕실에 들어가 칫솔과 거의 다 쓴 치약, 데오도란트라고 적힌 통에 들어 있는 하얀 크리스털 스톤, 초록색 샴푸를 집어 들었다. 머리카락이 붙은 비누 조각은 남겨두었다. 부엌이라고는 하지만 사실상 방 한쪽 구석에 싱크대와 찬장 서너 개, 요리용 철판을 둔 데 불과한 공간에서는 라면 두 개와 대형 플라스틱 통에 든 포포브 보드카를 집어 들었다. 남은 보드카는 싱크대에 버리고 플라스틱 통은 찬장에 넣었다. 갑자기 다락방 곳곳에 내 지문을 남기고 있다는 사실이 걱정되었다. 장갑을 꼈어야 했다. 하지만 내일 천으로 닦을 시간이 있을 것이다. 게다가 예상대로 진행된다면 쳇이 살해되었을 거라고 의심할 사람은 아무도 없다. 그냥 말없이 떠났다고 생각할 것이다. 그를 그리워할 사람이 있을 것 같지 않았다.

난 더플백에 물건을 다 넣은 다음, 지퍼를 채우고 운반할 수 있을지 가늠해봤다. 무겁기는 했지만 들 만했다. 다락방에 남은 물건이라고는 쳇의 그림 도구뿐이었다. 캔버스는 모두 네 개였는데 세 개는 앞면이 벽에 기대어져 있어서 뭘 그렸는지 알 수 없었고, 나머지 하나는 아직 이젤 위에 있었다. 그린 지 얼마 안 돼 연필 선 위로 몇 군데만 색칠이 되어 있었다. 하지만 그림 속 풍경이 집 뒤쪽의 수영장이고, 수영장 한쪽 구석에 사람이 그려져 있음을 알 수 있었다. 세부 묘사는 하지 않았지만 분명 나였다. 캔버스는 꽤나 작아서 일반적인 텔레비전 화면 크기였다. 나는 캔버스를 이젤에서 들어 올려 좌우로 비틀었다. 캔버스의 약한 나무 액자가 빠각 소리를 내며 부러졌다. 부러진 캔버스를 바닥에 놓고 그 위에 다른 캔버스를 올려놓았다. 나머지 그림은 자세히 보지 않았지만 모두 완성된 작품인 듯했다. 추상적인 모양에 여러 색깔의 얼룩이 여기저기 찍혀서 사람 형체와 비슷한 모양을 이루었다. 이런 그림이라면 나도 그리겠다.

이젤은 쳇의 것이 분명했다. 다락방에는 이젤을 놓아둔 적이 없기 때문이다. 크기가 작은 이젤로 접이식 다리 세 개가 달려 있었다. 먼저 다리를 집어넣은 다음, 계속 접어나갔더니 작은 서류가방만 한 크기로 줄어들었고, 들고 다닐 수 있는 손잡이가 달린 나무토막이 되었다. 그것도 캔버스 더미에 올려놓았다.

방 안을 둘러보니 빠진 물건은 없는 듯했다. 설사 있다 해도 쳇이 두고 갔다고 생각할 것이다.

손톱이 찢어진 손가락이 욱신거렸다. 자세히 들여다보니 피가 굳어 갈색으로 변했고 끈적거렸다. 다락방 어디에도 피를 흘린 것 같지는 않았다. 갑자기 어서 여기서 나가 내 방으로 가고 싶었고, 배가 고팠다. 부모님이 먹지 않았다면 냉장고에 먹다 만 셰퍼드 파이가 아직 남아 있을 것이다.

나는 이튿날 6시에 알람을 맞춰두었다. 하지만 부엉이 시계가 부엉부엉 하고 울었을 때는 이미 침대에서 일어나 옷을 반쯤 입은 상태였다. 잠을 좀 자긴 했지만 낡은 집이 내는 온갖 소리, 삐거덕 딸칵 끼익 소리를 다 들으며 자는 그런 잠이었다. 한숨도 못 잤다고 생각했는데 이내 머릿속의 이상한 생각이 사실은 꿈이었음을, 창에 친 커튼이 희뿌옇게 빛나면서 동이 트고 있음을 깨닫게 되는 그런 잠.

나는 세 번을 왕복한 끝에 다락방의 물건을 우물까지 모두 나를 수 있었다. 맨 처음에 나른 더플백이 운반하기 가장 힘들었다. 너무 무거워서 한동안은 들지 못하고 질질 끌어야만 했다. 초원에 내려앉은 차가운 이슬에 청바지 밑단이 다 젖었다. 더플백을 떨어뜨리기 전에 우물 속부터 내려다봤다. 쳇은 돌무더기 밑에 그대로 누워 있었다. 굼뜬 파리 몇 마리가 시신 근처에서 앵앵거렸다. 그다음에는 큰 캔버스 세 개를 날랐다. 무겁지는 않았지만 들기가 힘들었고, 그중 하나는 너무 커서 반으로 접어서 버려야만 우물에 버릴 수 있었다. 마지막으로 접이식 이젤과 쳇이 최근에 그리기 시작한 그림, 다시 말해 수영장 속의 나를 그린 그림을 날랐다. 모두 다 우물에 던진 다음, 그 위로 모아둔 돌을 떨어뜨렸다. 만족스러웠다. 특히나 쳇과 관련된 증거가 모두 돌무더기 밑으로 사라지는 것을 바라볼 때는. 땅에서 돌을 파낼 때 쓴 낡고 녹슨 모종삽이 아직 초원에 있어서 그걸로 흙을 떠서 우물 속에 던졌다. 우물 속에 흙과 돌만 있는 것처럼 보일 때까지. 완벽하지 않다는 건 알지만 그래도 이 정도면 만족스러웠다.

마지막으로 녹슨 모종삽을 우물에 던지고 뚜껑을 닫았다. 이미 더러워진 손으로 바짝 마른 긴 풀의 일부를 끌어와 뚜껑을 가렸다. 떠나기 전에 우물 주위를 빙빙 돌며 혹시 떨어뜨린 건 없는지 샅샅이 훑어보았지만 아무것도 없었다. 담배꽁초 하나도. 그렇게 쳇은 이 세상에서 사라졌다. 아침은 고요했다. 그저 벌레들이 웅웅거리는 소리와 이 초원의 진정한 주인인 까마귀들이 까악거리는 소리가 들려올 뿐이었다. 전에도 가끔씩 그랬듯이 난 까마귀들에게 까악 소리로 응답했다. 까마귀들은 날 어떻게 생각할까?

집으로 돌아와 오랫동안 샤워를 하며 손톱 밑을 북북 문질러 마지막으로 남아 있던 흙까지 말끔히 씻어냈다. 뜨거운 물줄기를 맞으니 힘이 나는 동시에 안전하다는 느낌이 들었다. 엄마가 욕실 문을 열며 날 불렀을 때는 너무 놀란 나머지 샤워실 바닥에 발이 쭉 미끄러졌고 하마터면 넘어질 뻔했다.

"무슨 일 있어요?" 내가 물었다.

"아니. 셰이디스에 가서 아침 먹을까 하는데 넌 어떠니?"

"좋아요. 언제요?"

"네가 샤워 마치는 대로."

옛날에는 셰이디스에 자주 갔다. 아빠가 가장 좋아하는 식당이었고 나도 좋아했다. 특히 아침을 먹기에 좋았다. 나는 엄청나게 바삭거리는 베이컨을 곁들인 프렌치토스트를 주문했다. 아빠는 콘비프 해시브라운을, 엄마는 오믈렛을 주문했는데 두 분은 맞은편에 나란히 앉아 과일 샐러드까지 나눠 먹었다. 아침 먹는 내내 쳇에 대한 생각이 스멀스멀 올라왔지만 엄마나 아빠가 뭔가 우스운 소리를 한다거나, 음식이 정말 맛있다는 생각이 들 때마다 이내 사라져버렸다. 내 위장은 끝없이 음식을 담을 수 있는 텅 빈 그릇 같았다.

"배고팠구나, 릴리." 엄마가 말했다.

"한창 자라는 중이잖아. 이젠 아가씨가 다 됐어." 아빠가 말했다.

아침 식사는 즐거웠다. 비록 부모님이 또 월반하고 싶지 않느냐는 질문으로 분위기를 망치기는 했어도. 지난 학기 말에 몇몇 선생님들이 월반을 권유했지만 난 여름이 시작될 무렵에 이미 싫다고 말한 터였다. 그런데도 엄마가 계속 월반 얘기를 꺼내자, 엄마를 벌주기 위해 7월의 미술 캠프에도 가지 않겠다고 선언했다. 내가 없는 2주간을 엄마가 손꼽아 기다린다는 걸 알기 때문이다. 그런데도 다시 월반 이야기가 나와 놀라기는 했지만, 오래가지 않았고 아침 식사를 망치지도 않았다.

그후 일주일 동안 쳇에 관한 얘기는 전혀 듣지 못했다. 슬슬 걱정되기 시작했고, 한 번쯤은 쳇의 안부를 묻는 게 자연스러워 보일 듯했다. 그래서 어느 날, 아빠는 안 보이고 엄마는 말이 없던 점심 식탁에서 왜 쳇 아저씨가 통 보이지 않느냐고 물었다.

"쳇은 떠났어. 몰랐니?"

"어디로요?"

"내가 그걸 어떻게 알겠니, 릴리. 아마 또 다른 집에 얹혀 살겠지. 작별 인사도 안 하고 떠났어. 배은망덕한 놈 같으니."

그날 오후 나는 다락방으로 가서 방 안을 둘러봤다. 엄마나 아빠가 살짝 청소를 했는지 접이식 침대의 시트가 사라졌고, 부엌에 있던 쓰레기통도 비워져 있었다. 비록 책은 없었지만 나는 잠시 내 의자에 앉아 있었다. 열린 창문으로 서늘한 미풍이 불어왔다. 오랜만에 부는 바람이었다. 쳇을 죽인 뒤, 나는 줄곧 두 가지를 기다리고 있었다. 체포와 죄책감. 하지만 경찰이 오지도, 죄책감이 느껴지지도 않았고 앞으로도 계속 그럴 것이다.

7장
테드

내가 10월 첫 주를 케네윅에서 보낼 생각이라고 말하자, 미란다는 정말로 기뻐하는 표정을 지었다. 브라운스톤 저택의 1층 부엌 식탁에 마주 앉은 우리는 내가 유일하게 하는 요리인 클램 소스 링귀니를 먹으며 피노 그리 한 병을 다 비운 상태였다. "정말 잘됐다. 일주일 내내 당신을 독점할 수 있겠네." 그녀가 말했다.

미란다의 얼굴에 거짓의 흔적이 없는지 살폈지만 찾을 수 없었다. 갈색 눈동자가 정말로 신나서 반짝거리는 듯해 순간적으로 속아 넘어갔고, 누군가가 나와 함께 있고 싶어 할 때의 따뜻하고 든든한 기분을 느꼈다. 하지만 그런 기분은 곧 사라졌고, 난 다시금 아내의 연기와 이중성에 감탄했다. 그녀는 브래드 다겟과 한 짓에 아무런 죄책감도 느끼지 않는 걸까?

"그 스위트룸을 다시 예약할까?" 그녀가 물었다.

"무슨 스위트룸?"

"뭐야, 벌써 잊었어? 우리가 처음 묵었던 곳. 월풀 욕조가 있는 방."

"아, 그 방. 그래, 예약해."

설거지가 끝난 뒤, 우리는 위층으로 올라가 500개의 영화 채널 중에서 리메이크작 〈추적〉을 틀어두었다. 미란다는 짧은 잠옷용 셔츠로 갈아입고는 소파에 누워 내 무릎에 발을 올려놓았다. 나는 짙은 핑크색 매니큐어가 꼼꼼하게 칠해진 발가락을 바라봤다. 양손으로 그녀의 한쪽 발을 잡고 아기처럼 말랑말랑한 발바닥을 엄지로 쓸어내렸다. 미란다는 아무 말도 하지 않았지만 보일 듯 말 듯하게 몸을 내 쪽으로 미끄러뜨리며 발을 오그렸다. 그녀의 느긋한 자세를 보니 내 몸은 그와 정반대임을 또렷이 자각할 수 있었다. 단단히 뭉친 어깨, 아직도 입고 있는 불편한 셔츠, 소파 팔걸이 옆에 꼿꼿하게 앉은 자세, 부자연스럽게 기울어진 팔꿈치. 나는 아내의 발에서 손을 뗐지만 그녀는 알아차리지 못한 것 같았다. 분명 영화가 끝나기 전에 잠들 것이다.

케네윅에서 일주일을 보내는 것은 콩코드에서의 만남이 끝나갈 무렵에 릴리가 제안한 아이디어였다. 그녀는 케네윅에서 무슨 일이 벌어지는지, 브래드의 작업 스케줄이 어떤지, 미란다가 어떻게 하루를 보내는지 알아내는 게 중요하다고 했다.

"하지만 내가 가면 모든 게 달라질 겁니다. 미란다와 브래드는 평소와 다르게 행동할 거라고요." 내가 말했다.

"상관없어요. 그보다는 당신 집을 짓는 일꾼들의 작업 습관이 궁금해요. 작업 현장에 보통 몇 명이나 있는지, 브래드는 얼마나 자주 혼자 있는지, 이런 걸 그냥 관찰하세요. 정보가 많을수록 유리해요."

나도 동의했다. 일정을 조정해 일주일을 비우기가 가장 힘들었지만 나는 고집을 부렸고, 비서인 제니는 그럭저럭 모든 일정을 재조정했다. 금요일 밤에 케네윅으로 갔다가 9일 후인 일요일 오후에 보스턴으로 돌아올 계획이었다. 이상하게도 난 거기서 보내게 될 시간을 손꼽아 기다리기 시작했고, 브래드와 미란다가 한동안 밀회를 미뤄야 한다는 사실이 내심 즐거웠다. 미란다에게 이 소식을 듣고 브래드가 어떤 반응을 보일지도 궁금했다. 아까 케네윅에 가겠다고 알린 후로는 이렇게 소파에 앉아 있기만 해도 훨씬 강해진 기분이었다.

미란다의 몸이 씰룩거리자, 나는 고개를 돌려 84인치 텔레비전의 번쩍거리는 불빛을 받은 그녀의 얼굴을 바라봤다. 눈은 감겨 있고, 입술은 살짝 벌어져 있었다. 잠이 든 것이다. 나는 한동안 영화가 아닌 그녀를 바라봤다. 진한 그늘에 몸의 곡선이 두드러졌고, 텔레비전 불빛을 받은 얼굴은 색깔이 사라진 채 흑백으로 변했다. 입술이 약간 더 벌어졌고, 관자놀이에서 혈관이 펄떡거렸다. 나는 이런 날것의 아름다움에 매혹되는 한편, 그녀가 곱게 늙지는 않으리라는 걸 깨달았다. 인형 같고 동그란 얼굴은 나이를 먹으면서 둥실둥실해질 것이고, 핀업 사진 속 모델 같은 몸도 처질 것이다. 하지만 어차피 그녀는 늙지 못할 것이다. 내가 죽일 거니까. 맞지? 난 그럴 계획이었다. 그녀를 죽이고도 들키지 않을 거라고 생각하니 굉장한 힘과 희열이 느껴졌지만 또한 두려움과 슬픔도 느껴졌다. 난 아내를 미워하지만 그 이유는 한때나마 사랑했기 때문이다. 죽을 때까지 후회하게 될 실수를 저지르는 건 아닐까? 생각이 이런 식으로 흐르자 겁이 나기 시작했다. 릴리에게 연락하고 싶었다. 그녀가 살인을 아무렇지도 않게, 마치 오래된 소파를 버리는 일처럼 태연하게 말하는 걸 듣고 싶었다. 하지만 우리는 내가 케네윅에서 일주일을 보낸 후에 만나기로 합의했다. 케네윅에서 보낼 일주일이 고대되는 또 다른 이유였다. 하루하루가 지날 때마다 릴리와 재회할 날이 가까워지기 때문이다.

종종 체크인 업무까지 담당하는 호텔 컨시어지인 존은 미란다가 리버리에 있다면서 내 짐을 스위트룸까지 옮겨주겠다고 말했다. 나는 고맙다고 말하고는 미란다를 찾아 나섰다. 식민지 시대에 만든 좁고 가파른 계단을 따라 호텔 지하로 내려갔다. 돈을 내고 말을 맡기는 마구간인 리버리 스테이블이 있었던 자리에 지은 이 펍은 이름도 거기서 따왔는데, 석조 바닥에 석조 벽난로, 요트 모양의 길쭉한 떡갈나무 바가 있었다. 미란다는 바에 혼자 앉아 문신한 여자 바텐더와 신나게 얘기를 나누고 있었다. 시드인가, 신디인가 하는 여자였는데 이름이 늘 헷갈렸다.

나는 두 사람의 대화를 중단시키며 아내에게 키스했다. 그녀의 입에서 담배 맛은 나지 않았다. 헨드릭스 마티니를 주문하고, 아까 차에서 호텔로 걸어오는 동안 맞은 비로 흠뻑 젖은 울 재킷을 벗었다. 보스턴에서 가늘게 내리던 이슬비는 메인 주에 들어서면서 폭우로 변했다. 와이퍼를 최대한 빠르게 작동시켜야 겨우 앞을 볼 수 있었다.

"왜 이렇게 젖었어?" 미란다가 말했다.

"비가 엄청 쏟아지고 있어."

"몰랐네. 오늘 하루 종일 호텔에만 있었거든."

시드 혹은 신디가 내 앞에 마티니를 놓아주었다. "아주 팔자가 늘어졌어요, 당신 부인은." 그녀는 그렇게 말하더니 걸걸하게 웃었다.

"네, 나도 압니다." 나는 미란다에게 몸을 돌렸다. "하루 종일 호텔에서 뭐했어?"

"놀기만 한 건 아냐. 손님방에 들어갈 가구를 정하고, 당신 연락을 받은 뒤에는 숨죽이며 우리 남편을 기다렸지. 아, 깜박했다." 그녀는 거의 다 마신 맥주병을 들어 올렸다. "함께 보낼 일주일을 위해." 나는 차가운 진이 담긴 잔을 그녀의 병과 딸칵 부딪친 다음, 길게 들이켰다. 즉시 몸이 훈훈해졌다. "저녁 먹었어?" 미란다가 물었다.

나는 안 먹었다는 대답과 함께 메뉴판을 펼치고 훑어봤다.

우리는 영업이 끝날 때까지 리버리에 있었다. 나는 꽤나 취해서 미란다와 함께 호텔 뒤쪽에 있는 스위트룸까지 비틀비틀 걸어갔고, 홀딱 벗은 채 킹사이즈 침대에 가로로 쓰러졌다. 내가 케네윅에서 일주일을 보내기로 한 이유가 뭐였는지, 브래드가 무슨 짓을 했는지, 심지어 릴리가 누군지도 기억나지 않았다.

이튿날 아침이 되자 비는 그쳤고, 구름은 모두 바다 쪽으로 쓸려갔다. 달력에 나올 법한 10월 어느 날이었다. 하늘은 쨍한 푸른색이었고, 나무는 붉고 노란 꽃다발로 바뀌었다. 점심을 먹은 뒤, 미란다와 나는 공사 중인 집까지 걸어갔다. 시간을 재보니 믹맥 로드를 따라 25분이 걸렸다. 절벽 산책로를 따라 걷는 것과 크게 차이가 나지 않았다. 이 지역에서 가장 붐비는 도로는 1A 도로다. 하지만 믹맥 로드의 이쪽 구역은 탁 트인 대서양의 절경이 주기적으로 나타나는 탓에 우리가 산책하는 동안에도 차들이 많이 지나다녔다. 케네윅 도심에서부터 1A 도로와 갈라지는 믹맥 로드는 케네윅 항구와 케네윅 해변에 이르기까지 이 도시의 주요 지역 세 개를 모두 통과했다. 케네윅 해변은 케네윅 해안가에서 그나마 사람들의 왕래가 잦은 곳으로 긴 모래사장을 따라 임대용 오두막들이 옹기종기 모여 있었고,

길 반대편은 캠프장인데 여름이면 캠핑카로 꽉 찼다. 확실하진 않지만 반원 형태로 모여 있는 저 임대용 오두막들이 브래드의 소유라는 말을 미란다에게 들은 것 같았다. 그가 이혼한 후로 저 오두막들 중 하나에서 살고 있다는 말도. 당시에는 브래드가 내 아내와 자는 걸 몰랐기 때문에 건성으로 들었지만 지금은 모든 말에 주의를 기울인다.

우리 집 진입로에 주차된 차는 도요타 트럭 한 대뿐이었는데 '신이 동물을 먹는 데 반대했다면 애초에 고기로 동물을 만들지 않았을 것이다'라고 적힌 스티커가 범퍼에 붙어 있었다.

"짐의 차야. 브래드가 짐에게 지하실 벽체 작업을 맡겼거든." 미란다가 말했다.

우리는 집 뒤로 돌아가 파티오 문으로 들어갔다. 어쩔 수 없이 지난번 기억이 떠올랐다. 처음에는 부엌에서 브래드와 미란다가 담배를 나눠 피우는 모습을 훔쳐보고, 나중에는 절벽 산책로 끝에 쭈그리고 앉아 우리의 거실이 될 공간에서 둘이 섹스하는 장면을 지켜봤던 일.

"지하에 만드는 바를 보면 깜짝 놀랄걸?" 미란다가 작업이 끝난 현관의 마룻바닥을 가로지르며 말했다. 빈 공간에서 그녀의 발소리가 또렷하게 메아리쳤다. 짐은 아래층에 있었다. 먼지 쌓인 라디오에서 흘러나오는 옛날 록을 들으며 엎어놓은 콘크리트 가루 통에 걸터앉아 점심을 먹고 있었는데, 우리를 보더니 허둥대며 당황했다. 마치 샌드위치를 먹는 게 아니라 근무 시간에 자다 걸린 사람처럼.

"브래드는 좀 이따가 출근할 겁니다. 브래드를 찾으시나요?" 라디오 음량을 줄이며 그가 말했다.

"그냥 둘러보러 왔어요. 남편이 여길 본 지가 워낙 오래돼서요. 마지막으로 본 게……."

미란다는 날 돌아봤지만 난 어깨만 으쓱했다. 이 집의 공사를 시작한 후로 지하에는 한 번도 내려온 적이 없는 것 같았다. 내가 부탁하지도 않았는데 미란다는 날 위해 널찍한 남자만의 동굴을 만들어야 한다고 우겼다. 가죽 소파에 당구대, 술병으로 꽉 찬 바가 있고 벽은 검붉은색으로 칠해진 공간. 처음엔 미란다가 너그러운 성격이라서 그렇다고, 오로지 나만의 특별한 공간을 만들어주고 싶어 하는 거라고 생각했다. 하지만 지금은 내가 사용한다는 보장도 없는 공간에 힘들게 번 돈을 쓴다는 게 화가 났다.

미란다는 완성된 바의 선반과 당구대가 들어갈 곳을 보여주었고, 벽에 칠할 색의 견본을 보여주었다. 우리가 나갈 때 짐은 샌드위치를 다 먹고 다시 일하기 시작했다. 라디오에서 스틸리 댄의 음악이 흘러나왔다.

집 구경을 마치고 다시 진입로를 내려갈 때가 돼서야 브래드의 트럭이 나타났다. 그는 트럭 안에서 휴대전화로 누군가에게 호통을 치더니 자갈을 튀기며 급정차했다. 그러고는 시동을 끈 다음, 운전석에서 훌쩍 뛰어내렸다. 체크무늬 셔츠를 진한 남색 면바지에 넣어 입었는데 움직임은 민첩하고 유연했다. 늘 그랬듯이 악수를 청했고, 내 눈을 똑바로 바라보며 공사 진행 상황이 마음에 드냐고 물었다. 우리가 이야기하는 동안 미란다는 재미없다는 표정으로 집 뒤쪽과 바다를, 조용한 오후의 잔잔한 바다를 바라봤다.

"일주일 내내 계실 거라고 들었습니다." 브래드가 말했다.

"잠깐 좀 쉬려고요. 미란다도 감시할 겸."

브래드가 웃음을 터뜨렸고, 내가 과민한지 몰라도 허투루 웃는 웃음이 아니라는 생각이 들었다. 어금니를 때운 충전제까지 보일 정도였다. 시야 끄트머리로 미란다가 다시 고개를 획 돌려 그를 바라보는 게 보였다.

"이번 공사의 진짜 책임자는 스버슨 부인입니다. 이 일이 천직이시더라고요." 브래드가 말했다.

"안 그래도 늘 그렇게 말합니다."

"나 여기 있는 거 안 보여요?" 미란다가 말했다. "나도 끼워줘요."

미란다와 다시 호텔로 걸어가기 전, 나는 브래드에게 오늘 밤 호텔 펍에 들러 우리와 꼭 한잔 하자고 말했다. 그는 시간을 내보겠다고 말했다.

"둘이 왜 이렇게 친해?" 다시 믹맥 로드로 나왔을 때 미란다가 말했다.

"내가 아니라 당신하고 친하지. 난 그냥 내가 왔다고 해서 그 친구가 우릴 피해 다니지 않도록 신경 써주는 것뿐이야."

"무슨 뜻이야?"

"당신과 그 친구는 친하잖아. 둘이 호텔 펍에서 술도 한잔 했을 테고."

"미쳤어? 그런 적 없어. 저 사람은 이 마을에 살아. 5달러나 내고 버드와이저를 마시진 않는다고."

"그럼 이 마을 사람들은 어디서 술을 마셔?"

"쿨리스라는 바가 있대. 케네윅 해변가에 있다는데 나도 아직 못 가봤어. 이번 주에 같이 가자. 맨날 호텔에서 먹을 순 없잖아."

"생각해볼게." 내가 말했다. 한동안 인도가 좁아지자 미란다는 내게 팔짱을 끼며 가까이 다가왔다. 햇살이 강한데도 그늘 속에 들어서니 추웠다.

"그래서 오늘 밤에 브래드가 안 올 거라는 말이야?" 내가 물었다.

"나도 몰라. 당신에게서 돈을 받는 처지인데 당신이 오라고 했으니 의무감을 느끼고 올지도 모르지. 하지만 안 온다고 해도 놀랄 일은 아냐."

"정말 둘이 술 마신 적 없어? 난 마신 줄 알았는데. 둘이 담배도 나눠 폈잖아."

"맙소사, 그게 그렇게 신경 쓰여? 아니, 브래드와 난 친구가 아냐. 하지만 사이는 좋아. 그는 우리가 고용한 사람이고, 일도 잘하고, 난 그를 존중해. 하지만 그렇다고 해서 꼭 그의 술친구가 될 필요는 없잖아. 게다가 내가 들은 바로는 이미 술친구가 수두룩하던데 뭐."

"뭐 들은 거라도 있어?"

"몇몇 일꾼들이 하는 말을 들었어. 술도 많이 마시고 여자도 많이 만나고 다닌대. 그래서 부인도 떠났고. 우리야 일만 잘해주면 그 사람이 뭘 하고 다니든 상관없지. 근데, 갑자기 웬 관심이야?"

"이번에 일주일이나 여기 머물잖아. 마을 사람들과 좀 알고 지내려고. 당신과 친한 사람들도."

"이 동네에 나와 친한 사람은 딱 한 명뿐이야. 시드. 쿨리스 얘기도, 브래드 평판도 다 시드에게 들었어. 일단 호텔에서 낮잠을 좀 잔 다음에 한잔 하자. 어때?"

그날 밤 브래드는 리버리에 나타나지 않았다. 미란다와 나는 바의 구부러진 한쪽 끝에 앉아 와인을 마시며 시드와 얘기를 나눴다. 비록 시드는 토요일 밤에 밀려드는 손님들을 상대하느라 정신이 없었지만. 시드는 짧은 금발을 뾰족뾰족하게 세웠고, 한쪽 팔 전체에 정교한 문신을 새겼다. 우리와 얘기할 때는 미란다에게서 눈을 떼지 않는데, 나로서는 익숙하면서도 한때 꽤나 즐거웠던 일이기도 했다. 어쩌면 미란다는 시드와도 섹스를 했을지 모른다. 어쩌면 케네윅에 사는 톰, 딕, 샐리와 모두 섹스를 하고 있는지도 모른다.

저녁 내내 누군가 리버리의 육중한 문을 밀치고 들어올 때마다 혹시 브래드가 아닐까 하여 돌아보곤 했다. 미란다는 한 번도 문 쪽을 돌아보지 않았다. 그가 오지 않는다는 걸 알고 있거나, 오든 말든 개의치 않기 때문일 것이다. 하지만 후자일 리가 없으니 아마도 내가 모르는 무언가를 알고 있거나, 두 사람이 연락을 주고받을 방법을 찾아냈거나, 브래드에게 다른 계획이 있다는 걸 알고 있으리라.

브래드를 다시 만난 건 월요일 오후가 되어서였다. 오후가 되자 바다에서 서늘한 안개가 밀려왔고, 나는 절벽 산책로를 걷기로 마음먹었다. 아침에는 미란다와 함께 차로 해안가 위쪽의 등대를 보고 왔다. 한 번쯤 볼 만한 등대였다. 고리 모양의 땅 끝에 있었는데 안개가 특히 짙은 곳이었다. 등대가 간신히 보이는 광경을 찍은 다음, 해변을 따라 더 위쪽으로 올라가 그 주에 여름 영업을 마감하는 클램섀크에서 점심을 먹었다. 다시 호텔로 돌아온 미란다는 오후마다 늘 그랬듯이 낮잠을 자자고 했고, 나도 옆에 누웠다. 이상하게 미란다의 불륜 사실을 안 후로 그녀와의 섹스가 예전보다 만족스러워졌다. 아내에게 분개한 나는 이기적으로 변해 아내의 요구는 무시한 채 내 욕구에만 충실했고, 미란다는 지금까지 한 번도 보지 못한 반응을 보였다.

그날은 미란다를 엎드리게 해서 뒤로 들어갔다. 얼굴을 보면서 하고 싶다는 말에는 아랑곳하지 않고 계속 그 자세를 유지했다. 아내의 엉킨 머리카락 속에 내 얼굴을 들이밀고, 그녀의 허리를 꽉 잡은 채 몸을 짓눌렀다. 내가 절정에 이른 직후에 그녀도 곧 절정에 도달했고, 꺅 하고 이상한 비명을 지르는 바람에 나는 깜짝 놀랐다. "당신 오늘 짐승 같네. 맘에 들어." 미란다는 그렇게 중얼거리더니 옆으로 누워 몸을 둥글게 말았고, 나는 그녀가 잠드는 모습을 지켜봤다. 그녀의 척추 마디를 세어보고, 엉덩이 위의 움푹 파인 두 지점을 유심히 바라보고, 허벅지 위쪽에 동전만 한 크기의 멍이 어쩌다 생겼을까 생각했다. 그녀가 살짝 코를 골기 시작하자, 내 생각은 다시 피해망상으로 흐르기 시작했다. 브래드와 섹스를 한 후에도 이렇게 느긋하게 잠을 잤을까? 미란다는 이게 자기 권리라고, 평생 많은 남자들이 자기의 모든 욕구를 충족시켜야 한다고 생각하는 걸까? 섹스를 하느라 일시적으로 사라졌던 긴장감이 다시 밀려들었다. 그녀의 목덜미를 있는 힘껏 내려치면 어떤 기분일까?

나는 옷을 입고 살그머니 방에서 나왔다. 어디를 간다는 메모는 남기지 않았다. 절벽 산책로를 걸으며 차가운 안개에 둘러싸인 불투명한 바다를 바라보자 기분이 한결 나아졌다. 나는 미끌거리는 발걸음에 집중하며 빨리 걸었다. 지난번에 이 길을 따라 집으로 갔던 일은 생각하지 않으려 했다. 산책로 끝에 도달해 손목시계를 봤다. 케네윅인 호텔에서 새 집까지 30분이 약간 넘게 걸렸다. 절벽에 서서 집 뒤쪽을 바라봤다. 이번에는 누군가의 눈에 띌까 두렵지 않았다. 나는 내 장원을 둘러보는 영주였다. 축축한 땅을 가로질러 발삼 전나무들을 지나 집 앞쪽으로 돌아갔다. 진입로에 다가가자 트럭 한 대가 떠나는 게 보였다. 조금만 일찍 왔더라면 브래드를 만날 수 있었을 텐데. 하지만 집 정면으로 완전히 돌아가자, 두 색깔로 칠해진 픽업 트럭과 옆에 서 있는 브래드, 그의 입에서 삐죽 튀어나온 담배가 보였다. 그는 휴대전화의 다이얼을 누르다가 날 발견하고 동작을 멈추더니 미소 지었다. 담배가 위아래로 깐닥거렸다. 나도 미소로 답하며 악수하기 위해 한 손을 뻗은 채 그에게로 다가갔다.

이제 브래드 다겟에 대해 알아볼 차례다.

8장

릴리

사랑에 빠지는 건 내 계획에 없던 일이지만 누군들 안 그러겠는가. 에릭 워시번은 마더 대학 3학년으로, 세인트 던스틴이라는 남학생들의 '문학' 사교 클럽 회장이었다. 처음 만났을 때는 몰랐지만. 우리는 도서관에서 만났다. 매섭게 추운 2월 어느 밤, 도서관의 폐관 시간이 되었고 우리 둘은 맨 마지막으로 유리 회전문을 통과해 밖으로 나왔다. 눈물이 맺힐 정도로 차가운 바람이 불고 있었다. 내게 담배를 권했다가 거절당한 에릭은 자기 담배에 불을 붙이며 어느 방향으로 가느냐고 물었고 바너드 홀까지 날 데려다주었다. 당시에는 흑심을 품어서라기보다 순전히 기사도를 발휘한 행동 같았다. 바너드 홀 현관에서 그는 세인트 던스틴이 주최하는 목요일 밤 파티에 날 초대했다. 나는 가겠다고 했다. 딱히 잘생긴 얼굴은 아니었다. 얼굴은 길고 이마는 넓고 코는 앙상하고 귀는 너무 컸다. 하지만 키가 크고 호리호리한 데다 저음의 목소리가 아주 감미로웠다. 그날 밤에는 진회색 롱코트에 버건디색 머플러를 둘둘 감고 있었다. 나는 세인트 던스틴에 대해 들은 적이 있었다. 마더 대학 최고 엘리트들의 모임으로 회원 대부분이 속물 기질이 다분한 프레피(미국 동부의 사립 고등학교에 다니는 학생을 말한다-옮긴이)라고 했다. 또한 파티가 열리는 매너 홀도 잘 알고 있었다. 석재와 석판으로 만들어진 고딕 복고조 건물로, 뉴체스터 거리의 도심 불모지까지 침범한 캠퍼스 북쪽 가장자리에 있었다. 석조로 된 부분은 조각과 가고일로 도배되었고, 정문은 높고 아치 형태였으며, 창문은 모두 스테인드글라스로 장식된 아름다운 건물이었다. 처음에 이 대학에 매력을 느낀 것도 바로 이 건물 때문이었다. 나는 몇 군데를 알아보고 있었는데 정원이 1천 명 이하에 200년 역사를 자랑하는 이 사립대학만이 내가 가야 할 곳이라는 느낌이 들었다. 박공이 달린 벽돌 건물의 기숙사, 아치가 이어진 복도, 느릅나무가 에워싼 사각형 안뜰이 있는 캠퍼스는 시간을 거스른 듯했다. 마치 1930년대가 배경인 미스터리 소설 속 캠퍼스처럼 남학생들은 남성 사중창단을 결성해 노래를 부르고, 치마를 입은 여학생들은 강의실을 찾아 바삐 오갈 것만 같았다. 마더 대학을 선택한 내 결정에 엄마는—내가 다섯 살 때부터 당신의 모교인 오벌린 대학을 추천해온 터였다—당황해서 어쩔 줄 몰랐고, 아빠는 놀랄 정도로 무관심했다.

"릴리라고 했지? 성은 뭐야?" 던스틴의 파티에 초대한 후, 에릭이 물었다.

"킨트너."

"아, 그래. 네가 킨트너구나. 우리 학교에 왔단 얘긴 들었어." 말투를 들으니 미리 연습해둔 말 같았다. 마치 내가 누군지 이미 알고 있었던 것처럼.

"우리 아빠를 알아요?"

"물론이지. 《단추는 왼쪽에》를 쓰셨잖아."

나는 깜짝 놀랐다. 아빠의 팬들은 대부분 대학 기숙사를 배경으로 한 소극인 《일말의 어리석음》을 언급하기 때문이다. 지금까지 런던 양복쟁이의 삶을 다룬 이 코미디를 언급한 사람은 한 명도 없었다.

"파티가 몇 시죠?" 나는 바너드 홀의 현관문을 반쯤 밀친 상태였고, 어서 빨리 들어가고 싶었다.

"10시쯤. 잠깐만!" 에릭은 큼직한 코트 주머니를 뒤지더니 작은 사각형 카드를 꺼냈다. 하얀색 카드에 해골이 올록볼록하게 인쇄되어 있었다. "입구에서 이 카드를 보여줘."

나는 작별 인사를 하고 기숙사로 들어갔다. 룸메이트인 제시카는 아직 깨어 있었고, 난 그녀에게 파티에 초대받은 얘기를 했다. 제시카는 사교 활동에 열심이었기에 에릭 워시번과 목요일 밤의 파티에 대해 아는 게 있을지 궁금했다.

"해골 카드를 받았구나." 그녀가 내 손에서 카드를 낚아채 더니 한층 더 큰 소리로 외쳤다. "심지어 에릭 워시번에게!"

"그 남자, 알아?"

"에릭 워시번은 왕족이나 마찬가지야. 사실상 그 사람 할아버지의 할아버지의 할아버지의 할아버지가 이 학교를 세웠으니까. 정말로 에릭에 대해 들어본 적 없어?"

"세인트 던스턴은 들어봤어."

"당연히 들었겠지. 이 초대장, 동반 입장되는 거야?"

"아닐걸. 그런 말은 없었어."

나는 파티에 갔다. 혼자서. 에릭도 파티장에 있었다. 내가 막 도착했을 때는 바 뒤에서 바텐더 노릇을 하고 있었는데, 뭘 마시겠냐고 묻지도 않은 채 그냥 보드카 토닉을 만들어줬다. 그런 다음, 내 팔을 끌고 다니며 모임의 몇몇 회원들에게 날 소개해주고는 다시 바텐더 업무로 돌아갔다. 바텐더는 돌아가면서 맡는데 이번 제비뽑기에서 자기가 뽑혔다고 했다. 나는 매너 홀의 내부를 보고 살짝 실망했다. 고딕풍 외관과 더 잘 어울리는 내부를 기대했기 때문이다. 그게 정확히 뭔지는 나도 모르겠다. 페르시안 카펫과 가죽 의자? 그래도 입학 초기에 보고 다녔던 사교 클럽들보다는 조금 더 멋졌다. 천장이 낮은 방들, 닳아빠진 가구, 곳곳에서 풍기는 말보로 라이트와 싸구려 맥주 냄새. 나는 1층에 있는 방들을 돌아다니며 몇몇 회원들과 이야기를 나눴는데 대다수가 아빠에 대해 물었다. 보드카를 세 잔째 마신 후, 나는 에릭에게 작별 인사를 했고 초대해줘서 고맙다고 했다.

"다음 주에도 와." 그는 그렇게 말하며 주머니를 뒤져 또 다른 해골 초대장을 주었다. "그날은 다른 사람이 바텐더를 할 거야."

기숙사에 돌아오자, 제시카가 자세히 털어놓으라고 졸라댔다. 나는 사실대로 말했다. 세인트 던스틴에 딱히 흥미로운 구석은 없더라, 다들 친절하긴 한데 그렇다고 심하게 매력적이진 않더라, 비밀 통로나 신입 회원의 가입 의식은 없었고 1학년 여학생들의 해골이 진열된 방도 없었다고.

"끔찍한 소리 하지 마, 릴리. 매슈 포드는 안 만난 거야?"

"만났어. 앞머리는 길고, 키 작은 남자."

"맙소사, 매슈는 섹시하다고."

좋든 나쁘든 세인트 던스틴은 그해 겨울과 봄에 내 사교활동의 주요 터전이 되었다. 나는 한 번도 빠지지 않고 목요일 밤마다 파티에 참석했고, 가끔씩 한 회원의 파트너로 디너파티에 참석하기도 했다. 왜 그렇게 자주 초대를 받았는지는 잘 모르겠다. 에릭은 여자 친구가 있었기 때문이다. 같은 학년의 페이스라는 여자였는데 파티가 끝날 무렵이면 늘 그의 곁에 있었다. 한번은 매너 홀의 당구실에 들어갔다가 둘이 키스하는 걸 보기도 했다. 두 사람은 당구실의 붙박이 책꽂이에 딱 붙어 있었다. 페이스가 발끝으로 섰는데도 에릭은 그녀와 키스하기 위해 허리를 숙여야 했다. 한 손으로 그녀의 머리카락을 움켜잡았고, 다른 손으로는 등 아래 움푹 들어간 부분을 자기 몸에 밀착시켰다. 에릭은 내 쪽을 보고 있었고, 방에서 나가는 나와 잠깐 눈이 마주쳤다.

가끔씩 세인트 던스틴의 다른 회원들이 (엄밀히 말해 세인트 던스틴은 사교 클럽은 아니었고 서로를 형제라고 부르지도 않았다) 작업을 걸기도 했는데, 학기 초에 제시카와 몇 번 갔던 사교 클럽에서처럼 몸을 더듬는 끈적한 접근은 아니었다. 목요일 밤의 파티에서는 대개 혀 꼬부라진 소리로 내 외모를 칭찬한 다음, 한잔 더 마시자든가 자기들 방에 가서 기분전환으로 약을 좀 하자든가 하는 식의 어설픈 제안을 하는 정도였다. 난 늘 거절했다. 제안을 한 남학생들이 딱히 혐오스러워서가 아니라, 아름다운 갈색 머리의 여자 친구가 있는데도 불구하고 내가 에릭 워시번과 사랑에 빠졌기 때문이다. 그것도 매너 홀의 파티에 처음 참석했던 날, 그가 바 뒤에서 슬그머니 빠져나와 방마다 돌아다니며 친구들에게 날 소개해준 후로 줄곧. 그는 내 팔꿈치 바로 위를 잡았는데 그건 마치 내게, 그리고 다른 사람들에게 내가 자기 여자라고 말하는 듯했다. 내가 세인트 던스틴에 계속 갔던 이유는 에릭 때문이었지만 다른 남학생들과 이야기하는 것도 즐거웠다. 그들이 술에 취해 작업을 걸 때조차도. 다들 전형적인 프레피 속물이었다. (우리 엄마가 종종 인용하는 대로) 3루에서 태어난 주제에 자기가 3루타를 쳤다고 생각하는 인간들. 그래도 대체로 예의 바르고, 전날 밤에 얼마나 취했느냐 혹은 오늘 밤 얼마나 취할 것이냐가 요점이 아닌 대화를 나눌 줄 알았다. 그들은 어른인 척하는 소년들이었고, 따라서 정치와 문학에 관한 소신을 피력하며 내게 잘 보이려고 노력했다. 모두 계획된 술수였다 할지라도 나는 그런 수고가 기특했다.

날 처음 초대해준 사람이 에릭이었기 때문에 난 파티장을 떠날 때면 작별 인사를 하기 위해 에릭을 찾아갔다. 그는 늘 내 손에 해골 카드를 쥐여주며 다음 주에 또 오라고 했다. 파티 막판에 만나지 못하면 주중에 그가 어떻게든 날 찾아와 초대장을 건넸다. 한번은 학생 센터 사물함에 카드를 넣어둔 적도 있었다. 나는 이 초대가 작은 로맨스의 증거라고 생각했다. 아주 작은 로맨스였지만 또한 첫 로맨스이기도 했다. 내게는 그걸로 충분했다.

1학년 마지막 시험은 화요일 오후에 있었고, 나는 다음 날 아침에 버스를 타고 셰포그에 가서 마중 나온 엄마와 만나기로 되어 있었다. 시험이 끝나면 짐을 꾸리며 바너드 홀에서 보내는 마지막 밤의 고독을 즐길 작정이었다. 제시카는 나보다 시험이 일찍 끝나서 어제 떠났기 때문이다. 미국 문학 시험을 마치고 기숙사에 돌아오니 리놀륨이 깔린 방바닥에 해골 카드가 있었고, 뒷면에 에릭이 휘갈겨 쓴 글이 있었다. "술을 두 통이나 들여왔어. 오늘 밤에 부어라 마셔라 놀아보자." 난 짐을 꾸린 후, 질척한 캠퍼스를 가로질러 매너 홀로 향했다. 바 주변에 몇 안 되는 회원들과 그들의 여자 친구들만 있는 것을 보고도 별로 놀라지 않았다. 학생들은 대부분 이미 떠나고 없었다. 에릭은 날 보고 심하게 즐거운 듯했고, 나는 평소보다 많이 마셨다. 페이스가 없어서 더 기분이 좋았다. 심지어 에릭에게 그녀에 관해 묻기도 했다.

"페이스는 떠났어, 킨트너. 글자 그대로든, 상징적으로든."

"무슨 뜻이에요?" 나는 그녀가 죽었는데 미처 소식을 못 들은 줄 알고 충격을 받았다.

"페이스는 이곳을 떠났어." 그는 한 팔을 뻗어 허공에서 크게 휘둘렀다. "그리고 여기서도 떠났고." 이번에는 손으로 가슴을 쿡쿡 찌르자 친구들이 박장대소했다. 나는 에릭이 어느 때보다 심하게 취했다는 걸 깨달았다.

"유감이네요." 내가 말했다.

"그럴 거 없어. 나하고 안 맞는 여자니까. 헤어져서 속이 후련해. 잘 먹고 잘 살라지." 그는 다시 과장된 손짓을 했다. 불현듯 오늘 에릭이 초대한 이유는 날 유혹하기 위해서이고, 난 유혹에 넘어갈 준비가 되었다는 걸 깨달았다. 나도 바라던 바였다. 하룻밤의 섹스 이상이 되리라는 환상은 전혀 없었지만, 나는 아직 경험이 없었고 이번이 좋은 기회였다. 사랑하는 사람에게 순결을 잃어야 한다고 믿을 만큼 멍청하진 않았지만 내가 사랑하는 사람에게 순결을 잃는 것은 중요했다.

매너 홀의 2층에는 1인실이 세 개 있었는데 에릭이 회장이었으므로 가장 넓고, 천장이 높고, 대학 예배당이 보이는 방을 썼다. 실용적인 싱글 침대 대신 진한 갈색 기둥 네 개가 달린 침대가 있었다. 처음에 옷을 입은 채 침대에 누워 키스할 때는 에릭이 나보다 더 긴장한 듯했다. 그가 잠깐 화장실에 다녀오겠다며 자리를 비우자, 나는 옷을 모두 벗고 이불 속으로 들어갔다. 화장실에서 나온 그는 찬물 세수를 한 것 같았고, 입에서는 치약 냄새가 풍겼다. 그는 팬티를 벗고 이불 속 내 옆으로 들어왔다.

"콘돔 껴야 해?" 그가 물었다.

나는 그렇다고 말했다. 이번이 처음이라는 말은 하지 않았다. 그의 마음이 바뀌는 걸 원치 않았기 때문이다. 그날 밤, 우리는 두 번 했는데 처음에는 그가 내 위에서 했다. 하지만 에릭의 키가 워낙 커서 나는 그의 마른 가슴팍 한가운데를 삼각형 모양으로 성기게 뒤덮은 털 몇 가닥만 바라봐야 했다. 그의 움직임은 어색했고, 나는 그가 즐기고 있는지 알 수가 없었다. 하지만 내가 그의 양옆으로 무릎을 구부려 올리자, 그는 숨을 헐떡이며 내 이름을 소리쳐 불렀고 그렇게 끝났다. 그리고 한참 후엔 내가 그의 위에 올라가서 했다. 창문으로 들어오는 희미한 가로등 불빛을 받은 에릭의 얼굴을 내려다보니 훨씬 도움이 되었다. 나는 기묘한 생김새에도 불구하고 그의 얼굴을 사랑하게 되었다. 큼직한 귀, 넓은 이마, 얇은 입술. 하지만 진한 갈색 눈동자가 매력적이었고, 여자처럼 숱이 많은 속눈썹이 아름다웠다. 그의 위에 올라가 있는 동안 난 속도를 늦췄다가 다시 빠르게 리듬을 바꿨다. 그렇게 몇 번 했더니 갑자기 에릭이 날 끌어당기며 젖꼭지를 입에 물고 부르르 떨었다. 나중에 그는 내게 오르가슴을 느꼈냐고 물었다. 오르가슴을 느끼진 못했지만 좋았다고 말했고 그건 사실이었다. 나는 동이 트기 전에 떠났다. 옷을 입는 동안 에릭이 약간 뒤척이긴 했지만 그가 깨기 전에 무사히 나올 수 있었다. 거짓 약속 같은 건 듣고 싶지 않았다. 여름방학 동안 에릭에 대한 좋은 기억만 간직하고 싶었다.

그해 여름은 우리 부모님이 마침내 이혼하고 처음 맞는 여름이었다. 엄마는 아빠가 벌써 약혼했다는 소문에 집착하며 난리를 피웠고, 미친 듯이 뉴욕 미술관 전시회를 준비했다. 나는 런던에 있는 아빠와 두 번 통화했다. 아빠는 날 런던으로 초대했지만 난 몽크스하우스에서 책을 읽으며 보내는 여름이 행복했기 때문에 초대를 거절했다. 다행히도 몽크스하우스에는 손님이 없었다. 8월 내내 상냥한 이모가 머물기는 했지만 엄마는 당신 표현에 따르면 부랑자들 없는 여름을 보내기로 했다. 에릭에게서는 연락이 없었지만 설사 연락하고 싶었다 해도 방법이 없었을 것이다. 내가 어디 사는지 모르고, 설령 알았다 해도 전화번호부에는 우리 엄마의 이름이 실려 있지 않기 때문이다.

제시카는 우리가 환상의 룸메이트라고 주장했지만, 2학년

기숙사 방을 신청할 때 나는 1인실에 지원했다. 8월이 되자 기숙사에서 편지가 왔는데 내가 세 명의 룸메이트와 4인실에 배정되었다고 했다. 셋 다 모르는 사람이었다. 나처럼 비사교적이어서 1인실을 신청한 세 명의 여학생이거나, 3인실을 신청한 삼총사일 것이다. 그나마 좋은 점은 내가 배정받은 방이 캠퍼스에서 가장 오래된 기숙사 건물인 로빈슨 홀에 있다는 것이다. 벽돌로 지은 건물은 캠퍼스 안뜰을 마주보았고, 특히 4인실은 거실 창틀을 넓게 만들어 앉을 수 있게 해놓았으며 간혹 벽난로가 있는 방도 있었다.

나는 입실하는 날 저녁 늦게야 기숙사에 도착했다. 세 명의 룸메이트는 절친한 삼총사가 분명했고, 데이비드 린치와 더 스미스의 포스터로 거실을 장식해놓았다. 1학년 때 봤던 아이들이었지만 친분은 없었다. 셋 다 칠흑처럼 까만 머리에 피부는 창백한 것으로 보아 고스족 버전의 프레피였다. 내 눈에는 세 편의 각기 다른 영화에 나왔던 위노나 라이더 같았다. 뾰족뾰족한 머리에 검은 옷만 입은 가장 과격한 스타일의 여자는 〈비틀주스〉에 나온 위노나였다. 나머지 둘은 좀 더 프레피에 가까웠는데 하나는 〈청춘 스케치〉에 나오는 위노나(앞머리를 뒤로 넘긴 단발), 또 하나는 〈귀여운 바람둥이〉에 나오는 위노나였다(카디건, 진주 목걸이, 이마에 내린 앞머리, 아이러니할 수도 있고 아닐 수도 있고).

그 9월 밤에 카프리 팬츠와 리넨 셔츠를 입고 도착한 내가 세 위노나에게 어떻게 보였을지 모르겠지만, 검은색 립스틱을 바르고 귀에 피어싱을 두 개나 했음에도 불구하고 그들은 친절했고 내가 짐을 푸는 동안 조이 디비전의 음악을 줄여주겠다고 했다. 〈귀여운 바람둥이〉의 위노나에게 와인 한 잔을 막 받아 들었을 때 누군가 문을 쾅쾅 두드렸다. 에릭 워시번이었다. 나는 너무 놀라서 잠시 에릭이 내 룸메이트 중 한 명을 찾아왔을 거라고 생각했지만 그는 날 찾아왔다. 무릎까지 내려오는 카고 팬츠에 옥스퍼드 셔츠를 입었고, 담배와 위스키 냄새가 났다. 나는 에릭과 함께 매너 홀로 가서 곧장 그의 방으로 올라갔다. 그는 여름 내내 날 그리워했다고, 내가 어디 사는지 필사적으로 알아내려 했다고 말했다. 심지어 날 사랑하는 게 분명하다는 말도 했다. 그리고 바보처럼 난 그 말을 믿어버렸다.

9장

테드

브래드와 나는 맥주로 시작했다가 어느 순간 제임슨 진저(제임슨 위스키에 무알콜 진저에일을 섞은 칵테일-옮긴이)로 갈아탔다. 우리는 케네윅 해변에서 1년 내내 영업하는 보기 드문 술집인 쿨리스에 앉아 있었다. 메뉴판에는 1957년부터 영업을 시작했다고 자랑스럽게 적혀 있었다. 아무도 그 주장을 의심할 것 같지 않았다. 바 뒤쪽에 수년 동안 여러 주류 회사에서 받은 지저분한 기념품들이 그득했기 때문이다. 슐리츠 사의 벽걸이 촛대, 제니 라이트의 거울, 버드와이저에서 제작한 불이 들어오는 개 인형. 제임슨 진저로 갈아타서 다행이었다. 내가 술을 살 차례가 될 때마다 몰래 진저에일을 주문할 수 있기 때문이다.

나는 우리 집 공사 현장에서 막 떠나려는 브래드를 발견하고 맥주나 한잔 하자고 했다. 그는 기분 좋게 제안을 수락했고, 자기 트럭으로 가자면서 몇 킬로미터 떨어진 케네윅 해변의 쿨리스로 왔다. 바텐더는 딱 달라붙는 블랙진에 보라색 탱크톱을 입은 이십대 초반의 여자였는데 우리가 들어서자 "어서 와, 브래겟"이라고 인사했다.

"바텐더가 당신을 뭐라고 부른 겁니까?" 가게 중간의 칸막이 좌석에 자리를 잡은 후에 내가 물었다.

"브래겟. 이 동네에선 날 그렇게 부르죠. 브래드 더하기 다겟. 고등학교 때 생긴 별명입니다. 첫 맥주는 내가 사죠, 보스." 그는 칸막이 좌석에서 나가 바로 갔다. 브래드와 함께 술을 마시며 정확히 뭘 알아내야 할지는 몰랐지만 어쨌든 릴리가 정보를 수집하라고 했기에 그럴 작정이었다. 많이 알면 알수록 내겐 더 이득이었다.

처음 한 시간 동안은 공사의 진행 과정을 이야기했다. 그에게서 받은 인상은 여느 때와 똑같았다. 80퍼센트는 실력 있는 전문가, 20퍼센트는 사기꾼. 자동차 세일즈맨이 좌석 시트를 천연 가죽으로 할 필요는 없다고 솔직히 말하면서도 비싼 내비게이션은 어떻게든 팔려고 하는 것처럼. 하이네켄을 마시며 이야기를 나누는 동안 나는 그를 자세히 관찰했다. 그는 굉장한 술고래여서 맥주 한 병을 세 모금 만에 연신 비워냈다. 분명 잘생겼지만 조금씩 노화가 진행되고 있었다. 갈색으로 그을린 얼굴에는 군데군데 기미가 있고, 양 볼에는 알코올 중독자 특유의 홍조가 나타나기 시작했다. 근육질 몸매였으나 조금씩 처지기 시작한 턱살은 희끗희끗해진 수염으로도 완전히 가릴 수 없었다. 얼굴에서 가장 돋보이는 것은 진한 갈색 눈동자와 관자놀이 쪽이 희끗해지기 시작한, 숱 많은 검은 머리였다.

맥주 예닐곱 병을 마시며 집에 관한 이야기를 나눈 뒤, 내가 말했다. "미란다가 당신을 너무 괴롭히지 않았으면 좋겠군요. 아내는 꼭 자기가 원하는 것만 고집하거든요."

"그건 좋은 겁니다. 원하는 게 계속 바뀌는 고객이 최악이죠. 부인은 최고의 고객입니다." 브래드는 자리에 앉을 때부터 테이블에 올려두었던 담뱃갑에서 말보로 레드를 꺼냈다. 그러고는 광택제가 칠해진 테이블 표면에 담배를 톡톡 치더니 잠시 밖에 나가서 피우고 와도 되겠느냐고 물었다.

그가 자리를 비운 사이, 나는 지난 20분 동안 주머니에서 소리 없이 여러 차례 진동했던 휴대전화를 꺼냈다. 미란다가 보낸 문자가 여럿 와 있었는데 "장난하는 거 아냐. 진짜 어딨는 거야?"가 마지막이었다. 나는 그녀에게 브래드와 한잔 하는 중이고, 곧 호텔로 돌아갈 테니 배고프면 먼저 저녁을 먹으라는 문자를 보냈다. 그녀에게서 알았다는 문자가 오더니 몇 초 후에는 "xoxoxo"라고 왔다.

나는 칸막이 좌석에서 몸을 돌려, 술집 앞쪽의 창문 너머로 브래드를 바라봤다. 그는 저녁 어둠 속으로 담배 연기를 내

뽑고 있었다. 머리 각도로 보아 휴대전화 화면을 보는 것 같았는데 문자를 보내는 중일 수도 있다. 어쩌면 미란다에게? 갑자기 분노가 확 치밀었지만, 나는 지금 정보를 얻어내려는 임무를 띠고 왔음을 상기했다. 이 소규모 접전으로 전쟁은 이미 시작되었고, 브래드가 마시면 마실수록 그의 약점을 알아낼 기회는 많아진다. 난 술에 취하지 않기 위해 4분의 3이나 남아 있던 맥주잔을 들고 화장실로 가 세면대에 거의 다 버렸다.

브래드가 돌아온 뒤에는 미란다 이야기가 다시 나오지 않았다. 그는 내 일과 삶 전반에 대해 묻기 시작했고, 내가 하버드 출신이라는 걸 듣더니 하버드 아이스하키 프로그램에 대해 아는 게 있는지, 빈팟beanpot(보스턴과 매사추세츠 주의 네 개 대학이 벌이는 아이스하키 대회-옮긴이) 경기에는 몇 번이나 가봤는지 묻기 시작했다. 대학 시절, 하키에 전혀 관심이 없긴 했지만 2학년 때 룸메이트를 따라 몇 번 가본 적이 있었다. 영문과 출신의 스포츠광이었던 친구는 현재 성공한 잡지 기자였다. 대화 주제는 아이스하키에서 지난해 레드삭스 경기로 옮겨 갔고, 이쪽은 그나마 좀 아는 분야였다. 나는 박스석인 럭셔리 스위트 티켓을 잔뜩 구입해 사람들을 초대한 이야기를 하면서 내년 경기에는 당신도 꼭 초대하겠다고 약속했다. 맥주에서 제임슨 진저로 바꿔 마신 후에는 스포츠에 대한 밑천도 바닥났다는 생각에 그의 이혼으로 화제를 바꿨다.

"아주 기특한 아이 둘을 뒀죠." 담뱃갑에서 다시 담배를 꺼내 테이블에 톡톡 치며 그가 말했다. "그리고 남자 기 죽이기가 특기인 전 부인하고요."

"아이들은 부인이 키웁니까?"

"네. 하지만 주말엔 격주로 나와 함께 지내죠. 솔직히 말해서 나한테는 끔찍한 악처지만 아이들에겐 좋은 엄마예요. 애들도 엄마와 사는 게 낫고요. 하지만 그때 이혼하지 않았더라면 내가 그 여자를 죽였거나, 그 여자가 날 죽였을 겁니다. 정말이라니까요. 망할 놈의 잔소리가 끊이질 않았죠. 지금 어디서 처놀고 있는 거야, 브래드? 집에 일찍 와서 변기 좀 고쳐, 브래드. 브래드, 언제 다시 가족끼리 플로리다로 놀러 갈 거야? 밖에 나가서는 그렇게 예쁜 집을 지으면서 마누라와 자식은 이런 거지 같은 집에 사는 게 마음에 걸리지도 않아? 끝이 없었어요. 총이 없는 게 다행이었죠." 그가 씩 웃었다. 그의 이는 니코틴 때문에 살짝 누렇게 변색되어 있었다.

"무슨 말인지 아실 겁니다. 아니다, 모를 수도 있겠네요. 부인의 단점은 뭔가요?"

"없어요. 우린 신혼부부나 마찬가집니다. 천국에선 모든 게 순조롭죠."

"아, 젠장." 그가 큰 소리로 말했다. "당연히 그렇겠죠." 그의 혀가 꼬부라지기 시작했다. 다녀니 그르겠죠. 그러더니 테이블을 가로질러 주먹을 내밀었고, 나도 주먹을 내밀어 어색하게 부딪치고는 씩 웃어 보였다. 왜 갑자기 저렇게 취한 거지? 두 시간 동안 꾸준히 마시기는 했어도 5분 전까지는 멀쩡해 보였는데.

"네, 미란다는 정말 멋진 여잡니다." 내가 말했다.

"대박이죠. 제 말은, 그러니까 오해하진 마세요, 당신도 절대 어디 가서 빠지는 인물은 아니지만 대체 어떻게 그런 여자를 얻은 겁니까?"

"그냥 운이 좋았던 것 같습니다."

"네, 운도 좋고 돈도 많고요." 이 말이 나오자마자 그의 얼굴에 후회의 기색이 역력했다. 내가 뭐라고 대꾸할 틈도 없이 그가 얼른 한 손을 들어 올리며 말했다. "아, 이런. 제가 쓸데없는 말을 했군요. 그런 뜻으로 한 말은 아니었습니다."

"괜찮아요." 내가 말했다.

"아뇨, 괜찮지 않습니다. 전적으로 부적절한 말이었어요. 제가 머저리인 데다 술까지 너무 많이 마셔서 그랬나 봅니다. 미안합니다. 당신 같은 남자를 만난 게 부인께도 행운이죠. 분명 돈과는 상관없었을 겁니다."

나는 미소 지었다. "아뇨, 상관있었을 겁니다. 그래도 괜찮고요."

"아뇨. 난 부인을 잘 모르지만 돈을 밝히는 분은 아니었습니다. 그 정돈 알 수 있어요." 브래드가 장황하게 사과의 말을 늘어놓으려는 찰나, 다행히도 진하게 화장한 금발 여자가 옆자리에 앉더니 자기 엉덩이로 그의 엉덩이를 톡 쳤다.

"안녕, 브래겟." 그녀는 그렇게 말하더니 내게 한 손을 내밀었다. "안녕하세요, 난 브래드의 친구 폴리라고 해요. 분명 브래드가 내 얘긴 전혀 안 했을 거예요." 나는 그녀의 축 처진 손가락을 잡는 것으로 악수를 대신했다.

"폴, 여긴 테드 스버슨. 믹맥에 새로 짓는 집이 바로 이분 거야." 브래드가 말했다.

"와, 대박." 폴리가 내게 미소 지었다. 비록 피에로 분장 수준의 화장을 하긴 했어도 예쁜 얼굴임을 알 수 있었다. 한때는 미인이었을 것이다. 염색하지 않은 금발, 푸른 눈동자, 카디건 안의 V자 네크라인 티셔츠 안에서 뽐내고 있는 풍만한 가슴. 네크라인 위로 드러난 가슴은 갈색으로 그을었고 주근깨가 있었다. "브래드에게 그 집 얘기 들었어요. 아름다운 집이 될 거라고 하더군요."

"계획은 그렇습니다." 내가 말했다.

"아, 두 분이 끈끈하게 의리를 다지는 줄 알고 방해하려고 했는데 이제 보니 사업 얘기를 하던 중이셨군요. 흥미가 확 떨어지네요."

"그러지 말고 한잔 하세요." 내가 말했다.

"말씀은 고맙지만 비켜드릴게요."

진한 향수 냄새를 남기며 그녀가 칸막이 좌석에서 빠져나갔다.

"여자 친구?" 내가 브래드에게 물었다.

137

"중학교 2학년 때 일이죠." 브래드는 그렇게 말하며 이를 훤히 드러내고 웃었다. "하지만 이제 폴리가 왔으니 그만 가야 겠군요. 저 모퉁이만 돌면 우리 집입니다. 거기서 한잔 더 하고 제가 집까지 데려다드리면 어떨까요?"

"좋죠." 비록 지금 제일 하기 싫은 일이 술을 더 마시는 것이고, 그다음으로 싫은 일이 술에 취한 브래드가 모는 차를 타는 것이지만 난 그렇게 대답했다. 브래드가 어디 사는지 볼 수 있는 절호의 기회였다.

저녁이 되자 날씨가 추워졌지만 안개가 걷히면서 수많은 별들이 하늘을 선회했다. 브래드의 오두막까지는 300미터 정도밖에 안 되는데도 그는 날 트럭에 태웠다. 조금 달리다가 해변에서 뻗어 나온 길을 가로질러 반원으로 늘어선 열두 개의 오두막 중에서 맨 첫 번째 오두막 앞에 아무렇게나 주차했다. 간판에는 페인트로 직접 쓴 '초승달 오두막'이라는 글씨와 전화번호가 있었다.

"미란다는 이 오두막들이 당신 소유라고 하더군요." 그가 불 꺼진 오두막의 문을 여는 동안 내가 말했다. 오두막들은 모두 불이 꺼져 있어서 가로등과 환한 밤하늘만이 주위를 밝히고 있었다.

"운영만 제가 하지 부모님 소유예요. 지금은 성수기가 지나서 썰렁하지만 여름에는 제법 잘됩니다."

집 안에 들어선 그가 키다리 플로어 램프를 딸각 켰다. 내

부는 예상보다 근사했지만 또 한편 예상보다 황량하기도 했다. 실용적인 가구가 서넛 있을 뿐이었고 하얀색으로 칠한 벽에는 걸린 게 별로 없었다. 이게 임대용 오두막이 아니라 브래드의 집이라고 말해주는 물건은 서랍장 위에 놓인 대형 텔레비전뿐이었다. 텔레비전은 너무 커서 비교적 작은 거실에 어울리지 않았다. 담배 냄새가 진동할 줄 알았는데 그렇진 않았다.

브래드는 곧장 벽감에 설치된 부엌으로 가서 냉장고를 열었고, 나는 부실하게 만들어진 출입문을 닫았다. 병뚜껑 두 개를 퐁퐁 따는 소리가 들리더니 그가 차가운 하이네켄을 건넸다. 우리는 베이지색 소파에 앉았다. 브래드는 다리를 벌린 채 소파에 축 늘어졌다. 큼직한 구릿빛 손 안에 든 맥주병이 작아 보였다.

"여기서 얼마나 살았습니까?" 무슨 말이라도 하기 위해 내가 입을 열었다.

"1년 정도요. 임시로 거주하는 겁니다."

"당연히 그렇겠죠. 이런 데서 누가 오래 살고 싶겠습니까?"

그 말을 하자마자 아차 싶었고, 브래드의 얼굴에는 증오가 스치며 안색이 어두워졌다. 하지만 그는 얼른 생각에 잠겨 눈살을 찌푸린 척했다. "말했듯이 임시로만 머무는 겁니다. 돈이 모일 때까지."

나는 아무 말도 하지 않았고, 우리는 침묵을 지켰다. 주위를 둘러보다가 커피 테이블에 놓인 한 무더기의 낚시 잡지가 테이블 귀퉁이와 각이 맞춰져 있다는 걸 알아차렸다. 잡지 맨 위에는 리모컨이 있었는데 역시나 잡지의 한쪽 귀퉁이와 각이 맞춰져 있었다. 내 옆쪽 사이드 테이블에는 보트에 탄 여자아이와 남자아이의 사진이 놓여 있었다. 열 살에서 열두 살쯤 되어 보였는데 둘 다 오렌지색 구명조끼를 입고 있었다.

난 사진을 들어 올렸다. "당신 아이들인가요?"

"제이슨과 벨라죠. 하지만 이제 저 보트는 없습니다. 올 초여름에 팔아서 낚싯배를 샀죠. 낚시 하십니까?"

내가 안 한다고 했는데도 그는 계속 자기 배에 대해 떠들어댔다. 나는 듣는 둥 마는 둥 했지만 상관없었다. 브래드 다겟에 대한 정보를 알아내는 중이었으니까. 현재 내 마누라와 자고 있다는 사실을 차치하고라도 나는 브래드 다겟이 손톱만큼도 마음에 들지 않았다. 그는 이기적인 술꾼으로, 아마 나이를 먹을수록 알코올 중독증과 이기심은 더 심해지기만 할 것이다. 집에 사진 하나 둔 것 말고는 아이들에게도 무관심하고, 사실 그가 자기 외에 정말로 관심을 쏟는 사람이 있는지도 의문이었다. 그는 이 세상의 암과 같은 존재였다. 나는 릴리를 생각했다. 브래드가 갑작스럽게 죽는 꼴을 상상해봤다. 아무런 거리낌도 없었다. 솔직히 말해 그렇게 되기를 바라고 있었다. 내 아내와 잔 것에 대한 벌이라서가 아니라 지구상에서 브래드가 사라지는 것은 좋은 일이기 때문이다. 그가 있어서 조금이라도 삶이 나아지는 사람이 누가 있는가. 그의 아이들도, 전 부인도 아니다. 술집의 폴리도 아니다. 그녀는 아마도 자기가 브래드의 여자 친구라고 생각할 것이다. 브래드는 머저리였고, 이 세상에서 머저리 하나가 사라지는 것은 모두에게 좋은 일이다.

나는 낚싯배에 대한 브래드의 독백을 중단시키고 화장실에 다녀오겠다고 했다. 화장실은 집 안의 다른 곳처럼 깨끗했다. 남은 맥주를 세면대에 모두 버린 후, 약품 수납 선반을 열어봤다. 들어 있는 물건은 몇 개 없었다. 면도기와 데오도란트, 헤어 제품, 큰 병에 든 소염진통제, 아직 개봉하지 않은 염색약한 상자, 병원에서 처방받은 항생제 한 통. 항생제는 유통기한이 5년이나 지나 있었다. 항생제 병을 열어서 안을 들여다보니 다이아몬드 모양의 파란 알약이 가득 들어 있었다. 비아그라. 그러니까 케네윅의 종마인 브래드가 사실은 종마랄 수도 없었던 것이다. 나는 제법 큰 소리로 웃었다. 거실로 돌아가자 브래드는 아까와 똑같은 자세로 앉아 있었지만 눈이 감겨 있었고, 가슴이 규칙적으로 오르락내리락했다. 나는 한동안 그를 지켜보면서 혐오감 외의 다른 감정, 약간의 연민을 느껴보려고 했다. 그저 나를 시험하기 위해서였다. 하지만 아무 감정도 느껴지지 않았다.

떠나기 전에 부엌에서 서랍 몇 개를 조용히 뒤졌다. 그중하나는 다용도 서랍으로 연장, 노끈이 감긴 실패, 넓적한 강력테이프가 들어 있었다. 그리고 서랍 뒤쪽에는 스미스 앤드 웨슨 더블액션 리볼버가 있었다. 나는 깜짝 놀랐다. 총을 발견해

141

서가 아니라, 총이 있었다면 아내를 죽였을 거라는 그의 농담 때문이었다. 훔쳐 가고 싶은 충동이 들었지만 내 짓임을 눈치 챌 확률이 높았다. 그래서 총은 그대로 두고 대신 비슷하게 생긴 열쇠들이 가득 든 상자에서 새 열쇠 하나를 집어 들었다. 이 열쇠라면 굳이 브래드가 찾지 않을 것이다. 이 오두막 열쇠거나 초승달 오두막 전체를 열 수 있는 마스터키일 것이다.

마지막으로 집 안을 둘러봤다. 브래드는 여전히 같은 자세로 앉아 있었다. 나는 차갑고 짭짤한 공기 속으로 나가 오두막 문에 슬며시 열쇠를 넣어봤다. 열쇠는 매끄럽게 들어갔고 잘 돌아갔다. 문을 잠그지 않은 채 열쇠를 주머니에 넣었다. 휴대전화를 꺼냈다. 미란다에게 전화해 차로 날 데리러 오라고 말하려다가 걸어가기로 했다. 피부에 차가운 공기가 닿으니 기분이 좋았다. 코로 숨을 깊이 들이쉬었다. 공기 중의 염분 때문에 근래의 어느 때보다도 생기가 넘치는 듯했다. 나는 걷기 시작했다. 호텔까지는 고작 3, 4킬로미터밖에 되지 않았고, 세상의 에너지를 다 가진 기분이었다.

10장

릴리

나는 2학년이고 에릭은 4학년이던 해 내내
나는 거의 모든 목요일과 금요일, 토요일 밤을 매너 홀 2층에
있는 에릭의 침실에서 보냈다. 당시에는 내 인생에서 가장 행
복한 시절을 보낸다고 생각했다. 하지만 돌이켜보면, 훗날 벌
어진 비극적 사건을 차치하고라도 행복한 동시에 불안하고 불
확실한 시기였다. 나는 에릭 워시번과 사랑에 빠졌고, 그는 자
기도 나와 사랑에 빠졌다고 했다. 난 그의 말을 믿었지만 우리
는 아직 어렸다. 에릭은 곧 졸업과 동시에 뉴욕으로 떠나 금융
업계에서 일할 계획이었고, 나는 다음 학기에 런던의 폰스 미
술 학교에서 예술보존학을 공부할 계획이었다. 비록 에릭과 우
리 미래를 의논하긴 했어도 난 그가 졸업하면 모든 게 달라질

거라고 예상했다.

그해 나는 완전히 별개이면서도 양립 가능한 이중생활을 하고 있었다. 일요일부터 목요일까지는 읽어야 할 책들을 모조리 읽으며 과제를 했다. 룸메이트인 세 명의 위노나는 요란한 음악을 틀어대고 끊임없이 담배를 피우긴 했어도 놀랄 만치 조용했고, 비교적 착했다. 나는 〈귀여운 바람둥이〉의 위노나가 나와 공통점이 많다는 사실을 알게 되었다. 그애 역시 낸시 드류를 우상으로 생각하며 자란 책벌레였다. 한편 나는 목요일 저녁마다 매너 홀에서 열리는 세인트 던스틴의 파티에 참석했는데 주로 제일 큰 가방에 갈아입을 옷과 세면도구 등을 넣어 갔다. 그날 밤은 언제나, 때로는 주말까지도 에릭의 방에서 보냈기 때문이다. 우리는 금요일 아침부터 일요일 저녁까지 거의 늘 붙어 다녔다. 수업이 있거나, 에릭의 라켓볼 시합 혹은 프리스비 경기, 혹은 그가 꼭 이겨야 하는 숱한 경기가 즉석에서 벌어질 때를 제외하고. 우리는 교내 극장에서 영화를 보고, 뉴체스터까지 나가서 이탈리아 음식을 먹고, 가끔은 세인트 던스틴과 전혀 연관이 없는 단체나 사람이 주최하는 파티에 갔지만 그런 경우는 드물었다. 우리는 예측 가능하고 틀에 박힌 일상과 우리끼리만 통하는 매일매일의 농담, 그리고 내가 생각하기에는 궁합이 잘 맞는 섹스가 어우러진 편안한 관계에 빠져들었다. 그리고 서로를 워시번과 킨트너라고 불렀다. 다행히도 사귀는 동안 서로에게 실망하거나 바람을 피우는 등의 대형 사고는 전혀 없었다. 나는 우리 관계를 소중히 여겼지만 아무에게도 그 사실을 말하지 않았다. 오로지 에릭에게만 그런 심정을 털어놓았는데 그도 나와 같은 마음이라고 했고, 우리는 가끔씩 대학 졸업 후에 함께할 미래를 이야기했다.

에릭의 전 여자 친구인 페이스 역시 4학년이었고 목요일 밤의 파티에 계속 정기적으로 참석했다. 이제는 매슈 포드와 사귀는 중이었는데 에릭과 매슈가 세인트 던스턴에서 가장 중요한 회원이었기에 그해 페이스는 내게 붙어 다녔다. 심지어 때로는 에릭과 나의 관계를 묻기도 했지만 난 절대 미끼를 물지 않았다. 쾌활하고 앙큼하고, 사람들의 관심을 받기 좋아하는 페이스가 딱히 좋지는 않았지만 함께 시간을 보내는 건 상관없었다. 만약 그녀가 내 곁에 얼씬도 하지 않았다면, 에릭과 2년이나 사귄 여자에 대한 호기심이 집착으로까지 번졌을 것이다. 하지만 페이스는 내 곁에 있었고, 나는 그녀를 알게 되었기에 달리 상상할 여지가 없었다.

나는 에릭이 페이스의 어떤 점에 끌렸을지 알 수 있었다. 검은 머리는 짧게 잘랐고 둥근 얼굴에 섹시한 분위기를 풍겼다. 옷차림은 〈프레피 공식 안내서〉에 나오는 대로지만 스웨터는 늘 꼭 끼었고, 스커트는 늘 너무 짧았다. 말을 할 때면 상대에게 가까이 다가가 눈을 보며 무장해제시켰고, 자주 웃었고, 자신을 비하하는 우스운 농담을 했다. 함께 어딜 갈 때면 종종 내 팔짱을 꼈고, 내 뒤에 서 있을 때는 손으로 내 머리를 쓰다

듭었다. 나는 부모님과도 신체 접촉을 많이 하는 편이 아니었기에 페이스의 그런 행동이 거슬릴 때가 많았으나 가끔은 기분이 좋았다. 한번은 술에 취한 페이스가 내 눈동자 색깔을 알고 싶다며 얼굴을 들이밀었고, 그녀의 갈색 눈동자가 내 시야를 가득 채웠다.

"눈 안에 태피스트리가 있는 것 같아." 페이스가 말했다. 내 볼에 닿는 그녀의 입김이 따뜻했다. "회색, 노랑, 파랑, 갈색, 핑크가 알록달록 섞였어."

에릭은 페이스 얘기를 거의 꺼내지 않았지만 한번은 밤에 침대에 함께 누워 있을 때 이렇게 물었다.

"페이스와 자주 마주치는 게 거슬리지 않아?"

"별로. 나와 단짝이 되려고 작정한 거 같아. 알고 있었어?"

"페이스는 모든 사람과 단짝이 되려고 해. 아니다, 취소. 내 생각엔 페이스가 널 정말로 좋아해서 친구가 되려는 것 같아. 다만……."

"걱정 마. 무슨 뜻인지 아니까. 페이스와 단짝이 될 생각은 추호도 없어. 우린 공통점이 전혀 없는걸. 너 말고는."

"맞아. 그건 내가 장담해. 하지만 나쁜 애는 아냐. 매슈와도 잘 어울리고."

"그런 거 같아." 내가 말했다.

페이스에 대한 우리의 대화는 그걸로 끝났다.

그해 여름, 나는 몽크스하우스로 돌아갔다. 엄마에게는 마이클 비알릭이라는 새 남자 친구가 생겼다. 엄마와 같은 대학의 언어학 교수로 수염이 덥수룩한 남자였는데 놀랍게도 안정된 삶을 살고 있었다. 우리 집에서 1킬로미터 정도 떨어진 헛간을 개조한 집에서 피아노 신동이라는 아들과 함께 살았다. 그는 요리하기를 좋아했기 때문에 엄마는 날 홀로 남겨둔 채 많은 시간을 그의 집에서 보냈다. 나는 월요일에서 금요일까지 하루에 네 시간씩 도서관에서 일하고 나머지 시간은 책을 읽거나 집 근처를 어슬렁거렸다. 나는 사랑에 빠져 있었고, 마음은 평화로웠다. 내가 좋아했던 초원, 쳇의 마지막 안식처까지 다시 가봤다. 우물 뚜껑은 여전히 제자리에 있었다. 오래전 내가 처음 발견했을 때처럼 노랗게 시든 풀 뒤에 숨은 채로. 옆 농가는 여전히 비어 있었다.

원래는 주말마다 에릭이 있는 뉴욕에 갈 계획이었다. 하지만 몽크스하우스를 방문한 에릭은 이곳과 사랑에 빠져버렸다. 적어도 그의 주장에 의하면 그랬다.

"난 주말을 여기서 보내고 싶어, 킨트너. 완벽한 삶이 될 거야. 평일은 도시에서 보내다가 금요일 저녁이 되면 기차를 타고 여기로 와서 너와 함께 지내는 거지. 전원에서 보내는 주말."

"지루하지 않겠어?"

"전혀. 난 여기가 마음에 쏙 들어. 넌 어때? 괜히 나 때문에 여기에 처박혀 지내는 거 아냐?"

"난 매년 여름을 그렇게 보냈는걸. 상관없어. 게다가 주말
엔 널 만나는 즐거움까지 생겼고."

그리하여 우리의 여름은 학기 때와 똑같아졌다. 평일은 각
자, 주말은 함께. 난 원래 혼자서도 잘 지냈기 때문에 전혀 개
의치 않았다. 게다가 혼자 지내는 날들이 쌓여갈수록 주말이 가
까워졌다. 한쪽 어깨에 작은 여행 가방을 걸친 채 함박웃음을
지으며 통근 열차에서 내리는 에릭의 모습을 볼 날이 가까워졌
다. 그리고 함께 보내는 주말은 그만큼 더욱 강렬했다. 마더 대
학을 벗어난 우리의 관계는 더욱 깊어지고 편안해지는 듯했다.
마치 부부가 된 기분이었다. 그러니 나는 에릭을 일주일에 이
틀만 만나는 데 아무런 불만도 없었다.

에릭 역시 이런 만남에 아무 불만이 없었다. 나는 알지 못
했던 자기만의 이유로.

만약 8월 마지막 주에 아빠가 뉴욕을 방문해 함께 점심을
먹자고 하지 않았다면 난 에릭의 그 이유가 무엇인지 영영 몰
랐을 것이다. 그리고 여전히 에릭이 내 일생일대의 사랑이라 믿
으며 가을에 런던으로 떠났을 것이다. 아빠가 뉴욕을 방문한 이
유는 새 단편소설집의 출간을 맞아 기존의 미국 에이전트와 출
판사를 만나고, 스트랜드북스에서 낭독회를 열기 위해서였다.
아빠는 나를 낭독회에 초대하지 않았는데 딱히 놀랄 일은 아니
었다. 예전에 한 번—아마 고등학교 2학년 때였을 것이다—아
빠에게 낭독회에 가도 되냐고 물은 적이 있었는데 그때 이런

대답을 들었다. "맙소사, 릴리, 넌 내 딸이다. 널 그런 데 가게 하고 싶진 않구나. 언젠가 내 책을 읽어야 한다는 의무감을 주는 것도 미안한데 하물며 큰 소리로 들려주는 일은 더더욱 하고 싶지 않다."

그래서 나는 도서관 일을 하루 쉬고 뉴욕으로 가는 열차를 탔다. 우리 부녀는 아빠가 묵고 있는 호텔 로비의 호화로운 레스토랑에서 점심을 먹었고, 곧 다가올 나의 런던 생활에 대해 얘기했다. 아빠는 내가 만나야 할 친척들과 친구들의 명단을 이메일로 보내주겠다고 약속했다. 아빠가 좋아하는 런던의 명소들도 알려주겠다고 했는데 대부분이 펍이었다. 아빠는 엄마와 새 남자 친구에 대해 캐묻더니 언어학 교수가 전반적으로 괜찮은 사람이라는 말을 듣고 매우 실망했다. 점심 식사를 마친 뒤 우리는 호텔 앞에서 헤어졌다. "우리 같은 부모 밑에서도 잘 자라줘서 고맙다, 릴." 아빠에게 처음 듣는 말은 아니었다. 우리는 작별의 포옹을 했다. 뉴욕의 8월 말 치고는 이상하게 날씨가 좋아서 난 한 번도 가본 적이 없는 에릭의 사무실까지 걸어가기로 했다. 8월 내내 후덥지근하던 날씨는 갑자기 습도가 모두 증발해버렸고, 나는 한낮의 조용한 도심의 회랑을 걸을 수 있어서 마냥 행복했다. 에릭의 사무실에 쳐들어가 놀래줄지 말지는 아직 결정하지 않았지만, 내가 사무실에 들어섰을 때 에릭의 표정이 어떨지 상상하기 시작했다. 그때, 갑자기 누군가 내 이름을 크게 부르는 바람에 나는 환상에서 깨어났다. 뒤를 돌아보니 케이티 스톤이 있었다. 세인트 던스턴의 파티에서 알게 된 3학년 선배였는데 내게 손을 흔들며 길을 건너오고 있었다.

"널 줄 알았어." 노란 택시 한 대가 쏜살같이 지나간 후에 그녀가 보도로 올라왔다. "이번 방학에 뉴욕에서 지내는 거야?"

"아뇨. 코네티컷 주에 있는 엄마네 집에 있어요. 아빠가 여기 계셔서 잠깐 점심 먹으러 나온 거예요."

"커피 마실래? 오늘은 일이 일찍 끝났어. 아, 뉴욕의 8월은 우울해."

우리는 근처에 있는 카페 체인점으로 갔고 아이스 라테를 시켰다. 케이티는 우리 둘 다 아는 사람들 그리고 내가 들어본 적 없는 사람들에 대해 떠들어댔다. 원래 온갖 소문을 수집하고 퍼뜨리기를 좋아하는 사람인데 놀랍게도 에릭에 대해 묻지 않았다. 그래서 내가 먼저 물었다. "에릭은 자주 만나요?"

에릭의 이름이 나오자 케이티의 눈이 살짝 휘둥그레졌다. "아, 에릭 얘기는 꺼내지 않으려고 했는데. 아니, 별로, 그래도 가끔 보긴 해. 너도 알다시피 에릭 회사가 이 근처일 거야."

"알아요. 근데 왜 에릭 얘기를 꺼내지 않으려고 했어요?"

"이젠 너희들이 헤어졌으니까. 네가 에릭 얘기를 듣고 싶어 하지 않을 거라고 생각했어."

나는 온몸이 싸늘해졌다. 그게 무슨 소리냐, 난 당연히 아직도 에릭과 사귀는 중이라는 말이 목구멍까지 올라왔지만 무언가가 날 막았다. 그래서 대신 이렇게 물었다. "왜요? 에릭에게 무슨 일 있어요?"

"내가 알기론 별일 없어. 자주 안 만나긴 하지만 에릭은 주말에 뉴욕에 없어. 아버지가 편찮으시대. 너도 알고 있었니?"

"아뇨. 아버지가 왜요?"

"암이라나 봐. 에릭은 주말마다 아버지에게 가. 부자지간에 사이가 아주 좋지?" 케이티는 마지막 말을 질문처럼 했고, 나는 가까스로 고개를 끄덕였다. 어서 이 카페에서 나가고 싶었다. 케이티에게서 멀어지고 싶었다. 다행히 그때 케이티의 휴대전화가 울리기 시작했고, 그녀가 엄청나게 큰 가방 속을 뒤지는 동안 나는 화장실에 다녀오겠다고 했다. 카운터에 가서 열쇠를 달라고 한 다음, 좁아터진 화장실에 들어가 문을 잠갔다. 머릿속에서 온갖 생각이 마구 뒤엉키며 방금 들은 정보를 필사적으로 이해하려고 했다. 한편으로는 분명 말도 안 되는 오해가 있었을 거라며 케이티의 말을 의심했지만 다른 한편으로는 그 말이 사실이고, 내가 바보였다는 걸 알고 있었다. 에릭은 이중생활을 했고, 그가 주말에 나를 만난다는 사실을 아무도 모르고 있었다. 내가 카운터에 화장실 열쇠를 돌려줄 때까지도 케이티는 계속 통화 중이었다. 나는 그녀의 어깨를 톡 치고는 시계를 가리키며 재빨리 문 쪽으로 걸어갔다. 케이티는 전화기를 내리고 자리에서 일어섰지만 나는 계속 걸어가며 입모양만으로 "미안해요"라고 말했다.

일단 거리로 나온 후에는 주택가 쪽으로 걸어갔다. 브라운스톤 저택 앞 돌계단에 잎이 무성한 나무의 그늘이 드리워져 있었다. 나는 맨 위 계단에 쪼그리고 앉았다. 주인이 보고 쫓아내든 말든 상관없었다. 얼마나 오래 앉아 있었는지 모르겠지만 아마 두 시간쯤 되었을 것이다. 한동안 비참한 기분이 들었지만 이내 마음이 차분해졌다. 나는 상황을 분석했다. 에릭은 나와 함께하는 시간을 따로 분리해 주중에는 만나지 않고 오로지 주말에만 만났다. 그게 그의 생활 방식이었다. 대학 때도 그랬다. 하지만 왜 주말에 나와 만나는 걸 비밀로 했을까? 이유는 하나뿐이다. 뉴욕에 사는 누군가와 사귀는 것이다.

5시가 얼마 남지 않았을 때 나는 에릭의 사무실이 있는 쪽으로 걸어갔다. 사무실 주소는 알지만 어떤 건물인지는 몰랐다. 군중들을 훑어보며 천천히 걸었다. 지금 이 상태에서 에릭과 마주치면 감당하지 못하리라는 걸 알고 있었지만 아직 뉴욕을 떠날 준비가 되어 있지 않았다. 에릭이 일하는 곳을 보고 싶었다. 그가 날 보지 못하는 곳에서 그를 지켜보고 싶었다.

에릭의 사무실은 핫도그 가게인 그레이스파파야 옆의 아무런 특징이 없는 4층짜리 건물에 있었다. 나는 건너편 벤치에 앉아 쓰레기통에서 〈뉴욕 포스트〉를 꺼내 얼굴 앞에 펼친 뒤, 건물 입구를 주시했다. 5시가 조금 지나자 양복을 입은 남자들과 스커트에 블라우스 차림의 한 여자가 나타났다. 에릭은 없었지만, 그다음에 나오는 세 남자 중에 연회색 양복을 입은 그가 있었다. 세 남자는 보도에 나오자마자 동시에 담배에 불을 붙였다. 졸업하던 날에 담배를 끊겠다고 선언했던 에릭이 담배를 피우는 모습을 보고도 난 놀라지 않았다. 주말에 우리 집에 머물 때는 한 번도 담배를 피운 적이 없었지만 그건 그가 이중적인 사람이기 때문이다. 그의 동료들은 담배에 불을 붙이더니 다운타운 쪽으로 걸어가기 시작했고, 에릭은 한동안 그대로 서서 휴대전화를 힐끗 보았다. 그러자 노란 택시 한 대가 와서 섰다. 난 에릭이 택시에 탈 줄 알았는데 대신 복고풍의 미니드레스를 입은 빨간 머리 여자가 택시에서 내렸다. 에릭이 담배를 휙 던지자 빨간 머리는 에릭의 입술에 키스했다.

그들은 한동안 얘기를 나눴고, 에릭의 손은 여자의 잘록한 허리를 잡았다.

나는 가슴이 뻐개질 듯 아팠고 눈앞이 일렁거렸다. 한순간 심장마비로 쓰러지는 줄 알았지만 통증은 점차 가라앉았다. 허리를 펴고 숨을 깊이 들이쉬며 여자를 뚫어지게 바라봤다. 어딘가 눈에 익었는데 아직 얼굴을 볼 수 없었다. 그 여자도 빨간 머리라는 사실에 더욱 마음이 아팠다. 비록 멀리서 봐도 여자의 빨간 머리는 염색한 것임을 알 수 있었지만.

에릭과 빨간 머리는 뒤로 돌았고, 순간적으로 난 그들이 길을 건너 내 쪽으로 오는 줄 알고 가슴이 철렁했다. 하지만 둘은 팔짱을 낀 채 북쪽으로 향했다. 나는 신문 너머로 그들을 지켜봤고 마침내 에릭의 뉴욕 여자 친구가 누군지 똑똑히 보았다. 페이스였다. 빨간 머리 페이스. 돌이켜보면 난 페이스를 보

고도 별로 놀라지 않았던 것 같다. 달리 누구겠는가. 하지만 그
녀가 머리 색깔을 바꿨다는 사실, 이제 나처럼 빨간 머리라는
사실에 충격을 받았던 기억이 난다. 그리고 화가 났다. 최근 몇
년간 그렇게 화난 적은 처음이었다.

11장

테드

지난번 콩코드에서 릴리를 만났을 때 우리
는 다음 약속도 정했다. 2주 후의 토요일, 같은 시간, 하지만 장
소는 콩코드 도심의 기념 광장이 내려다보이는 언덕 위의 올드
힐 공동묘지로 했다. 벤치가 있으니 앉아서 이야기를 나눌 수
있고, 호텔 바보다 사람들 눈에 덜 띨 터였다.

나는 토요일 오후에 일찌감치 약속 장소로 갔다. 시내에는
관광객들이 있었지만 이 언덕으로 올라오는 사람은 아무도 없
었다. 연철로 만든 차가운 의자에 홀로 앉아 너와지붕들 너머
중심가 쪽을 내려다봤다. 낮게 드리운 하늘은 화강암 색깔이었
다. 작정한 듯 꾸준히 불어대는 바람에 울긋불긋한 나뭇잎이 허
공에 휘날렸다. 나는 기념 광장 주위를 도는 차들을 유심히 바

라보며 릴리를 찾았다. 비록 릴리가 어떤 차를 모는지는 모르지만. 그래도 추측해보자면 고전적이면서도 약간 멋스러운 차일 것 같았다. 빈티지 BMW나 오스틴 미니. 하지만 내가 찾아낸 릴리는 차에서 내리는 게 아니라 중심가를 씩씩하게 걸어 내려오고 있었다. 무릎까지 내려오는 녹색 코트를 입었고, 발을 디딜 때마다 빨간 머리가 물결쳤다.

공동묘지를 향해 걸어오던 그녀는 지붕 선 아래로 들어가면서 내 시야에서 사라졌다. 그녀를 다시 본다고 생각하니 흥분되기 시작했다. 이 관계를 점점 더 낭만적으로 생각하기 때문이기도 했지만 케네윅에 다녀온 일이며 브래드의 집 열쇠를 훔쳐온 일 등을 얼른 말하고 싶어서이기도 했다. 어떤 면에서는 엄마에게 좋은 성적표를 들고 가는 아이 같은 심정이었다.

공동묘지 내의 돌길을 올라오는 릴리의 모습이 다시 시야에 들어왔다. 그녀는 미소를 짓더니 맞은편 벤치에 앉았다. "전망 좋네요." 가파른 언덕을 올라온 탓인지 살짝 헐떡이는 목소리로 그녀가 말했다.

"당신이 중심가를 내려오는 걸 봤어요. 내가 지켜보는 거 알았습니까?"

"아뇨, 생각도 못 했는걸요. 내가 늦어서 당신이 가버렸으면 어쩌나 걱정했어요."

"그럴 리가 있나요. 당신에게 할 말이 얼마나 많은데."

릴리는 내 쪽으로 몸을 돌렸다. 10월의 회색 햇빛 속에서 그녀의 얼굴은 바래 보이는 반면 머리카락은 내가 기억하는 것보다 훨씬 더 붉었다. 무채색 묘지들 속에서 놀랄 만큼 생기가 넘치는 색깔이었다. 나는 손을 뻗어 그녀가 진짜인지 확인하고 싶었지만 참았다.

"케네윅에 다녀왔어요?" 그녀가 물었다.

"네." 나는 일주일 동안 있었던 일, 브래드와 함께 술을 마시고 그의 집에 다녀오고 열쇠를 훔친 일을 얘기했다.

"열쇠가 없어졌다는 걸 브래드가 알아차리지 않을까요?"

"모를 겁니다. 서랍에 열쇠가 무더기로 있었어요. 오두막을 대여하기 때문에 열쇠가 많이 필요한 것 같더군요. 아마 오두막을 모두 열 수 있는 마스터키일 겁니다."

"그럼 도움이 되겠네요. 일이 다 끝난 후에 열쇠를 없애거나 도로 갖다 놓아야 한다는 것만 명심해요. 물적 증거를 하나라도 남겼다간 절대 빠져나갈 수 없어요. 알고 있죠?"

나는 고개를 끄덕였고, 릴리가 다시 물었다. "집 공사 일정은 알아봤나요? 완공 날짜가 언제죠?"

"브래드 말대로라면 12월 초쯤에 끝날 예정이에요. 늦어도 1월 초까지요."

"그러면 비교적 빨리 손을 써야겠군요. 집 공사가 끝나기 전에 해치우는 게 중요해요, 내 생각엔."

우리는 계획을 세웠다. 내가 언제, 어디에 있어야 하고, 우리 둘이서 무엇을 해야 하는지. 릴리는 마치 기말고사 과학 프로젝트 발표를 앞둔 고등학교 3학년처럼 그 일을 의논했다. 나는 원래 꼼꼼한 성격이라서—내가 하는 일과 가진 재산 때문에 그럴 수밖에 없다—메모를 해야 직성이 풀렸지만 이번엔 어떤 기록도 남겨서는 안 된다는 걸 알고 있었다. 단 한 글자도. 지난번에 릴리가 말했듯이 내가 홀아비가 되기 전의 마지막 만남이었다. 모든 일이 마무리되면 우리는 우연히 다시 만날 것이다. 마치 처음 만났다는 듯이. 그녀와 함께 이야기를 나누고 내가 해야 할 일을 암기하는 동안, 가슴이 뻐근해지고 목과 턱까지 조여오는 느낌이 들었다. 고개를 갸웃하자 목에서 빠그닥 소리가 났다.

"괜찮아요?" 릴리가 물었다.

"네. 그냥 실감이 나서요. 케네윅에 정탐하러 가는 계획을 세울 때와는 좀 다르니까요."

릴리는 등을 펴더니 아랫입술을 쭉 내밀었다. 그러고는 걱정스런 눈초리로 날 봤다. "당신도 알다시피, 이 일을 꼭 해야 할 필요는 없어요. 이건 당신을 위한 일이지 날 위한 일이 아니니까요. 당신이 이 일로 평생 시달리는 건 원치 않아요."

"그건 두렵진 않아요. 그냥 혹시라도 잘못될까 걱정하는 겁니다."

"계획대로만 한다면 잘못될 일은 없어요. 하나만 물을게요. 만약 오늘 케네윅에 지진이 나서 미란다와 브래드가 죽었다고 해봐요. 기분이 어떻겠어요?"

"행복할 겁니다." 한 치의 망설임도 없이 내가 대답했다. "모든 문제가 해결되고, 그들은 죗값을 치르겠죠."

"우리가 하려는 일이 바로 그거예요. 지진을 만드는 거죠. 둘 다 매장할 정도의 지진. 제대로만 한다면 사건을 수사하게 될 경찰을 포함해 모두가 미란다는 브래드가 죽였고, 브래드는 도망갔다고 생각할 거예요. 그러고는 브래드를 찾는 데 총력을 기울일 테지만 영영 찾아내지 못하겠죠. 당신을 잠깐 의심할 수도 있어요. 의심하지 않으면 이상한 거죠. 하지만 당신에게 불리한 증거는 전혀 나오지 않을 테고, 당신의 알리바이는 절대 깨지지 않을 거예요."

"좋아요. 난 당신을 믿어요."

"저기, 혹시라도 어느 순간에 이 일을 하고 싶지 않다는 생각이 들면 그냥 내게 알려줘요. 하지만 뭔가 잘못될까 걱정하는 거라면 그럴 필요 없어요. 우리가 경계를 늦추지 않고 계획대로만 한다면 당신은 용의선상에 오르지도 않을 거예요. 미란다와 브래드는 죗값을 치르게 될 거고요. 그뿐만이 아니에요. 당신이 받게 될 동정을 생각해봐요. 당신의 아름답고 젊은 부인은 잔인한 애인에게 살해됐어요. 여자들이 당신에게 달려들 거라고요."

릴리는 미소 짓고 있었다. 그러더니 이마로 흘러내린 머리카락을 뒤로 넘겼다.

"분명히 말하는데 그건 내가 원하는 바가 아니에요." 내가 말했다.

"그래요?"

"네. 혹시라도…… 음, 당신이 달려드는 거라면 모를까."

릴리는 여전히 미소 짓고 있었다. "아, 그럼 얘기가 복잡해지겠는데요."

"단순해질 수도 있고요." 내가 말했다.

그녀는 웃었다. "그렇겠네요. 단순해질 수도 있겠네요."

우리는 잠시 서로를 바라보았고, 릴리의 미소가 옅어졌다. 그녀는 어깨를 움츠리더니 코트의 위쪽 단추를 잠갔다. "추워요?" 내가 물었다.

"약간요. 좀 걸을까요? 난 여기 처음 와봤어요."

나는 그러자고 했고, 우리는 오래되어 금방이라도 쓰러질 듯한 비석 사이를 걸었다. 릴리의 팔이 내 팔 속으로 들어왔다. 우리는 수십 년간 함께한 추억이 쌓여 굳이 이야기를 나눌 필요도 없는 노부부처럼 말없이 편안하게 걸어 다녔다. 몇몇 비문을 읽기도 했는데 대부분이 18세기에 살았던 사람들을 기리는 것으로 그들은 요즘으로 치면 비극적이라고 할 만큼 어린 나이에 죽었다. 하지만 어쨌거나 그들은 주어진 삶을 살았다. 아무리 어려서 죽었다 해도 이젠 오래전에 죽은 사람들이다.

어떤 비석의 글씨는 너무 닳아서 읽을 수 없는 상형문자가 되었고, 대개 날개 달린 해골과 메멘토 모리라는 글귀가 새겨져 있었다. 메멘토 모리, 죽음을 기억하라. 나는 비석에 새겨진 해골을

160

손끝으로 훑었다. 백열전구 모양의 두개골에 둥그런 올빼미 눈과 빼곡한 이. 해골과 비문 사이에는 X자 모양으로 놓인 뼈들이 두 개씩 새겨져 있었다. "언제부터 비석에 죽음의 상징을 새기지 않게 됐을까요? 이보다 더 적절한 문양은 없을 텐데." 내가 말했다.

"그러게요." 릴리는 그렇게 말하며 팔짱을 낀 팔로 나를 끌어당겼다. 공동묘지 끝 쪽에 다다르자 지대가 약간 낮아졌고, 우리는 높이 솟은 암벽 아래 서게 되었다. 거의 동시에 서로를 돌아보았고, 난 두 팔로 릴리를 끌어안아 키스했다. 그녀의 코트 단추를 풀어 팔을 코트 안에 넣고 허리를 감쌌다. 스웨터의 감촉은 캐시미어 같았다. 그녀가 몸을 부르르 떨었다.

"아직도 추워요?" 내가 물었다.

"아뇨." 릴리는 그렇게 대답했고 우리는 좀 더 키스했다. 키스는 더 진해졌고, 서로가 상대를 더 가까이 끌어당겼다. 내 손은 그녀의 스웨터를 따라 점점 올라가며 갈비뼈 사이의 움푹 파인 부분, 작게 부푼 가슴, 단단한 젖꼭지를 어루만졌다. 나뭇가지가 톡 부러지는 소리에 뒤를 돌아보았다. 암벽 위에서 누군가 쪼그리고 앉아 카메라로 묘비를 찍고 있었다. 우리는 몸을 뗐지만 계속 서로를 바라보았다.

"이제 그만 헤어져야 해요." 그녀가 말했다.

"그래요." 내 목소리는 살짝 쉬어 있었다.

"어떻게 해야 할지 알고 있죠? 다시 짚어볼까요?"

"다 집어넣었어요. 여기." 나는 이마를 톡톡 쳤다.

"좋아요."

둘 중 누구도 움직이지 않았다. "그럼 나중에…… 이걸 계속할 수 있을까요?" 내가 물었다.

"그러고 싶어요."

"당신 비밀도 모두 말해줄 거고요?"

"네, 전부 다 말할게요. 나도 하루 빨리 말하고 싶어요."

나는 지난번 콩코드 리버인에서 농담 반 진담 반으로 지금까지 몇 명이나 죽였냐고 물었던 기억이 났다. 정말 이런 사람과 손을 잡아도 괜찮겠느냐고 다시 한 번 자문했다. 이번에도 상관없다는 대답이 돌아왔다.

"여기서 따로따로 나가야 해요."

"압니다. 저 남자의 카메라에 찍히기 전에요."

나는 암벽을 올려다봤다. 남자는 이제 일어나서 기울어진 일련의 묘비들을 카메라로 들여다보고 있었다. "내가 먼저 갈게요." 릴리가 말했다.

"그래요. 그럼 다음에……."

"네, 다음에 봐요…… 행운을 빌어요."

그녀는 내 곁을 떠나 묘지의 산등성이 쪽으로 올라갔고, 카메라를 든 남자는 릴리를 바라볼 생각조차 하지 않았다. 나는 제자리에 서 있었다. 입술에 아직 그녀의 여운이 남아 있었다. 코트의 지퍼를 올린 다음, 양손을 주머니 깊이 찔러 넣었다.

여전히 화강암 빛깔이던 하늘이 약간 환해지자 나는 실눈을 뜨고 그녀를 지켜봤다. 아내를 죽여야겠다고 결심한 후 처음으로 아내가 빨리 죽었으면 좋겠다는 생각이 들었다. 크리스마스를 앞둔 어린애가 된 심정이었다. 앞으로 남은 날들이 한없이 길게만 느껴지고 하루가 영원 같았다. 나는 미란다가 죽기를 원했다. 그녀는 우리의 사랑을 짓밟고 조롱했다. 날 조롱했다. 미란다가 날 바라보던 눈빛을 떠올렸다. 그녀는 지금도 가끔씩 내가 우주의 중심인 것처럼 바라본다. 그래놓고 내 심장을 갈기갈기 찢었다. 내게 그런 짓을 한 여자와 어떻게 내가 번 돈을 공유할 수 있단 말인가? 그것이 내가 미란다를 죽이려는 이유였고, 나는 그 이유가 정당하다고 믿었다.

하지만 이젠 새로운 이유가 생겼다. 릴리. 난 릴리를 위해 이 일을 할 것이다. 아내를 죽이고 릴리와 함께하기 위해서. 이는 다른 어떤 이유보다도 중요하게 느껴졌다.

12장

릴리

런던으로 떠나기 전에 마지막 주말이 남아 있었지만 난 에릭에게 심한 늦여름 감기에 걸렸으니 오면 안 된다고 했다. 그는 알았다고 했으나 대신 내가 떠나는 화요일에 JFK 공항까지 차로 데려다주겠다고 했다. 차 안에서 그와 함께 보내는 몇 시간이 견디기 힘들 줄 알았는데 의외로 수월했다. 난 아무 일도 없었던 것처럼 행동하기로 했다.

그해 여름, 에릭과 나는 1년 예정인 런던 생활에 대해 몇 차례 이야기를 나눴다. 난 에릭에게 조금이라도 꺼림칙하면 말하라고 했지만 그는 절대 헤어질 수 없다고, 우린 계속 사귀어야 한다고 우겼다. 내가 떠나고 6주 후인 10월에 런던에 가겠다면서 비행기 표까지 사두었다. 따라서 우리가 JFK 공항의 화물 적재 구역에 차를 세우고 작별 인사를 했을 때 에릭은 이렇게 말했다. "6주가 길게 느껴지지만 그렇지 않아. 우린 곧 다시 만날 거야."

"저기, 이상하게 들리겠지만 우리가 너무 오래 떨어져 있다고 생각해도 충분히 이해해. 그러니까 그만 헤어지고 다른 사람 만나고 싶다면, 나야 싫긴 하지만 원망하지 않을게. 그러고 싶으면 지금 말해줘. 나중엔 안 돼." 내가 말했다.

그는 걱정스런 표정을 지었고 나와 시선이 마주쳤다. "나랑 헤어지고 싶어?"

"아니, 전혀. 하지만 네가 사실대로 말해줬으면 좋겠어. 바람피운다면 가만두지 않을 거니까."

"그건 전혀 걱정할 필요 없어. 전혀." 나는 그의 얼굴에 거짓의 흔적이 없는지 살폈다. 부모님과 살면서 오랫동안 해왔던 일이기도 했고, 난 상대가 거짓말을 하면 알아차릴 수 있다고 믿었다. 하지만 에릭의 얼굴에는 사랑과 진심뿐이었다.

"어서 빨리 10월이 됐으면 좋겠다." 내가 그렇게 말하며 그를 꼭 껴안자, 뒤에 있던 레인지로버가 경적을 울렸다. 어떤 의미에서 내가 한 말은 거짓이 아니었다. 이젠 에릭이 런던으로 올 날이 손꼽아 기다려졌다. 저 얼굴, 순진무구하고 사랑이 넘치는 저 얼굴이 그의 운명을 결정지었다. 아직 방법을 찾아내진 못했지만 그가 런던으로 오면 분명 벌할 방법이 생각날 것이다.

폰스 미술 학교는 매년 소수의 외국인 학생들만 받기 때문에 오리엔테이션 주간에는 마흔 명 정도의 다른 미국인 학생들과 러셀 스퀘어에 있는 호텔에 묵어야 했다. 그들은 모두 유학생들을 위한 해외 아카데미라는 대학에서 공부할 예정이었는데 그곳은 미국 유학생들만 받았다. 그 주에 다함께 모여 오리엔테이션을 한 뒤, 몇 명씩 짝을 지어 집을 구하기로 되어 있었다. 학교 측에서는 단기 임대를 전문으로 하는 부동산중개업소 명단을 나눠주며 네 명이나 여섯 명씩 짝을 지어야 좋은 집을 구할 확률이 높다고 충고했다. 하지만 대다수의 학생들은 이미 각자 학교에서 단체로 온 경우가 많아 나는 그냥 혼자 묵을 원룸을 구해야겠다고 생각했다. 그때 부동산중개업소 명단을 손에 쥔 예쁜 여학생이 다가왔다. "룸메이트 구했니?" 그녀가 물었다.

"아직. 넌?"

"나도. 근데 이 프로그램에 참가했던 우리 언니 말로는 여럿이서 짝을 지어야 집을 구하기 쉽다는 건 거짓말이래. 무슨 이유에선지 모르지만, 그냥 자기들에게 유리하게 하는 말이라고 했어. 사실은 그냥 둘이서 집을 구하는 편이 훨씬 쉽대. 좀 둘러봤는데 너도 혼자인 거 같아서." 그녀는 아주 강한 텍사스 억양으로 쉬지 않고 말을 쏟아냈다.

"너만 괜찮으면 함께 방을 구하자." 내가 말했다. 방을 구하는 과정을 조금이라도 아는 듯한 사람을 만나서 기뻤다.

그녀가 살짝 깡충거리자 긴 갈색 머리가 어깨에서 통통 튀었다. "아, 신난다. 다른 애들은 다 혼성이거든. 오해는 하지 마, 나도 남자애들 좋아해. 근데 벌써부터 남자와 같이 살고 싶진 않아. 내 이름은 애디슨 로건이야. 가족들은 날 애디라고 부르지만 여기 런던에서는 원래 이름인 애디슨을 쓰려고 해. 하지만 넌 부르고 싶은 대로 불러."

"난 릴리 킨트너야." 난 내 소개를 했고 우린 악수를 했다.

이틀이나 돌아다닌 끝에 에드워드 왕조 시대의 집들이 늘어선 마이다베일에서 지하실을 개조한 방 하나짜리 집을 찾아냈다. 우리 학교나 애디슨의 학교에서도 멀었지만 우리가 둘러본 동네 중에서 가장 멋졌다. 애디슨은 보자마자 샤워를 하고 싶지 않았던 집은 여기뿐이라고 했고, 나도 동의했다. 나는 이번 학기에 캘리포니아 주 어딘가에 객원 작가로 있는 아빠에게 전화해 마이다베일에 집을 구했다고 말했다. 아빠는 웬 공주병이냐면서 근처에 프린스 알프레드라는 펍이 있다고 알려주었고, "런던의 유일한 단점은 망할 놈의 미국 유학생들이지"라는 말로 통화를 끝냈다.

애디슨과 나는 좋은 룸메이트가 되었는데 가장 큰 이유는 서로 만날 일이 거의 없기 때문이었다. 함께 산 지 3주 후부터는 더더욱 그랬는데, 애디슨은 같은 프로그램에 참가한 텍사스 출신의 남자와 사귀기 시작하면서 캄덴타운에 있는 그의 집에서 살다시피 했다. "기껏 런던까지 와서 고작 텍사스 남자나 사귀는 게 얼마나 한심한지 알지만 그래도 놀란은 너무 귀여워."

"나한테 변명할 필요 없어." 내가 말했다.

"네 남자 친구 언제 온다고 했지? 에릭이라고 그랬지?"

내가 날짜를 말해주자, 애디슨은 그때에는 이 집에 얼씬도 하지 않겠다고 약속했다. 난 정말 상관없다고 말했지만 실은 그래주기를 바랐다. 학교 숙제에 몰두하고 런던의 서점과 박물관을 돌아다니는 틈틈이 나는 에릭을 감쪽같이 죽일 수 있는 방법을 찾아내려 했고, 결국 찾아냈다.

내 계획의 전반부는 에릭의 승부욕에 달려 있었다. 나는 세인트 던스턴의 파티에서 친구들과 당구를 치는 에릭을 지켜보며 그가 얼마나 지기 싫어하는지 알게 되었다. 에릭은 그런 성격을 숨기려 했지만 누군가에게 지기라도 하면, 특히 싫어하는 사람에게 졌을 때는 눈이 초점을 잃었고 어떻게든 재시합할 방법을 찾아내 기어코 이겼다. 올여름 몽크스하우스를 방문했을 때도 뒤뜰의 거대한 떡갈나무에 대해 물었다. 나무에 꽂힌 두 개의 빛바랜 깃발 때문이었는데 하나는 나무의 4분의 3이 되는 지점에, 다른 하나는 꼭대기 근처에 있었다. 나는 아빠의 죽마고우가 우리 집에서 한 달간 묵었을 때 두 사람이 교대로 떡갈나무에 올라가 서로 상대보다 높은 곳에 깃발을 꽂으려 했다는 얘기를 들려줬다. 그 시합은 몇 주간 계속되다가 어느 날 밤 술에 취한 아빠가 제일 아래쪽에 있던 가지에서 떨어져 손목이 부러져서야 겨우 끝이 났다. 이 이야기를 들려준 나는 에릭이 기필코 나무에 올라갈 거라고 생각했고 역시 예상대로였다. 예닐곱 번의 시도 끝에 그는 아빠나 아빠의 죽마고우보다 더 높이 올라갔다.

"여기에 내 깃발을 꽂으면 네 아버지가 뭐라고 하실까?"

나는 깔깔 웃었다. "신경 쓰지 않을걸. 재미있어 할 거야."

"꼭 꽂을 필요는 없지만 재미있어 하실 거라면 한번 꽂아 보지 뭐."

"원래 그렇게 승부욕이 강했어?"

그는 날 보며 눈살을 찌푸렸다. "내가 무슨 승부욕이 강하다고 그래. 우리 형에 비하면 아무것도 아냐."

당시에는 자기 자신을 잘 몰라서 하는 소리라고 생각했지만 이제는 그의 기만적 성격의 일부로 보였다. 그는 무슨 수를 써서든 이기고 싶어 하는 욕구를 사람들에게 감추려 했다. 자신을 너무 적나라하게 드러내는 꼴이기 때문이다. 또한 절대 변하지 않는 성격의 일부를 드러내는 것이기도 했다. 따라서 우리 집이 있는 길 끝의 허름한 펍인 보틀 앤드 글래스에서 맥주 10파인트 마시기 이벤트가 있다는 얘기를 들었을 때 나는 에릭이 참가하게 만들어야겠다고 생각했다. 내 계획을 위해 그가 취해야 할 필요는 없었지만 취한다면 당연히 도움이 될 것이다.

그는 춥고 축축한 토요일에 런던에 도착했다. 애디슨은 약속대로 금요일 저녁이 되자 놀란의 집에서 주말을 보내기 위해 짐을 쌌다. "너 진짜 떨리겠다." 그녀가 말했다.

"응."

"잘해봐."

"그냥 긴장돼. 왠지 모르겠는데 정말 그래."

"만나고 5분만 지나면 긴장감은 사라질 거야. 너희 둘 다 섹스가 필요해." 애디슨은 킥킥 웃더니 한 손으로 입을 가렸다.

에릭이 탄 비행기는 금요일 밤 뉴욕을 떠나 아침 8시에 런던에 도착할 예정이었다. 나는 이메일로 우리 집에 찾아오는 방법을 설명했다. 내가 애디슨에게 긴장된다고 했던 말은 거짓이 아니었지만 그건 앞으로 하려는 일 때문이 아니라, 계획을 실행하기 전까지 에릭과 함께 보내야 할 시간 때문이었다. 그는 도착하자마자 섹스를 하려 들 테니 마음을 독하게 먹고 해내야 했다. 스스로에게 이건 테스트라고, 그에 대한 내 진심을 볼 수 있는 방법이라고 말했다. 에릭과 함께 지낸다고 해서 배신감이 사라질 리는 없지만 그의 목숨을 끊어놓겠다는 계획이 바뀔지 궁금했다. 그럴 가능성은 없어 보였지만 어쨌거나 이것이 알아볼 수 있는 방법이었다. 게다가 계획대로만 진행된다면 우리가 함께할 시간은 열두 시간 정도밖에 되지 않았다. 그 정도는 버틸 수 있다.

9시 30분이 되자 초인종이 울렸고, 나는 몇 개 안 되는 계단을 올라가 금이 간 대리석 층계참에 서서 문을 열었다. 그는 비행으로 피곤해 보였고, 얼굴에 주름이 생긴 데다 뒷머리는 삐죽 튀어나와 있었다. 우리는 포옹하고 키스했다. 나는 그를 지하로 안내해 집을 보여주었다. "피곤하지?" 내가 말했다.

"응, 하지만 하루 종일 잠만 자고 싶진 않아. 잠깐 눈 좀 붙인 다음에 나가자."

"근처에 좋은 펍이 있어. 보틀 앤드 글래스라고."

"좋아. 일단 좀 잘게. 딱 한 시간만. 그리고 너도 나와 같이 자야 해."

나는 그에게 곧 갈 테니 먼저 누워 있으라고 했다. 잘하면 그가 먼저 곯아떨어질 수도 있다. 하지만 그가 침실에 들어가고 혼자서 천천히 차 한 잔을 만들며 15분을 흘려보낸 뒤, 사실은 나도 그와 함께하고 싶다는 결론을 내렸다. 이건 단지 테스트가 아니었다. 작별 인사였다. 나는 작고 어두운 침실에 들어갔다. 이불 밑에서 에릭이 뒤척였고 고른 숨소리가 들렸다. 나는 옷을 모두 벗고 그의 등 뒤로 살그머니 들어갔다. 그는 뒤척였지만 깨지는 않았다. 그 역시 알몸이었고, 내 몸에 닿는 그의 길고 따뜻한 몸은 예상과 달리 거부감이 들지 않았다. 나는 손으로 그의 단단한 가슴, 납작한 배를 쓸어내렸고 더 아래로 내려가 페니스를 만졌다. 페니스는 즉시 단단해졌고, 그는 베개에 대고 알아들을 수 없는 말을 중얼거리더니 내 쪽으로 천천히 돌아누웠다. 나는 다리를 벌리고 그가 내 위로 오게 했다. 에릭은 뭐라고 말하기 시작했지만 나는 그의 머리를 내 머리 옆으로 끌어당겼다. 그의 머리에서 냄새가 났지만 거슬리지 않았다. 나는 그를 내 안으로 이끌며 시트와 담요를 머리 위로 끌어당겼고, 우리는 숨 막히고 캄캄한 동굴 속에서 사랑을 나눴다. 둘 다 아무 말도 하지 않은 채 느리고 나른한 리듬으로 함께 움직였다.

섹스가 끝나자 에릭은 다시 잠들었고, 나는 그에게서 살며시 몸을 떼 허리 아래로 이불을 끌어내렸다. 벌거벗은 상체와 땀으로 축축해진 살갗에 시원한 공기가 닿으니 기분이 좋았다. 오늘 저녁에 내가 해야 할 일을 생각하며 조금이라도 죄책감을 느껴보려 했다. 에릭을 쳇, 어린아이와 섹스를 하고 싶어 했던 쳇과 비교해보았지만 적어도 쳇은 거짓으로 사랑하는 척하진 않았다. 에릭은 철저히 나쁜 놈이었고, 평생 자기 하고 싶은 대로 하면서 사랑하는 사람들에게 상처를 줄 인간이었다. 나는 내 사랑과 삶을 바쳤으나, 그는 둘 다 무시했다.

에릭은 정오가 조금 넘어 깨어났다. 자기가 어디에 있는지 몰라 잠시 어리둥절해했고 배가 고프다고 했다. 그가 샤워를 마친 후, 우리는 동네를 돌아보기로 했다. 나는 에릭을 테이크아웃 전문점으로 데려가 샌드위치와 음료수를 샀고, 우리는 렘브란트가든이라 불리는 운하 근처의 작은 공원으로 갔다. 비는 그쳤지만 하늘은 여전히 어둡고 낮게 내려앉았으며, 나무에서는 물이 똑똑 떨어지고 사방에 물웅덩이가 생겼다. 나는 나무 벤치에 재킷을 펼쳤고, 우리는 그 위에 앉아 샌드위치를 먹었다. 다 먹었을 때는 머리 위의 나뭇잎에 빗방울이 툭툭 떨어지기 시작했다. "날씨가 이래서 미안." 내가 말했다.

"펍에 가기 딱 좋은 날이네." 그가 말했다.

"마실 준비됐어? 아까 말한 펍이 여기서 안 멀어. 행여나 거기서 맥주 마시기 이벤트에 도전할 생각은 마. 부탁이야."

"그게 뭔데?"

내가 할 일은 그것뿐이었다. 바닥에 카펫도 깔려 있지 않고 나무 벤치들만 덜렁 놓여 있어 런던의 기준으로 보면 수수하고 평범한 펍인 보틀 앤드 글래스에 도착했을 때 에릭은 맥주 마시기 도전에 관한 공지를 읽었고, 도전에 성공한 사람들의 이름을 유심히 보았다. 펍의 한쪽 벽에 영원히 이름을 남기기 위해서는 열 개의 드래프트 비어를 바 뒤쪽에 정렬된 순서에 따라 각각 1파인트씩 다섯 시간 안에 마시면 된다. 토하지 않았다는 걸 확인하기 위해 화장실 출입까지 감시를 당한다. 에릭은 별로 어려워 보이지 않는다고 했다. 처음 이 도전에 대해 들었을 때 나도 똑같이 생각했던 터라 지난주에 바텐더인 스튜어트에게 그 얘기를 꺼냈다. 하지만 그의 말에 따르면 포터, 비터, 필스너에 사과주까지 마시는 건 만만한 일이 아니며 보기보다 훨씬 힘들다고 했다. 덩치 좋은 남자들도 중간에 포기하거나 토하기 일쑤라는 것이다.

"나 할래." 에릭은 나와 바텐더에게 동시에 말했다. 그날의 바텐더는 처음 보는 중년 여자였다.

"진심이야, 에릭?" 내가 그렇게 말하는 동안, 바텐더는 "잘 생각했어, 자기"라고 말하며 참가 신청서를 내밀었다. "여기 시작이라고 적힌 칸에 이름과 시간을 적어줘. 그럼 내가 이니셜로 표시해둘게. 마지막 술을 다 마시고 나면 다시 여기로 와서 맨 끝에 서명을 하면 돼. 나머진 자기에게 달렸어. 대부분은 화장실에 가서 마지막 술을 다 토해내지만."

나는 마음에도 없이 좀 더 투덜거렸지만 에릭의 결심이 바뀌지 않으리란 걸 잘 알고 있었다. 첫 번째 맥주는 풀러스 ESB였고 나도 그와 함께 마시기로 했다. 우리는 각자의 맥주잔을 들고 구석 자리로 갔다. "난 휴가 중이야." 에릭은 그렇게 말하더니 길게 한 모금 들이켰다.

"이틀 내내 아프면 어쩌려고."

"그럴 리 없어. 다섯 시간 동안 10파인트야. 문제없다고."

나는 세 시간 반 동안 그와 함께 있었다. 에릭은 목표를 달성하겠다고 굳게 결심했지만, 일곱 번째 잔인 포터에 이르자 마시는 속도가 현저히 느려졌다. "너무 배가 불러서 그래." 시차에다 맥주까지 더해져 그의 말은 입에서 둔탁하게 흘러나왔다.

"그만하자. 여기 있는 거 지겨워." 내가 말했다.

"여기까지 와서 그만둘 순 없어." 에릭이 주위를 둘러봤다. 그 무렵에 들어온 동네 사람들은 에릭이 맥주 마시기에 도전 중이라는 걸 알아차렸다. 그러니 에릭은 무슨 일이 있어도 계속할 터였다.

"그럼 나 먼저 갈게. 배고파죽겠어. 감자칩도 지겹고. 인도 음식을 테이크아웃해서 집에서 먹을래."

"미안해, 릴리."

"그럴 거 없어. 그냥 즐겨. 바에 가서 토하지 말고. 그럼 두 시간 후에 봐. 집에 오는 길은 알고 있지?"

"그냥 이 길을 따라 쭉 내려가면 되잖아. 맞지?"

나는 밖으로 나갔다. 땅거미가 졌고 하늘은 진한 보라색으로 부풀었으며 대기 중에는 엷은 안개가 껴 있었다. 평소 자주 갔던 길모퉁이의 인도 식당으로 향했다. 로간 조시와 치킨 코르마, 그리고 음식이 나오기를 기다리는 동안에 마실 콜라를 주문했다. "로간 조시에는 땅콩이 안 들어가죠?" 주인이 내 주문을 입력하는 동안 내가 물었다. 질문의 답은 알고 있었지만 내가 물어봤다는 기록을 남기고 싶었다.

"로간 조시에는 안 들어갑니다. 하지만 치킨 코르마에는 캐슈넛이 들어가죠."

"네, 알아요. 고마워요."

나는 음식이 담긴 봉지를 들고 집으로 갔다. 부엌의 작은 나무 식탁에 봉지를 내려놓고 침실로 들어가 에릭의 수트케이스를 살펴봤다. 갈아입을 옷 몇 벌, 피터 린치의《월가의 영웅》, 조깅복 한 벌이 들어 있었다. 가방 안쪽의 지퍼 달린 수납공간에 에피펜(휴대용 에네페프린 주사기로 알레르기 반응을 억제시켜준다─옮긴이) 두 개가 지퍼백 속에 들어 있었다. 하나는 늘 휴대해야 하는데도─내가 아마 백 번쯤 말했을 것이다─에릭은 가지고 다니는 법이 없었다. 그의 견과류 알레르기는 꽤 심각했는데 허세를 부리는 성격 때문에 늘 두고 다녔다. "내가 그걸 어디에 넣어 가지고 다니겠어, 킨트너. 전대라도 차고 다닐까?" 그러면서 외출해서는 땅콩이 들어갈 확률이 조금이라도 있는 음식은 절대 먹지 않는다고 자부했다. 나는 에피펜을 빼서 매트리스 아래에 밀어 넣고 다시 부엌으로 나갔다. 배가 고파서 포장 용기에 담긴 인도 음식을 덜지도 않고 먹다가 넓적한 그릇에 치킨 코르마를 부었다. 닭과 노란 소스를 고르게 펴서 캐슈넛을 꼼꼼히 골라낸 다음, 잡동사니들이 보관된 부엌 선반에 있던 작은 돌절구에 넣었다. 남은 캐슈넛이 없는지 확인한 후에 막자를 들고 그중 반을 곱게 갈아 치킨 코르마에 넣고 다시 포장용기에 담았다. 남은 캐슈넛은 키친타월로 싸서 냉장고에 보관된 소스 병들 뒤에 숨겨놓았다. 절구와 막자, 그릇은 모두 씻어 제자리에 두었다. 치킨 코르마는 일반 냉장고의 4분의 1 크기인 우리 집 냉장고에 넣었다. 에릭은 치킨 코르마를 아주 좋아했고, 우리가 즐겨 가던 뉴체스터의 식당에서는 절대 치킨 코르마에 캐슈넛을 넣지 않았다. 이로써 무대 준비는 끝났다. 이젠 기다리기만 하면 된다.

난 《천박한 밤》을 읽어보려 했지만 집중이 되지 않았다. 딱히 긴장되진 않았지만 어서 빨리 일을 끝내고 싶었다. 에릭은 1시 반쯤에 도전을 시작했으니 성공하든 못하든 6시 반에는 끝날 것이다. 6시 15분이 되자, 초인종의 듣기 싫은 소음이 들렸다. 나는 벌떡 일어났다. 그가 벌써 포기한 걸까 궁금해하며 현관문을 열어보니 애디슨이 있었다. 그녀는 어깨를 들썩이며 울고 있었고, 가방을 뒤지며 열쇠를 찾고 있었다.

13장

테드

　다트퍼드 미들햄 고등학교 2학년 때 난 같은 학년인 레베카 래스트에게 졸업 파티의 파트너가 돼달라고 부탁했다. 레베카는 금발에 인기가 많은 여학생으로, 함께 학교 신문사에서 일하며 알게 되었다. 그애는 내 부탁에 기뻐하는 것 같았다. 레베카가 교내 미식축구팀 선수들에게 관심이 많다는 건 알았지만 상관없었다. 난 그저 파트너가 필요했을 뿐이니까.

　하지만 졸업 파티를 일주일 앞두고 우연히 레베카를 만나게 되었다. 옆 마을의 버려진 군사 기지에서 열린 맥주 파티에서였는데 그런 파티에 대해 듣기만 했지 직접 간 건 처음이었다. 백 명 정도의 학생들이 있었고, 낡은 주차장의 부서진 아스팔트에는 차들이 주차되어 있었다. 아이들은 창문이 판자로 막힌 건물들 남쪽의 경사진 언덕을 서성거렸다. 대부분이 여섯 개들이 맥주를 가져왔는데 집에서 가져왔거나, 손위 형제들이 사준 것이었다. 난 단짝인 애런과 함께 갔는데 그애 역시 나처럼 인기가 많지도, 그렇다고 따돌림을 받지도 않았다. 술을 사 오지 않은 사람은 우리뿐이라는 사실이 민망하기도 하고, 아이들이 그렇게 많이 모인 광경을 보니 기가 죽기도 해서 우리는 차에서 내리지도 않은 채 그냥 돌아가려 했다. 그때 옆의 컨버터블에서 한 무리의 친구들과 우르르 내리는 레베카가 보였고, 난 다음 주 졸업 파티에 함께 갈 파트너에게 적어도 인사는 해야겠다고 생각했다.

놀랍게도 레베카는 날 보고 아주 반가워했고, 우리는 언덕에 올라가 미지근한 맥주를 마시고 나중에는 버려진 기지를 구경하며 거의 파티 내내 붙어 다녔다. 막판에는 녹슨 비상계단을 올라 나직하고 평평한 지붕에 앉았다. 맥주를 마신 탓에 초점이 자꾸 흐려지긴 해도 우리는 별을 바라봤고 이내 키스하기 시작했다. 따뜻한 봄날 밤이었고, 레베카는 홀터넥 배꼽티에 짧은 청치마를 입고 있었다. 그애는 어디든 만지게 해주더니 이윽고 콘돔이 없으면 이쯤에서 속도를 줄여야 한다고 속삭였다. 그리고 내겐 콘돔이 없었다. 그날 밤 난 잠자리에 들면서 가능한 한 빨리, 그리고 반드시 졸업 파티 전에 콘돔을 마련하리라 다짐했다. 생각만 해도 신이 났지만 그보다 더 신나는 일은 내게 처음으로 여자 친구가 생겼다는 것이다.

졸업 파티가 있던 날 저녁, 나는 레베카를 데리러 미들햄 연못 근처에 있는 그애의 소박한 집으로 갔다. 레베카의 엄마가 사진을 찍어대는 동안, 레베카의 아빠는 시가를 물고 닷지 다트에 비스듬히 기댄 채 뉴잉글랜드 패트리어츠 팀의 모자 아래 냉랭한 눈으로 날 바라봤다. 졸업 파티가 열리는 홀리데이 인 호텔로 가기 위해 무사히 차에 탔을 때는 다행이라는 생각마저 들었다. 레베카는 가슴이 깊이 파인 하늘색 드레스를 입었고, 디스코 머리로 땋았으며 바닐라 냄새를 풍겼다.

좀 긴장하긴 했어도 파티의 처음 몇 시간은 순조로웠다. 레베카는 재잘거리며 나에게 끼를 부렸다. 우리는 바싹 마른 치킨 코르동 블뢰를 먹었고, 여러 번 춤을 췄다. 한번은 느린 음악에 맞춰 춤을 출 때 내가 레베카의 관자놀이에 부드럽게 키스했다. 그애는 날 가까이 끌어당겼고, 나는 지갑 속 운전면허증 뒤에 호일로 싸서 숨겨둔 콘돔을 생각했다.

일이 틀어진 것은 파티가 끝나기 20분 전쯤이었다. 화장실에 다녀왔더니 우리 테이블에서 레베카가 사라지고 없었다. 그애는 파티장 한쪽 끝에서 벽에 기댄 채 같은 학년인 빌 존슨과 이야기하고 있었다. 존슨은 교내 미식축구팀의 라인배커였다. 난 그 자리에 멈춰 섰다. 손발이 차가워지고 목구멍이 조여왔다. 끝없이 길게 펼쳐진 듯한 파티장을 가로질러 두 사람 앞에 서는 대신, 나는 다시 우리 테이블로 돌아가 레베카와 빌이 껴

안고, 키스하고, 그런 다음 파티장을 함께 나가는 모습을 지켜 봤다.

월요일 오후에 학교 복도에서 레베카를 봤다. 사과할 거라고 생각했지만 그애는 시선을 피하더니 아예 고개를 돌렸다. 그 주에 나는 빌과 레베카가 사귀기 시작했다는 소문을 들었다. 졸업 파티장에서 내가 당한 모욕을 아는 사람은 거의 없었는데 그 때문에 내가 더 힘들었는지, 아니면 덜 힘들었는지는 모르겠다. 다만 레베카가 내게 사과하는 시늉이라도 했다면 일이 완전히 달라졌을 거라는 사실만은 분명하다.

나는 1년 넘게 복수를 계획했다. 레베카에게 무슨 짓이라도 하려면 어느 정도 시간이 흐르기를 기다려야 했다. 아니면 내가 자연스럽게 용의자가 될 테니까. 3학년 내내 가능한 한 좋은 학점을 받는 데 전념했고, 남의 눈에 띄는 행동은 하지 않았고, 더 이상의 모욕을 받을 만한 상황은 아예 만들지 않았다. 그러다 하버드 대학에 입학했는데 그건 내 진학 상담 교사마저도 놀랄 일이었다. 이로 인해 약간 복수를 한 기분이 들기는 했어도 여전히 레베카에게 대가를 치르게 하고 싶었다. 나도 그애를 모욕하는 게 가장 이상적이었지만 도무지 그럴 만한 방법을 찾아낼 수가 없었다. 그래서 차선책을 선택했다. 아주 혼쭐을 내주기로.

졸업식 일주일 전, 해가 나지 않고 잔뜩 흐리던 어느 오후였다. 나는 아르니에 주류 판매점 뒤쪽 주차장에 포드 에스코

트를 주차하고 짧게 펼쳐진 국유림을 지나 레베카의 집 뒤로
갔다. 누가 봤다면 청재킷에 야구 모자를 푹 눌러쓴 아이라고
했을 테고, 그건 평상시에 내가 절대 하지 않는 옷차림이었다.
어쨌거나 날 본 사람은 아무도 없었다. 뒷문을 열기 위해 배낭
에 쇠지렛대를 넣어왔지만 문은 이미 열려 있었다. 나는 집에
아무도 없다는 사실을, 레베카의 아빠는 몇 달 전에 집을 나갔
고, 엄마는 드럭스토어에서 일한다는 걸 알고 있었다. 3시에 수
업이 끝나면 레베카는 집에 혼자 올 터였고, 그게 내가 바라는
바였다. 나는 레베카의 침실 벽장에 숨어 기다렸다.

　작고 어두운 벽장에서 느꼈던 공포와 짜릿함이 지금도 기
억난다. 레베카 래스트의 옷이 내 몸을 스쳤고, 얼굴에 쓴 스키
마스크 때문에 땀이 나기 시작했다. 살짝 열어둔 벽장문 사이
로 레베카의 차가 진입로에 들어서고, 현관문이 열리고, 계단
을 천천히 올라오는 소리가 들렸다. 그애는 먼저 욕실에 들어
가 꽤 오래 있더니 이윽고 변기 물 내리는 소리가 들렸고, 가락
없는 콧노래를 흥얼거리며 침실로 들어왔다. 벽장 안에서 심장
이 어찌나 쿵쾅거리는지 레베카가 듣지 못하는 게 신기할 지경
이었다. 원래는 스키 마스크를 쓴 채 벽장에서 뛰쳐나갈 계획
이었는데 그럴 필요가 없었다. 그애가 곧장 벽장으로 다가와 벽
장문을 옆으로 밀었기 때문이다. 난 한 손에는 가위, 다른 손에
는 강력 접착테이프를 든 채 한 발짝 나갔다. 레베카는 비명을
지르려고 입을 벌렸지만 아무 소리도 나오지 않았다. 레베카의

얼굴에서 핏기가 싹 사라지는 걸 보고 기절하겠구나 싶었지만 그애는 오히려 도망가려 했다. 나는 뒤에서 달려들어 제압했고 그제야 레베카가 속옷 바람임을 깨달았다. 처음에는 얼굴과 입, 그다음에는 손목과 발목에 접착테이프를 감았다. 생각보다 쉽지 않았다. 그애의 발길질에 여러 차례 맞았지만 내 정체를 드러내지 않으려고 아무 소리도 내지 않았다. 접착테이프를 단단히 동여맨 뒤에는 레베카를 질질 끌어 벽장 속에 넣었고, 벽장문을 닫기 전에 가위 날 끝으로 그애의 목을 훑어 내렸다. 레베카가 눈을 질끈 감자 눈물이 흘러내렸다. 톡 쏘는 오줌 냄새가 코를 찔렀다.

나는 재킷과 스키 마스크, 가위, 쇠지렛대를 주류 판매소 뒤의 대형 쓰레기 수거함에 버렸다. 몸을 부들부들 떨며 집까지 차를 몰았고, 내 마음은 레베카에게 받은 상처를 갚아줬다는 뿌듯함과 내가 너무 지나쳤다는 수치심 사이를 오갔다. 그런 감정은 여름 내내 지속됐고, 수치심은 내가 잡힐지도 모른다는 끔찍한 두려움으로 잠시 대체되었다. 나는 공공연히 망신을 당하고 감옥에 가고 하버드 진학도 무효가 될 것이다. 하지만 경찰은 찾아오지 않았고 여름이 끝나면서야 내가 잡히지 않으리라는 걸 믿게 되었다. 호사가인 여자애에게 딱 한 번 레베카 소식을 전해들은 적이 있다. 그애는 레베카 래스트가—"너도 그애 알지? 맙소사, 그러고 보니 너 졸업 파티 파트너가 개 아니었니?"—집에 침입한 괴한의 공격을 받아 테이프로 손발이 묶인 채 벽장에 갇혔고, 다들 그애의 아빠, 주유소에서 일했던 그 소름 끼치는 남자의 소행으로 믿고 있다고 했다. 그 사건과 관련해 들은 얘기는 그게 전부였다.

난 아직도 레베카 래스트의 꿈을 꾼다. 악몽 속에서—분명 악몽이라고 할 수 있다—레베카는 테이프로 결박된 채 벽장에 갇혀 있다 죽어버린다. 난 죄책감에 시달리고, 잡힐지 모른다는 불안에 떤다. 애초에 레베카를 죽이려고 했는지 아니면 그냥 겁만 주려고 했는지 기억나지 않는다. 하지만 어느 쪽이든 난 살인자이고, 그 사실은 죽을 때까지 날 따라다닐 것이다.

미란다가 친구의 처녀 파티를 위해 마이애미 비치에 가기로 한 금요일 아침, 나는 또다시 그런 꿈을 꾸다 깨어났다. 침대에는 나 혼자뿐이었고 난 잠시 그대로 누워 있었다. 꿈에서 봤던 이미지들이 떠올랐다 사라졌다. 처음에는 레베카 래스트가 나오는 꿈이라고 생각했는데 이번 꿈에서 내가 죽인 사람은 미란다였다. 나는 그녀를 레베카 래스트의 벽장에 가뒀고 미란다는 그 안에서 죽었다. 또 다른 이미지들도 떠올랐다. 아무도 나와 시선을 마주치지 않는 장례식. 깜빡 잊고 시신을 감추지 않았음을 깨달았을 때의 끔찍한 공포. 코에서 물이 흘러내리는 아버지의 얼굴. 미친 듯이 땅을 파던 내 모습. 한순간, 이 모두가 꿈의 파편이 아니라 최근의 기억일지 모른다는 끔찍한 생각마저 들었다. 전에도 이런 적이 있었는데 늘 비몽사몽일 때였고, 꿈이라고 생각한 것이 사실은 모두 현실이며 내가 살인자

184

라는 사실이 세상에 알려지는 것은 시간문제라는 참담한 기분
이 들었다. 나는 고개를 흔들며 그냥 꿈을 꾸었을 뿐이라고 중
얼거린 뒤, 엉킨 시트에서 몸을 일으켜 서랍장 위의 휴대전화
를 집어 들었다. 평소 기상 시간보다 훨씬 늦은, 8시가 넘은 시
간이었다. 미란다를 공항까지 데려다줄 리무진은 8시 30분에
오기로 되어 있었다. 나는 청바지에 면 스웨터를 입고 아래층
으로 내려갔다.

"안녕, 잠꾸러기." 내가 거실에 들어서자 미란다가 말했다.
그녀는 길쭉한 스티클리 테이블에 걸터앉아 있었고, 옆에 수트
케이스가 있었다. 짧은 푸른색 드레스에 빨간 카우보이 부츠를
신고 탐욕스럽게 휴대전화를 들여다보고 있었다.

"그렇게 입고 안 춥겠어?"

그녀가 고개를 들었다. "추워. 하지만 잠깐인데 뭐. 기사에
게 히터를 마이애미 날씨 수준으로 틀어달라고 할 거야." 그녀
가 전화기를 끄더니 가방에 집어넣고 일어섰다. "나 없는 동안
자긴 뭐할 거야?"

"우선 당신은 늘 나랑 떨어져 있었으니까 새삼스러울 것도
없지. 그리고 둘째로 일하겠지 뭐."

"오늘 밤에 맥하고 저녁 먹어. 분명 맥도 집에 있을 거야."

"아니, 맥은 친척 아주머니 장례식에 갔어. 내가 전에 말했
잖아. 그러니 오늘 밤에는 냉동실의 양고기를 구워 먹을 거야.
나만을 위한 특별한 저녁."

"제발 그렇게 해. 다 먹어버려. 케이시 말로는 오늘 밤에 조스톤 크랩(마이애미 명물인 스톤 크랩 요리로 유명한 식당-옮긴이)에 갈 거래."

고작 사흘 여행하는데 가방이 왜 이리 무겁냐는 말이 목구멍까지 올라왔지만 꾹 참고 수트케이스를 현관까지 운반했다. 미란다는 현관문의 납틀 사이에 낀 유리 너머를 내다봤다. "리무진이 왔어." 그렇게 말하며 평소보다 날 더 꼭 껴안았다. "보고 싶을 거야, 테디."

"사흘이 아니라 30일인가?"

그녀가 내 가슴을 찰싹 때렸다. "농담하지 마. 정말 당신이 그리울 거야. 당신은 좋은 남편이야."

"나도 보고 싶을 거야." 나는 그렇게 말하며 조금이라도 감정을 실어보려 했다. 미란다의 태도가 영 수상했다. 혹시 친구의 처녀 파티에 간다는 게 거짓말인가? 사실은 마이애미에서 브래드를 만나는 걸까?

미란다가 현관문을 열자, 운전사가 리무진에서 튀어나오더니 짐을 운반하기 위해 현관 계단을 쏜살같이 올라왔다. 미란다는 그를 따라 차가 있는 곳으로 내려갔다. 세찬 바람에 미란다의 드레스 아랫단이 펄럭였다. 그녀는 뒤로 돌아 내게 손을 흔들었다. 날씨에 안 맞는 옷을 입은 탓에 춥고 연약해 보였다. 내가 현관문을 닫기 전, 미란다는 가방에서 큼직한 선글라스를 꺼내 쓰더니 내게 키스를 날렸다.

오늘 하루가 날 기다리고 있었다. 몇 군데 전화를 걸어야 하고, 투자 설명서의 교정을 봐야 했지만 한 시간이면 끝날 일이다. 커피 한 잔을 들고 컴퓨터 앞으로 갔다. 구글에서 릴리 헤이워드라는 이름을 아마도 백 번쯤 검색했지만, 윈슬로 대학 웹사이트에 나와 있는 직업 말고는 관련 정보를 하나도 찾을 수 없었다. 나는 구글 지도에서 윈슬로 시내를 검색해 도심의 그럴싸해 보이는 레스토랑까지 가는 길을 확인했다. 거기까지 차를 몰고 가서 점심 좀 먹는다고 해서 무슨 큰일이 나겠는가? 아름다운 10월의 풍경을 보게 될 것이다. 오랫동안 지속됐던 무더운 여름 덕분에 지금쯤이면 단풍이 절정에 달했으리라. 산책하고 점심을 먹고 릴리가 사는 마을을 둘러볼 수 있다. 또 그럴 확률은 매우 희박했지만 설사 그녀와 마주친다 해도 무슨 큰일이 나겠는가? 우린 인사를 나누면 안 되지만 설사 나눈다 해도 뭐가 달라지겠는가?

나는 일을 마친 다음, 샤워를 하고 옷을 갈아입었다. 차고로 가서 충동적으로 아우디가 아닌 1976년 산 포르쉐 911을 타기로 했다. 내가 처음으로 큰 거래를 성사시킨 후에 구입한 차였다. 고속도로 요금 징수소를 피해 강 쪽으로 차를 몰아, 공원도로인 스토로 드라이브를 따라갔다. 곧 다가올 '헤드 오브 더 찰스' 경주를 앞두고 많은 대학생 카누팀들이 강에서 연습하고 있었다. 완벽한 날씨였고 하늘은 비행운만 몇 개 떠 있을 뿐 말끔하게 개어 있었다. 하늘을 올려다보며 지금 저 비행운이 미란다를 플로리다로 데려간 비행기가 남긴 걸까 생각했다.

스토로 드라이브에서 솔저필드 로드로 접어든 다음, 월섬과 뉴턴을 굽이굽이 지나 보스턴포스트 로드를 타고 교외를 가로질러 서쪽의 윈슬로로 향했다. 기어를 바꾸며 왜 자동 변속기가 달린 아우디를 샀을까, 하고 후회했다. 다음에는 꼭 수동 기어로 된 차를 사리라.

윈슬로에 들어선 나는 주차장을 찾아 중심가를 내려가며 놀랄 정도로 북적거리는 도심을 둘러봤다. 학생들이 떼를 지어 길을 건너고 있었다. 대부분이 청바지에 부츠를 신고 머리를 높이 모아 묶은 여학생들이었다. 그들이 건너가기를 기다리며 근처의 철문 너머로 교정을 바라봤다. 공들여 손질한 잔디밭 가장자리에 있는 야트막한 벽돌 건물 세 개가 보였다. 저 건물 중 어딘가에 릴리의 사무실이 있을까? 그녀는 점심 도시락을 싸와서 사무실에서 먹는 알뜰한 사람일까, 아니면 시내로 걸어 나가 점심을 사 먹을까? 어쨌거나 오늘은 화창한 10월의 금요일이었다. 뒤차가 경적을 누르자, 나는 포르쉐의 기어를 넣고 중심가에서 벗어나 옆길에 있던 미터기 주차장으로 들어섰다. 그곳에 주차를 해두고, 아까 지나갈 때 봤던 식당가로 걸어갔다. 신문에서 보았던 식당인 카버리가 거기 있었지만, 중천에 뜬 태양과 윈슬로 교정을 마주보는 곳에 노천 테이블이 마련된 앨리슨이라는 식당을 선택했다. 대학생 웨이트리스에게 블러디 메리와 콥 샐러드를 주문하고 지나가는 사람들을 바라봤다. 학생들은 어리고 열성적인 페미니스트의 말간 얼굴을 하고 있었다. 배낭을 짊어진 모습은 마치 미식축구 선수를 억지로 끌고 가는 듯했다. 학생을 제외하면 대부분 쇼핑하고 점심을 먹기 위해 나온 중년 부인들로 직접 짠 머플러를 두르고 엉덩이를 가려주는 주름 잡힌 스커트를 입었다. 교수처럼 보이는 사람들도 몇 명 있었는데 남자들은 엉망으로 자른 머리에 트위드 재킷을 입었고, 여자들은 엄숙한 표정의 여학생들이 나이만 먹은 것 같았다. 하지만 릴리는 보지 못했다. 샐러드를 다 먹고 블러디 메리를 한 잔 더 마신 뒤에는 윈슬로 교정을 거닐었다.

예쁜 학교였다. 교정은 윈슬로 도심에서부터 부드럽게 경사지며 호수 쪽으로 이어졌고, 호수 주위에는 산책로가 조성되어 있었다. 나는 뾰족 지붕이 높이 솟아 있는 온실 옆 식물원으로 가서 나무 벤치에 잠시 앉아 있었다. 주위에는 아무도 없었고, 릴리가 여기에 도시락을 들고 와서 먹을지도 모른다고 상상했다. 어쩌면 바로 이 벤치일지도 모른다. 한동안 거기 앉아 있었는데 갑자기 하늘에 구름이 몰려들고 해가 사라지며 추워지자 자리에서 일어났다.

아까 점심을 먹은 뒤 깜빡 잊고 주차장 미터기에 다시 돈을 넣지 않은 탓에 윈슬로 시에서 발행한 주차 위반 딱지가 와이퍼 밑에 끼어 있었다. 벌금 15달러. 재킷 주머니에 벌금 딱지를 집어넣고 포르쉐에 올라탔다. 갑자기 피곤이 몰려와 요금 징수소를 지나 곧장 보스턴으로 돌아갔다. 집에 막 도착했을 때

189

미란다에게서 문자가 왔다. 마이애미에 무사히 도착했고 파티가 시작됐다는 내용이었다. 나는 답장을 보내고 컴퓨터로 이메일을 확인했다. 요즘엔 일을 거의 하지 않는다. 그렇다고 일이 필요하다는 뜻은 아니지만. 오랜 정체 끝에 주식시장은 다시 호황을 맞았다. 내 포트폴리오는 탄탄했고 내게 일은 소일거리에 불과했다.

미란다에게서 다시 문자가 왔다. "잊지 말고 냉동실에서 양고기 꺼내둬."

나는 알려줘서 고맙다고 답했다.

실제로 잊고 있었던 터라 지하의 부엌으로 내려가 냉동실에서 양고기를 꺼내 흐르는 수돗물에 담가두었다. 미란다에게서 온 문자는 어딘가 이상했다. 지나치게 감상적이었던 작별 인사가 그랬듯이. 뭔가 나쁜 일이라도 꾸미는 걸까? 아니면 브래드와 헤어지고 갑자기 반성이라도 하는 걸까? 설사 그렇다 해도 그동안 내게 한 짓은 사라지지 않는다.

나는 부엌 옆의 와인 창고로 가서 양고기와 잘 어울리는, 구대륙 시라 한 병을 꺼냈다. 병을 따서 디캔팅을 했다. 고기가 부드러워지기 시작하자, 찬물에 담가둔 채 위층 거실로 올라갔다. 아직 오늘 신문을 읽지 않은 터라 가죽 리클라이너에 앉아 진토닉을 홀짝이며 뉴스를 읽었다. 그러다 신문을 내려놓고 미란다와 브래드와 릴리, 그리고 지금까지 있었던 일과 앞으로 일어날 일을 생각했다. 런던 공항에서 릴리를 만난 것을 계기로 일어날 일. 나도 모르게 자꾸 오늘 아침에 꿨던 꿈이 떠올랐다. 일단 살인을 하고 나면 다시는 돌이킬 수 없는 그 끔찍한 기분이 떠올랐다. 더 이상 꿈에서 깨어나 비록 지은 죄가 많을지라도 살인은 하지 않았다고 위안을 삼을 수 없다. 불현듯 이제 미란다와 브래드를 죽이려는 내 계획은 목적 달성을 위한 수단, 즉 릴리와 가까워지기 위한 수단이 되었으며 목표를 이루기 위해 꼭 살인을 할 필요가 없다는 걸 깨달았다. 그냥 미란다에게 이혼하고 싶다고 말한 다음, 릴리에게 이메일을 보내 함께 저녁을 먹자고 청하면 된다. 우리가 세운 계획은 아무도 모를 것이다. 미란다는 브래드와 함께할 수 있고, 난 릴리와 함께할 수 있고, 세상은 계속 돌아갈 것이다. 난 무슨 일이건 잘 정리하니까 미란다가 한 짓에 대한 내 모든 분노와 수치심은 상자에 넣고 닫아버릴 수 있다. 이혼은 변호사들에게 맡길 것이다. 위자료로 내 재산의 절반이면 충분하고도 남겠지? 나는 안도감에 가슴을 쓸어내렸다. 악몽을 꾸고 일어나 그냥 꿈이었고, 사실은 아무 일도 일어나지 않았음을 깨닫는 기분이었다.

초인종이 울리자 나는 깜짝 놀랐다.

현관으로 걸어가며 본능적으로 손목시계를 봤다. 막 6시가 넘은 시간이었다. 누구지? 아마도 택배 기사일 거라 생각하며 주문한 물건이 있는지 기억해내려 했다.

현관문에 체인을 걸고 10센티미터 정도만 열었다. 문 앞에는 브래드 다겟이 서 있었다. 살짝 멋쩍은 미소를 짓고서. 케네웍에 사는 브래드가 보스턴에 있는 우리 집 문 앞에 있다는 사실을 깨닫는 데는 약간 시간이 걸렸다. 시골 유원지에서 턱시도 차림의 남자를 본 것처럼 뭔가 어울리지 않는 느낌이었다.

"테드." 살짝 헐떡거리는 목소리로 그가 말했다. "집에 있어서 다행이네요. 얘기 좀 할 수 있을까요?"

"물론이죠." 나는 체인을 풀고 문을 열며 말했다. "어서 들어와요."

하지만 그렇게 말해놓고 바로 후회했다. 브래드가 케네윅에서 여기까지 날 보러 왔는데 좋은 일일 리가 없었다. 그가 집 안에 반쯤 들어섰을 때 나는 더 이상 들어오지 못하도록 문을 살짝 밀어 그를 막았다. "여긴 어쩐 일이에요, 브래드?"

"좀 들어갈게요, 테드. 들어가서 설명할게요." 그의 목소리는 떨렸고 입에서는 술 냄새가 풍겼다. 그와 눈이 마주치자 갑자기 무서워졌다. 문을 좀 더 세게 밀었지만 브래드는 꿈쩍도 하지 않았다. 그는 재킷 주머니를 더듬거렸고, 난 그가 꺼낸 총을 내려다봤다. "좀 들어갈게요, 테드." 그가 다시 한 번 말했다. 나는 뒤로 물러섰고 브래드는 집 안으로 들어왔다.

14장

릴리

"애디슨, 무슨 일이야?" 내가 물었다.

"개자식." 그녀는 그렇게 말하며 건물 안으로 들어왔고 날 따라 계단을 내려갔다. 그녀가 코트에 떨어진 빗방울을 털어내자 내 뒤통수에도 몇 방울 튀었다.

"둘이 싸웠어?" 집에 들어온 후 내가 물었다.

애디슨은 양 손바닥으로 볼에 흘러내린 눈물을 닦으며 날 바라봤다. "놀란은 텍사스에 여자 친구가 있어. 그것도 진지하게 사귀는 사이야."

"세상에. 어떻게 알았어?"

애디슨은 우연히 그의 컴퓨터를 사용하다가 이메일을 읽게 되었고 그가 모든 것을 자백했다고 했다. 예전부터 여자 친구가 있다는 얘기를 하려고 했었다. 하지만 처음에는 그들―애디슨과 놀란―의 관계가 불장난이라고 생각해서 말하지 않았다. 하지만 이젠 모르겠다고. 나는 건성으로 들으며 외인 한 병을 따서 애디슨의 잔에 따라주었다. 마음속으로는 에릭이 돌아왔을 때 어떻게 해야 할지 미친 듯이 생각하고 있었다. 계획을 포기하고 에릭에게 치킨 코르마에 캐슈넛이 들어 있는 것 같다고 말해줘야 할까? 아니면 애디슨을 증인으로 삼아 연극을 끝마쳐야 할까? 어떤 면에서는 애디슨이 여기 있는 게 더 나을 수도 있다. 나중에 내 진술을 뒷받침해줄 테니까. 술에 취한 에릭이 실수로 캐슈넛이 든 음식을 먹었고, 곧바로 에피펜을 찾았지만 어디에도 없었다고. 하지만 애디슨이 있어서 잘못될 확률이 훨씬 많았다. 그녀가 곧바로 병원에 전화해 앰뷸런스가 제시간에 도착할 수도 있다. 그리고 만약 에릭이 치킨 코르마에 견과류가 들었느냐고 묻는다면 애디슨 앞에서 거짓말을 할 순없었다. 무엇보다도 에릭이 과민성 쇼크로 죽어가는 모습을 애디슨에게 지켜보게 하는 일은 옳지 않다. 나는 계획을 취소하기로 결정했다.

"잠깐. 에릭은 어딨어? 비행기는 도착했어?" 애디슨은 그렇게 물으며 우리의 작은 집을 두리번거렸다. 마치 그가 여기 있는데 미처 보지 못했다는 듯이.

"보틀 앤드 글래스에서 하는 맥주 마시기 도전 알지?"

"10파인트 마시기?"

나는 그녀에게 에릭이 할 수 있다고 우겼고, 그래서 나도 함께 있었는데 너무 배가 고프고 기다리기 지겨워서 먼저 나왔다고 설명했다.

"우리 둘 다 오늘 밤 남자 친구와 멋진 밤을 보내기는 틀렸구나."

"난 괜찮아. 네가 문제지. 그래서 어떻게 할 거야?"

애디슨이 대답하기 전에 다시 초인종이 울렸다. "에릭일 거야." 내가 말했다. "마음의 준비를 해. 완전히 꼴라가 됐을 테니까."

"릴리, 난 그냥 갈게. 오늘 네 남자 친구가 온다는 걸 깜빡 잊었어." 애디슨이 식탁에 있던 가방을 잡아채며 말했다.

"무슨 소리야. 그냥 여기 있어."

나는 다시 계단을 올라가며 술 취한 에릭을 맞이할 준비를 했다. 하지만 문을 열어보니 에릭이 아니라 놀란이 서 있었다. 울었는지 눈가가 빨갛게 물들어 있었다. "어머, 중혼자께서 웬일이세요?" 내가 그렇게 말하자 그가 어리둥절한 표정을 지었다.

"여기 있나요?" 놀란은 키가 크고 말랐으며 귀가 선홍색이었다. 짧게 자른 머리는 거의 백발에 가까운 금발이었고, 목에는 조가비 껍질을 엮어 만든 짧은 목걸이를 걸었다.

"여기 있어요. 그렇다고 당신을 만나고 싶어 한다는 뜻은 아니에요. 가서 물어볼 테니까 여기서 기다려요."

나는 놀란을 건물 입구에 남겨둔 채 지하로 내려갔다. 애디슨은 와인잔을 다시 채우고 있었다.

"누가 왔게?"

"누구?" 그녀는 정말로 모르겠다는 표정이었다.

"놀란. 위층에 두고 왔어. 돌려보낼까?"

애디슨은 길고 요란하게 한숨을 내쉬고는 "아니, 만날 거야"라고 말했지만 그대로 앉아 있었다. 가서 그를 데려오라는 뜻이었다. 벌써 스무 번째는 되는 듯한 기분으로 다시 계단을 올라갔고, 입구에 다다르자 큰 소리로 얘기를 나누는 남자들 목소리가 들렸다. 그중 하나는 에릭이었다. 펍에서 돌아온 것이다.

"둘이 만났네." 문을 연 나는 두 사람이 함께 있는 것을 보고 말했다. 에릭은 놀란의 어깨에 한 손을 올린 채 펍에서 맥주 마시기에 도전한 일을 설명하는 중이었다. 환하게 웃는 에릭을 보니 도전에 성공했다는 걸 알 수 있었다. "그리고 자긴 성공한 거 같고." 내가 에릭을 보며 덧붙였다.

"아슬아슬하게. 보기보다 훨씬 어렵더라고." 그가 말했다.

"둘 다 내려와. 에릭, 놀란과 내 룸메이트는 할 얘기가 있어. 우리가 자릴 비켜줘야 해."

우린 다 함께 삐걱거리는 계단을 내려갔다. 애디슨은 단호한 표정으로 문간에 서 있었다. 놀란은 쉰 목소리로 "애드" 하고 불렀다. 에릭은 술을 많이 마신 사람 치고는 비교적 멀쩡하게 자기소개를 했다. 그의 변치 않는 특징 중 하나였다. 어떤 상황에서든 예의 바르고 다정하게 구는 것. 기본적으로 정치인 기질이 다분했다.

에릭과 나는 집 안으로 들어갔고 놀란과 애디슨은 문밖, 전선에 매달린 알전구 하나만 켜진 어둑한 층계참에 그대로 서 있었다. 나는 에릭에게 자초지종을 설명하며 놀란이 자기처럼 양다리를 걸쳤다는 얘기를 듣고 어떤 반응을 보일지 살폈다.

"둘이 잘될까?" 그는 그렇게 묻더니 내가 미처 대답하기도 전에 "나 뭐 좀 먹어야겠어"라고 말했다.

내가 냉장고에 인도 음식이 있으니 데워주겠다고, 치킨 코르마에 견과류가 들어 있는 거 같으니 먹지 말라고 말하려는 찰나, 애디슨이 문을 열고 다시 집 안으로 들어왔다. "걱정 마, 릴리. 너희들 방해하지 않을게. 우린 나가서 술이나 한잔 할 거야." 놀란은 그녀 뒤에 서 있었고, 둘 다 입가가 빨갛게 물든 것으로 보아 복도에서 키스했다는 걸 알 수 있었다. 놀란이 뭐라고 했는지는 모르겠지만 성공한 것이다. 애디슨은 코트와 가방을 집어 들었고, 두 사람은 다시 축축한 밤으로 나갔다. 불현듯 내가 원한다면 다시 계획대로 할 수 있다는 걸 깨달았다. 불안감에 배 속이 요동쳤다. 방금 놀란과 애디슨 사이에 있었던 일을 보고 결심이 더욱 확고해졌기 때문이다. 놀란과 에릭 같은 남자들은 여자들에게 너무 자주 상처를 주고도 아무 탈 없이 잘 산다.

"저기, 에릭. 나 너무 피곤해. 나도 술을 너무 많이 마신 데다 애디슨과 얘기하느라 진이 빠졌어. 침대에 누워 있을게. 냉장고에 인도 음식 있으니까 데워 먹어. 자기 먹으라고 치킨 코르마 사 왔어."

"넌 천사야." 에릭은 그렇게 말하며 내 입 옆에 대충 키스했다. 나는 침실로 들어가 문을 살짝 열어둔 채 청바지와 스웨터를 벗고, 이 추운 아파트에서 따뜻하게 지낼 수 있게 해주는 울 잠옷으로 갈아입었다. 에릭이 부엌 여기저기를 뒤지는 소리가 들렸다. 접시 부딪히는 소리가 나더니 손때 묻은 전자레인지가 요란하게 웅웅거렸다. 치킨 코르마가 데워지면서 톡 쏘는 향신료와 코코넛 밀크 냄새가 풍겼다. 나는 침대 가장자리에 걸터앉아 있었다. 마음은 차분했지만 머릿속은 과열되어 온갖 이미지로 가득 찼다. 땅거미가 내린 초원에서 자기가 곧 죽는다는 사실도 모른 채 몸을 흔들거리던 쳇. 사무실에서 나와 담배에 불을 붙이고 페이스를 만나던 에릭. 우리가 처음으로 사랑을 나누던 날, 내 눈앞에 있던 그의 짙은 갈색 눈동자.

웅웅 소리가 멎고 전자레인지의 문이 열렸다 쾅 닫히는 소리가 나더니 한동안 조용해졌다. 아마 에릭은 선 채로 허겁지겁 먹고 있을 것이다.

1분이 지나자 침실 문이 훌쩍 열렸다. 에릭이 한 손에 포장용기를 든 채 서 있었다. 얼굴은 이미 홍조를 띠었고, 두 눈은 퉁퉁 부어 있었다. "여기…… 견과류가 들었나 봐." 그가 포장용기를 가리키며 말했다. 마치 입에 솜을 가득 넣고 말하는 듯했다.

"그럴 리가. 에피펜 어딨어?" 내가 물었다.

"가방에." 그는 손가락으로 가방이 있는 쪽을 가리킨 채 미친 듯이 손을 흔들었다.

나는 바닥에 있던 그의 수트케이스를 침대 발치로 끌어왔다. 에릭은 서랍장에 포장용기를 내려놓더니 재빨리 수트케이스로 다가와 날 밀쳤다. 그러고는 원래 에피펜이 들어 있던 곳을 뒤지더니 겁에 질린 눈으로 날 돌아봤다. 이제 그의 얼굴은 한층 더 붉어졌고, 한 손으로 목을 긁고 있었다. "안 가져온 거야?" 내가 겁에 질린 목소리로 언성을 높였다.

"가져왔어." 에릭의 말은 거의 알아들을 수 없을 지경이었다. 아주 멀리서 들리는 듯했다. 좁고 축축한 동굴 속에 갇힌 남자의 고함처럼.

에릭은 수트케이스 안의 물건을 모두 침대에 쏟아붓고 다급하게 뒤지더니 침대에 털썩 주저앉았다. 그의 몸은 경직되어 있었고, 입술을 동그랗게 내밀어 폐에 산소를 공급하려 했다. 나는 그를 도와 옷가지와 세면도구를 뒤지기 시작했지만 그가 내 팔을 잡더니 전화하는 시늉을 했다. "병원에 전화해달라고?" 내가 물었다.

에릭은 고개를 끄덕였다. 붉게 변한 목은 놀랄 정도로 부어올라 지형도에 불룩 튀어나온 땅덩어리 같았다. 하지만 얼굴은 여전히 창백했고 이제는 푸른빛까지 돌았다. 나는 옆방으로 달려가 전화기를 집어 들고는 잠시 서서 침실에서 나는 소리에 귀를 기울였다. 또 다른 지퍼를 여는 소리가 나더니 부드러운 쿵 소리가 났다. 전화기를 살그머니 내려놓고 천천히 열까지 센 다음, 문간으로 걸어가 침실 안을 들여다보았다. 에릭이 바닥에 쓰러져 있었다. 한 손이 여전히 목에 있었지만 더는 긁지 않았다. 손은 그저 가만히 놓여 있었다. 나는 그가 숨을 쉬지 않는다는 확신이 들 때까지 계속 지켜보았다. 그래도 혹시 몰라서 1분을 더 기다렸다가 침실로 들어가 손가락 두 개로 그의 목을 쓸어내리며 맥이 뛰는지 살폈다. 어디에서도 맥은 잡히지 않았다. 나는 다시 전화기로 가서 999를 누르고 내 이름과 주소를 말했다. 전화기 반대편에서 재잘거리는 목소리에게 내 남자 친구가 과민성 쇼크로 쓰러졌다고 말했다.

전화를 끊은 후에는 재빨리 움직였다. 키친타월에 싸서 냉장고 속에 넣어두었던 캐슈넛을 꺼내 일부는 에릭의 그릇에 담겨 있던 치킨 코르마(전자레인지에 데워서 아직 따뜻했다)에 넣고, 일부는 포장용기에 넣었다. 그런 다음, 키친타월을 화장실 변기에 버리고 물을 내렸다. 손을 씻고 침실에 가봤더니 에릭은 아까와 똑같은 자세로 누워 있었다. 나는 매트리스 밑에 손을 넣어 사용하지 않은 에피펜이 든 지퍼백을 꺼냈다. 에릭의 물건은 방 전체에 널려 있었다. 양말 두 개로 지퍼백에 묻은 내 지문을 지운 다음, 에릭의 조깅화 속에 지퍼백을 밀어 넣었다. 여

200

기야말로 비상 약품을 보관하기에 적당한 곳으로 보였다. 에릭은 한 번도 조깅화 속에 에피펜을 보관한 적이 없었지만, 그가 그 사실을 말하는 일은 없을 것이다. 또한 내가 치킨 코르마에 견과류가 들어 있지 않다고 말했다는 사실도. 나는 경찰에게 에릭이 취해 있었고, 그래서 틀림없이 술김에 그냥 견과류가 든 치킨 코르마를 먹었고, 나는 침대에 누워 있었고, 우린 에피펜을 찾을 수 없었다고 말할 것이다. 완벽한 설정을 위해 또 해야 할 일이 없는지 생각해내려 했다. 에릭의 가슴을 몇 번 세게 눌러두는 게 좋을지도 모른다. 막판에 심폐소생술을 했던 것처럼 보이도록. 검시관이 그런 것까지 알아낼 수 있을까? 심폐소생술을 막 시작하려는데 다시 초인종이 울렸다.

나는 계단을 올라가 구급요원들을 들어오게 했다.

그로부터 사흘 뒤, 그러니까 에릭의 가족에게 사망 소식이 통보되고 시신을 미국으로 운반하는 일정이 잡힌 뒤에 순경이 다시 날 찾아왔다. 금요일 밤 구급요원들이 도착한 뒤에 왔던 순경인데 사인심의회(죽음의 종합적인 원인을 밝히는 자리로 증인이나 각종 물증이 동반되지만 사법 기능을 수행하지는 않는다. 사법 조치가 필요할 경우, 이를 참고로 해당 기관에서 진행한다-옮긴이)가 열리지 않을 거라는 말을 전했다.

난 당연히 기뻤지만 놀랍기도 했다. 영국 추리소설을 너무 많이 읽은 터라 조금이라도 이상하게 죽으면 사인심의회가 열릴 거라고 생각했기 때문이다. 물론 심의회가 열린다 해도 모든 증거가 비극적인 사고사를 가리킬 테지만. 어쨌든 나는 살짝 실망했다.

"알겠습니다." 나는 그렇게 말하며 일부러 혼란스럽다는 표정을 지어 보였다. "그런데 왜 심의회가 열리지 않는 거죠?"

"검시관이 사고사라고 생각해서 더 조사할 필요가 없다고 생각하기 때문입니다. 개인적으로도 옳은 결정이라고 생각합니다. 심의회가 열렸다면 아마도 보틀 앤드 글래스와 그곳의 맥주 마시기 도전에 의문을 제기했을 겁니다. 제가 한번 직접 들러서 그에 대해 얘기할 생각입니다." 순경의 눈동자는 상냥했고, 윗입술을 가리는 콧수염을 길렀다. 나는 두 번째로 관련 사실을 진술했다. 에릭이 고주망태가 되어 돌아왔고, 치킨 코르마에 견과류가 들었다는 얘길 듣고도 그냥 먹었고, 그다음에는 약을 어디에 두었는지 기억해내지 못했다고.

"정말 감사합니다." 내가 말했다.

"네, 그 펍에 들러서 거기 직원들과 좀 더 얘기해볼 생각입니다." 순경은 또 그렇게 말하고 현관에서 잠시 미적거리더니 돌아섰다. 자기 이름을 말해줬지만 나는 금세 잊어버렸다.

폰스 미술 학교의 지도교사는 내게 다시 미국으로 돌아가고 싶은지 물었고, 나는 런던에 있어도 괜찮다고 했다. 미국에서 장례식이 열린다면 돌아갈 테지만 그게 아니라면 큰 상처를 받기는 했어도 기꺼이 런던에 남아 계속 공부하고 싶다고 했다. 그건 사실이었다. 나는 마이다베일에 있는 내 집을 사랑했고, 사건 이후로 애디슨이 거의 집에 오지 않는다는 사실도 좋았다. 원래 질식할 정도로 사람이 많은 뉴욕 시보다 한적한 코네티컷 주를 좋아했기 때문에 한 번도 도시에 살고 싶다고 생각한 적이 없었다. 하지만 런던 주택가는 달랐다. 길게 늘어선 집들, 무성한 나뭇잎, 그곳의 익명성, 예의 바른 부산함에는 마음을 차분히 가라앉혀주는 무언가가 있었다. 내가 사는 집 근처의 거리는 아주 조용해서 사람 소리보다 새소리가 더 잘 들렸다. 나는 이메일을 통해 워시번가 가족들만 모이는 소규모 장례식을 먼저 치른 다음, 언젠가 대규모 장례식을 치를 거라는 소식을 전해 듣고 적잖이 기뻤다. 나도 장례식에 참석할 계획이었다. 내가 참석하지 않으면 이상해 보이기도 할 테지만 페이스가 올지 안 올지, 온다면 어떤 반응을 보일지도 궁금했다. 에릭에게 바람을 피우라고 적극적으로 꼬드긴 사람이 페이스인지, 아니면 그녀도 에릭이 걸친 양다리의 피해자인지 아직 궁금했다. 나는 기어코 답을 알아낼 작정이었다.

에릭이 죽은 지 한 달 반이 지났을 때 평소와는 다른 길을 택해 집까지 걸어가면서 보틀 앤드 글래스를 지나갔다. 춥고 어두운 저녁이었고, 펍의 창문마다 부드러운 불빛과 퇴근 후에 술을 마시는 사람들의 윤곽으로 꽉 차 있었다. 에릭이 죽은 후로 여기 오는 건 처음이었다. 나는 문을 밀치고 영국인들의 나직한 중얼거림으로 가득 찬, 복작거리는 공간으로 들어갔다. 기네스 한 잔을 주문한 뒤, 맥주 마시기 도전의 규칙과 절차가 적힌 벽 쪽으로 잔을 들고 갔다. 규칙과 절차는 달라진 게 없었다. 지난번에 만났던 친절한 순경이 정말로 여기 들러 주인들과 이 도전에 대해 이야기를 했는지 궁금했다. 만약 그랬다면 주인들은 순경의 말을 듣지 않은 셈이다. 규칙 옆에 걸린 큼직한 나무판에는 돋을새김을 한 이름들이 빼곡했는데 대부분이 남자 이름으로 맥주 도전에 성공한 사람들이었다. 나는 명단의 맨 끝을 보았다. 끝에서 두 번째에 에릭 워시번이라는 이름이 있었다. 또한 압정으로 폴라로이드 사진을 잔뜩 꽂아둔 게시판도 있었다. 사진은 다 똑같아 보였다. 창백한 얼굴에 게슴츠레한 눈빛의 남자들이 빈 파인트 잔을 높이 쳐들고 있었다. 나는 오른쪽 구석에서 에릭의 사진을 발견했다. 그는 고개를 살짝 뒤로 기울였고, 눈은 자부심으로 반짝거렸다. 여름에 살짝 그을었던 피부가 아직 그대로였고, 고개를 뒤로 젖히니 여자같이 예쁜 속눈썹이 한결 두드러졌다. 그 사진을 가져갈까 생각했지만 그러지 않기로 했다. 그건 여기 속한 일종의 유언장이었다.

기네스를 다 마신 후, 나는 살인자로서 내 경력은 끝났다고 생각했다. 살인에 흥미를 잃어서가 아니라 앞으로는 절대 그럴 일이 없을 것이기 때문이다. 앞으로는 누구도 나와 그렇게 가까워지도록, 에릭처럼 내게 상처를 입히도록 허락하지 않을 것이다. 나는 이제 성인이다. 상처받기 쉬운 어린 시절과 위험한 첫사랑의 시기를 무사히 넘겼다. 다시는 그런 처지에 놓이지 않을 거라고 생각하니 위안이 되었다. 이제부터 내 행복을 책임지는 사람은 오로지 나뿐이다.

그날 밤 나는 걸어서 빈집으로 돌아갔다. 간단히 저녁을 만들어 먹은 다음, 가장 좋아하는 의자에 앉아 책을 읽었다.

길고 복잡하지 않은 삶이 내 앞에 펼쳐져 있었다.

15장

테드

    나는 뒤로 물러섰고, 내 눈은 브래드가 쥔 총으로 향했다.

    "지금 뭐하자는 거요?" 나는 그렇게 말하며 그의 얼굴을 힐끗 바라봤다. 안색이 나빠 보였다. 평상시에 불그스름하던 피부는 잿빛이었고, 목 근육은 긴장되어 있었다. 가장자리를 양가죽으로 덧댄 청재킷을 입었는데 이마가 땀으로 번들거렸다. 술에 취한 것 같았다.

    "좋은 집에 사시네요." 그가 이상한 리듬으로 말했다. 마치 미리 연습한 것처럼.

    "구경시켜줄까요? 마실 것 좀 줘요?" 내가 말했다.

    그의 눈썹이 아래로 내려갔다. 그런 말을 들으니 혼란스럽다는 듯이. "네, 제가 임시로 머무는 거지 같은 집보다 훨씬 좋네요. 이런 게 진짜 사람 사는 집이죠, 네?"

번뜩 떠오르는 게 있었다. 브래드와 함께 술을 마셨던 밤. 브래드가 사는 집을 두고 내가 뭐라고 했던 일. 그의 얼굴을 스쳤던 증오의 표정. 불현듯 브래드가 날 죽이러 왔음을 깨달았다. 그러자 패닉에 빠지는 대신 차분하고 이성적이 되면서 머리가 훨씬 빠르게 돌아갔다. 나는 브래드를 설득할 수 있었다. 내가 그보다 훨씬 똑똑하기 때문이다.

"농담 아니고, 정말 그 총으로 뭘 하려는 거요?"

"뭘 할 거 같습니까?" 그는 그렇게 말하며 총을 들어 내 이마를 겨눴다. 집 안의 모든 것이 사라지고 총만 남았다.

"맙소사, 브래드, 잠깐 생각 좀 해봐요." 나는 총을 바라봤다. 아마도 브래드의 서랍에서 봤던 총일 것이다. 더블액션 리볼버. 브래드가 공이치기 쪽으로 엄지를 미끄러뜨렸다. 그냥 방아쇠를 당기면 된다는 걸 모르나? 공격하든 달아나든 난 움직여야 했다. 우리 둘 사이의 거리는 채 60센티미터가 되지 않았고, 어느새 나는 그에게 달려들고 있었다. 내가 마지막으로 누군가와 싸운 것은 초등학교 3학년 때로 당시 난 브루스라는 1학년 아이에게 졌다. 나는 있는 힘껏 브래드를 밀쳤다. 총구가 내게서 비켜나면서 그의 몸이 빙글 돌아갔고, 그는 뒤로 쓰러지며 머리를 현관문에 쾅당 부딪혔다. 나는 브래드가 기절했을 거라고 생각했지만, 그는 씩씩거리며 알아들을 수 없는 말을 내뱉었다. 나는 뒤로 돌아 계단으로 달려갔다. 계단에 올라서며 첫 번째 층계참에 있는 전화기를 생각하고 있을 때 브래드의 총에서 요란하게 탕 소리가 났다. 마치 총알이 1센티미터 정도의 차이로 날 비켜 가기라도 한 것처럼 공기가 등을 떠미는 기운이 느껴졌다. 나는 계속 계단을 올라갔다. 계단을 다 올라갔을 때 뒤에서 브래드가 따라오는 소리가 들렸다. 그의 작업용 워커가 계단 초입을 올라오고 있었다. 나는 앤티크 테이블에 놓여 있는 전화기를 향해 손을 뻗었다가 앞으로 넘어지면서 카펫이 깔린 바닥에 쓰러졌고, 전화기와 테이블까지 함께 넘어뜨렸다. 배에서 뜨듯한 무언가가 흘러내리기에 손을 대보았다가 피가 묻은 것을 보고 깜짝 놀랐다. 대체 이게 어디서 나온 거지? 어느새 브래드가 총구를 내 쪽으로 겨눈 채 날 내려다보고 있었다. 그는 거칠게 숨을 몰아쉬었고, 아랫입술에서 침이 흘러내렸다.

"대체 왜 이러는 거요?" 나는 그렇게 물었지만 동시에 답을 알았다. 브래드는 자기 집을 모욕했다는 이유만으로 날 죽일 사이코패스가 아니다. 이건 모두 아내 때문이다. 난 순식간에 사건의 전말을 알 수 있었다. 미란다는 날 죽이려고 브래드를 이용하고 있었다. 내 재산을 독차지하고 싶은 것이다. 왜 미처 몰랐을까? 강렬한 통증이 복부를 관통하자, 나는 얼굴을 찡그렸고 웃다시피 했다.

고개를 들어 멍청한 표정을 짓고 있는 브래드와 떨리는 권총을 바라봤다. "미란다는 절대 당신과 결혼하지 않아." 내가 말했다.

"네가 뭘 알아?"

"미란다는 당신을 이용하는 거야, 브래드. 경찰이 누굴 의심할 거 같아? 아내는 지금 플로리다에 있고, 당신 둘은 불륜을 저질렀어. 다들 아는 사실이라고."

난 그의 얼굴에서 의심을 보았고, 희망이 있다고 느꼈다. 배에 뚫린 총알구멍을 손으로 꽉 눌렀다. 손가락 사이로 울컥울컥 쏟아지는 피는 뜨듯하고 찐득했다.

"네가 엄청 잘난 줄 알지?" 그가 말했다.

"브래드, 당신은 머저리야."

"두고 보자고." 그는 그렇게 말하며 방아쇠를 당겼다.

2부

짓다 만 집

16장
릴리

"안녕하세요." 난 테드 스버슨에게 인사했다. 그는 히스로 공항의 비즈니스 클래스 라운지 바에 앉아 있었다. 난 그를 바로 알아봤지만 그는 나를 알아보지 못할 것이다. 2년 전에 딱 한 번 만났기 때문이다. 사우스엔드의 시장에서 우연히 페이스 호바트와 마주쳤을 때.

"난 이제 미란다라는 이름을 써." 그때 페이스는 그렇게 말했다.

"그래요?"

"그게 원래 이름이거든. 페이스Faith는 미들네임이야. 미란다 페이스."

"몰랐네요. 그러니까 신념faith을 잃었군요."

그녀가 웃었다. "그렇게 말할 수도 있지. 인사해, 여긴 내 약혼자 테드."

빈티지 활자판을 들여다보고 있던 잘생기고 다소 딱딱해 보이는 남자가 몸을 돌려 나와 악수했다. 악수깨나 해본 사람처럼 내 손을 힘차게 잡더니 만나서 반갑다는 피상적인 인사말을 몇 마디 건네고는 다시 좌판의 물건들을 들여다봤다. 나는 페이스 겸 미란다에게 약속이 있어서 가봐야 한다고 했다. 막 떠나려는데 그녀가 나직이 속삭였다. "에릭 일은 정말 유감이야. 연락 못해서 미안해. 하지만 그때 네가 런던에 있어서……."

"신경 쓰지 말아요. 괜찮아요."

나는 자리를 떴다. 페이스와 우연히 재회하는 장면을 여러 번 상상했었다. (이젠 미란다라고 불러야겠지?) 어떤 반응을 보일까? 에릭이 날 만나러 런던에 왔다가 죽었다는 소식을 듣고 놀랐을까? 자기도 양다리를 걸치고 있었을까? 하지만 머리를 다시 검은색으로 염색하고, 500달러짜리 부츠를 신고, 아무것도 모르는 약혼자와 함께 있는 그녀를 보니, 게다가 태연하게 날 걱정해주는 말까지 듣고 나니 답을 알 수 있었다. 그녀도 날 속이는 행각에 적극 가담했다는 것을. 그녀는 뉴욕에서 에릭과 사귀는 동안 그가 주말마다 날 만난다는 사실을 알고 있었다. 내가 에릭과 사귄 데 대한 벌이었을까? 아니면 임자 있는 남자를 뺏는 데 흥분을 느끼는 부류의 여자일까? 보스턴 사우스엔드의 시장에서 난 에릭이 날 배신하고 미란다와 사귄다는 걸 처음 알

앉을 때, 그리하여 내 인생이 다시는 전과 같아질 수 없음을 깨달았을 때 느꼈던 가슴의 통증을 다시 느꼈다.

나는 걱정할 것 없다고 되뇌었고 딱히 걱정하지도 않았다. 하지만 공항에서 테드 스버슨을 만났을 때 (《글로브》 지의 결혼란에 실린 발표대로라면 이제 그는 미란다의 남편이었다) 그에게 말을 걸기로 했다. "안녕하세요." 비록 날 알아보지 못할 거라고 생각했지만, 그래도 알은체를 할 수 있는 기회를 주었다. 그는 고개를 들었고 날 전혀 알아보지 못했다. 눈가가 빨갛게 물들고, 아랫입술이 처져 한눈에 취했다는 걸 알 수 있었다. 그는 마티니를 마시고 있었다. 나는 마티니를 싫어했지만 같은 걸로 주문했다.

우리는 보스턴까지 같은 비행기를 타고 왔다. 그는 자기의 슬픈 인생에 대해, 아내의 불륜으로 인한 분노와 체념에 대해 이야기했다. 다시는 날 보지 않을 거라고 생각했기 때문에 털어놓은 이야기였다. 다른 시간, 다른 장소에서 만났다면 절대 말하지 않았을 것이다. 심지어 아내를 끔찍이 증오하고, 농담조로 죽이고 싶다는 말까지 했다. 나는 끼어들면 안 된다고 생각했지만, 우리가 이야기를 나눈 순간부터 그러기엔 이미 늦었다는 걸 알고 있었다. 미란다가 다시 내 궤도에 들어왔고 거기에는 분명 이유가 있을 터였다. 이기심 때문일 수도 있고, 정의를 구현하기 위해서일 수도 있고, 완전히 다른 이유 때문일 수도 있지만 어쨌거나 그후 몇 주 동안 난 테드 스버슨에게 미란다와 브래드 다겟을 죽여야 한다고 설득했다. 힘든 일은 아니

215

었다. 그리고 계획의 실행을 목전에 두고 있던 어느 아침, 나는 현관 앞 계단에서 〈선데이 글로브〉를 집어와 식탁에 펼쳤다. 커피를 마시며 느긋하게 읽다가 메트로 섹션 칼럼 위쪽에 작게 실린 테드의 사진을 보게 되었다.

나는 커피가 든 머그컵을 입으로 가져다가 말고 아래의 기사를 읽었다.

사우스엔드 주민, 자택에서 총에 맞아 피살

보스턴 경찰은 금요일 초저녁, 사우스엔드의 워세스터 스퀘어 지역에서 주민이 살해된 사건을 조사 중이라고 밝혔다.

경찰은 저녁 6시 22분에 총성이 울렸다는 제보를 받고 출동했다. 보스턴 경찰청의 헨리 킴볼 형사에 따르면 피해자인 서른여덟 살의 테드 스버슨은 자택 2층으로 올라가는 계단 층계참에서 발견되었고, 현장에서 사망했다.

킴볼 형사는 "현재 이 사건과 비슷한 시각에 같은 구역에서 발생한 강도 사건도 조사 중입니다. 두 사건이 연관되어 있는지는 아직 모르겠지만 정보가 있으신 분은 제보를 부탁드립니다"라고 말했다.

컨설팅 회사인 스버슨 주식회사의 회장 테드 스버슨의 유가족으로는 아내인 미란다 스버슨이 있으며 그녀는 사건 발생 시각에 플로리다에 있었다.

이웃에 사는 조이 로빈슨은 테드와 미란다 스버슨에 대해 이렇게 말했다. "아름답고 젊은 부부였습니다. 텔레비전에 나오는 사람들 같았죠. 이런 일을 당했다니 믿기지 않네요. 그것도 이 동네에서요."

이 살인 사건이나 강도 사건과 관련된 정보가 있는 사람은 보스턴 경찰청 익명 신고 센터에 제보할 수 있다.

나는 머그컵을 내려놓고 다시 기사를 읽었다. 갑자기 몸에 오한이 들었다. 테드와 내가 미란다를 죽일 계획을 세우는 동안, 그녀도 브래드와 같은 계획을 세웠을지 모른다. 이 일은 미란다가 브래드의 도움을 받아서 저지른 게 분명하다. 그냥 침입한 강도가 어쩌다 테드를 죽였을 리가 없다. 하필 미란다가 보스턴을 떠나 플로리다에 갔다는 게 너무 완벽하게 맞아떨어졌다. 틀림없이 브래드가 보스턴까지 와서 테드를 쏜 것이다. 어쩌면 수사에 혼선을 주기 위해 옆집까지 털었을 수도 있다. 아닐 수도 있고. 어쨌든 이제 테드는 미란다의 인생에서 사라졌고, 돈은 모두 그녀가 차지할 것이다.

난 테드를 생각했다. 그는 자기 집 계단에서 총에 맞아 죽은 채 발견됐다. 브래드를 집 안으로 들였다가 달아나려고 했을 것이다. 자기가 죽으리라는 것, 미란다가 이 일을 꾸몄다는 걸 알았으리라. 난 목이 메고 눈에 눈물이 고였지만 흘러내리지는 않았다. 나는 어느새 테드를 좋아하게 되었다. 처음 비행

217

기에서 얘기를 나눌 때만 해도 그는 대학 시절 원수에 대해 알아내는 수단에 불과했다. 미란다 페이스 호바트는 내 인생사의 풀린 실밥이었고, 비록 내 남자 친구를 훔쳐 날 모욕하긴 했어도 그것만으로 그녀를 악독한 사람이라고 단정 짓지는 않았다. 하지만 비행기에서 테드와 이야기하며 그녀가 바람을 피웠다는 사실을 알게 된 후, 내 생각이 틀렸음을 깨달았다. 그녀는 뼛속까지 썩어빠진 인간이었다.

어쩌면 나는 희생양을 다시 찾아 신나는지도 모른다. 인정하기는 싫지만 나에게 살인은 오랫동안 긁지 않아 가려운 부위였다.

하지만 난 테드를 점점 좋아하게 됐다. 사실 좋아하는 것 이상이었다. 지난번 콩코드 묘지에서 키스했을 때 나는 내 반응에, 내가 테드와의 키스를 정말로 좋아한다는 사실에 깜짝 놀랐다. 난 남자를 상대할 때면 늘 그랬듯이 절대 사랑에 빠져서는 안 된다고 다짐했다. 그 일을 또 겪을 수는 없기 때문이다. 하지만 난 테드를 많이 좋아했다. 그는 잘생겼으면서도 어딘가 어색했다. 마치 자기의 엄청난 행운에 영 익숙해지지 않는다는 듯이. 세상을 가졌으면서도 그 사실을 잘 모르는 사람이었다. 그가 미란다의 어떤 점에 끌렸을지 짐작이 갔다. 그녀는 어디에서든 가장 섹시한 여자일 뿐 아니라 스스로를 아주 편안하게 받아들였다. 테드는 분명 미란다의 그런 면에 끌렸을 것이다. 하지만 강렬한 키스—우리를 둘러싼 노란 단풍잎, 내 스웨터

에 올라온 그의 손—말고도 내가 정말로 테드에게 느꼈던 감
정은 누군가와 함께 있으면서도 온전한 내가 될 수 있고, 비밀
을 공유할 수 있다는 색다른 느낌이었다. 그는 깊은 속내와 아
내를 죽이고 싶다는 바람을 털어놓았고, 나도 언젠가는 내 과
거를 밝힐 생각이었다.

하지만 이제 테드는 죽었다.

내 머릿속에는 그가 너무 보고 싶지만 다시는 볼 수 없다
는 생각뿐이었다.

사건에 대해 좀 더 알아내려고 인터넷에 접속했지만 아무
것도 없었다. 그저 〈글로브〉지에 나왔던 정보를 반복하는 서
너 개의 기사들뿐이었다. 나는 살인에 대해, 대체 미란다가 어
떻게 일을 꾸몄을지 좀 더 생각했다. 테드를 죽인 사람은 분명
브래드다. 제3자가 연관됐을 가능성은 희박했다. 그렇다면 둘
이 어떻게 했을까? 미란다는 보스턴을 떠났고, 테드가 금요일
저녁에 집에 혼자 있으리라는 사실을 알고 있었다. 그래서 브
래드는 차를 몰고 보스턴으로 갔다. 우선 이웃집에 들어가 물
건을 훔쳤다. 미란다로부터 집주인이 집을 비웠고, 경보 장치
가 없다는 정보를 얻은 집이었을 테니 쉽게 털었을 것이다. 집
을 턴 후에는 테드의 집으로 가 초인종을 눌렀을 것이다. 테드
는 브래드를 집 안으로 들였을 테고, 브래드는 방아쇠만 당기
면 끝이다. 그러면 강도가 집을 털러 왔다가 일이 틀어져 죽인
것처럼 보일 터였다. 그런 다음, 브래드는 다시 케네윅으로 돌

아갔을 것이다.

　나는 브래드의 알리바이가 궁금했다. 분명 알리바이가 있긴 할 텐데 어떻게 메인 주 남쪽에서 보스턴까지 왔다가 범죄를 두 건이나 저지르고 다시 돌아갔을까? 고속도로에서는 제한속도를 준수해야 하니 적어도 세 시간, 아마 그 이상이 걸렸을 것이다. 미란다는 자기와 브래드의 관계를 아무도 모른다고 확신했다. 하지만 누군가가 알고 있을 가능성은 없을까? 테드도 알고 있었으니 마을에도 분명 아는 사람이 있을 것이다. 그의 집을 짓는 인부들? 아니면 케네윅인 호텔의 바텐더? 둘의 관계를 철저히 비밀로 유지하기는 힘들었을 것이다.

　물론 나는 둘의 관계를 알고 있고 그 때문에 아주 특별한 위치에 놓이게 되었다. 테드 스버슨에게서 모든 정보를 들었으면서도, 우리 둘이 아는 사이라는 사실은 아무도 모르는 것이다. 물론 경찰서에 가서 모두 말할 수도 있다. 테드도 부인을 죽일 계획이었다는 말은 빼고. 하지만 그러지 않을 것이다. 경찰이 기소에 실패해 미란다가 풀려날 확률이 컸다. 설사 구속돼 유죄 판결을 받는다 해도 그녀는 전국적으로 유명인사가 될 것이다. 벌써 눈에 선했다. 애인에게 남편을 죽이라고 시킨 미모의 여자. 앞으로 몇 년간 지겹도록 방송에 나올 것이다.

　미란다는 어느 때보다도 지금, 벌을 받아 마땅했다.

　나는 친구 캐시에게 몸이 좋지 않아 영화를 보기로 한 약속은 취소해야겠다는 문자를 보냈다. 그다음에는 감기에 걸려 내일은 쉬겠다는 이메일을 상사에게 보냈다. 그는 세균이라면 질색하는 터라 병가라면 언제든 기꺼이 내주었다.

내게는 할 일이 있었고 그중 첫 번째는 케네윅을 방문해 브래드 다겟을 만나는 일이었다. 빨리 움직여야 했다. 벌써 경찰이 추적을 시작했으니 그들보다 먼저 도착해야 했다.

17장
미란다

아침 10시가 조금 넘은 시간이었는데도 그의 입에서는 술 냄새가 풍겼다. 헤어라인을 따라 땀이 송송 맺혀 있었고, 눈 밑은 부은 데다 멍들어 있었다.

"혼자 있어?"

"응." 브래드가 말했다.

우리는 케네윅에 반쯤 지어진 집 앞의 진입로에 서 있었다. 오늘은 일요일이었다. 브래드는 금요일 밤에 내 남편을 죽였고, 꼴을 보아하니 내가 그의 능력을 과대평가했다. 그는 몹시 흥분한 상태인 듯했고 눈동자는 너무 반짝거렸다.

"일은 잘됐어. 경찰은 강도가 들어왔다가 실수로 죽인 줄 알아. 우리가 계획했던 대로야." 내가 말했다.

"응." 그가 또 그렇게 건성으로 대꾸했다.

"기분이 어때? 아파 보여."

"안 좋아. 생각보다 힘들었어."

"미안해, 자기야. 하지만 오래가진 않을 거야. 약속해. 우린 결혼하고 자긴 부자가 될 거라고. 날 믿어, 곧 좋아질 거야."

"그래, 나도 알아."

"그럼 정신을 차려야지. 경찰이 와서 물어볼 텐데 좀비처럼 보이면 안 되잖아. 알았지? 이제 다 끝났어. 테드는 죽었고 이젠 돌이킬 수 없다고."

차 한 대가 믹맥 로드를 지나가자 브래드가 고개를 돌려 바라봤다. 나는 브래드를 바라봤다. 추운 아침이어서 그의 입김이 하얗게 보였다. 그는 다시 내게로 몸을 돌렸다. "여기서 이렇게 만나면 안 될 거 같은데." 그렇게 말하고는 재킷 앞주머니에서 말보로 레드 한 개비를 꺼냈다. 바람이 불지도 않는데 두 손을 둥글게 모아 담배에 불을 붙였다.

"당신은 우리 집 시공업자야. 남편이 죽었으니 내가 당신을 만나서 며칠간 공사를 멈추라고 말해야지. 그동안에 어떻게 해야 할지 생각해보겠다고. 걱정할 거 없어. 난 엄마에게 가는 길이야. 아무도 우리 관계를 몰라. 아무도. 그러니까 정신 똑바로 차려야 해, 브래드."

"알아. 그럴 거야. 그냥…… 당신은 그 자리에 없었잖아. 테드는 겁먹은 얼굴이었다고."

"당연히 겁먹은 얼굴이었겠지, 자기야."

"그뿐만이 아니야."

"또 뭐?"

"우리 관계를 아는 거 같았어."

"무슨 말이야?"

"테드가 한 말이 있어. 당신은 절대 나와 결혼하지 않을 거고 그냥 날 이용하는 거라고."

"그냥 끼워 맞췄겠지. 당신이 총을 든 걸 보고 우리가 한패라고 짐작했을 거야. 우리 관계를 알았을 리가 없어."

"아니, 알았던 거 같아. 놀라지 않는 눈치였어. 진작부터 알았던 사람처럼."

나는 잠시 테드가 정말로 알고 있었을 가능성을 생각해봤지만 그럴 리 없다는 결론을 내렸다. "테드가 어떻게 알았다는 거야?" 내가 브래드에게 말했다.

"씨발, 그걸 내가 어떻게 알아? 하지만 분명히 말하는데, 미란다, 테드는 알고 있었어." 브래드가 언성을 높였고, 담배를 든 손은 말하는 동안 위아래로 흔들렸다.

"쉬, 괜찮아. 테드가 알았을 수도 있지만 어차피 이젠 죽었잖아. 그러니까 상관없어, 안 그래?"

"누구에게 말했을 수도 있잖아."

"누구? 테드는 내가 잘 알아. 친한 친구가 없는 사람이야. 우릴 의심했을 순 있지만 아무에게도 말하지 않았을 거야. 내가 장담한다니까."

"알았어." 그가 길게 담배를 빨았다.

"자기야, 내 말 잘 들어. 자긴 이야기를 준비해둬야 해. 경찰에겐 이렇게 말해. 자긴 시공업자고, 테드와 내게 고용되어 일하는 중이야. 테드는 현장에 온 적이 없지만 난 자주 나왔어. 난 약간 권태로워 보였고, 사사건건 참견했지만 그걸 제외하고는 괜찮았어. 난 자기에게 추근댄 적 없고, 자기도 내게 추근댄 적 없어. 이렇게 좋은 계약을 따냈는데 왜 망치겠어? 우린 돈이 더럽게 많고, 테드를 죽일 만한 사람이 누군지 자긴 전혀 몰라. 테드와 나의 결혼 생활이 행복했는지 어쨌는지도 몰라. 함께 있을 때 행복해 보이긴 했지만, 솔직히 말해서, 별로 신경 써서 본 적이 없지. 그게 전부야. 그렇게만 말하면 된다고."

"알았어."

"내가 한 말 다시 해봐."

"맙소사, 미란다, 알았다니까."

"알았어. 그날 밤 폴리와 함께 있던 건 어떻게 됐어?"

"별일 없었어. 쿨리스에서 점심 먹고 계속 마시다가 3시쯤 나와서 우리 집으로 갔지. 폴리는 꽐라가 돼서 내가 나오기도 전에 이미 뻗었어."

"둘이 했어?"

"맙소사, 미란다."

"궁금해서 묻는 게 아냐. 난 상관없어. 둘이 한 게 좋아. 나중에 폴리가 경찰의 질문을 받을 경우를 대비해서."

"경찰이 왜 폴리를 찾아가는데? 아까 당신 말로는⋯⋯."

"찾아가지 않을 거야. 그냥 확실히 해두려고 그래. 폴리는 당신 알리바이를 만들어주니까. 혹시라도 경찰이 당신 알리바이를 확인하려고 할 때 폴리가 뭐라고 말할지 알고 싶어서."

"별 문제 없을 거야. 아마 내가 자기 남자 친구고, 함께 술을 마셨고, 우리 집에 가서 섹스를 했다고 말할 거야. 밤새 나와 함께 있었다고. 자기가 기절했다는 말은 절대 안 할걸. 난 폴리를 잘 알아."

"다시 돌아갔을 때도 폴리가 있었어?"

"응, 떠날 때 자세 그대로였어."

"그래서 당신이 깨웠고?"

"응, 당신이 하란 대로 했지. 폴리를 깨운 게 저녁 10시쯤이었고, 내가 폴리 차로 집까지 데려다줬어."

또 다른 차가 믹맥 로드를 지나가자, 브래드는 다시 차를 지켜봤다. 그러더니 담배를 획 던지고 다른 손으로 한쪽 구레나룻을 살짝 잡아당겼다.

"알았어. 난 그만 갈게." 내가 말했다. "내가 어떻게 할지 결정할 때까지 사나흘만 쉰다고 인부들에게 말해둬, 알았지? 전화할게. 하지만 일과 관련해서만 할 거야, 알았지?"

"그래, 알아."

"다 잘될 거야, 브래드. 내가 약속해. 경찰이 당신을 찾아가지도 않을걸?"

"알아."

나는 도로를 둘러보며 주위에 아무도 없음을 확인한 뒤, 앞으로 한 발짝 나갔다. 그러고는 관절이 불거진 브래드의 큼직한 손을 잡아 내가 입은 요가 팬츠 앞에 댔다. 나는 팬티를 입지 않았고, 금요일에 마이애미에 갔을 때 친구들과 함께 스파에서 완벽한 브라질리언 왁싱을 하고 온 터였다. 나는 브래드의 손가락을 내 다리 사이로 밀어 넣었다. "이 일이 모두 끝나면," 내가 속삭였다. "우릴 아는 사람이 아무도 없는 남국의 섬으로 긴긴 휴가를 떠나는 거야. 거기서 내가 빽가게 해줄게."

"알았으니까 그만해. 미쳤어?" 그가 내 손을 뿌리치더니 뒤로 한 걸음 물러섰다. "누가 보면 어쩌려고 그래."

"당신은 걱정이 너무 많아. 그게 문제라고."

"알았어." 그는 담뱃갑에서 담배 한 개비를 또 꺼내더니 자기 트럭을 돌아봤다. 아마도 트럭 사물함에 넣어둔 술병이 생각났을 것이다.

"갈게, 자기야." 나는 그렇게 말하며 차에 탔다. "평정심 잃지 마, 알았지?"

그는 고개를 끄덕였고 나는 유턴해서 진입로를 빠져나왔다. 브래드를 선택한 게 큰 실수였다. 그건 자명한 일이었고, 그저 경찰이 보스턴에서만 수사를 계속해 브래드를 찾아가지 않기를 바랄 수밖에 없었다.

다시 95번 고속도로로 돌아가 오로노까지 장거리 주행에 나섰다. 테드와 결혼하고 나서 엄마에게 보스턴 근처로 이사 오라고 설득했지만, 엄마는 오로노에 계속 남아 있겠다고 고집을 부렸다. 나는 엄마에게 돈을 보냈고, 엄마는 결국 480평짜리 연립주택을 구매했다. 스테인리스스틸로 된 냉장고와 윗면이 화강암으로 된 조리대를 보고 엄마가 사랑에 빠져버린 집이었다. 난 오로노의 제아무리 멋진 집이라 해도 보스턴에서 주차 공간 반 정도의 가치밖에 없다고 말했지만, 엄마는 여전히 이사하지 않겠다고 했다. 아무래도 새로 생긴 돈을 친구들에게 자랑하고 싶어서 그런 듯했다. 엄마에게는 연립주택 외에도 새 옷과 메르세데스가 생겼으니까.

"네 아빠에게 내가 이제 메르세데스를 몬다고 말했니? 예전에 우리도 메르세데스가 있었지. 금세 팔아버리긴 했지만." 내가 차를 사줬을 때 엄마는 그렇게 말했다.

"아빠는 엄마가 무슨 차를 몰든 관심 없어요, 엄마."

"네 아빠가 지식인이라서 그렇다는 거냐?"

"아뇨, 그냥 엄마가 무슨 차를 모는지 관심 없다고요."

그게 몇 주 전의 일이었고 그후로는 다시 통화하지 않았다. 그러다 어제 엄마에게 전화해 엄마의 사위인 테드가 강도에게 살해당했다고 말했다. 그러니 며칠간 엄마와 함께 지내겠다고, 보스턴에는 있고 싶지 않다고 했다.

"당연하지. 어서 오너라, 페이스." 엄마는 아직도 날 페이스라 불렀다. 페이스는 내 미들네임으로 여섯 살 때부터 대학 졸업 때까지 그 이름을 썼다. 학교에 처음 입학하던 날 같은 반에 미란다라는 아이가 있는 걸 알고 난 이름을 바꾸겠다고 우겼다. 나중에 내가 다시 미란다로 돌아가겠다고 하자, 엄마는 거부했다. "이제 겨우 페이스라는 이름에 익숙해졌는데 다시 미란다로 돌아가겠다고?"

내가 당분간 오로노에 가서 엄마와 함께 지낼 거라고 하자, 킴볼 형사는 달가워하지 않았다. "원하시면 보스턴 시내에 호텔을 잡아드릴 수 있습니다. 어머님을 여기로 모실 수도 있고요."

"제가 꼭 보스턴에 머물러야 할 이유가 있나요?"

"부인께서 여기 계셔야 궁금한 게 있을 때마다 바로 물어볼 수 있으니까요." 킴볼 형사는 작은 목소리로 조용조용 말했고, 형사 치고는 너무 소심해 보였다. 살짝 긴 갈색 머리에 갈색 눈동자, 청바지에 트위드 코트 차림이었다. 대학 시절 문학 잡지부에서 활동한 경력이 있는, 방황하는 영혼처럼 보였다. 저 남자가 날 사랑하게 만드는 데 얼마나 걸릴까? 오래 걸리진 않을 것이다.

"멀리 가는 게 아니라 그냥 메인 주에 가는 거예요. 제 휴대전화 번호 아시죠? 여기 있을 순 없어요…… 지금으로선 도저히 우리 집에 있을 수 없어요. 이해하실 거예요……."

"물론 이해합니다, 스버슨 부인. 이해하다마다요. 그럼 다

229

시 연락드리죠. 조사할 게 있으면 바로 전화 드리겠습니다."

이것이 내가 테드의 시신을 확인한 뒤, 킴볼과 나눈 대화였다. 나는 택시를 잡아타고 경찰서에서 집으로 돌아왔고 짐을 꾸렸다. 브래드는 내가 너무 빨리 집을 떠나면 사람들이 의심할 거라고 했지만, 난 오히려 자연스러워 보일 거라 생각했다.

남편이 죽었으니 당연히 엄마와 함께 지내려 한다고들 생각할 것이다. 우리 엄마가 어떤 사람인지 모른다는 전제하에. 게다가 오로노까지 가는 길에 케네윅에 들러 브래드를 만나고, 그의 상태가 걱정할 정도인지 아닌지 확인할 수 있었다. 그를 만나본 결과, 그는 분명 걱정할 만한 상태였다.

포틀랜드를 지날 무렵부터 라디오 주파수가 제대로 잡히지 않아 테드가 내게 만들어준 믹스 CD 중 하나를 틀었다. 뱀파이어 위크앤드의 〈Mansard Roof〉가 첫 번째 곡이었는데 테드는 우리가 처음 만났던 파티에서 이 노래가 나왔다고 주장했다. 파티에서 이 노래를 들은 기억은 나지 않았지만 어쨌거나 나는 이 노래를 좋아했기에 따라 불렀다. 테드와 결혼했을 때부터 그를 죽일 생각은 아니었다. 그를 사랑하진 않았지만 결혼할 만큼은 좋아했다. 게다가 그는 너그러웠다. 아무런 불평 없이 자기 돈을 쓰게 해줬다. 그렇다고 그가 불평할 정도로 내가 돈을 많이 썼다는 얘긴 아니다. 내가 아는 한, 그의 돈은 바닥난 적이 없었다. 보스턴의 집에서 눈을 뜬 어느 날 아침, 침실 창문으로 햇살이 들어오고 있었다. 나는 테드를 내려다봤다.

그는 아직 깊이 잠들어 있었고 얼굴에는 베개 자국이 있었다. 나는 그의 턱 밑에 조금 남아 있는 거뭇한 수염을 보았다. 분명 전날 면도할 때 빠뜨렸을 것이다. 그는 코를 골고 있었다. 아주 살짝. 하지만 고르지 못한 숨을 들이쉴 때마다 뭔가에 걸린 것처럼 코에서 소리가 났다. 나는 그 소리가 귀에 거슬렸고, 남은 평생 잠에서 깨어 이 얼굴을 봐야 한다는 사실을 깨달았다. 그의 얼굴은 점점 더 늙어가고, 점점 더 코를 골 것이다. 그걸로도 모자라 테드는 잠에서 깨자마자 날 보며 좋아 죽겠다는 표정으로 이런 말을 할 것이다. "잘 잤어, 우리 예쁜 마누라?" 그게 최악이었다. 바보처럼 웃는 얼굴을 뭉개버리고 싶어도 난 억지로 웃어야만 한다. 테드가 살짝 뒤척였고 곧 깰 것 같았다. 그래서 최대한 조용히 이불을 젖히고 침대 밑으로 다리를 내렸다. 하지만 이미 늦었다. 잠에서 깬 테드가 검지로 내 등을 훑어 내리더니 나른하고 몽롱한 목소리로 말했다. "어디 가, 우리 섹시한 마누라?" 그 순간 더는 이렇게 살 수 없다고 생각했다. 돈은 원했지만 테드와 여생을 함께 보낼 순 없었다. 어림 반푼어치도 없지. 당시 우린 케네윅에 막 집을 짓기 시작한 상태였다. 난 시공업자인 브래드 다겟을 떠올렸다. 어쩌면 그가 집 공사 말고 다른 데도 쓸모가 있을지 모른다.

뱅거 외곽에 이르렀을 때는 CD가 두 번이나 재생됐는데도 계속 듣고 있었다. 95번 고속도로에서 빠져나와 토머스힐 급수탑을 지나 퀸더스키그 가로 접어들었다. 이 길을 쭉 따라가면 오로노 시내가 나온다. 주위는 음산했고, 나뭇잎은 이미 색이 변해 낙엽이 되었다. 대부분의 낙엽은 자루에 담겨 있거나 토양을 보호하기 위해 땅에 고르게 뿌려져 있었다. 도심은 지붕널과 벽돌로 이뤄진 원래의 익숙한 색깔들 속에 자리 잡았고, 낮게 드리운 잿빛 하늘 아래로 야트막한 주택들이 보였다.

나는 페놉스콧 강 주위를 돌아가는 스테이트 가로 접어들어 오로노가 있는 북쪽으로 향했다. 엄마 집까지 400미터쯤 남았을 때 휴대전화가 울렸다. 라디오의 음량을 줄이고 전화를 받았다.

"스버슨 부인, 저 킴볼 형삽니다."

"안녕하세요." 별거 아닌 전화일지도 모르는데 심장 박동이 살짝 빨라졌다.

"방해해서 죄송합니다만 물어볼 게 있습니다. 혹시 남편분께서 사건 당일인…… 금요일 낮에 뭘 하셨는지 아십니까?"

"음, 제가 알기론 하루 종일 집에 있었어요. 아침에 공항 가기 전에 남편을 봤는데 처리할 일이 있다고 했거든요. 그리고 저녁에는 집에서 혼자 저녁을 먹을 계획이었고요. 양고기 스테이크요. 제가 냉동실에서 양고기를 꺼내놓으라고 문자까지 보냈는걸요." 나는 목소리를 살짝 떨리게 했다.

"그러시군요. 혹시 남편분께서 매사추세츠 주 윈슬로에 아는 사람이 있나요?"

나는 눈으로 엄마 집을 찾으며 차의 속도를 늦췄다.

"윈슬로요? 없을 텐데요. 왜 그러시죠?"

"남편분 차에서 윈슬로 시에서 발행된 주차 위반 딱지가 나왔습니다. 남편분이 돌아가신 금요일 오후 2시 33분으로 되어 있더군요. 혹시 남편분이 왜 거기까지 차를 몰고 갔는지 아시나 해서요."

나는 다이아몬드 화이트 색상의 메르세데스 쿠페가 주차된 엄마의 집 진입로를 발견하고 그 옆에 차를 세웠다.

"전혀 모르겠네요. 아까 윈슬로가 어디라고 하셨죠? 거기 대학 도시 맞죠?"

"맞습니다. 혹시 남편분과 사업상 연관 있는 회사가 거기 있나요?"

"그럴 수도 있겠네요. 전 모르겠어요. 근데 그 일이 남편의 죽음과 연관이 있다고 생각하세요?"

"아뇨, 아닙니다. 그냥 어떤 단서든 추적해보는 겁니다. 그러니까 부인이 아는 한 스버슨 씨는 금요일 낮에 누굴 만난 적이 없단 말씀이로군요."

"네, 제가 아는 한은 그래요. 하지만 그때 전 집에 없었으니까……."

"물론입니다. 대단히 감사합니다, 스버슨 부인. 뭔가가 생각나거나 윈슬로에 있는 남편분 지인이 기억나면 연락 주십시오. 제 번호 아시나요?"

"형사님께서 방금 전화하셨으니까 제 전화기에 번호가 남았을 거예요."

"그렇군요. 고맙습니다."

2층 거실 창문에서 밖을 내다보는 엄마의 형체가 보였지만 난 한동안 차에 앉아 있었다. 경찰이 테드가 죽던 날의 행적을 조사한다고 하니 약간 걱정이 되었다. 그저 강도 사건으로 추정하고 수사를 끝내리라 확신했기 때문이다. 나는 숨을 깊이 들이쉬었다. 잠시 엄마가 아직 담배를 피우는지, 그렇다면 집에 담배가 있을지 궁금해하다가 마음을 가라앉혔다. 경찰이 그날 테드의 행적을 알고 싶어 하는 건 당연하다. 의례적인 일이다. 하지만 그이는 왜 윈슬로에 갔을까? 그리고 왜 나에게 말하지 않았을까? 아까 형사에게 내가 아는 한 윈슬로에 테드의 지인은 없다고 했던 말은 사실이다. 하지만 윈슬로라는 지명이 귀에 익었고, 이유는 기억나지 않았다. 내가 아는 사람이 거기로 이사를 갔나? 아니면 윈슬로를 윈체스터와 혼동하는 걸까? 그리고 테드는 왜 윈슬로에 갔을까? 그이도 나처럼 비밀이 있었던 걸까? 극도로 불안해하는 브래드로도 모자라 걱정거리가 하나 더 생겼다. 내 팔자가 그렇지 뭐.

나는 차가운 오로노 공기 속으로 나갔다. 낙엽들이 진입로를 가로질러 통통 뛰어갔다. 뒷좌석에서 짐을 꺼내 엄마의 집 현관으로 걸어갔다.

18장

릴리

윈슬로에서 케네윅까지 운전하면서 나는 계속 미란다가 테드에게 한 짓을 생각했다. 그는 순진한 사람이었다. 비록 미란다에 브래드까지 죽이려는 계획을 세우기는 했어도, 그는 타고난 살인자가 아니었고 진정한 포식자도 아니었다. 게다가 지금까지 줄곧 미란다의 먹이였다는 사실을 이제야 깨달았다. 미란다가 자기를 노리고 있음을 테드 역시 무의식적으로 알았던 건 아닐까? 그래서 미란다를 죽이려고 했을까? 등 뒤로 다가오는 그녀의 존재를 느꼈기 때문에? 마치 쥐가 높이 자란 풀 뒤에 조용히 숨어 있는 고양이의 존재를 느끼듯이?

춥고 칙칙한 날이지만 나는 차창을 빠끔 열어두고 달렸다.

95번 고속도로를 빠져나와 포츠머스 바로 북쪽의 순환도로에 접어들자 짭조름한 바다 냄새가 났다. 메인 주는 내가 잘 모르는 곳이었다. 매사추세츠 주에 산 이후로 친구이자 동료의 집이 있는 웰플리트에 머물며 케이프코드에 여러 번 다녀왔지만 주 경계선 넘어 북쪽으로는 서너 번밖에 가지 않았다. 나는 1번 도로를 타고 아웃렛이 모여 있는 키터리를 지났다. 테드가 미란다를 훔쳐보려고 쌍안경을 샀던 트레이딩포스트가 눈에 띄었다. 불과 몇 주 전, 이 도로에 있었을 테드가 떠올랐다. 그의 기분이 어땠을지, 사랑하는 사람에게 실망했을 때 가슴 깊은 곳에서 느껴지는 끔찍한 공허감을 상상할 수 있었다.

아웃렛을 지나자 시야가 탁 트였고, 습지가 살짝 보이더니 멀리 대서양이 나타났다. 낮게 드리운 담담한 하늘과 거의 같은 잿빛이었다.

케네윅 호텔을 찾는 데는 시간이 좀 걸렸다. 케네윅 해변에 이르러 1번 도로를 빠져나간 다음, 왔던 길을 되돌아가 케네윅 항구가 있는 남쪽으로 가야 했다. 염분에 색이 바랜 임대용 오두막들이 군데군데 모여 있는 곳을 지나며 브래드와 그의 집안 소유라는 오두막이 어떤 것일지 궁금했다. 쿨리스도 지나쳤는데 일요일의 이른 오후라서 네온사인이 꺼져 있었다. 주차장에는 픽업트럭 한 대가 공회전 상태로 주차되어 있었다. 브래드의 트럭일까? 케네윅 해변을 지나자 믹맥 로드가 값비싼 부지를 구불구불 돌아갔다. 나는 테드와 미란다가 짓고 있던 저택을 찾아 주위를 둘러보았는데 금방 발견할 수 있었다. 깎아지른 절벽 맨 끝에 크고 흉물스런 베이지색 집이 있었고 그 뒤로 어두운 바다가 펼쳐졌다. 집 앞에 대형 쓰레기 수거함 두 개가 있었지만 차량은 한 대도 없었다.

나는 계속 운전해서 마침내 호텔에 도착했고 텅 비다시피한 진입로에 들어갔다. 멋 부린 글씨체로 호텔의 이름을 새긴나무 간판 아래 '빈방 있음'이라고 적힌 나무 간판이 걸려 있었다. 그럴 줄 알았다. 오늘은 10월의 일요일, 이맘때면 관광객들은 단풍놀이 하러 산에 가기 때문에 바닷가에는 주민들만 남는법이다.

나는 케네윅인 호텔을 뜯어보았다. 기둥과 대들보 구조의건물로 길 바로 옆에 자리잡았고, 뒤쪽으로 크게 증축한 신관이 있었는데 일부러 구관처럼 오래되어 보이게 지었다. 외관은최근에 모두 하얀색으로 칠한 터라 회색빛 햇살 속에서도 호화로움과 안락함을 보장하며 환하게 빛나는 듯했다. 여기 묵는 게과연 잘하는 짓일지 의심스러웠다. 미란다도 여기 묵고 있을 가능성이 조금이나마 있기 때문이다. 그렇기는 해도 방금 남편이살해된 마당에 여기 있을 것 같지는 않았다. 아마도 보스턴에남아 일을 처리할 것이다. 하지만 역시 장담할 수 없었다. 미란다와 마주친다고 해서 큰일이 나는 건 아니다. 그녀로서는 내가 테드와 연관이 있다고 의심할 만한 이유가 전혀 없다. 우리사이에는 어떤 연관성도 없으니까. 물론 그래도 미란다는 경계

할 테니 내 계획이 성공하려면 그녀가 긴장을 푸는 편이 유리
했다.

나는 이곳에 묵기로 결정했다. 솔직히 말하면, 미란다가 지
난해에 살다시피 했다는 이곳을 보고 싶었다. 여기 직원들은 그
녀를 알 것이다. 뒷소문도 있을 테고. 이 모두가 내게는 유리한
정보다.

차에서 내려 호텔로 걸어가는 동안 나무 타는 냄새가 났
다. 호텔 앞에 도달하자, 페인트가 튄 작업복 차림의 일꾼이 옆
문에서 나오더니 내가 가방을 들고 들어갈 수 있도록 문을 열
어주었다. 나는 널찍한 마룻널이 깔린 고르지 못한 바닥을 가
로질러 아무도 없는 프런트로 갔다. 잠시 기다리다가 벨을 눌
렀다. 머리가 희끗하고 콧수염 양끝이 위로 올라간 남자가 옆
쪽 사무실에서 나왔다. 재킷에 달린 이름표에는 컨시어지, 존
코닝이라고 적혀 있었다.

"체크아웃하십니까?"

"아뇨, 체크인하려고요. 방이 있으면요. 예약 안 했거든요."

내가 묵을 수 있는 방을 종류별로 듣는 데 대략 15분이 걸
렸다. 나는 구관에 있는 방을 선택했다. 존은 천장이 낮으니 조
심해야 한다고 경고하면서 그래도 바다가 보여서 전망이 좋다
고 덧붙였다.

"그냥 놀러 오셨나요?" 존이 물었다.

"이틀 휴가를 냈죠. 이쪽에 한 번도 와본 적이 없어서 내게

이번 여행을 선물하기로 했어요."

"그렇다면 제대로 찾아오셨습니다. 우리 호텔에는 스파 서비스가 있거든요. 하지만 예약제라서 미리 전화하셔야 합니다. 오늘 밤에는 호텔 식당이 문을 닫지만 지하 펍인 리버리는 문을 열었습니다. 제 입맛에는 그곳 음식도 식당 못지않게 맛있습니다. 바닷가재 BLT 샌드위치를 드셔보세요. 또 원하시면 인근 식당들도 기꺼이 소개해드리죠. 방을 안내해줄 사람이 필요하십니까?"

나는 필요 없다고 말한 뒤, 2층으로 가는 좁은 계단을 올라갔다. 방의 전망이라고 해봐야 길 건너 절벽 위에 옹기종기 모인 나무들 너머로 길쭉한 바다 한 조각이 보일 뿐이었지만 그래도 방 자체는 좋았다. 짙푸른 색깔의 벽, 소박한 셰이커shaker 스타일의 가구, 기둥이 네 개 달린 침대, 빨간색과 하얀색, 푸른색으로 만들어진 퀼트 이불. 혹시 테드와 미란다도 이 방에 묵었을까? 이 침대에서 함께 잤을까?

나는 짐을 풀었다. 아까 프런트 데스크에서는 이틀간 묵을 거라고 했지만 옷은 그보다 더 많이 챙겨 왔다. 상황을 봐서 더 묵을 수도 있기 때문이다. 쉿쉿, 틱틱 소리를 내며 돌아가는 라디에이터 덕분에 방 안이 너무 더워 나는 문을 열고 창가에 서서 찬 공기로 몸을 식혔다. 오후가 저물어가며 낮게 드리운 구름이 점점 엷어졌고, 길을 가로지른 호텔의 그림자는 한층 길어져 있었다. 한 시간도 못 돼 어두워질 것이다. 나는 절벽 산책로를 걸어볼 작정이었지만 내일 가기로 마음을 고쳐먹었다. 문을 살짝 열어둔 채 부드러운 침대에 누웠다. 짙은 갈색 대들보가 천장을 이리저리 가로질렀고, 나는 이 방에서 나와 똑같은 광경을 보았을 미란다를 상상했다. 혼자서 알몸으로 이불 속에 누워 인생의 두 남자인 남편과 연인을 생각하며 살인을 계획했을 미란다. 테드를 생각하려 했지만 내 마음은 자꾸만 미란다에게로 향했다. 내가 미란다를 오해했고, 테드가 정말로 강도에게 살해당했을 수도 있을까? 그럴 가능성은 희박했지만 아예 없다고 할 수도 없었다. 그걸 제일 먼저 알아봐야 했고, 따라서 가능한 한 브래드를 빨리 만나야 했다.

내 머릿속은 온통 미란다 생각뿐이었다. 오래전 세인트 던스턴의 파티에서 내 눈을 들여다보던 그녀가 생각났다. 미란다는 내 눈을 자세히 보고 싶다고 했고, 난 그러라고 했다. 입에서는 달착지근한 보드카 냄새를 풍기고, 한쪽 손으로 내 손목을 만지작거리며 그녀는 내 눈동자에서 보이는 색깔을 하나씩 말했다. 난 대체 무슨 꿍꿍이속인지 알 수가 없었다. 그저 에릭 때문이라고, 내가 자기의 옛 남자 친구와 사귀기 때문에 겁을 주려는 거라고 생각했지만 지금 생각해보니 어쩌면 나 때문이었을 수도 있다. 그녀는 내 눈에서 뭘 봤을까? 우물 밑바닥에 떨어진 쳇을 봤을까? 에릭 워시번을 넘어선 우리의 공통점을 봤을까?

그런 우리를 보며 지금은 이름이 기억나지 않는 남자가 파티장 건너편에서 "둘이 키스해라!"라고 외쳤고, 우리는 서로에게서 시선을 돌렸다. 난 그 순간을 결코 잊을 수 없다. 미란다도 그 일을 기억하고 있을까?

5시가 조금 넘을 때까지 방에 있다가 꽉 끼는 청바지로 갈아입었다. 머리는 뒤로 모아 높이 묶고, 검은색 아이라이너까지 그리며 평소보다 진하게 화장했다. 리버리에서 저녁을 먹은 후에 해변가에 있는 쿨리스를 둘러볼 계획이라서 그곳에 맞는 옷차림을 해야 했다.

내가 리버리의 바에 자리를 잡았을 때는 실내가 조용했다. 멜빵을 하고 넥타이를 맨 바텐더는 성질이 고약한 거인처럼 보였는데 칵테일에 쓸 레몬과 라임을 자르는 중이었고, 웨이트리스 한 명은 테이블을 닦고 있었다. 바가 있는 쪽은 길고 좁았다. 한쪽 끝에는 불을 피우지 않은 벽난로가 있고, 다른 쪽 끝에서는 희끗한 머리를 길게 기른 남자가 통기타를 꺼내더니 앰프를 설치하고 있었다. 나는 떡갈나무로 만든 바 밑에 달린 고리에 가방을 걸고, 라이트 비어 한 잔을 시켰다. 술병들 위에 설치된 텔레비전에서 미식축구 경기의 하이라이트가 방송되고 있었고, 나는 관심이 있는 척하며 바라보았다. 과연 일요일 저녁에 이런 데 오는 사람이 있을까 싶었지만 두 병째 마시던 6시쯤 되자, 손님이 적어도 열다섯 명으로 늘어났고 대부분이 바에 자리를 잡았다. 통기타를 든 남자는 이미 이글스 노래를 두 곡이나 부른 터였다. 나는 아침 이후로 아무것도 먹지 않아서 고구

마튀김을 곁들인 칠면조 버거를 주문했다. 음식이 막 나오는 순간, 아까 체크인을 도와주었던 존이 내게서 두 자리 떨어진 스툴에 앉아 그레이 구스 마티니를 시켰다.

"안녕하세요." 존이 있는 쪽으로 스툴을 살짝 돌리며 내가 말했다. 그가 내 얼굴을 살폈다. 체크인할 때와는 상당히 달라 보일 것이다. "아, 안녕하세요. 예약하지 않고 오신 손님이로군요. 방은 마음에 드십니까?"

"예쁘더군요. 당신 말대로."

"들어갈 때 머리를 부딪히진 않았고요?"

"하마터면 그럴 뻔했죠."

그가 주문한 마티니가 도착했는데 잔 가장자리로 찰랑거리는 보드카가 금방이라도 흘러넘칠 듯했다. "이걸 나더러 어떻게 마시라는 거야?" 존이 볼멘소리로 말하자, 바텐더는 아무 말 없이 작고 검은 빨대를 꺼내 마티니 잔 속에 넣었다. 존은 한 모금 마셔 마티니의 높이를 0.5센티미터 낮춘 다음, 바텐더에게 빨대를 휙 던졌고 빨대는 바텐더의 가슴에서 튕겨져 나와 바닥에 떨어졌다.

"일을 마치고 100미터도 안 되는 거리에서 이렇게 마티니를 마실 수 있다니 좋겠어요." 내가 말했다.

"이 호텔이 좋다고 했던 말은 진심이었습니다. 저만 봐도 알 수 있잖습니까. 이렇게 직장에서 술을 마시니까요." 그는 어깨를 위아래로 들썩이며 키득키득 웃다시피 했다.

내가 버거를 먹는 동안 우리는 얘기를 나눴고, 그는 계속 얼음을 넣어가며 마티니를 마셨다. 테드와 미란다의 소문을 듣기는 틀렸구나 생각하던 찰나, 존의 두 번째 마티니가 도착했다. "보스턴에서 오셨다고 했던가요?" 그가 물었다.

"아뇨, 윈슬로에서 왔어요. 보스턴에서 서쪽으로 30킬로미터 정도 떨어져 있죠."

"신문에서 사우스엔드 살인 사건 보셨습니까? 테드 스버슨이 죽은 사건요."

"봤어요. 집에 강도가 들었다나 그랬죠?"

"네. 그 사람, 여기에 집을 짓고 있었습니다. 이 길에서 2킬로미터 위쪽으로요." 그는 큼직하고 토실한 손으로 북쪽을 가리켰다. "그 부부가 늘 여기 묵죠. 아니, 묵었죠."

"세상에. 그럼 죽은 남자를 아세요?"

"아주 잘 알죠. 그의 아내인 미란다는 작년에 여기 살다시피 했는걸요."

"살다시피가 아니라 살았죠." 바텐더가 침묵을 깨고 말했다. "여기서 저녁을 먹은 날이 안 먹은 날보다 많으니까요."

"시드니도 그 소식 들었나?" 존이 바텐더에게 물었고, 나는 바의 아래쪽에 앉아 있던 젊은 여자 둘이 자기들끼리 하던 얘기를 멈추고 우리 대화를 듣고 있음을 알아차렸다.

"모르겠어. 하지만 아마 들었을 거야. 마을 전체에 파다했으니까."

"그래서 집은 다 지었나요?" 대화에 끼어들고 싶어서 내가 물었다.

"아뇨, 아직." 존이 말했다. "절벽 산책로 끝까지 걸어가면 보일 겁니다. 아주 거대한 저택이거든요. 내 생각엔 좀 흉물스럽지만요. 어디 가서 내가 그랬다고 하진 마세요."

"이제 그 집은 어떻게 될까요?"

"잘 모르겠습니다, 정말로. 다만 공사가 끝나면 미란다가 여기로 이사 올 거 같긴 합니다."

"아, 미란다는 꼭 이사 올 거예요." 우리 대화를 듣고 있던 두 여자 중 하나가 말했다. 둘 다 이십대였는데 하나는 윈드브레이커에 패트리어츠 팀 모자를 썼고, 방금 말한 여자는 뉴햄프셔 대학교의 후드티를 입었다. 어린 나이에 평생 담배라도 피운 것처럼 목소리가 쉬어 있었다.

"그럴까요?" 존이 물었다.

"네, 어차피 최근엔 여기 사는 거나 마찬가지였잖아요. 미란다는 입만 열면 여기가 너무 마음에 든다, 아주 근사한 집이 될 거다, 라고 말했죠. 원래 미란다의 고향도 메인 주의 오로노고요. 이제 남편이 죽었으니 그렇게 큰 집으로 이사 가긴 싫겠지만 이 동네로 오긴 할 거예요. 그 돈이면 어디서든 살 수 있으니까요."

"집이 다 지어지지도 않았는데 그 여자는 왜 계속 여기 있었던 거죠?" 내가 물었다.

244

존이 대답했다. "공사를 감독했습니다. 본인 말로는 사실상 자기가 집을 설계했다더군요. 남편은 주말에만 왔죠."

"어떤 사람이었나요?"

"어떤 사람이었냐고요? 좋은 사람인데 우리와 약간 거리를 두는 것 같았어요. 다들 미란다는 잘 안다고 생각했지만 테드는 그렇지 않았죠. 미란다가 여기서 시간을 더 많이 보냈기 때문일 수도 있고요."

"또 미란다는 늘 바에서 술을 사줬지만 테드는 한 번도 사준 적이 없었죠." 그렇게 말한 사람은 패트리어츠 모자를 쓴 여자였는데 말을 하자마자 테드가 살해당했다는 사실이 기억났는지 얼굴이 창백해졌다. 그러고는 손으로 입을 가리며 "그게…… 그렇다고 해서……"라고 하더니 말끝을 흐렸다.

"그 사람들, 부자였나요?" 내가 물었다.

말이 끝나자마자 소규모 수다 클럽의 멤버들 모두 즉각 반응을 보였다. 두 여자는 동시에 "그럼요"라고 대답했고, 존은 크게 한숨을 내쉬었고, 바텐더는 과장해서 천천히 고개를 한 번 끄덕였다.

"돈방석에 앉은 사람들이죠." 존이 말했다. "내일 절벽 산책로를 걷다 보면 그 집이 보일 겁니다. 못 볼 리가 없어요. 침실이 열 개쯤 있는 집이니까. 과장이 아닙니다."

통기타를 든 남자가 롤링스톤스의 〈Moonlight Mile〉을 연주했고, 내 새로운 친구들은 테드와 미란다 스버슨이 얼마나

부자인지 이야기하기 시작했다. 존은 그들이 '아주 부유했다'
고 말했고, 후드티를 입은 여자는 '억만장자'라는 단어를 썼다.
내가 화장실에 갔다가 돌아와 보니, 두 여자는 버드 라이트 라
임스 밑에 깔려 있던 종이 받침을 맥주병 입구에 찔러 넣은 채
담배를 피우러 나갔고, 존은 내게 맥주를 한 병 사줬다.

"우리끼리 있으니까 하는 말인데," 내가 다시 스툴 위로 올
라가며 말했다. "그 여자가 남편도 없이 이 호텔에 그렇게 오래
머물렀다는 게 이상해요. 혹시 만나는 남자가 있었던 게 아닐
까요?"

존은 끝이 위로 올라간 콧수염의 한쪽을 쓰다듬었다. "아
닐 겁니다. 남편이 찾아오면 항상 좋아서 어쩔 줄 몰랐으니까
요." 존이 약간 쌀쌀맞은 목소리로 답했다. 마치 내가 쓸데없는
질문을 했다는 듯이.

"그냥 궁금해서요. 정말 슬프네요." 내가 말했다.

나는 그후로도 맥주를 몇 병 더 마셨다. 존은 두 잔째 마티
니를 마신 뒤에 자리를 떴고, 나는 두 여자가 있는 곳으로 가서
내 소개를 했다. 그들의 이름은 로리와 니콜이었고, 둘 다 웨이
트리스로 한 명은 포츠머스의 피시플레이스에서, 다른 한 명은
여기서 3킬로미터 떨어진 또 다른 해변가 호텔의 식당에서 일
하고 있었다. 그들에게는 일요일 밤이 마시고 노는 시간이었다.
그들은 테드와 미란다에 대해서만 이야기하고 싶어 했고, 공손
함과 음란함 사이를 오가는 수다를 떨었다. 8시쯤 되자 리버리

는 거의 만석이었고, 로리와 니콜의 친구인 삼십대 커플이 우리와 합류했다. 마크와 칼리 역시 레스토랑 사업에 종사했는데 그들이 온 후에는 테드 스버슨의 살인에 대해 이미 했던 이야기들이 다시 반복되었다. 나는 계속 남아 주로 들었다. 쿨리스에 가는 건 내일 밤으로 미루자고 이미 결정한 터였다. 라이트 비어이긴 하지만 너무 많이 마셔서(대부분은 새 친구들이 사줬다) 과연 브래드 다겟과 제대로 대화를 할 수 있을지 의심스러웠기 때문이다.

리버리의 영업 종료 시간이 다가오고, 우리 그룹이 점점 더 떠들썩해지자 나는 다시 한 번 미란다가 이곳에서 누군가와 바람을 피웠을 가능성을 제기했다.

"바람을 피웠을 것 같지는 않아요." 이 그룹에서 미란다와 가장 가까운 사이라고 자처한 로리가 말했다. "정말로 그랬다면 대체 언제 그럴 시간이 있었는지 모르겠네요. 미란다는 밤마다 여기 내려와 있었고 어울리다가 곧장 자기 방으로 올라갔거든요. 아뇨, 미란다가 여기서 누군가와 바람을 피웠을 것 같진 않아요. 게다가 이 동네에는 그럴 만한 남자도 많지 않은걸요."

"네, 맞아요." 니콜이 말했다.

"기분 나쁘게 듣지는 마, 마크. 넌 임자 있는 몸이잖아. 난 정말이지 그랬을 거란 생각이 안 들어."

"그래도 워낙 미인이잖아. 그런 의심을 받을 만하지." 마크

의 말에 여자 친구 칼리가 동의의 뜻으로 열심히 고개를 끄덕
였다. 니콜과 로리도 마찬가지였다.

"그렇게 예뻤어요?" 내가 물었다.

"아, 그럼요. 모델 같았죠. 엄청 섹시했어요."

"그럼 추근대는 남자도 많았겠네요."

"다른 술집에 갔더라면 그랬을 거예요, 분명. 쿨리스 같은
데요. 하지만 여긴 아니에요. 여긴 딱히 작업을 거는 술집이 아
니거든요."

"시드니는 작업을 걸었을 거야." 칼리가 말했다.

이번에도 다들 고개를 끄덕였다. "그래, 시드니는 미란다
에게 완전히 빠져 있었지." 로리가 말했다. "아, 시드니는 여기
서 가장 자주 일하는 바텐더예요. 미란다를 사랑했지만 짐작하
다시피 그냥 짝사랑이었죠."

나는 아무것도 알아내지 못했고, 리버리가 10시에 문을 닫
자 내 방으로 돌아왔다. 잠 잘 때 입는 사각 팬티와 티셔츠로 갈
아입고 침대 끝에 꼭꼭 찔러 넣은 시트를 모두 빼낸 다음, 침대
속으로 들어갔다. 발이 시트 안에 갇혀 있으면 잠을 잘 수가 없
다. 머리맡 램프를 끄자 방이 칠흑처럼 어두워졌다. 내게는 익
숙지 않은 어둠이었다. 내가 사는 윈슬로는 조용했지만 집 앞
에 가로등이 있어 침실이 늘 어슴푸레했다. 나는 테드를 생각
하려 했지만 이렇게 어두운 방에 있으니 그가 지금 어디 있을
지 기억났다. 잠에 빠져드는 동안, 계속 의식 속으로 들어온 사

람은 미란다였다. 바로 앞에 있던 그녀의 눈, 내 손목을 쓰다듬던 손은 이제 내 손목을 움켜잡았고, 날카로운 손톱은 갈고리처럼 자라 내 살을 파고들었다.

19장

미란다

오로노에 도착한 날, 테이크아웃해 온 맛없는 중국 음식을 먹으며 평상시였다면 당신의 한심한 삶을 하소연했을 엄마가 오늘은 죽은 사위에 대해 물어보려고 애쓰는 걸 지켜본 후, 나는 전혀 꾸미지 않은 손님방의 1인용 침대에 누웠다. 방에는 딸랑 이 침대뿐이었고, 벽은 레몬 시폰 케이크 같은 끔찍한 하얀색으로 칠해져 있었다. 집 앞 가로등의 희미한 불빛 속에서도 이 방의 조잡함에 짓눌리는 기분이었다.

나는 눈을 말똥말똥 뜬 채 과연 브래드가 잘 해낼 수 있을지 걱정했고, 왜 테드가 죽기 전에 윈슬로에 갔는지 생각했다. 그날 하루 종일 윈슬로, 윈슬로라고 되뇌며 다녔다. 내가 아는 누군가가 거기 사는 게 분명했다. 아마 테드도 아는 사람일 것이다. 나는 우리의 친구들을 모조리 떠올리며 그게 누군지 알 아내려고 머리를 쥐어짰다. 하지만 전혀 떠오르지 않았다.

엄지손톱 밑의 살을 잘근잘근 씹다가 피 맛이 나서야 입에 서 손을 뗐다. 아래층으로 내려가 담배를 끊은 척하는 엄마의 담배나 찾아볼까 싶었지만, 내 인기척을 들으면 엄마가 방에서 나와 또 재잘거릴 게 뻔했다. 그래서 대신 자위를 하려고 했다. 내가 아는 한 가장 확실하게 잠들 수 있는 유일한 방법이었다. 늘 그랬듯이 얼굴 없는 남자를 상상했지만, 남자의 얼굴이 계 속 테드나 브래드로 대체되는 바람에 마침내 포기하고 자지 않 기로 했다. 가끔씩 집 앞 도로에 차가 지나갈 때마다 천장을 가 로지르는 부채꼴 모양의 불빛을 바라보았다.

그러다 잠이 든 게 분명하다. 왜냐하면 눈을 떠보니 핑크 색 가운을 입은 엄마가 샤워를 했는지 아직 머리가 축축한 채 로 날 내려다보고 있었기 때문이다.

"깜짝 놀랐잖아, 엄마!" 내가 말했다.

"미안하다, 페이스. 평온하게 자는 우리 딸의 얼굴이 보고 싶어서."

"그러니까요. 평온하게 자는 사람을 왜 놀라게 해요?"

"어서 다시 자렴. 난 아래층 부엌에 가서 네 아침을 준비해 놓을게."

엄마가 나간 후, 나는 침대에 누운 채 휴대전화를 확인했 다. 어제저녁 전화기의 전원을 꺼둔 후로 대략 천 개의 문자와

251

음성 메일이 와 있었다. 모두 친구들이 보낸 것으로 조의를 표하고 필요한 건 없는지 묻는 내용이었다. 인터넷에 접속해 테드의 살인 사건과 관련된 새로운 소식을 찾아보았지만 아무것도 없는 듯했다. 우연히 일어난 강도 사건 그리고 두려움과 연대감으로 뭉친 이웃 사람들에게 초점을 맞춘 기사들뿐이었다. 무소식이 희소식이다. 나는 그렇게 생각하며 오늘 당장 보스턴이나 케네윅으로 돌아가자고 마음먹었다. 엄마와 하룻밤을 더 보낼 수는 없었다.

아침 식탁에서 우리는 내 계획에 대해 얘기했고, 엄마는 이미 답을 아는 질문들만 했다. 늘 그런 식이었다. 오늘 등교 첫날인데 뭘 입을 거니? 어느 대학에 지원할 거니? 왜 네 아빠가 그런 짓을 할 거라고 생각하니? 그날 아침에는 이제 테드가 죽었으니 앞으로 어디서 살 거냐고 물었다. "당연히 보스턴은 아니겠지. 그 정도는 나도 알아." 내가 대답하기 전에 엄마가 먼저 말했다.

"그냥 보스턴에서 살 거예요."

"그런 말 마라, 페이스. 그런 일을 겪고 어떻게 거기서 살겠다는 거냐? 그 동네는 절대 안전하지가 못해. 난 옛날부터 그렇게 생각했는데 내 생각이 맞았잖니. 내가 그 영화를 봤다니까. 맷 데이먼이 사우스보스턴에서……."

"엄마, 내가 사는 데는 사우스엔드지 사우스보스턴이 아니에요. 둘은 완전히 다른 동네라고요."

"그렇지 않아. 설사 다르다 해도 둘 다 폭력적이고 위험한 곳이야. 여기로 돌아와서 사람들에게 네가 얼마나 성공했는지 보여주렴. 네 돈이면 여기서 제일 큰 집을 살 수 있을 거야."

"엄마, 그 얘긴 하고 싶지 않아요. 더구나 이런 상황에서는요. 아셨어요?"

기특하게도 엄마는 근엄한 표정으로 고개를 끄덕이더니 싱크대에서 설거지를 하면서 내가 걱정된다는 뜻으로 한숨을 내쉬었다. 나는 엄마의 무례하고 이기적인 행동을 용서했다. 늘 그랬다. 사람은 다섯 살 때 인격이 형성되어 고정된다고들 하지만 우리 엄마의 인격, 최소한 반평생 동안의 인격은 메인 대학교 역사학과 학과장이었던 아버지가 신입생에게 추근거린 일로 종신교수직을 박탈당한 날 형성되었다. 그 일이 있기 전까지 엄마는 당신이 부유층 사모님이라고 생각했고, 어느 정도는 그랬던 것 같기도 하다. 엄마는 데리의 다세대주택에서 어린 시절을 보내다가 메인 대학교에 진학해 버몬트 중산층 도시 출신의 대학원생인 아버지를 만났다. 대학 3학년 때 중퇴해 아버지와 결혼했고 서너 달 후에 오빠인 앤드루를, 이듬해에는 나를 낳았다. 우리 남매가 아직 어릴 때 아버지는 메인 대학교 역사학과 교수로 임용되었고, 뛰어난 실력 덕분에 창학 이래 가장 젊은 학과장이 되었다. 매년 오르는 아버지의 연봉은 오로노 같은 소도시에서는 사실상 거액이었고, 두 아이를 둔 행복한 주부였던 엄마는 콜로니얼 양식의 저택을 짓겠다는 특별 프로젝트를 진행했다. 내가 아홉 살 때 우리 가족은 유럽으로 여

253

행을 갔다. 돌아온 후로 엄마는 말투가 변해서 1950년대 여배우처럼 단어를 딱딱 끊고, 모음은 살짝 영국식으로 발음했다.

그러다 내가 고등학교에 입학하던 해에 모든 게 산산조각 났다. 아버지의 고대 이집트 강의를 듣던 1학년 여학생이 성관계를 해주면 좋은 성적을 주겠다고 회유하는 아버지의 말을 녹음한 것이다. 여학생은 테이프를 공개했고 아버지는 즉시 해고되었다. 엄마는 아버지를 쫓아내고 이혼 소송을 제기했다. 내게 그해는 분노에 들끓는 엄마의 길고 긴 독백으로 기억된다. 엄마는 아버지가 여학생을 성관계로 협박한 것보다 높은 연봉의 일자리를 잃은 걸 더 비난하는 듯했다. 엄마는 이런 독백을 모두 내게 쏟아냈다. 오빠는 대마초에, 나중에는 피시Phish(미국의 로큰롤 밴드-옮긴이)에 빠져 대부분의 시간을 큼직한 헤드폰을 낀 채 침실에서 보냈다. 저축해둔 돈은 하나도 없었다. 아버지의 돈은 모두 집을 짓고, 휴가 때마다 여행을 떠나는 데 다 써버렸다. 이혼한 지 2년 후 엄마는 콜로니얼 양식의 저택을 팔았고 우리는 주로 대학생들이 거주하는, 다락을 개조한 방 세 개짜리 집으로 이사를 갔다. 당시 고등학교 3학년이었던 오빠는 그 집으로 이사한 지 채 한 달도 지나지 않아 친구 집으로 이사했다. 엄마는 반대했지만 실은 별로 개의치 않는 눈치였다. 엄마는 모든 남자에게 적대적으로 변했고, 그중에는 꿈도 야망도 없는 오빠도 포함돼 있었다. "이제 우리 여자들끼리만 살아보자." 엄마는 그 집이 임시 거처일 뿐이라고 우겼지만 내가 고등학교 2학년을 거쳐 3학년이 될 때까지 우린 계속 거기 살았다. 오빠는 학교를 졸업한 후에 1년 동안 피시의 순회공연을 따라 미국 전역을 돌아다녔고, 마지막 공연 장소였던 샌디에이고에 남아 지금도 거기 살고 있다. 마지막으로 오빠 소식을 들었을 때는 수제 맥주 펍에서 일하며 애가 넷 딸린 여자랑 동거 중이라고 했다. 테드가 죽은 후, 오빠가 전화해 음성 메시지를 남겼지만 난 오빠에게 전화하지 않았다. 앞으로도 하지 않을 것이다.

이혼 후 아버지는 포틀랜드로 이사했고 전문대 겸임 교수 자리를 얻었다. 엄마는 치과 접수원으로 일했고, 엄마의 월급과 아버지의 얼마 안 되는 양육비를 보태 우리는 근근이 살았다. 두 여자만 사는 우리 집에서 엄마의 인생은 망했지만 나는 잘 살아야 한다는 말이 끊임없는 후렴처럼 반복되었다. 여기서 잘 살아야 한다는 말은 돈 많은 남자와의 결혼을 뜻했다.

고등학교 시절에 나는 꽤나 평범한 학생이었지만 일류 절도범이기도 했다. 주로 아버지를 만나러 갈 때 오로노 외곽에 있는 뱅거나 포틀랜드의 백화점에서 물건을 훔쳤다. 백화점 측에서는 절도범들을 잡기 위해 탐정을 고용했는데 이들은 손님인 척 어슬렁거리며 사람들을 관찰했다. 그들은 사람의 몸짓 언어를 관찰해 도둑을 잡도록 훈련받기 때문에 긴장했거나 의심스럽게 행동하는 사람들을 눈여겨본다. 나는 한 번도 걸린 적이 없었다. 왜냐하면 절대 도둑처럼 행동하지 않기 때문이다.

부모님의 신용카드를 들고 나와, 딱히 사야 할 물건 없이 한가롭게 쇼핑을 즐기는 부잣집 딸의 태평한 분위기를 완벽하게 연출했다. 나는 어딜 가든 큼직한 가방을 가져갔고, 주로 작고 비싼 물건을 노렸다. 스카프. 향수. 내 실력은 점점 나아졌다.

훔치다가 걸린 적은 딱 한 번뿐인데 오로노의 드럭스토어에서였다. 원래 거기서는 좀처럼 물건을 훔치지 않는다. 집에서 너무 가까운 데다 평소 자주 가는 곳이기 때문이다. 당시 고등학교 2학년이었던 나는 카운터를 지키는 날카로운 눈매의 노부인에게 물건값을 지불했지만, 가방 속에 든 질레트 비너스 리필용 면도날 세 팩은 계산하지 않았다.

가게의 자동문을 통과하고 나오자 한 남자의 목소리가 들렸다. "계산하지 않은 물건이 있는 것 같은데."

나는 뒤를 돌아보았다. 나와 같은 학교에 다니는 학생이었다. 이름이 제임스 뭐였는데 그애가 이 가게에서 일하는 줄은 몰랐다. "뭐라고?" 나는 드럭스토어 직원 따위와 얘기하는 것보다 훨씬 더 중요한 일이 있다는 투로 물었다.

"네 가방 속에. 면도날 넣는 거 봤어."

"맙소사." 나는 충격 받은 표정을 지었다. "깜빡 잊었네." 그러고는 다시 가게로 걸어가기 시작했다. "얼른 가서……."

그애가 웃더니 내 팔을 잡고 찜통처럼 후끈거리는 주차장을 가로질렀다. 그때가 8월이었는데 메인 주 북부가 매년 2주 동안 무덥고 후텁지근하고 모기로 들끓는 기간이었다. 아스팔트도 물렁해져서 공기는 뜨거운 콜타르 냄새로 가득했다. "널 신고하려는 게 아냐. 그냥 봤을 뿐이야. 네가 훔치든 말든 신경 안 써. 난 늘 훔치는걸." 그애가 말했다.

나는 웃음을 터뜨렸다. "너 우리 학교 학생이지?"

우린 서로 자기소개를 했다. 그애의 이름은 제임스 오뎃이었고 나와 같은 2학년이었지만 지난해 중반에야 우리 학교로 전학을 왔다. 크고 푸른 눈에 두드러진 광대뼈, 숱이 많은 금발의 잘생긴 아이였다. 키가 작았는데 그걸 보완하기 위해 온몸을 근육질로 단련했고 그 때문에 체조 선수처럼 발끝으로 걸었다. 고등학교 시절 난 약간 외톨이여서 빨리 대학에 진학하기만을 기다렸고, 어떤 단체에서든 장학금을 받기 위해 좋은 성적을 유지하려고 애썼다. 제임스와 나는 금방 친해졌다. 그애는 인생에서 중요한 것은 오로지 돈뿐이라고 생각했고 그래서 돈을 많이 벌 계획이라고 털어놓았다.

"그럼 돈 많은 여자랑 결혼해." 두 마을 건너에 있는 프렌들리스 레스토랑에서 내가 말했다. 평소 우리가 즐겨 가는 곳이었다.

"난 키가 너무 작아. 돈 많은 여자들은 키 큰 남자를 좋아한다고."

"진짜야?"

"입증된 사실이야. 하지만 넌 분명 부자와 결혼할 수 있을 거야. 네 가슴을 좀 봐."

"으. 난 기형아 같아."

"내 말 믿어. 넌 말이야, 고등학교 때는 약간 이상했다가 나중에 모델처럼 예뻐져서 동창회에 등장할 타입이라고. 난 그런 경우를 수백 번쯤 봤어."

"어디서?"

"당연히 영화에서지."

졸업 후 우리는 오로노의 시내에서 아르바이트를 했다. 제임스는 피자 가게에서, 난 가끔씩 물건을 훔치곤 했던 드럭스토어에서. 난 코네티컷 주에 있는 사립학교인 마더 대학에 합격한 상태였다. 원래 뉴욕과 보스턴 출신의 부잣집 자제들을 위한 대학이었지만, 난 반에서 3등으로 졸업했고 부모님의 재정이 부실해 학비의 절반 이상을 지원받을 수 있었다. 제임스는 아버지가 레슬링팀의 코치로 일하는 메인 대학에 진학할 예정이었다. 그해 여름 7월, 우리는 섹스 경험이 없었고 이런 상태로 대학에 진학할 수는 없으니 둘이 섹스를 하기로 했다. 제임스의 차인 쉐보레 카프리스 클래식 뒷자리에서. 섹스가 끝나고 제임스는 어땠느냐고 물었다. "근친상간을 한 기분이야." 내 말에 우린 둘 다 박장대소했다. 어찌나 웃어댔는지 제임스는 뒷자리에서 떨어져 엉덩이에 멍까지 들었다. 그래도 우리는 계속했다. 그해 여름에 개봉한 좋은 영화는 다 보고, 심심풀이로 섹스까지 한다고 위안하면서. 나를 바래다주는 아버지의 차를 타고 마더 대학으로 떠나기 전날, 마지막으로 만났을 때 제임스는 "널 알게 돼서 좋았어"라고 말했다.

"추수감사절 때 또 볼 텐데 왜 그래?"

"아니, 난 알아. 그때쯤이면 넌 부자 남자 친구가 생겨서 내겐 말도 걸지 않을걸."

"그래도 말은 걸 거야." 내가 말했다.

하지만 제임스의 말이 맞았고, 우리는 대학에 진학한 후로 거의 만나지 않았다. 오로노에 돌아올 때만 가끔씩 그애가 생각났다. 내가 이렇게 부자가 됐다는 걸 알고 있을까?

"오넷 씨 집은 별일 없어요?" 식탁을 다 치운 후, 나는 엄마에게 그렇게 묻고 거실로 갔다. 집 바깥쪽으로 돌출된 창 너머로 묘지와 인접한 감리교회가 보였다.

"그 집 아들 짐이 결혼했단다. 너도 들었지? 지금 뱅거의 은행에서 일하는데 부인이 임신했다더구나."

"이젠 짐이라고 해요?"

"오넷 부인이 그렇게 부르던데? 나도 걔가 고등학교를 졸업한 후로 본 적이 없어. 여전히 키가 작다는 말은 들었지."

내 휴대전화가 울렸다. 어젯밤에 걸려온 킴볼 형사의 번호였다. 가슴이 철렁 내려앉았다. "엄마, 나 전화 받아야 해요."

나는 부엌으로 걸어가며 전화를 받았다.

"스버슨 부인?"

"네."

"킴볼 형삽니다. 기분은 좀 어떠신가요."

"괜찮아요." 내가 갈라지는 목소리로 대답했다.

"번거롭게 해드려서 죄송합니다만, 보스턴으로 와주셔야겠습니다."

"알겠어요. 근데 무슨 일이죠?"

"이웃에 사는 한 부인이 스버슨 씨를 죽인 범인을 본 것 같습니다. 우리가 몽타주를 작성했으니 오셔서 좀 봐주십시오."

"왜요? 제가 아는 사람일 거라고 생각하세요?" 나는 그렇게 말했다가 금방 후회했다. 방어적으로 들렸기 때문이다.

"꼭 그런 건 아닙니다. 저흰 이번 사건이 강도가 실수로 저지른 살인이라고 보지만, 다른 가능성도 배제할 수 없습니다. 스버슨 씨가 죽기를 바라는 누군가가 저질렀을 수도 있고, 그런 경우라면 부인이 범인을 알아볼 수 있을 겁니다."

"오늘 오후에 보스턴으로 갈게요."

"고맙습니다. 부인에게 쉽지 않은 일이겠지만 조금이라도 도와주신다면……."

"당연히 그래야죠."

킴볼 형사는 연달아 여섯 번 정도 기침을 했다. "죄송합니다. 감기에 걸려서. 하나만 더 묻겠습니다. 혹시 윈슬로에 사는 남편분의 지인이 생각나셨나요? 제가 어젯밤에 물었던……."

"아뇨, 생각해봤지만 전혀 모르겠어요. 죄송해요."

"혹시나 하고 물은 겁니다. 보스턴에 돌아오시면 전화 주십시오. 어디에 계시든 제가 몽타주를 들고 찾아갈 수 있으니까요…….”

“전화 드릴게요.” 나는 그렇게 말하고 전화를 끊었다.

엄마가 거실에서 휴대전화로 통화하는 소리가 들렸다. 내가 알아들을 수 있는 단어는 여러 차례 되풀이되는 ‘끔찍해’뿐이었다. 창밖을 내다보았다. 밖은 어두컴컴했고, 잔뜩 부푼 먹구름이 빠르게 움직이고 있었다. 폭풍우가 올 모양이었다. 부엌 창문에 내 모습이 비쳤다. 창문에 비친 날 바라보며 열심히 윈슬로를 생각했다. 분명 내가 아는 사람 중에 거기 사는 사람이 있는데…… 고등학교 동창일까? 아니면 대학 동창? 그러자 불현듯 떠오르는 사람이 있었다. 릴리 킨트너. 마더 대학에서 만났던 으스스한 애. 에릭 워시번이 런던에서 죽을 때 함께 있었던. 그애가 무슨 대학의 사서로 일하면서 윈슬로에 살고 있다는 얘기를 들은 적이 있었다. 하지만 릴리는 테드를 모른다. 적어도 내가 알기로는 그렇다. 오래전 사우스엔드에서 우연히 마주쳤을 때 두 사람이 만났을 가능성이 있을까? 테드가 윈슬로에 만나러 간 사람이 릴리일까?

엄마는 아직 통화 중이었다. 내가 엄마의 말을 못 듣기라도 한다는 듯이 큰 소리로. 나는 보스턴에 돌아갈 짐을 싸기 위해 위층으로 올라갔다.

20장
릴리

테드는 쿨리스가 싸구려 술집이라고 했는데 맞는 말이었다. 오랜 세월 축적된 조잡한 장신구들이 키치적인 외관과 분위기를 자아내 오히려 가짜 같아 보일 정도였다. 만약 여기가 뉴욕이나 보스턴이었다면, 도전 정신이 강한 힙스터가 작년에 개업한 술집이라고 생각했을 것이다. 하지만 실상은 슐리츠 사의 벽걸이 촛대에 진짜 더께가 앉았고, 고약해 보이는 바텐더는 일부러 그런 척하려는 게 아니라 정말로 성질이 더러웠다. 나는 출입문이 보이는 바의 한쪽 끝에 앉았다. 브래드 다겟이 오면 알아볼 수 있을까? 아마 그럴 것이다. 테드의 묘사대로라면 브래드는 슬슬 제 나이로 보이기 시작하는, 잘생기고 덩치 크고 머리는 텅 빈 깡통이었다. 월요일 밤에

262

이런 술집에 오는 남자라면 과반수가 거기에 해당될 테지만, 내 짐작대로라면 브래드는 최근에 사람을 죽였다. 나는 살인자를 알아볼 수 있다.

나는 5시가 좀 넘어 여기 도착했다. 황혼녘의 하늘을 새카맣게 물들인 폭풍우를 뚫고 호텔에서부터 운전을 했다. 쿨리스 주차장에는 세 대의 차가 있었지만 내가 첫 손님이었다. 나는 스툴에 올라가 축축해진 재킷을 벗고 밀러 라이트를 주문했다. 디즈니 만화영화 속 이카보드 크레인을 빼닮은 바텐더가 맥주 병의 뚜껑을 따서 건네고는, 모서리가 너덜너덜해진 코팅 메뉴 판을 바 위에 올려놓았다. 죽 훑어보니 쿨리스 클램 파이가 이 집의 특선 요리 같았다.

한산한 밤이었다. 전날 밤 리버리가 손님들로 바글거려서 놀란 반면 오늘처럼 춥고 비오는 월요일에 쿨리스가 한가하다는 건 전혀 놀랍지 않았다. 7시가 되어도 나 말고 다른 손님이라고는 적어도 일흔이 넘어 보이는 노인 하나와(그는 육중한 몸을 끌고 스툴에 앉더니 버번 샤워를 주문했다) 바 반대편을 차지하고 앉은 전성기를 넘긴 금발 미녀 둘, 그리고 중년의 관광객 둘뿐이었다. 관광객들은 문간에서 머뭇거리더니 다시 나갈 용기는 없었는지 칸막이 좌석에 들어가 앉았다. 쿨리스에서 두 시간을 보내는 동안, 나는 맥주 두 병을 홀짝거렸고 유명한 클램 파이를 주문했다. 이 빠진 접시 위에 장식된 파슬리와 함께 파이 한 조각이 도착했다. 파이 도우 안에는 다진 조개에 빵가루를 섞은,

263

젖은 모래 색깔의 내용물이 들어 있었다. 새우를 갈라 안에 소를 넣고 오븐에 구운 요리의 그 맛없는 소와 비슷했는데 조개 맛이 난다는 점만 달랐다. 나는 두 번 베어 먹고 감자튀김 한 접시를 주문했다. 바텐더는 그런 나를 보며 즐거워했다.

쿨리스에 오기 전에는 대부분의 시간을 호텔에서 보냈다. 아침에는 호텔 로비의 벽난로 옆에서 신문을 읽다가 리버리에서 점심을 먹었다. 주문을 받은 바텐더는 날씬하고 예쁜 여자였는데 이름이 시드니인 걸로 보아 아마도 미란다를 좋아한다는 여자 같았다. 내가 주문한 샐러드를 먹는 동안 그녀는 바 뒤에서 잔을 하나씩 들고 깨끗하게 닦였는지, 표면에 묻은 건 없는지 열심히 확인했다. 옥스퍼드 셔츠를 입었는데 소매를 걷어 올려 이두박근이 보였고 한쪽 팔은 꽃과 핀업걸 문신으로 뒤덮여 있었다. 말수가 적은 듯해서 테드와 미란다에 대한 질문은 하지 않기로 했다. 하지만 다 먹고 일어나려는 순간, 호텔 직원이 다이어트 콜라를 리필하러 내려왔고 나는 우연히 둘의 대화를 듣게 되었다.

"미란다와 통화했어?" 검은 정장에 진한 화장을 한 갈색 머리 여자가 시드니에게 물었다.

"메시지를 남기긴 했어. 우리 모두 정말 유감스럽게 생각한다고. 하지만 전화가 오진 않을 거야."

"어떻게 그런 일이."

"그러게. 자꾸 미란다 생각이 나. 그 사건······ 그리고 테드에 대해서도."

"앞으로 미란다가 어떻게 할까?" 이벤트 매니저로 보이는 정장 차림의 여자가 빨대로 다이어트 콜라를 한 모금 길게 빨아들였다.

"다들 내게 그렇게 묻는데 솔직히 내가 뭘 알겠어. 우리가 친구 사이긴 해도 난 미란다를 잘 몰라. 아무튼 우린 두 번 다시 미란다를 볼 수 없을 거야."

나는 음식값을 바 위에 올려놓고 스툴에서 내려갔다. 듣고 싶은 얘긴 다 들었다. 사람들이 쉬쉬하는 게 아니라면, 호텔 직원과 리버리의 단골들은 미란다와 브래드의 불륜을 전혀 모르는 듯했다. 놀랄 일도 아니다. 분명 미란다는 그 사실을 감추려고 엄청나게 노력했을 것이다. 만약 담배를 나눠 피우는 두 사람을 보고 테드가 의심하지 않았다면, 미란다와 브래드가 고용주와 고용자 관계 이상이었다는 사실은 아무도 몰랐을 것이다. 그러자 미란다가 처음부터 테드를 죽이기 위해 브래드를 이용했을 거라는 생각이 들었다. 그녀는 절대 쿨리스에 가지 않았을 것이다. 브래드는 절대 리버리에 가지 않았을 테고. 둘은 오직 공사 중인 집에서 다른 일꾼이 없을 때만 관계를 가졌을 것이다.

점심을 먹은 뒤, 방으로 돌아가 절벽 산책로를 걷기 위해 등산화로 갈아 신고 윈드브레이커를 입었다. 어서 산책이 하고 싶었다. 날씨는 싸늘하고 돌풍이 불었으며, 호텔 방에서 보이는 바다는 잿빛으로 변했고 바람에 잔물결이 일었다. 휴대전화로 날씨를 확인해보니 거대한 폭풍우가 몰려올 듯했지만 아직은 괜찮을 것 같았다. 나는 호텔에서 나와 믹맥 로드를 가로질렀고, 옷이 바람에 펄럭거렸다. 단순하게 만들어진 계단을 내려가니 작은 해변이 나왔는데 여기서부터 절벽 산책로가 시작되었다. 해변에는 우두커니 서 있는 남자와 그가 던진 테니스 공을 잡으러 긴 보폭으로 달려가는 초콜릿색 래브라도뿐이었다. 나는 곧바로 산책로를 걷기 시작했다. 밀물이 한창일 때라 첫 100미터는 납작한 바위들 위로 범람한 바닷물 때문에 미끈거렸다. 하지만 그후로는 길이 높아지면서 내륙으로 파고들어, 자라다 만 나무들과 덤불이—대부분 노란 열매가 빨간 속살을 드러낸 노박덩굴이거나 감탕나무였다—바람을 가려주었다. 나는 천천히 걸었다. 미끄러지지 않으려고 조심해서가 아니라 산책로의 아름다움을 음미하고 있었기 때문이다. 나는 해변을 좋아한 적이 없다. 해변을 따라 기름을 바른 몸뚱이들이 누워 있는 광경을 보면 오븐 속에서 구워지는 고기가 생각났다. 내게 선입견이 있는지도 모른다. 주근깨투성이에 창백한 내 피부는 햇볕을 받으면 갈색으로 그을지 않고 빨갛게 변하면서 물집이 잡히기 때문이다. 수영은 좋아하지만 짭짤한 바닷물보다 호수나 연못의 물이 더 좋았다. 발과 다리에 달라붙는 모래의 느낌은 딱 질색이었다. 하지만 메인 주 해안가의 이 쭉 뻗은 해변은 전혀 다르게 느껴졌다. 폭풍우가 몰아칠 듯한 날씨와 빠르게 이동하는 구름 때문일 수도 있지만 이 길을 따라 걸으며 나는 아름다움에, 자연의 원시적 힘에 둘러싸인 기분이 들었다. 큼직한 회색 바위들은 사람들이 그토록 열광하는 변덕스러운 바다보다 훨씬 더 매력적이었다. 나는 숨이 막힌 사람처럼 탐욕스럽게 공기를 들이마셨다.

그날 산책로에는 아무도 없었다. 예상대로였다. 테드와 미란다의 집 뒷면이 보이는 산책로 끝에 도달했을 때는 바람이 더욱 거세졌고, 비구름이 옆으로 움직이기 시작하며 입고 있던 우비에서 후드득 소리가 났다.

나는 테드가 쌍안경으로 관찰했을 법한 장소를 찾아 두리번거렸다. 몇 군데 후보가 있었지만 키가 작고 뒤틀린 나무 뒤, 잔디로 뒤덮인 둔덕이 숨기에 제일 좋아 보였다. 테드의 쌍안경은 성능이 무척 좋았던 게 분명하다. 여기서 그의 집은 불도저로 밀어버린 흉측한 땅을 가로질러 엄청나게 멀리 떨어져 있기 때문이다. 나는 저 땅을 가로질러 집에 가까이 가볼까 생각했지만 브래드나 다른 일꾼들이 있을까 걱정돼 그냥 돌아가기로 했다. 파도가 바위에 부서지며 광란의 폭발을 일으킨 바닷물과 거품이 위로 올라왔다. 나는 비스듬히 떨어지는 빗줄기를 얼굴로 맞았다. 더는 젖을까 봐 걱정하지 않았다. 그러고는 조심스럽고도 단호한 걸음으로 산책로를 따라 되돌아갔다.

호텔에 도착한 후에는 로비 벽난로 옆에 마련된 작은 바에서 뜨거운 위스키—아빠가 겨울철에 애용하는 술—를 주문해

방으로 가져갔다. 평소보다 물을 많이 받은 욕조에 몸을 푹 담근 채 위스키를 홀짝거렸다. 기분이 너무 좋아서 내가 케네윅에 온 목적, 즉 친구의 복수를 해야 한다는 사실까지 잊을 뻔했다. 목욕을 마친 후에는 잠시 낮잠을 자고 차를 운전해 쿨리스로 왔다.

쿨리스에 세 시간 동안 앉아 라이트 비어 네 병을 마신 뒤, 난 브래드가 오지 않을 거라는 결론을 내렸다. 관광객들은 떠났고, 바 끝에 앉아 있던 두 여자도 갔다. 그후로 하나씩 세 명의 남자가 들어왔는데 그들이 문을 밀치고 들어와 코트에서 빗방울을 털어낼 때마다 나는 혹시 브래드가 아닐까 기대했다. 하지만 한 명은 이십대 초반이었고, 한 명은 수염이 덥수룩하고 하반신이 뚱뚱한 남자였다. 세 번째 남자는 흰 와이셔츠에 푸른 재킷, 빳빳한 청바지를 입었다. 나이는 브래드처럼 사십대로 보였지만 수염이 없었다. 그래도 나는 그를 면밀히 관찰했다. 테드가 말했던 염소수염을 밀어버렸을 가능성도 있고, 또 누군가를 만나려고 차려입었을 수도 있기 때문이다. 새 고객이나 데이트 상대 같은. 내 시선을 느낀 남자가 날 향해 한쪽 눈썹을 치켜세우더니 앞에 놓인 맥주잔을 들어 올렸다. 나는 그가 내게 올 생각을 하지 못하도록 휴대전화만 들여다봤다. 저 남자는 브래드가 아니라는 결론을 내렸기 때문이다. 남자가 가까이 앉은 덕분에 그의 부드러운 손과 끝만 탈색한 머리카락을 볼 수 있었고, 브래드가 자신의 외모를 완전히 바꿔버리는 천

재적 범죄자가 아닌 한, 저 사람이 브래드일 가능성은 적었다. 나는 현찰로 계산한 후, 익숙하지 않은 하이힐 때문에 금방이라도 쓰러질 것처럼 비틀거리며 문으로 걸어 나갔다.

"설마 나 때문에 가는 건 아니겠죠?" 내가 옆으로 지나가자 남자가 물었다.

나는 돌아서서 그를 뜯어보았다. "이름이 뭐죠?" 내가 물었다.

"크리스."

"크리스, 어디서 일해요?"

그는 내 질문에 살짝 당황한 듯했으나 순순히 대답했다. "키 터리에 있는 바나나리퍼블릭의 매니접니다. 절 아시나요?"

"아뇨. 그냥 궁금해서요. 좋은 시간 보내요, 크리스."

밖에 나와 보니 초저녁에 몰아쳤던 장대비가 이제는 꾸준히 내리는 보슬비로 변해 있었다. 바람의 방향이 바뀐 탓에 길 바로 너머에 바다를 두고도 대기에서는 소나무와 신선한 흙냄새가 났다. 공회전을 하는 픽업트럭 한 대가 주차 공간 두 개에 걸쳐서 주차되어 있었고 운전석 창문이 열려 있었다. 그 옆으로 지나가니 축축한 공기에서 담배 냄새가 났다. 나는 내 차 앞에 서서 한동안 가방 속을 뒤적거렸다. 트럭에 앉아 있는 남자가 담배를 다 피우고 나올 때 얼굴을 보고 싶어서였다. 내가 가방에서 막 열쇠를 꺼낸 순간, 트럭의 시동이 꺼졌다. 뒤를 돌아보니 담배꽁초가 우아한 호를 그리며 주차장을 가로질러 날아가다가 웅덩이에 떨어지며 피시식 소리가 났다. 키 큰 남자가 트럭에서 내렸다. 쿨리스 벽에 부착된 외등 불빛이 남자를 비췄다. 검은 머리에 어깨가 널찍했는데 트럭 문을 닫으려고 돌아서자 염소수염이 또렷하게 보였다. 브래드가 틀림없었다.

난 그를 따라 다시 쿨리스에 들어갈 마음은 추호도 없었다. "브래드." 내가 부르자 그가 고개를 들어 날 보았다. 어둠침침한 주차장 조명 속에서도 수면 부족으로 눈이 부었고, 얼굴은 무언가 아주 나쁜 짓을 저지른 사람처럼 초조하고 핼쑥하다는 걸 알 수 있었다.

"나요?"

"당신이 브래드 맞죠?"

"그런데요?"

"브래드 다겟?"

"네." 그의 시선이 재빠르면서도 은밀하게 주차장을 둘러봤다. 아마 자기를 덮치려고 대기 중인 특수기동대라도 있는지 살펴봤을 것이다.

"잠깐 얘기 좀 할 수 있을까요? 중요한 일이에요."

"물론이죠. 근데 절 아십니까?"

"아뇨. 하지만 우리에겐 공동의 친구가 있죠. 난 테드와 미란다를 아주 잘 알아요. 있잖아요, 여긴 비도 오고 추우니까 내 차에 앉아서 얘기하는 게 어때요? 당신 차가 더 편하다면 당신 차도 괜찮고요."

이번에도 그는 주차장을 둘러보았다. 분명 열심히 머리를 굴리는 중일 것이다. 대체 내가 누구고 뭘 원하는지. "걱정할 거 없어요." 내가 최대한 달래는 목소리로 말했다. "당신 트럭에서 얘기할까요?"

"그럽시다." 그는 그렇게 말하며 트럭 문을 열었다. 나는 비에 젖은 주차장을 가로질러 세 발짝 걸어간 다음, 조수석의 문을 열었다. 트럭에 올라타기 전에 가방의 지퍼를 열었다. 지퍼 바로 밑에는 손전등처럼 생긴 15센티미터짜리 전기충격기가 있었다. 이걸 쓸 일은 없겠지만 그래도 조심하고 싶었다. 불과 며칠 전에 냉정하게 한 남자를 살해했다는 사실을 본인이 어떻게 받아들이고 있을지 나로서는 알 수 없었지만, 아무래도 겁을 먹고 피해망상에 사로잡혀 위험한 상태일 거라고 추측할 수밖에 없었다.

"스버슨 부부와 아신다고요?" 우리가 트럭에 올라 탄 후, 브래드가 짐짓 태평한 척 말했다.

"네. 테드 스버슨과도 아는 사이고 미란다도 알죠."

"최근에 있었던 일은 정말……."

"테드에게 있었던 일 말이죠? 알아요. 사실 여기 온 것도 그 때문이에요. 일단 내가 먼저 말할게요, 브래드. 이제부터 내가 하려는 말이 듣기 싫겠지만 꼭 들어줬으면 해요. 그럴 수 있겠어요?"

나는 그의 오른쪽 얼굴을 바라보았다. 눈가가 붉게 물들었고, 피부는 구릿빛으로 그을었지만 아픈 사람처럼 푸석푸석했다. 입에서는 축축한 보리 냄새가 났다. 대체 술을 얼마나 마신 걸까? 그는 고개를 끄덕였다. "물론이죠, 네."

"브래드, 당신에게 부탁이 있어요. 중요한 부탁이에요. 이 부탁을 들어준다면, 당신이 지난주 금요일에 보스턴에 가서 테드 스버슨을 죽였다는 말은 아무에게도 하지 않을게요."

나는 한 손을 가방 속 전기충격기에 올려놓은 채 마음의 준비를 했다. 그가 달려들거나, 적어도 무슨 소린지 모르겠다고 난폭하게 말할 거라고 예상했다. 하지만 그의 두툼한 아랫 입술이 살짝 처지고 턱 근육이 긴장되자 순간 이 남자가 울음을 터뜨리는 것은 아닐까 생각했다. 그는 메마르고 절박한 목소리로 말했다. "당신 누굽니까? 원하는 게 뭐예요?"

"지금 이 순간은 내가 당신의 가장 좋은 친구예요." 나는 대답했다.

21장

미란다

나는 왔을 때처럼 다시 뱅거를 통과해 오로노를 떠났다. 95번 고속도로에 들어서기 전, 마을에서 운영하는 주유소에 들렀더니 십대 소년이 기름을 넣어주었다. 나는 차 안에 앉아 브래드를 걱정했다. 살인이 일어나던 밤에 정말로 그 머저리를 본 사람이 있단 말인가? 형사가 가지고 있다는 몽타주 속 인물이 완전히 다른 사람이기를, 아니면 브래드와 닮지 않았기를 기도했다. 아주 조금이라도 브래드를 닮았다면 모른 척하고 넘어갈 순 없기 때문이다. 그렇게 되면 브래드 다켓은 경찰의 신문을 받을 테고 그 상황에 노련하게 대처하지 못할 것이다. 땀을 흘리며 눈을 이리저리 굴려댈 브래드의 모습이 눈에 선했다. 경찰은 브래드가 범인임을 단번에 알아차릴 것이다. 게다가 그는 지금 불안정한 상태였다. 한 시간만 신문을 받으면 순순히 자백할 것이다. 그럼 나로서는 브래드가 망상에 빠져서 내게 집착하고 있으며 자기 멋대로 테드를 죽였다고 주장할 수밖에 없다. 공사 중인 집에서 브래드와 두어 번 섹스를 하긴 했지만 남편을 죽여달라는 말은 한 적이 없다고 할 수도 있다. 증거는 브래드의 진술뿐일 테고 경찰은 내가 연루되었다는 혐의를 절대 증명하지 못할 것이다. 하지만 사람들은 알 것이다. 당연히 알겠지. 나는 어금니를 꽉 물고 있다는 걸 깨닫고 턱의 힘을 뺐다.

주유소 직원이 신용카드를 가져다주기를 기다리며 나는 코로 숨을 쉬었다. 휘발유 냄새를 음미했다. 주유소를 빠져나와 95번 고속도로로 향하는 동안 비가 내리기 시작했다. 굵은 빗방울이 간간히 자동차 지붕에서 후드득 소리를 냈다.

보스턴까지 운전하는 동안 주로 브래드를 걱정했다. 어쩌면 경찰의 질문에 그가 임기응변으로 잘 둘러댈 수도 있다. 알리바이가 성립되어 용의선상에서 빠질 수도 있다. 형사가 가지고 있다는 몽타주가 브래드와 전혀 닮지 않았을 수도 있다(제발 그러기를). 그렇게 된다면 제일 좋겠지만 마음 깊은 곳에서는 알고 있었다. 몽타주 속 인물이 브래드와 꼭 닮았으며 그가 일을 망쳐서 누군가에게 들켰으리라는 것을. 잠시 후에 나는 억지로 다른 생각을 했다. 윈슬로에 사는 릴리 킨트너를 생각하기 시작했다. 지난주 금요일에 테드가 윈슬로에 가서 주차 딱지를 받지 않았다면 내가 그애를 생각할 일은 결코 없었으리라. 한때 릴리는 내 인생에서 끊임없이 거슬리는 존재였다. 마더 대학에서 나보다 두 학년 아래였는데 내가 3학년일때 남자 친구인 에릭 워시번이 그애를 세인트 던스틴 파티에 초대하면서 처음 만나게 됐다.

"릴리 킨트너가 누구야?" 내가 물었다. 나는 2학년이 된 후에야, 그것도 에릭 워시번과 3주 동안이나 잔 후에야 세인트 던스틴의 목요일 파티에 초대받았다.

"데이비드 킨트너 알아? 소설가." 에릭이 말했다.

"아니."

"그 사람 딸이야."

릴리는 그 학기에 처음 열렸던 목요일 밤의 파티에 왔고, 나는 하마터면 그녀를 찾아내지 못할 뻔했다. 빅토리아시대 소설에 등장하는 말라깽이 부랑아 같았다. 깡마른 몸에 창백한 피부, 긴 빨간 머리. 나는 릴리를 지켜보며 처음에는 그녀가 잔뜩 긴장했다고 생각했다. 한 손에 술잔을 든 채 벽에 기대서서 떨어질 줄을 몰랐고, 겁에 질려 누구와도 얘기할 엄두가 안 나는 듯했다. 하지만 다시 자세히 살펴보니 이 파티에 전혀 관심이 없었다. 지루한 강의 시간에 맨 뒷줄에 앉은 여학생처럼. 1학년 때 해골 카드를 받는 게 어떤 의미인지 알고나 있을까? 다시는 오지 않을 거라는 내 예상과 달리 릴리는 목요일마다 계속 왔고, 에릭은 그녀에게 관심이 있는 게 분명했다. 나는 도서관에서 릴리의 아버지가 쓴 책 한 권을 빌려 지하에 있는 개인 열람실에서 읽었다. 희극 같았는데 영국 기숙학교 남학생들이 서로에게 잔인하게 구는 내용으로 에릭이 좋다고 떠받들 만한 바보같은 책이었다. 하지만 그때쯤에는 내가 매슈 포드와 자기 시작했기 때문에 별로 신경 쓰지 않았다. 매슈에 비하면 에릭은 중산층이나 다름없었다.

내가 4학년이 되면서 에릭과 릴리는 커플이 되었다. 난 개의치 않았다. 에릭보다 매슈와 훨씬 잘 맞았기 때문이다. 에릭과 달리 우리 관계에 자신이 없었던 매슈는 그걸 보상하기 위해 내가 원하는 물건은 죄다 사줬다. 나는 구구절절한 사연을 지어내 그에게 들려줬다. 사실은 부유한 프랑스계 캐나다 집안 출신인데 아버지가 미국으로 오면서 상속권을 박탈당했고 그래서 딸인 내게는 영어만 가르쳤다고. 그해 크리스마스 휴가 전, 매슈에게 몬트리올에 가서 죽어가는 친할머니를 몰래 만나려면 1천 달러가 필요하다고 말했더니 그 돈을 현찰로 주었다. 우린 사이가 좋았지만 이 관계가 졸업 후에도 지속되리라는 환상은 없었다. 에릭과 릴리도 그럴 거라 생각했다. 더군다나 릴리는 겨우 2학년이었으니까. 하지만 보면 볼수록 그들이 서로를 진지하게 생각한다는 느낌이 들었다. 적어도 릴리는 그랬다. 하지만 과연 에릭이 정말로 누군가를 사랑할 수 있을까? 그런 면에서 그는 나와 비슷했다. 사랑의 감정을 껐다 켰다 할 수 있는 사람. 예전에 우리가 사귈 때 그가 이런 말을 한 적이 있다.

276

자기는 얼마든지 두 여자와 동시에 동등한 관계를 유지할 수 있다고. 나는 그 말을 잊은 적이 없었기에 4학년은 시험이 모두 끝나고 하급생들은 아직 수업 중인 시니어 위크에 에릭을 만나 그 얘기를 꺼냈다.

"그래서 지금 나한테 제안하는 거야?" 그가 물었다. 우리는 세인트 던스틴의 층계참에 앉아 담배를 나눠 피우며 아래층에서 열리는 파티의 소음을 듣고 있었다. 라디오헤드의 음악이 흘러나왔고 누군가 음악 좀 바꾸라고 외쳤다.

"모르겠어. 다들 너와 릴리가 진지한 관계라고 하더라." 내가 말했다.

"너와 매슈는 어때?"

"졸업하면 끝이야."

"그래?"

"있지," 난 그의 까끌까끌한 턱을 만지며 말했다. "지금은 시니어 위크야. 어떻게 생각해?"

그날 밤 우리는 함께 잤고, 그해 여름 내내 함께 잤다. 에릭은 주말마다 부모님 댁에 머무는 릴리를 찾아갔고, 평일에는 나와 함께 지냈다. 릴리는 뉴욕에 오지 않았고, 그는 친구들에게 주말마다 아픈 아버지를 만나러 간다고 했다. 나는 장난 삼아 머리를 빨간색으로 물들이고 에릭에게 한 여자와 사귀는 걸로 생각하라고 말했다. 나는 그해 여름 뉴욕에서 혼자 보내는 주말을 사랑했다. 빌리지에서 아파트의 방 하나를 빌려서 살고 있었기 때문에 주말이 되면 집을 독차지할 수 있었다. 에릭과 릴리가 시골에서 다정한 시간을 보내는 모습을 상상했지만 조금도 거슬리지 않았다. 오히려 웃음이 났다.

에릭은 그해 가을 런던에서 죽었다. 릴리를 만나러 갔는데 알레르기 약을 가져가지 않았다가 견과류를 먹고 급사한 것이다. 릴리가 그 일을 어떻게 받아들였을지 늘 궁금했다. 에릭이 그녀의 집에서, 그녀가 지켜보는 가운데 죽었다고 들었다. 릴리가 그를 살리기 위해 미친 듯이 에피펜을 찾아다녔을 모습을 상상해보았다. 난 늘 릴리가 운이 좋다고 생각했다. 에릭을 충직한 남자 친구로만 알고 있으니 말이다. 그녀는 죽을 때까지 에릭의 진실을 알지 못할 것이다.

몇 년 뒤에 난 우연히 릴리와 마주쳤다. 그녀는 페이스북을 하지 않지만 난 릴리에 관한 소문을 들은 터였다. 윈슬로 대학에서 도서관 사서 비슷한 일을 하며, 아버지가 두 번째 부인이 죽은 차 사고에 연루되었다고. 나는 단번에 그녀를 알아봤다. 여전히 말라깽이에 창백한 피부, 예전과 똑같은 머리 모양에 삐삐 롱스타킹과 똑같은 머리 색깔, 무표정한 얼굴. 그녀는 전혀 변하지 않았다. 나는 에릭의 일은 정말 유감이라고 말했고, 그녀는 잠시 무덤덤하고 흔들림 없는 눈동자로 나를 뚫어지게 바라보았다. 그게 전부였다. 그때 내가 테드를 소개해줬나? 그런 것 같긴 한데 확실하지 않았다. 그녀의 냉랭한 시선, 투명에 가까운 초록색 눈동자만 또렷이 기억났다. 릴리가

278

그해 여름 나와 에릭의 일을 알고 있을까? 만약 그렇다면 에릭의 죽음이 사고가 아닐 수도 있을까? 그럴 것 같지는 않았지만 내 머릿속에 다시 릴리가 들어왔다는 사실이 왠지 거슬렸다. 금요일에 테드가 윈슬로에 간 데는 많은 이유가 있을 수 있지만, 릴리와 연관되어 있을 가능성은 지극히 낮았다.

나는 오후 4시에 보스턴에 도착했다. 집에서 세 블록 정도 떨어진 길에 주차하고, 부티크 호텔의 바에 가서 보드카 온더록스와 바닷가재 파스타를 시켰다. 배가 고파 죽을 지경이었다. 파스타를 다 먹은 후에 다시 차로 돌아가 킴볼 형사에게 전화했다. 그가 바로 전화를 받았다.

"보스턴에 도착했어요." 내가 말했다.

"잘됐군요. 어디 계신가요? 원하시면 제가 역으로 가겠습니다."

"아뇨, 집 근처예요. 일단 길에 주차했어요. 뭘 해야 할지, 어디로 가야 할지 몰라서요." 일부러 말을 살짝 더듬거렸다.

"당연히 그러시겠죠. 거기 계시면 제가 데리러 가겠습니다. 원하시면 나중에 여기 오셔서 몇 군데 전화를 해보세요. 함께 있고 싶은 친구 집이라든가, 호텔이라든가……."

10분 뒤 킴볼 형사가 하얀 머큐리 그랜드 마퀴스를 타고 도착해 날 경찰서로 데려갔다. 그의 차에서는 손으로 말아 피우는 담배와 박하 냄새가 풍겼다. 그는 청바지에 코듀로이 재킷 차림이었다. 넥타이는 빈티지 제품 같았는데 한쪽 면이 해져 있었다.

"와주셔서 정말 감사합니다." 차들 사이로 요리조리 빠져 나가며 그가 말했다. 한 손으로는 핸들을 잡고, 다른 손은 무릎에 올린 채 들리지 않는 음악에 맞춰 검지를 톡톡 쳤다. "이번 단서는 감이 아주 좋습니다. 남편분을 죽인 범인의 외모를 상세하게 알아낸 것 같습니다."

"어떻게요?" 내가 물었다.

"우연히 이웃을 방문한 여자분이 있었는데 그분이 차에 앉아 문자를 보내고 있었습니다. 그러다 어떤 집에서 나오는 한 남자를 봤죠. 이번에 강도가 들었던 317번지 베네츠 씨 댁이었습니다. 그분들 아시나요? 어쨌거나 그 남자가 어딘가 수상쩍고 불안해하는 것 같아서 계속 지켜봤다고 합니다. 남자가 가로등 바로 밑을 지나갈 때 얼굴을 똑똑히 봤다더군요. 그분이 우리 경찰서의 몽타주 요원과 작업한 결과, 실물과 꽤 비슷한 그림이 나온 것 같습니다." 킴볼 형사가 나를 힐끗 보았다. 마치 어떻게 행동해야 할지 모르겠다는 듯이 약간 수줍게 웃더니 내 얼굴을 훑어보았다.

"왜 제게 몽타주를 봐달라고 하신 거죠? 제가 아는 사람일 거라고 생각하세요?"

"그럴 가능성도 있다고 봅니다. 증인 말로는 범인이 스버슨 씨 댁의 초인종을 눌렀다고 하더군요. 그러자 남편분이 나왔고 두 사람이 한동안 얘기를 나눴다고 합니다. 목격자 말이 그래서 더 지켜보지 않았다고 합니다. 둘이 서로 아는 사이처럼 보여서요. 잠시 후에 고개를 들었을 때는 남자가 사라졌고, 그래서 집에 들어갔나 보다고 생각했다더군요."

"세상에! 남편이 아는 사람일까요?"

"어디까지나 가능성일 뿐입니다, 스버슨 부인. 아무 집이나 털던 강도가 남편분에게 거짓말을 하고 집 안에 들어갔을지도 모릅니다."

"현관에 서 있던 남자가 남편을…… 남편을 쐈다고 생각하세요?"

킴볼 형사는 무심하게 운전대를 휙 돌려 경찰서 앞의 주차장으로 빙 돌아 들어갔다.

"그런 것 같습니다." 그가 시동을 끄며 말했다. "증인 말로는 차에 앉아 있던 때가 저녁 6시쯤이라고 했는데 검시관이 밝힌 사망 추정 시각도 대략 그때입니다. 총성은 못 들었다지만 차는 시동이 걸려 있었고, 스버슨 씨 댁은 벽이 두꺼우니까요. 감식반 요원에게 그렇다고 들었습니다."

나는 고개를 숙이고 코로 깊은 숨을 들이쉬었다.

"괜찮으십니까?" 형사가 물었다.

"좀 힘드네요. 죄송해요. 잠깐만요…… 이제 됐어요. 들어가서 몽타주를 보죠."

킴볼 형사가 날 경찰서로 안내했다. 여러 개의 부저를 눌러가며 경비가 삼엄한 로비를 통과해 양쪽에 벽돌 벽이 있고

281

흠집이 난 리놀륨이 깔린 복도를 걸어가는 동안, 우리는 침묵을 지켰다. 나는 형사를 따라 파티션으로 칸칸이 나눠진 공간에 들어섰다. 일부러 천천히 걸었다. 형사의 말대로라면 브래드는 발각당한 게 확실하다. 치미는 분노를 가라앉히며 형사에게 뭐라고 해야 하나 생각했다. 몽타주가 조금이라도 브래드를 닮았다면 그렇다고 말할 수밖에 없다. 아니면 나중에 브래드라는 사실이 밝혀졌을 때 내가 의심받을 수 있다. 난 그저 몽타주가 브래드와 닮지 않았기를, 그래서 누군지 모르겠다고 말할 수 있기를 절박하게 바랄 뿐이었다.

임시 파티션을 세워 만든 좁은 공간 속에 킴볼 형사의 책상이 있었다. 그는 내게 플라스틱 의자에 앉으라고 권하고는 자기는 좌판이 푹신한 회전의자에 앉았다. 책상은 어수선했지만 수북이 쌓인 폴더와 낱장의 종이들이 각기 다른 모양의 탑을 이루며 나름 정리된 듯했고, 종이 더미마다 맨 위에 다른 색깔의 포스트잇이 붙어 있었다. 그는 작은 탑들 중 하나에서 맨 위에 있던 폴더를 집어들었다. "여기서 보셔도 괜찮겠습니까?" 그가 물었다. 우리는 폴리스티렌 타일이 깔린 낮은 천장의 밝은 형광등 아래 있었고, 나는 괜찮다고 말했다. 그는 마닐라 폴더에서 종이 한 장을 꺼내 내가 볼 수 있도록 빙글 돌렸다. 몽타주는 브래드와 꽤 닮았다. 굵은 목, 검은 염소수염, 짙은 눈썹 아래 살짝 몰려 있는 검은 눈동자. 그의 가장 두드러진 특징인 숱이 많은 머리와 좁은 이마는 푹 눌러쓴 야구 모자에 가려져 있었다. 킴볼 형사의 시선이 내게 머무는 게 느껴졌다. 그가 잔뜩 들떠 있다는 것도.

"글쎄요." 나는 몽타주를 좀 더 들여다보며 아랫입술을 내밀었다. 하지만 아무리 봐도 브래드와 너무 닮아서 그냥 넘어갈 수가 없었다. "이게 누구와 닮았나 하면, 케네윅에 있는 우리 시공업자와 닮았네요. 브래드 다젯. 하지만 브래드는 테드를 잘 몰라요. 그리고 보스턴에 살지도 않고요, 그러니까⋯⋯." 나는 허리를 똑바로 세우며 형사를 바라보았다. "제 말이 도움이 될지 잘 모르겠네요."

"브래드 다젯이라고 하셨습니까? 철자를 불러주시겠어요?" 그는 이름을 받아 적었다. "어떤 사람인가요?"

"사실 잘 몰라요. 같이 일하기는 하지만 사생활은 전혀 모르거든요. 브래드가 테드를 만나러 보스턴까지 오거나 하물며 그이를 죽일 만한 이유는 전혀 없어요. 이해가 안 되네요."

"그 사람이 시공업자인가요? 그가 돈 문제로 남편분과 다퉜을 가능성은 없나요?"

"그랬다면 제가 알았을 거예요. 브래드와 함께 일하는 사람은 저뿐이고, 돈에 관한 결정은 모두 제가 하니까요. 아뇨. 그럴 리 없어요."

"그럼 부인께서는 그 남자와 말다툼을 한 적이 있나요? 무슨 문제는 없었습니까?"

"사소한 일로 다투긴 했죠. 천장 몰딩을 잘못 사 왔다든가

하는 일로요. 하지만 심각한 건 없었어요. 브래드는 일에만 집
중했죠. 우리가 보수를 아주 후하게 줬으니까요. 그 사람이 테
드에게 반감을 가질 이유는 전혀 없어요."

"결혼했나요?"

"누구요? 브래드? 아닐 거예요. 전처와의 사이에서 아이는
있지만 부인이 있다는 얘긴 들은 적이 없어요."

"그 사람이 부인께 부적절한 행동을 한 적은 없나요? 그러
니까…… 음, 부인에게 매력을 느낀다는 인상을 줬나요?" 킴볼
형사는 그 말을 하면서 조금 더듬거렸고 어딘지 불편해 보였
다. 나는 그에게서 느껴지는 긴장된 에너지가 진짜인지 아니면
연기인지 잠시 궁금했다.

"아뇨. 그랬을 수도 있지만 그런 티는 내지 않았어요. 아까
말했듯이 일에만 집중했어요." 나는 다시 몽타주를 들여다보며
어쩌면 저렇게 닮았을까 감탄했다. 그와 동시에 칠칠치 못하게
들켜버린 브래드에게 화가 치밀었다. 나는 다시 덧붙였다. "보
면 볼수록 그 사람과 닮았네요. 하지만 피상적으로 닮았을 뿐
이에요. 결국에는 그냥 염소수염을 기른 남자잖아요."

"알겠습니다." 킴볼 형사가 몽타주 위에 손가락을 올려 자
기 쪽으로 돌렸다. "브래드란 남자를 조사해보도록 하죠. 전화
번호 아십니까?"

나는 휴대전화를 꺼내 브래드의 번호를 알려주었다. "아무
리 그래도 브래드가 그랬을 것 같지는……." 내가 말했다.

"네, 네, 압니다. 하지만 브래드를 용의선상에서 제외하기 위해서라도 조사를 해봐야 합니다. 제 생각에 남편분의 죽음은 보이는 그대로일 겁니다. 누군가 보석과 귀중품을 찾아 집을 털고 다닌 거죠. 아마 범인은 남편분이 문을 열도록 그럴싸한 이야기를 지어냈을 겁니다. 남편분은 사람을 잘 믿는 타입이었나요? 낯선 사람이 찾아와 딱한 사연을 들려주면 문을 열어주는 타입인가요?"

사실 테드는 절대 그런 타입이 아니었지만 난 잠시 생각하는 척했다. "그런 것 같네요. 남편은 고생 없이 자랐고 살면서 나쁜 일을 겪은 적이 없거든요. 그렇게 돈이 많았는데…… 사람을 아주 잘 믿었죠."

킴볼 형사는 회전의자에 등을 기대고 나를 향해 고개를 끄덕였다. 경찰의 수사망이 서서히 좁혀진다는 느낌이 들자 나도 모르게 긴장되었다. 내가 떠나자마자 킴볼 형사는 브래드에게 전화할 테고, 브래드는 잘 대처할 리가 없었다. 경찰의 질문에 뭐라고 대답해야 할지 수백 번도 넘게 가르쳤건만. 경찰서에서 나가자마자 브래드에게 전화해 일단 경고를 해준 다음, 그를 진정시켜야겠다. 하지만 그랬다가는 통화 기록이 남고, 내가 몽타주를 본 직후에 그에게 전화했다는 사실이 밝혀질 것이다.

"저기," 경찰에게 어떤 정보도 숨기지 않아야 한다는 걸 깨닫고 내가 말문을 열었다. "사실 어제 아침에 브래드 다겟을 만났어요. 당분간 집 공사를 중단하라는 말을 하려고요. 엄마에게 가는 길에 들렀죠."

"그래요?" 킴볼 형사가 몸을 앞으로 기울였다.

"브래드는 지극히 정상이었어요. 테드 일로 약간 충격을 받은 거 같기는 했지만요."

"말씀드렸다시피 그냥 용의선상에서 제외하기 위한 조사입니다. 분명 알리바이가 있을 겁니다. 말씀하신 걸로 봐선 이런 짓을 할 이유가 전혀 없어 보이네요. 아, 그리고 한 가지 더 있습니다, 스버슨 부인. 감식반이 집 조사를 다 끝냈답니다. 그러니까 언제든 집에 돌아가실 수 있습니다. 부인께서 그럴 마음이신지는 모르겠지만……."

"돌아가야 해요. 옷도 좀 가져와야 하고, 그 집에 있어도 괜찮은지 지켜봐야죠."

"알겠습니다." 그는 일어섰고 나도 따라서 일어섰다. "전 자리를 비울 수가 없습니다만 다른 형사에게 부인을 차까지, 아니면 집까지 모셔다 드리라고 부탁할 수 있습니다."

"고맙지만 괜찮아요. 택시 타면 돼요."

"그렇다면 택시를 불러드리죠. 이렇게 와서 몽타주를 확인해주시니 얼마나 감사한지 모르겠습니다. 정말 큰 도움이 됐습니다. 그리고 제 경험상 일단 생김새가 파악되면 범인이 곧 잡히더군요. 누군가 이 남자를 알아볼 겁니다."

나는 머뭇거리며 계속 서 있었다. 사태가 급진전될 터였기 때문이다. 몇 시간 내에 브래드가 경찰의 신문을 받을 것이라 생각하니 머리가 어지러웠다. 어떻게 말해야 할지 일러두긴 했지만 그걸로는 부족하다. 그뿐만이 아니다. 테드가 마지막에 케네윅에 왔을 때 브래드를 만나 해변가의 술집에서 함께 술을 마신 것도 마음에 걸렸다. 도무지 테드답지 않은 일이었다. 문득 지난번에 브래드가 했던 말이 생각났다. 테드가 분명 우리 사이를 알고 있었다는 말. 어쩌면 테드가 진짜 알았을지도 모른다. 하지만 대체 어떻게? 만약 알았다면 그걸 누군가에게 말했을까? 설사 그가 나의 불륜을 몰랐다 해도 브래드와 함께 술을 마셨기 때문에 경찰은 브래드를 더욱 의심할 것이다.

"괜찮으세요?" 킴볼 형사가 어색하게 말했다. 나는 생각에 빠져 5초 정도 우두커니 서 있었음을 깨닫고 어깨를 축 늘어뜨렸다. 울음이 터지는 걸 참는 척하며 눈물이 흐르는 눈으로 그를 올려다보았다. 킴볼 형사는 얼른 주위를 둘러보았지만 나는 그에게 다가가 막무가내로 품에 안겼다. 그러고는 그의 턱 밑에 머리를 묻고 그를 끌어당기며 흐느끼기 시작했다. 내 가슴이 그의 가슴 위에서 납작하게 눌릴 정도로 몸을 밀착시켰다.

"진정하세요, 스버슨 부인." 킴볼 형사는 그렇게 말하며 한 손을 내 어깨에 올리고 다른 손은 그대로 몸 옆에 붙이고 있었다. 그의 파트너 형사인 키가 큰 흑인 여자가 다가와 뭐가 필요하냐고 묻자, 나는 미친 듯이 사과하며 킴볼 형사에게서 몸을 뗐다.

"택시만 불러주시면 돼요. 미안합니다. 정말 미안해요." 내가 말했다.

"걱정 마세요. 충분히 이해합니다." 파트너인 제임스 형사가 이성을 잃은 미망인을 능숙하게 넘겨받아 부드러우면서도 단호하게 킴볼 형사의 책상에서 날 데려갔다. 나는 걸음을 멈추고 돌아서서 말했다.

"저기, 형사님. 어제 제게 물었던 거 기억나세요? 윈슬로에 아는 사람이 있는지 물으셨죠?"

킴볼 형사는 휴대전화를 든 채 아직 서 있었다. "네, 기억합니다."

"생각나는 사람이 있어요. 릴리 킨트너. 저와 마더 대학을 함께 다녔죠. 분명 테드가 금요일에 윈슬로에 간 일과는 아무 상관이 없을 테지만 그래도……."

"남편분과 아는 사이인가요? 부인께선 그분과 친했나요?"

"아뇨, 친하지 않았어요. 사실 대학 때 그애가 제 남자 친구를 뺏었으니 사이가 좋다고 할 순 없죠……. 하지만 테드와 릴리는 모르는 사이예요……. 뭐, 생각해보니 한두 번 만났을 수도 있겠네요. 몇 년 전에 제가 보스턴에서 우연히 릴리와 마주쳤거든요."

"철자를 알려주시겠습니까?"

나는 그에게 철자를 불러주었다. 릴리와 테드 사이에는 분명 아무런 연관성도 없었지만 경찰에게 다른 단서를 줘서 나쁠 게 없었다. 지금으로선 브래드가 잡혀서 나까지 경찰에 넘기는 건 시간문제인 듯했는데 이를 조금이나마 늦출지도 모른다.

나는 제임스 형사에게 괜찮으니 그냥 가고 싶다고 말했다. "정말 물 안 드셔도 되겠어요?" 그녀가 날 내려다보며 허스키한 목소리로 물었다. 키가 180센티미터 가까이 되는 듯했다. 분명 자기 키를 의식하는 게 틀림없었다. 볼 때마다 플랫 슈즈를 신고 있었기 때문이다. 검은색 바지 정장, 칼라가 달린 셔츠, 플랫 슈즈. 액세서리는 절대 하지 않았다. 그녀는 킴볼 형사와는 다른 방식으로 날 긴장시켰다. 날 의심하는 것 같아서가 아니라 무슨 생각을 하는지 도통 알 수가 없어서였다.

"제가 배웅해드릴까요, 스버슨 부인?"

"아뇨, 괜찮아요. 그리고 미란다라고 불러주세요."

그녀는 고개를 끄덕인 후, 뒤로 돌아서 갔다. 분명 화장도 전혀 하지 않았을 것이다.

킴볼 형사가 전화를 해뒀는지 경찰서 밖으로 나가니 택시가 기다리고 있었다. 벌써 땅거미가 지고 비까지 내리기 시작했다. 엄마의 집을 떠난 후로 나쁜 날씨가 계속 날 따라다니는 것만 같았다.

22장

릴리

나는 윈슬로 대학까지 곧장 운전해서 갈 수 있을 거라고 생각해 화요일 아침 일찍 체크아웃을 했다. 괜히 하루 더 결근해서 사람들의 이목을 끄는 건 어리석은 짓이다. 떠나기 전 호텔에서 커피 두 잔을 마셨지만 키터리의 던킨도넛에서 다시 커피 한 잔을 테이크아웃했다. 너무 피곤했다. 전날 밤, 브래드와 나는 오랫동안 얘기를 나눴다. 처음에는 그의 트럭에서, 나중에는 그가 산다는 임대용 오두막에서. 테드에게 몹쓸 짓을 하긴 했지만 그래도 그가 조금 가여웠다. 그는 완전히 쇠약해진 상태였고, 내가 경찰에 신고하지 않으리라는 걸 알고는 물에 빠진 사람이 구조선을 만난 것처럼 내게 매달렸다. 그는 내일 밤 10시에 미란다와 만날 약속을 잡겠다고 말했다. 그리고 약속이 성사되면 쿨리스 앞의 공중전화로 우리 집에 전화하기로 했다. 전화벨을 두 번만 울리고 끊어 우리 집 전화기에 번호를 남길 것이다.

나는 아무도 없는 사무실에 도착했다. 학교 계정으로 들어가 보니 상사인 오토에게서 이메일이 와 있었다. 자기도 어제 월요일 오후에 감기 기운이 있어서 조퇴했고 화요일에도 결근하겠다는 내용이었다. 놀랄 일도 아니었다. 오토 렘케는 지구상에서 남의 영향을 가장 잘 받는 사람이었다. 특히 병에 관해서는. 내가 일요일에 몸이 좋지 않다고 말한 것만으로도 심인성 질환을 일으켰을 수 있다. 아침 내내 학생들과 교직원들이 이용하는 교내 사이트에 들어가 기록보관소에서 소장한 물품들을 간략히 설명하는 글을 썼다. 아침 근무는 충분히 했다 싶을 때 교정을 가로질러 학생들이 운영하는 카페로 갔다. 점심은 주로 그곳에서 해결했다. 전날의 폭풍우 덕분에 세상은 말갛게 씻긴 듯했다. 세차장에서 막 나온 자동차처럼. 구름 한 점 없는 하늘은 은빛이 도는 진한 파란색이었다. 상쾌한 공기에서는 사과 향이 감돌았다. 카페에 도착해 밀알이 들어간 카레 참치 샐러드를 주문하고 집에서 싸 온 샌드위치와 함께 돌 벤치에 앉아서 먹었다. 윈슬로 대학의 가장 큰 안뜰을 반으로 가르는, 한 줄로 늘어선 떡갈나무들이 보이는 자리였는데 다홍색으로 물든 나뭇잎이 높이 부는 산들바람에 바스락거렸다. 내 인생은 평화로웠고, 그런데도 굳이 미란다와 테드, 브래드의 추악한 관계에 끼어들어야 할지 잠시 생각했다. 내일 밤 케네윅에서 하려는 일은 엄청난 도박이었다. 성공 여부는 브래드에게 달렸는데 그는 너무도 심약해진 상태여서 조금만 건드려도 와르르 무너질 것 같았다. 또한 이 일이 성공하기 위해서는 미란다가 브래드의 제안을 의심하지 않고 받아들여야 했다. 나는 무방비 상태에 놓인 기분이었고 잘되리라는 확신도 없었다. 하지만 여기까지 왔다면 끝을 봐야 했다. 테드의 원한을 갚아줘야 했고, 미란다는 벌을 받아 마땅했다.

그날 오후에는 현재 팔십대 노인인 이 학교 졸업생을 방문하기로 되어 있었다. 그녀가 학창 시절의 물건을 학교에 기부하겠다고 했기 때문이다. 이런 일로 졸업생을 방문하는 것은 종종 가장 즐거운 업무이자 가끔은 최악의 업무이기도 했다. 그 졸업생 혹은 교수의 정신이 얼마나 맑은지, 그리고 뭘 기대하는지에 달렸다. 가끔은 너덜너덜해진 교재와 강의 노트 서너 권이 전부일 때도 있다. 그런 경우에는 대부분 한동안 이야기할 상대, 자기 학창 시절의 기나긴 이야기를 들어줄 상대를 찾는 외로운 사람들이었다. 하지만 가끔씩 보석 같은 물건들을 내놓는 졸업생들도 있었다. 1935년 겨울 댄스파티의 메뉴, 1960년 3월 눈보라가 휘몰아쳐 눈이 210센티미터나 쌓인 광경의 사진, 메이 길리스가 객원 작가로 왔을 때 자필로 쓴 시. 하지만 무엇을 얻게 될지 예측할 수 없었기에 가까운 거리에 있는 사람들만 방문하고 나머지 기증자들에게는 물건을 우편으로 보내달라고 부탁하곤 했다.

처음엔 그날 오후의 방문을 취소하려고 했다. 간밤에 잠을 설쳐서 피곤했고, 낯선 사람과 함께 추억을 더듬어갈 여력이 없었다. 하지만 가능한 한 평상시와 같은 일정으로 움직이기로 결심하고 사무실을 나섰다. 몇 개의 마을을 지나 1958년 입학생인 프루던스 워커가 사는 그린필드로 갔다. 내가 도착했을 때 그녀는 갈퀴로 낙엽을 긁어모으고 있었는데 벌써 몇 봉지 가득 담아둔 상태였다. 봉지들은 청소부가 가져갈 수 있도록 도로 옆에 세워져 있었다. 콜로니얼 양식의 저택과 데크하우스들 사이에 자리 잡은 깔끔하고 단정한 집이었다. 나는 진입로로 들어가 신형 도요타 캠리 뒤에 차를 세웠다. 프루던스 워커가 갈퀴를 내려놓고 내게 다가와 인사했다.

"어서 와요. 이렇게 와줘서 정말 고마워요. 큰 신세를 졌네요." 그녀는 색이 바랜 데님 스커트에 초록색 윈드브레이커를 입고 있었다. 희끗희끗한 머리는 뒤로 모아 틀어 올렸다.

"천만에요." 나는 차에서 내리며 말했다.

"상자에 다 넣어서 저기 현관 계단에 뒀어요. 내가 직접 가져다주고 싶었는데 다락방에서 현관까지 운반하기도 어찌나 힘들던지요. 보아하니 그 시절엔 하나라도 버리면 큰일 난다고 생각했나 봐요. 대부분이 내가 만든 스크랩북이지만 쓰던 노트랑 강의 계획서도 넣었어요. 시험지도 잔뜩 있고요. 다 달라고 했죠?"

"전부 가져갈게요. 다시 한번 감사드려요."

나는 현관으로 걸어가 묵직한 상자를 들어 올렸다. 프루던스 워커는 오른발을 내디딜 때마다 오른쪽 어깨가 아래로 내려가는 불안정한 걸음으로 나와 함께 걸었다.

"여기까지 왔는데 그냥 보내려니 마음이 안 좋네요. 하지만 해가 지기 전에 낙엽 청소를 다 마쳐야 해서요. 물이나 뭐 마실 거리 좀 줄까요?"

"아뇨, 괜찮습니다." 상자를 트렁크에 넣으며 내가 말했다.

나는 진입로를 빠져나오며 노부인이 불안정한 걸음으로 단풍나무에 세워둔 갈퀴를 향해 다시 걸어가는 모습을 지켜보았다. 기꺼이 자신의 과거를 버리고 뒤돌아보지 않는 이 여인에게 사랑이 솟아나는 듯했지만 사실은 오후 내내 스크랩북을 뒤적이며 앉아 있지 않아도 되어 감사할 따름이었다.

나는 상자를 다시 학교로 가져갔고 서너 개의 이메일에 답장한 후, 차를 몰고 집으로 갔다. 1915년에 지은 방 두 개짜리 코티지 스타일의 집이었는데 그림처럼 아름다운 연못이 내려다보였다. 연못은 여름 내내 모기가 들끓어 수영하기에는 좋지 않았지만, 추운 겨울에 스케이트를 타기에는 좋았다. 나는 전화기를 확인했다. 아직 쿨리스에서 걸려온 전화는 없었다. 병원에서 예약 확인 차 걸려온 전화와 엄마의 전화뿐이었다. 엄마는 아무 메시지도 남기지 않았다. 아직 5시밖에 안 되어서 저녁을 준비하기 전에 잠깐 낮잠을 자기로 했다. 거실 소파에 누워서 막 선잠에 빠져들려는데 초인종이 울렸다. 난 벌떡 일어나 앉았고 잠시 여기가 어딘지 생각했다. 손으로 머리를 쓸어내리고 현관으로 걸어갔다. 현관문 한쪽에 기다랗게 붙어 있는 납유리 너머를 바라보았다. 머리가 약간 덥수룩한 삼십대 남자가 목덜미를 긁적거리고 있었다. 나는 체인을 풀지 않은 채 문을 조금만 열었다.

"무슨 일이죠?" 내가 물었다.

"릴리 킨트너 양인가요?" 남자가 헤링본 트위드 재킷에서 지갑을 꺼내며 물었다. 내가 미처 대답하기도 전에 그가 지갑을 홀쩍 열어 보스턴 경찰 배지를 보여줬다. "전 킴볼 형사라고 합니다. 잠깐 얘기 좀 하실까요?"

나는 체인을 풀고 문을 열었다. 그는 웰컴이라고 적힌 현관 매트에 발을 슥슥 비비고 집 안으로 들어왔다. "집이 좋네요." 그가 실내를 둘러보며 말했다.

"고맙습니다. 근데 무슨 일로 오셨죠? 정말 궁금하네요." 나는 거실로 몇 걸음 걸어갔고 그가 내 뒤를 따랐다.

"수사 중에 킨트너 양의 이름이 나와서 몇 가지 질문을 하러 왔습니다. 시간 있으신가요?"

나는 그에게 빨간 가죽 안락의자에 앉으라고 권했고, 그는 의자 끝에 걸터앉았다. 나는 소파에 앉았다. 그가 무슨 말을 할지 두려웠지만 동시에 어서 빨리 듣고 싶었다.

"테드 스버슨이라는 남자를 아십니까?"

"지난주 보스턴에서 살해된 남자요?"

"네."

"신문에서 읽은 게 전부예요. 건너 건너 아는 사람이긴 하지만 잘 몰라요. 같은 학교 선배와 결혼했죠."

"미란다 스버슨과 같은 학교를 다니셨나요?" 형사는 코트 주머니에서 수첩을 꺼내 겉장을 획 넘겼다. 그러고는 수첩 위에 돌돌 말린 스프링 속에서 몽당연필을 꺼냈다.

"네, 마더 대학교요. 그땐 미란다 호바트였죠. 사실은 페이스 호바트였지만."

"지금과 다른 이름이었나요?"

"페이스가 미들네임일 거예요. 그래서 대학에서는 페이스로 통했어요."

"계속 연락하고 지내셨나요? 테드 스버슨과 결혼했다는 건 어떻게 아셨습니까?" 그는 의자에 아주 조금 몸을 묻으며 허리를 살짝 곧추세웠다. 형사 치고는 머리가 좀 길었다. 진한 눈썹 아래 둥근 갈색 눈동자, 오똑한 코, 도톰한 아랫입술에 소녀 같은 입매.

"몇 년 전에 보스턴에서 만났어요. 아주 우연히요."

"그때 남편과 함께 있었나요?"

"저도 기사를 읽은 후에 그게 궁금하더라고요. 그때 남자와 함께 있긴 했어요. 내게 소개해줬는데 남자에 대해서는 별로 기억나는 게 없어요. 신문에서 기사를 읽고 깜짝 놀랐죠. 킴볼 형사님이라고 하셨죠? 커피를 내리려던 참이었는데 드시겠어요?" 나는 자리에서 일어났다. 의심을 살 수도 있었지만 생각할 시간이 필요했다.

"아, 네. 드실 거라면요."

"빨리 가셔야 하는 게 아니라면 좀 마실게요. 사실 전 형사님이 왜 오셨는지 아주 궁금하답니다." 부엌으로 걸어가며 내가 말했다.

"급하지 않습니다. 저도 커피가 마시고 싶네요."

일단 부엌에 들어서자 난 숨을 깊이 들이쉬고 물을 끓인 다음, 커피 가루를 프렌치프레스에 넣었다. 냉정하게 생각해야 했다. 나와 테드 스버슨을 연결할 만한 일이 생겼고, 나는 거짓말을 하다가 걸리지 않도록, 앞뒤가 다른 말을 하지 않도록 극도로 조심해야 했다. 저들이 무언가 알아낸 것 같은데 어디까지 알아냈는지는 알 수 없었다. 물이 끓기 시작하자, 커피 가루에 붓고 플런저를 눌렀다. 머그잔 두 개와 우유 한 곽, 각설탕을 쟁반에 받쳐서 다시 거실로 나갔다. 붙박이 책장 앞에 서서 책들을 들여다보고 있는 킴볼 형사를 보고 깜짝 놀랐다.

"미안합니다." 다시 의자 가장자리에 걸터앉으며 그가 말했다. "재미있는 책들이 몇 권 있어서요. 실례되는 질문일지 모르겠지만…… 데이비드 킨트너 씨의 따님이시죠?"

나는 쟁반을 커피 테이블에 올려놓고 소파에 앉았다. "아, 네. 아버지를 아세요? 커피 드세요."

"알고말고요. 작품을 몇 권 읽었고 낭송회에서 뵌 적도 있죠. 뉴햄프셔 주의 더럼에서요."

"어머."

"끼가 넘치시더군요."

"그렇다고 들었어요. 아버지의 낭송회는 가본 적이 없어서."

"정말요? 놀랍군요."

"놀라실 거 없어요. 그분은 제 아버지고, 아버지가 하는 일이 제게는 딱히 매력적이지 않으니까요. 적어도 옛날엔 그랬죠."

나는 킴볼 형사가 머그잔을 가져간 다음, 설탕은 넣지 않고 우유만 넣는 모습을 지켜봤다. 손가락이 길고 가는 아름다운 손이었다. 불현듯 에릭 워시번과 많이 닮았다는 생각이 들었다. 말랐지만 남자다운 몸, 소녀 같은 이목구비, 장미 꽃봉오리 같은 입술, 짙은 속눈썹. 그는 커피를 한 모금 마시고 머그잔을 다시 테이블에 내려놓더니 입을 열었다. "사실 당신을 찾아내기가 쉽진 않았습니다. 아직 킨트너란 성을 쓰시나요? 아니면 공식적으로 이름을 릴리 헤이워드로 바꾸셨나요?"

"아뇨, 법적으로는 아직 킨트너예요. 하지만 여기 사람들은 절 릴리 헤이워드로 알죠. 헤이워드는 친할머니의 처녀 적 성이에요. 별 의미는 없어요. 그냥 대학에서 일하다 보니 거기 사람들은 아버지와 아버지의 행적을 모두 알고 있더라고요. 그래서 일을 시작하면서부터 다른 이름을 쓰기로 했죠."

"이해가 갑니다."

"그럼 우리 아버지가 어떻게 됐는지도 아시겠네요?"

"영국에서 있었던 사고를 말하는 겁니까?"

"네."

"들었습니다. 정말 유감입니다. 사실 전 아버님의 열렬한 팬입니다. 그분 책은 전부 다 읽었죠. 제 기억으로는 마지막 책을 당신에게 바쳤을 텐데요."

"그랬어요. 유감스럽게도 책은 별로였지만."

형사가 미소를 지었다. "그렇게 나쁘지 않았습니다. 평론가들이 좀 가혹했죠." 그는 커피를 다시 한 모금 마시더니 한동안 말이 없었다.

"그럼," 내가 말했다. "다시 테드 스버슨 얘기로 돌아가죠. 전 아직도 형사님이 왜 오셨는지 모르겠어요."

"물론 우연일 수 있습니다만, 테드 스버슨은 살해되던 날 여기 윈슬로에 왔습니다. 그의 차에서 나온 주차 티켓을 보고 알았죠. 혹시 그가 당신을 만나러 왔나요?"

난 테드의 어리석은 행동에 분노가 치밀었지만 이내 약간 슬퍼졌다. 그는 날 찾아온 것이다. 내가 사는 마을에. 나는 고개를 저었다. "아까 말했듯이 난 그 사람을 몰라요. 그 사람도 절 모르고요. 한두 번 마주쳤을 수는 있지만."

"9월에 영국에 계셨죠?"

"네. 아버지가 출소한 후에 만나러 갔죠. 사실 아버지는 미국으로 돌아오실 예정이에요. 그래서 제가 몇 가지 서류 작업을 도와드리러 갔죠."

"돌아올 때 어떤 비행기를 타고 왔는지 기억하십니까?"

"원하신다면 알아볼 수 있어요."

"괜찮습니다. 제가 알고 있으니까요. 테드 스버슨이 영국 출장을 마치고 돌아올 때 탔던 비행기죠. 비행기 안에서 그를 만난 기억이 나십니까?"

나는 이 질문의 답변을 미리 준비해두었다. 그러니까 그들은 테드와 내가 같은 비행기를 탔다는 사실을 알고 있는 것이다. 하지만 그후에 우리가 콩코드 리버인 호텔에서 다시 만난 일까지는 모를 것이다. 내가 어제 케네윅에 다녀왔다는 건 알고 있을까? 아마 모를 테지만 쉽게 알아낼 수 있을 것이다.

"그 사람 사진이 있나요?" 내가 물었다.

"지금은 없습니다만 인터넷으로 찾아보시면……."

"그렇군요. 제가 나중에 확인해보겠지만 비행기에서 어떤 남자와 얘기하긴 했어요. 이제 생각해보니까 그 사람이 테드 스버슨일 수도 있겠네요. 우린 사실 히스로 공항의 바에서 만났어요. 처음 만났을 때 그가 날 아는 것 같다는 인상을 받긴 했죠. 처음에 인사할 때요. 어쨌거나 우린 서로 자기소개를 하고, 한동안 얘길 했죠. 하지만 눈에 익은 얼굴은 아니었어요."

"통성명을 하지 않으셨나요?"

"했죠. 근데 제대로 알아듣지 못했어요. 알아들었다 해도 금방 잊어버렸고요."

"본인 이름은 알려주셨나요?"

"네. 여기 윈슬로에서 산다는 것도요."

"그러니까 그가 여기 와서 당신을 찾으려고 했을 수도 있겠군요."

"이론상으로는 그럴 수도 있죠. 하지만 정말로 내게 연락하고 싶었다면 그냥 전화하지 않았을까요?"

"전화번호를 알려주셨나요?"

"그러고 보니 알려준 적이 없네요."

"그러니까 그가 당신 연락처를 알아내려 했지만, 알아내지 못하자 차를 몰고 여기에 왔을 수도 있겠군요."

"물론 그럴 수도 있지만 아닐 거예요. 기내에서 즐겁게 대화를 나누긴 했어도 절대 추파를 던지는 분위기는 아니었거든요. 그 사람은 유부남이고……."

형사가 미소를 지으며 어깨를 으쓱였다. "그가 추파를 보냈지만 당신이 알아차리지 못했을 수도 있죠. 우린 늘 접하는 일입니다. 어떤 남자가 여자를 만나고, 여자는 그 만남이 별거 아니었다고 생각했는데 어느새 남자는 여자를 스토킹하고 있죠. 반대의 경우도 있지만 흔하지 않습니다."

"제가 스토킹을 당했다고 생각하세요?"

"모르겠습니다. 그저 왜 그가 살해당한 날 여기 왔는지 궁금할 뿐입니다. 그의 죽음이 어딘가 수상쩍어서 최근에 일어난 좀 이상하다 싶은 일은 모두 살펴보는 중입니다. 하지만 만약 그가 당신과 우연히 마주치리라는 희망을 품고 여기 왔다면 이번 사건과는 상관없는 것 같군요."

"네, 저도 그렇게 생각해요."

"실례지만 지금 사귀는 사람이 있으신가요, 킨트너 양?"

"실례될 거 없어요. 사귀는 사람은 없고, 그냥 릴리라고 부르세요."

"그냥 확인차 드린 질문입니다. 그럼 질투심이 많은 남자친구를 사귄 적은요?"

"제가 아는 한은 없어요."

형사는 수첩의 스프링을 바라보았고 한동안 말이 없었다. 나는 긴장을 풀었다. 이 정도면 꽤 잘 대답한 것 같았다. 비행기에서 테드와 만났던 일을 부인할 수는 없다. 우릴 본 증인들도 있으니까. 하지만 그 외의 다른 사실을 인정할 이유는 없다. 만약 살인 사건 이후에 내가 곧바로 케네윅에서 2박을 했다는 사실이 밝혀진다면 난 그냥 우연의 일치라고 주장할 것이다. 이상해 보이긴 하겠지만 뭘 어쩌겠는가? 난 금요일 밤의 살인 사건에 연루되지도 않았는데.

"미안해요, 릴리, 하지만 이 질문을 해야겠군요. 금요일 저녁에 어디 있었죠?"

"여기요. 혼자 있었어요. 저녁을 먹고 영화를 봤죠."

"누구 찾아온 사람은 없었나요? 전화가 왔다거나."

"미안하지만 없었어요."

"괜찮습니다." 그는 커피를 다 마시고 자리에서 일어났다.
"혹시 지금 인터넷에서 테드 스버슨의 사진을 보고 비행기에서
만난 사람이 맞는지 확인해주시겠습니까?" 그가 물었다.

"물론이죠." 나는 그렇게 말하고 노트북을 가져왔다. 우린
함께 테드의 살인 사건 기사에 실린 그의 사진을 찾아냈다.

"네, 비행기에서 나와 얘기했던 사람 맞아요." 내가 말했다.
"정말 기분이 이상하네요. 기사를 읽고 내가 조금은 아는 사람
이라고 생각했거든요. 적어도 그의 부인은 확실히 아니까요. 그
런데 이제 보니 최근에 비행기에서 만나 얘기까지 했네요."

나가는 길에 킴볼 형사는 재킷 주머니에 손을 넣더니 이렇
게 말했다. "아, 하나만 더요. 하마터면 잊어버릴 뻔했군요." 그
는 반짝이는 열쇠 하나를 꺼냈다. "이 열쇠가 이 집 열쇠인지 확
인해봐도 될까요?"

나는 웃음을 터뜨렸다. "너무하시네요. 그 남자가 우리 집
열쇠까지 가지고 있었다는 건가요?"

"아뇨, 하지만 그의 물건들 속에 이 열쇠가 숨겨져 있었고,
전 모든 가능성을 확인해야 하니까요. 이 집을 명단에서 지우
려는 것뿐입니다."

"알겠어요. 어서 확인하세요." 저건 분명 테드가 브래드의
집에서 훔친 열쇠일 것이다. 만약 브래드가 용의자가 된다면 저
것이 그의 열쇠임이 밝혀지는 건 시간문제다.

형사는 현관문 열쇠 구멍에 열쇠를 밀어 넣었다. 열쇠는

쉽게 들어갔고 한순간 나는 어리둥절해서 정말로 열쇠가 돌아가는 게 아닐까, 이유는 몰라도 테드가 정말 우리 집 열쇠를 가지고 있었던 건 아닐까 싶어 겁이 덜컥 났다. 하지만 열쇠는 돌아가지 않았다. 킴볼 형사는 두어 번 좌우로 흔들어보더니 열쇠를 뺐다. "안 되네요. 그래도 확인은 해야 했습니다. 큰 도움이 됐습니다. 혹시라도 생각나는 게 있으면······." 나는 그가 내민 명함을 받았다. 힐끗 내려다보니 헨리라는 이름이 적혀 있었다. 나는 현관에 서서 멀어지는 그의 차를 지켜봤다. 벌써 어둑어둑했고 오렌지색 구름이 하늘을 십자 모양으로 가로질렀다. 등 뒤에서 전화벨이 두 번 울리더니 멈췄다. 서둘러 전화기 쪽으로 걸어갔지만 액정에 뭐라고 찍혀 있을지 알고 있었다. 부재중 전화라는 말과 지역번호 207로 시작하는 번호가 있었다. 냅킨 뒤에 적어온 쿨리스의 공중전화 번호와 대조해볼 테지만 분명 같을 것이다. 브래드가 내일 밤 미란다와 약속을 잡았다는 뜻이다. 모든 일이 계획대로 되고 있었다. 형사가 찾아와서 약간 긴장하긴 했지만, 그가 말했듯이 이건 그냥 명단에서 날 지우기 위한 절차일 뿐이다.

나는 냉장고를 열고 안을 들여다보며 저녁으로 뭘 먹을지 결정했다.

23장
미란다

브래드와 내가 테드의 살인을 계획할 당시, 나는 추적이 불가능한 임시 휴대전화 두 대를 사놓을까 잠시 고민했다. 만약의 경우를 대비해서. 하지만 우리의 유죄가 입증될 만한 어떤 증거도 남기고 싶지 않아서 바보같이 사지 않기로 했다. 지금 이 순간 우리에게 그 전화기가 있다면 얼마나 좋을까. 난 반쯤 정신이 나간 채로 보스턴의 집 안을 서성이며 브래드에게 전화해 경찰이 찾아갈 거라고 경고를 해야 할지 말아야 할지 고민하고 있었다. 경고를 한다고 해서 도움이 될 거라는 확신도 없었다. 어쩌면 경찰이 온다는 생각에 브래드가 더 패닉에 빠질 수도 있다. 한편으로는 브래드에게 목격자가 나타났으니 트럭을 타고 어서 도망가라고 해야 하지 않을까 하는 생각도 들었다.

내 머릿속에서 시나리오가 펼쳐졌다.

스버슨 부인, 부인의 휴대전화 통화 기록에 따르면 경찰서에서 몽타주 속 남자가 브래드 다겟이라고 말한 날 저녁에 바로 그 다겟 씨에게 전화를 했더군요. 그런데 이제 그가 사라졌습니다. 10분간 통화하면서 정확히 뭐라고 하셨습니까?

브래드에게 경찰이 찾아갈지도 모른다고, 내가 용의자 몽타주를 보고 그와 닮았다고 했을 뿐이라고 둘러댈 수도 있다. 그에게 걱정하지 말라고 했어요, 그가 사건과 연관되었다고 생각하는 사람은 아무도 없다고요. 전 아무것도 몰라요, 형사님. 제가 뭘 알겠어요?

기쁜 소식이 있습니다, 스버슨 부인. 오늘 아침에 브래드 다겟이 체포됐습니다. 사실 멀리 가지도 못했습니다. 캐나다 국경에서 잡혔더군요. 자기가 남편을 죽였다고 자백했고, 게다가 아주 재미있는 얘기를 했습니다. 경찰서로 좀 와주시겠습니까?

아니다, 브래드를 달아나게 해서는 안 된다. 수사가 잠잠해질 때까지 그를 진정시켜야 한다. 마지막에 브래드를 어떻게 처리할지 계획을 세워두긴 했지만 지금 실행할 수는 없다.

나는 2층 거실의 널찍한 창문 앞에 섰다. 밖은 어두웠고 꾸준히 내리는 비가 마음을 달래주었다. 길 건너 브라운스톤 저택들의 방에 불이 켜져 있었다. 그중 한 방에서 누군가 움직이더니 커튼이 쳐졌다.

나는 한동안 창가에 서 있었다. 불이 모두 꺼진 어두운 집 안에서 투명인간이 된 기분으로 내가 차지한 도시의 모퉁이를 내다보았다. 차 한 대가 길을 따라 천천히 내려가다가 물 웅덩이를 지나가며 물을 쫙 튀겼다. 벌써 경찰이 날 감시하고 있을까? 나도 용의자일까? 오늘은 월요일이다. 사건은 금요일에 발생했는데 아직 아무도 체포되지 않았다. 경찰은 분명 초조해할 것이고 어떤 면에서는 나도 분명 용의자다. 의문의 죽음을 당한 재력가의 아내이니까. 혹시 또 다른 이유가 있는 걸까? 나는 창문의 커튼을 쳤고 가운데가 벌어지지 않도록 잘 여민 다음, 램프를 켰다. 희미하고 둥근 불빛이 방 안을 밝혔다. 눈이 부셔서 깜빡거리다가 결국 램프를 끄고 어둠 속에서 소파에 누웠다. 이 집에 돌아온 게 실수였을까? 그 어려 보이던 형사 말대로 호텔에 가는 편이 나았을까?

나는 형사가 브래드를 찾아가 금요일 밤에 어디 있었냐고 질문하는 장면을 계속 상상했다. 브래드는 진땀을 흘리며 더듬 댈 테고, 형사는 단번에 그를 의심할 것이다. 금세 모든 게 들통나겠지. 내가 사람을 잘못 봤다. 처음 만났을 때 브래드는 그저 잘난 척하고 살짝 멍청한 시공업자였다. 그를 유혹하기는 누워서 떡 먹기였다. 나는 집에 그와 단둘이 남을 때까지 기다렸다가 담배를 빌리며 남편에게는 말하지 말아달라고 했다. "부인께서 원하시면 그보다 더한 것도 비밀로 해드리죠." 그는 그렇게 말했다. 그때가 8월 초였고, 나는 앞면에 단추가 일렬로 달린 짧은 원피스를 입고 있었다. 머리 위로 원피스를 벗어 던지고 팬티도 벗어버린 다음, 공사가 끝난 부엌 조리대 위에 올라갔다. 높이가 맞지 않아 브래드는 타일 상자를 끌고 와 그 위에서 해야만 했다. 불편하고 만족스럽지 못한 섹스였지만 끝난 후에는 울면서 브래드에게 거짓말을 했다. 결혼식 일주일 이후로 처음 하는 섹스라고, 남편은 날 여자로 보지 않는다고. 우리는 옷을 입었고 난 한동안 울었다. 그러다 다시 옷을 벗고, 인부들이 점심시간에 앉아서 쉴 요량으로 가져온 접이식 의자에서 섹스를 했다. 브래드가 의자에 앉고, 나는 그의 위에 올라탔다. 다리 근육이 부르르 떨렸다. 브래드의 표정, 날 훑어보는 눈길에서 작전이 성공했다는 걸 알 수 있었다. "다른 데선 절대 안돼요." 그날 오후에 나는 그렇게 말했다. "여기서만, 아무도 없을 때 해야 해요. 알았죠?"

"오케이." 그가 말했다.

"혹시라도 이 일을 누구에게……."

"말 안 할게요."

일주일 뒤 나는 그에게 가끔씩 남편을 죽이고 싶은 생각이 든다고 말했다. 2주 뒤 브래드는 원한다면 자기가 남편을 죽여주겠다고 했다. 그렇게 쉬웠다. 나는 실수하지 않고 제대로만 해내면 아무도 우릴 의심하지 않을 거고, 우린 결혼해서 요트를 타고 1년간 해외여행을 다녀올 수 있다고 했다. 내가 요트 얘기를 꺼내자, 브래드의 눈이 반짝거렸다. 지금까지 그런 눈은 본 적이 없었다. 우리가 섹스를 할 때조차도. 그를 낚은 건 섹스였지만 계속 붙들어둔 건 탐욕이었다. 나는 그가 어떤 상황에서든 냉정을 유지하리라고 생각했는데, 이제는 확신할 수 없었다.

나는 소파에서 일어나 양팔을 털고 발끝으로 두세 번 폴짝 폴짝 뛰었다. 피부 위로 벌레가 기어 다니는 듯했고 머릿속이 복잡했다. 유리잔에 케텔 원을 따라 얼음을 넣은 다음, 잔을 들고 어두운 집 안을 서성였다. 2층 계단 층계참에 테드가 피를 흘린 자국이 있었다. 경찰에게 미리 들은 터라 충격을 받지는 않았다. 발끝으로 그 자국을 쓸어내렸다. 마룻바닥의 얼룩처럼 보이는 진갈색 웅덩이. 내일 오기로 되어 있는 청소업체에 이 얼룩 얘기를 꼭 해야겠다. 술잔을 들고 미디어룸으로 가서 한동안 채널을 돌리다가 〈프리티 우먼〉에서 멈췄다. 어릴 때 제일 좋아했던 영화였다. 당시 텔레비전만 틀면 나왔는데 나는 매춘부란 말이 무슨 뜻인지도 모르면서 이 영화를 사랑했다. 지금 보니 바보 같은 내용이었지만 그래도 계속 봤다. 배우들이 말을 하기도 전에 내가 먼저 대사를 중얼거리면서. 마음이 가라앉았고, 영화가 끝났을 때는 술잔도 비어 있었다. 케네윅으로 돌아가서 브래드와 얘기를 해야 했다. 그는 앞으로 닥칠 일에 대비해야 했고, 내가 조금만 시간을 내주면 일이 잘될 수도 있었다.

내 차는 차고가 아닌 거리에 주차되어 있었기에 청바지와 암녹색 후드티를 입고 집을 나섰다. 빗속을 뚫고 차를 향해 걸어가며 주위를 둘러보고 싶은 충동, 내가 감시당하는지 확인하고 싶은 충동을 꾹 참았다. 그래도 감시를 당하는 것 같지는 않았다. 집 앞 도로 모퉁이에 주차된 차에 올라타고 곧장 93번 주간고속도로 쪽으로 향했다. 거리는 고요했고, 뒤따라오는 차라든가 갑자기 나타나는 불빛은 없는 듯했다. 나는 미행당하지 않는다고 확신하며 고속도로로 들어갔다. 가운데 차선에 자리를 잡고 시디플레이어에 시디를 밀어 넣은 다음, 긴장을 풀려고 노력했다. 앞에는 빗물로 반짝이는 고속도로가 펼쳐져 있었다. 초승달 오두막에 도착했을 때는 늦은 시간이었다. 꾸준히 내리던 비가 이제는 이슬비로 변했다. 브래드의 트럭은 보이지 않았다. 아마도 쿨리스에 있을 것이다. 보나마나 술에 취한 브래드를 붙잡고 얘기해야 할 테지만 그래도 내가 하는 말을 알아들을 수 있을 정도의 정신은 남아 있기를 바랐다. 그에게 경찰의 신문에 대비해 뭐라고 말해야 할지 연습시킨 후, 해 뜨기 전에 다시 보스턴으로 돌아갈 셈이었다.

나는 비 때문에 가지가 축 늘어진 떡갈나무 아래 차를 세우고 기다렸다. 오래 기다릴 필요는 없었다. 11시쯤 되자, 오두막 주차 공간으로 그의 트럭이 들어왔다. 창문을 살짝 내렸지만 기다리는 동안 차창에 김이 서려 브래드의 트럭이 여전히 흐릿하게 보였다. 창문을 완전히 다 내렸더니 혼다 SUV로 보이는 차량이 브래드의 트럭 옆에 주차했다. 젠장, 아마 폴리일 것이다. 처음에는 브래드가, 나중에는 키가 크고 날씬한 여자가 각자의 차에서 내렸다. 브래드가 여자를 위해 오두막 문을 열어줬고, 여자가 먼저 들어갔다. 여자는 번드르르하고 번쩍거리는 재킷을 입었는데 폴리라고 하기에는 너무 말랐고, 술에 취했다기에는 걸음걸이가 너무 멀쩡했다. 브래드가 그녀의 뒤를 따랐다. 그들이 집 안으로 들어가는 모습은 왠지 전형적인 원 나잇 스탠드 커플이라기보다 회의실에 들어가는 두 명의 사업가 같았다. 5분간 기다렸다가 후드를 뒤집어쓰고 차에서 내렸다. 비가 오는 줄 알았는데 알고 보니 떡갈나무 잎에서 떨어지는 빗방울일 뿐이었다.

길을 건너 브래드의 오두막으로 다가갔다. 그의 집에 들어간 적은 없었지만 몇 달 전, 브래드와 내가 이런 사이가 되기 전에 문 앞에서 설계도를 건네준 적은 있었다. 집 안이 아주 깔끔하고 황량했던 기억이 난다. 나는 출입문 왼쪽의 창문을 향해 살금살금 걸어갔다. 나무 블라인드가 내려져 있었지만 집 안에서 불빛이 흘러나와서 안이 보일 것 같았다. 여자의 얼굴이 보고 싶었다. 창문에 거의 다다랐을 때 문 위의 센서 등이 켜지며 무자비한 백색 불빛이 집 앞에 흘러넘쳤다. 나는 얼른 옆으로 돌아갔고, 조개껍질로 만든 진입로 위에서 내 운동화가 우두둑 소리를 냈다. 오두막 측면의 가장 어두운 벽에 기대서 센서 등이 저절로 꺼지기를 기다렸다. 10분처럼 느껴지는 1분이 지난 후에 등이 꺼졌다. 집 안에서는 인기척이 전혀 없었고, 도로는 여전히 조용했다. 집 측면에 창문이 하나 있었는데 비교적 낮은 위치라서 까치발로 서면 안을 볼 수 있었다. 역시 블라인드가 내려져 있었지만 나무 널 사이로 부엌이 들여다보였다. 하얀 냉장고가 있고, 텅 빈 조리대 너머로 거실이 보였다. 브래드와 빨간 머리 여자가 소파에 앉아 이야기를 하고 있었다. 그들 앞에 있는 커피 테이블에는 맥주 두 병이 놓여 있었다. 순간적으로 난 여자가 릴리 킨트너라고 생각했고, 그러자 등골이 오싹해졌다. 하지만 여자가 머리를 약간 움직여 얼굴이 보이자, 릴리가 아니라는 결론을 내렸다. 여자의 화장은 완전히 싸구려였다. 검은 아이라이너, 밝은 색깔의 립스틱. 릴리는 원래 화장을 하지 않았다.

나는 한동안 두 사람을 지켜보았다. 브래드와 여자는 열심히 이야기를 나눴고, 난 죽었다 깨어나도 그들이 무슨 이야기를 하는지 짐작할 수 없었다. 브래드는 지쳐 보였다. 어깨는 축 처지고 입은 헤벌어졌다. 이야기를 하는 쪽은 대부분 여자였고, 브래드는 선생님이 하는 말을 이해하려고 애쓰는 멍청한 학생 같았다. 이건 내가 기대했던 장면과는 거리가 멀었다. 나는 브래드가 쿨리스에서 만난 헤픈 여자와 소파에서 뒹구는 모습을 보게 될 줄 알았다. 그것도 별로 마음에 들진 않을 테지만 이것보다는 차라리 나았다. 대체 저들은 무슨 얘기를 하는 걸까?

브래드는 여러 번 연속으로 고개를 끄덕였다. 마치 줄로 조종당하는 꼭두각시처럼. 그러더니 재킷 주머니를 뒤적거려 담배를 꺼냈다. 여자는 자리에서 일어나 기지개를 켰다. 셔츠가 위로 올라가며 하얀 복부가 살짝 드러났다. 그러더니 부엌 쪽으로 걸어왔다. 나는 숨고 싶은 마음이 굴뚝같았지만 꾹 참고 계속 블라인드 사이를 바라보며 그녀가 내 쪽을 보지 않게 해달라고 기도했다. 여자의 얼굴을 더 잘 보고 싶었다. 그녀가 냉장고 문을 열고 허리를 숙여 안을 들여다보았고, 덕분에 난 그녀의 옆얼굴을 바라볼 수 있었다. 릴리 킨트너와 아주 많이 닮았다. 소년 같은 몸, 핏기 없이 하얀 피부, 빨간 머리. 하지만 옷차림이 완전히 달랐다.

여자는 냉장고에서 생수병을 꺼내 뚜껑을 돌렸다. 그러고는 다시 거실로 돌아가기 전에 고개를 돌려 티끌 한 점 없는 조리대를 훑어보았다. 나는 여자의 얼굴을 정면으로 볼 수 있었다. 부엌에 달린 형광등 불빛이 그녀의 눈동자에 반사되어 순간적으로 눈동자의 영묘한 초록색이 불타오르는 듯했다. 나는 발꿈치를 내렸다. 저 여자는 릴리 킨트너다. 눈을 보니 확실히 알 수 있었다. 나는 망설이지 않고 얼른 차로 돌아갔다. 센서 등이 다시 켜지지 않도록 멀리 돌아서 미니 쿠퍼에 살그머니 올라탔다. 분명 릴리다. 어떻게 그럴 수가 있지? 어떻게 릴리가 브래드를 알고 있지? 브래드뿐 아니다. 테드가 윈슬로에 간 이유도 분명 릴리를 만나기 위해서였다. 그러니까 릴리는 테드도 알고 있었던 게 분명하다. 둘이 바람을 피웠나? 오랫동안 복수심을 잉태한 끝에 그녀가 먼저 시작했을까? 하지만 더 중요한 건 지금 이 순간 그녀가 어떻게 브래드를 찾아냈고, 그에게 뭘 원하느냐는 것이다.

나는 좌석을 뒤로 젖히고 기다렸다. 머릿속이 바쁘게 돌아 갔다. 비는 그쳤지만 하늘은 여전히 먹구름으로 덮여 있었고, 차 위에 드리우는 나무의 검은 그림자가 날 보호해주는 기분이 었다. 브래드의 오두막을 보며 오늘 밤 릴리가 저기서 자고 갈 것인지 생각했다. 하지만 그러지 않을 경우를 대비해 일단은 기 다려야 했다. 머릿속으로 온갖 가능성을 따져보았지만 내가 사 냥감이 되었다는 사실만은 변함이 없었다. 어떻게 된 영문인지 릴리가 날 사냥하고 있었다.

두 시간쯤 지난 것 같지만 아마도 한 시간밖에 지나지 않 았을 무렵, 브래드의 오두막 문이 열리고 릴리가 나타났다. 문 위의 센서 등이 켜졌고 난 차에 타는 그녀를 지켜봤다. 릴리는 진입로를 빠져나가 믹맥 로드가 있는 남쪽으로 향했다. 마음 한 편으로는 그녀를 따라가서 어디로 가는지 보고 싶었다. 하지만 지금은 브래드를 만나 대체 일이 어떻게 되어 가는지 알아내는 게 더 중요했다. 혹시라도 릴리가 무언가를 두고 가서 되돌아 올 경우를 대비해 5분간 더 기다렸다. 그런 다음 쏜살같이 길 을 가로질러 브래드의 오두막 문을 두드렸다. 그가 문을 빼꼼 열고 나를 내다보았고, 부은 눈으로 어리둥절한 표정을 지었다. 나는 후드를 벗었다. "나야, 브래드. 좀 들어갈게."

"이런." 그가 문을 열어주었다. 나는 집 안으로 들어가며 등 뒤로 문을 쾅 닫았다. 싸구려 향수 냄새가 풍겼다.

"대체 릴리 킨트너가 왜 당신 집에 있는 거야?"

"그게 그 여자 이름이야?"

"맙소사, 브래드. 그년이 원하는 게 뭐냐고?"

"방금 전에 쿨리스에서 만났어. 주차장에서 내게 접근하더라고." 나한테 뭐라고 해야 할지 생각하는 것처럼 브래드의 눈동자가 흔들렸다. 나는 그의 목을 있는 힘껏 후려치고 싶었지만 꾹 참았다.

"브래드, 그년이 당신한테 원하는 게 뭐냐고?"

코를 한 대 찰싹 맞은 개처럼 그의 몸이 축 늘어졌다. "당신을 죽이래, 미란다. 나더러 계획을 세우라고 했어. 그것만이 내가 감옥에 가지 않는 유일한 방법이라고. 당신에게 다 말하려고 했어, 정말이야."

24장
릴리

나는 화요일 오후 8시에 케네윅에 도착했다. 브래드와 모의한 지 24시간이 지난 시각이었다. 차가 막히지 않으니 여기까지 오는 데 한 시간 정도밖에 걸리지 않았다. 생긴 지 얼마 안 된 애드머럴스인 호텔로 갔다. 케네윅 항구의 해변 맞은편 절벽에 억지로 끼워 넣은 듯한 리조트 호텔이었다. 주차장은 다 차진 않았지만 그렇다고 비어 있지도 않았다. 주차장을 한 바퀴 돌아 해변 한 토막과 그 너머 케네윅 호텔의 부드러운 불빛이 보이는 곳에 차를 주차했다. 잠시 차에 앉아 있었다. 검은 밤하늘에는 구름 한 점 없었고 노란 별들이 콕콕 박혀 있었다. 보름 직전의 달이 바다에 반사되었다. 절벽 산책로를 걸어갈 때 쓰려고 작은 펜라이트를 가져왔지만 환한 달빛

덕분에 필요 없을 듯했다.

집을 나서기 전, 저녁으로 간단히 치즈 오믈렛을 해 먹고 상사의 집으로 전화했다. 아직도 목이 아파 감기가 더 심해질 것 같다고 했다.

"그럼 내일 출근하지 말게. 집에서 쉬어. 빨리 나으라고." 그가 겁에 질린 목소리로 말했다.

"네, 내일은 정말 출근 못 할 거 같아요."

"그래, 쉬어야지. 필요하면 일주일간 병가라도 내게."

전화를 끊은 후, 나는 계획의 세부 사항을 점검했다. 위험 부담이 컸다. 이번 계획의 성패는 브래드가 내 말대로 판을 짤 수 있느냐에 달렸는데, 난 다른 사람에게 의지하는 게 싫었다. 내 사전에 없는 일이고, 이번에도 시간이 촉박하지만 않았다면 절대 그러지 않았을 것이다. 어제 날 찾아온 형사는 아마 브래드와 미란다 아니면 그냥 브래드에게로 수사망을 좁히고 있을 테니 내가 먼저 손을 써야 했다.

나는 위아래 모두 검은 옷을 입고 있었다. 블랙 진에 검은 터틀넥 스웨터. 오늘 밤에 기온이 영하 1도까지 떨어진다고 해서 스웨터 안에 몇 겹씩 껴입었다. 밑창이 튼튼한 등산화에 방울을 잘라낸 진초록색 털모자를 썼고, 머리는 땋아서 모자 속에 밀어 넣었다. 가벼운 등산용 회색 배낭을 가져왔는데 그 안에는 장갑, 전기충격기, 펜라이트, 뜨거운 커피가 든 보온병, 살구 브랜디가 든 휴대용 술병, 가죽 칼집 속에 넣은 칼, 레더맨 멀티툴, 비닐봉지 한 묶음이 들어 있었다.

차에서 내리자 예상보다 추웠고, 바다에서 찬바람이 계속 불어왔다. 윈드브레이커를 가져오지 않은 게 후회되었다. 바지 뒷주머니에 펜라이트를 넣고 배낭을 메고 리모컨 버튼을 눌러 차 문을 잠근 다음, 산책로 초입으로 가기 위해 절벽을 내려갔다. 누군가 날 지켜볼 경우를 대비해 가능한 한 느긋하게 걸었다. 난 달 밝은 밤이면 늘 해변가를 산책하는 사람이라고 주문을 외웠지만 날 보는 사람은 아무도 없는 듯했다. 그렇게 누구의 눈에도 띄지 않은 채 절벽 산책로에 도달했다.

시간이 충분했기에 천천히 걸었다. 펜라이트는 딱 한 번 켰다. 뒤틀린 나무들이 모여 있는 벽감 아래를 지날 때. 이틀 전, 바람이 몰아치던 오후에 왔을 때 놀랄 정도로 아름다웠던 산책로는 한층 더 매혹적이었다. 높이 뜬 하얀색 달 아래로 은빛 바다가 펼쳐졌다. 마치 1930년대 흑백 영화 속에 들어온 듯했고, 아름답게 반짝거리는 밤의 한 장면을 그대로 투사한 듯한 바다와 하늘은 낭만적인 동시에 우울한 분위기를 자아냈다. 나는 계속 걸었고 몸의 모든 감각이 예리해졌다. 마치 굴에서 나온 작은 짐승이 광활한 세상을 처음 접했을 때처럼. 베이베리 덤불 속에서 부스럭 소리가 나자 나는 걸음을 멈춘 채 나 말고 또 다른 동물이 있는지 아니면 그저 바다에서 불어온 세찬 바람 때문인지 알아내려고 기다렸다. 하지만 더는 소리가 나지 않아 다시 걷기 시작했다. 산책로 끝에 도달해서는 쪼그리고 앉아 희미하게 보이는 집을 바라보았다. 하늘에 박공 세 개가 달린 지붕의 윤곽선이 보였다. 달빛 아래에서 보니 완성된 집 같았다. 바다와 집 뒤쪽 사이의 길게 뻗은 땅은 햇빛 아래서는 갈아엎은 흙처럼 보였는데 지금은 달빛을 받아 원래 만들려고 했던 근사한 잔디밭과 비슷해 보였다. 뒤로 돌아 하늘을 보았다. 구름 한 조각이 빠르게 흘러가고 있었는데 달 앞으로 지나가려는 듯했다. 나는 구름을 지켜보았고, 구름이 달을 가리자 세상은 잠시 어두워졌다. 숨을 깊이 들이쉬고 부지를 가로질러 집으로 걸어갔다. 수영장을 만들기 위해 반쯤 파다 만 구덩이에 빠지지 않도록 확실하게 돌아갔다. 공사가 끝난 파티오로 크게 두 발짝 걸어가서 다시 쪼그리고 앉아 배낭을 내리고 지퍼를 열었다. 전기충격기와 칼, 가죽 장갑, 비닐봉지 두 개를 꺼낸 다음, 지퍼를 잠그고 일어섰다. 칼과 전기충격기는 바지 앞주머니에 넣었다. 비닐봉지로 등산화를 싸고 끝부분은 울 양말 속에 밀어 넣은 다음, 장갑을 꼈다. 브래드가 열어놓겠다고 해둔 미닫이 유리문이 정말로 열려 있는지 밀어보았다. 문은 열려 있었고, 난 칠흑처럼 어두운 집 안으로 들어섰다.

　등 뒤로 문을 닫고 잠시 귀를 곤두세운 채 눈이 어둠에 적응되기를 기다렸다. 시간이 꽤 흐른 끝에 집 안 내부가 회색으로 흐릿하게 보였다. 공사가 끝난 마룻바닥, 여기저기 쌓여 있는 타일과 개봉하지 않은 대형 시트록 상자들. 나는 집 앞쪽에 있는 현관으로 걸어갔고, 신발을 싼 비닐봉지가 바닥 위에서 나직이 속삭였다. 무언가 머리를 탁 치는 바람에 나도 모르게 움찔했다. 올려다보니 천장 조명을 설치해야 할 자리에서 철사 두 개가 대롱거렸다.

나는 남쪽으로 면한 부엌을 향해 걸어갔다. 부엌의 널찍한 창문들이 길잡이가 되어주었다. 창문 밖으로 집 앞 진입로가 보이기를 바랐지만 전혀 보이지 않았다. 그래서 뒤로 돌아 뿌연 빛 속을 걸어갔다. 마치 슬로모션으로 움직이는 듯한 기분이었다. 집 안 공기는 바깥과 똑같이 차가웠고, 톱밥과 접착제 냄새가 났다. 나는 보통 사람 키의 두 배 정도 되는 높이의 현관문을 찾아냈다. 문 양옆에 설치된 길쭉한 유리창 중 하나로 밖을 내다보았다. 대형 쓰레기 수거함만 보일 뿐이었다. 수거함 가장자리에 뭔가가 붙어서 바람에 펄럭거렸다. 브래드의 트럭은 아직 보이지 않았다. 바닥부터 천장까지 나 있는 유리창이 있어서 그 앞에 책상다리를 하고 앉아 기다렸다. 아직 한 시간이나 남아 있었다.

기다리는 동안 나는 계속 되뇌었다. 그냥 일어나서 이 집을 나간 다음, 아까 왔던 절벽 산책로를 따라 주차장으로 가서 차를 몰고 윈슬로로 돌아갈 수 있다고. 아직은 어떤 불법 행위도 저지르지 않았다고. 내가 범죄에 연루되었음을 보여줄 만한 일은 전혀 하지 않았고, 나는 어떤 처벌도 받지 않을 것이다. 하지만 또 이렇게 되뇌기도 했다. 만약 그렇게 한다면, 자리에서 일어나 집으로 돌아간다면, 미란다 호바트가 살인을 저지르고도 멀쩡한 세상에서 살게 될 거라고. 테드는 죽었다. 에릭 워시 번도 죽었다. 미란다가 없었다면 둘 다 아직 살아 있을 것이다.

소리가 먼저 들리더니 이내 브래드의 트럭이 모습을 드러냈다. 덩치 큰 픽업트럭이 헤드라이트를 끈 채 자갈로 된 진입로를 우두둑 소리를 내며 올라오더니 쓰레기 수거함과 집 사이에 멈춰 섰다. 맑게 갠 하늘 덕분에 밖이 아직 환해서 운전석에 앉은 브래드와 조수석에 앉은 미란다가 보였다. 손목시계를 보니 약속했던 시간보다 약간 일렀다. 미란다는 1분 정도 트럭에 앉아 있었다. 둘이 무슨 얘기를 하는지 궁금했다. 그녀가 문을 열자 트럭 안의 등이 켜졌고, 불이 붙지 않은 담배를 물고 있던 브래드가 재빨리 손으로 등을 가렸다. 그사이에 미란다는 트럭에서 훌쩍 뛰어내려 집 쪽으로 걸어왔다. 내 기억에서처럼 엉덩이를 살랑살랑 흔들면서. 머리카락은 빵모자 속으로 모두 밀어 넣었다. 그녀가 현관문 근처에 오자, 나는 벌떡 일어나 더 짙은 어둠 속으로 한 발짝 물러섰다. 심장이 약간 빠르게 뛰었지만 동시에 살갗에 전기가 흘렀다.

열쇠를 밀어 넣는 소리가 나더니 잠금장치가 딸칵 돌아갔다. 문이 집 안쪽으로 열리며 반 발짝 들어선 미란다가 걸음을 멈췄다. 밖에서는 아까보다 바람이 더욱 세차게 불고 있었다. 내가 그랬듯이 미란다도 어둠에 눈을 적응시키는 중일 테니 이 순간에는 내가 보이지 않을 것이다. 어둠 속에서 그녀의 얼굴은 회색이었고, 눈은 조금이라도 잘 보기 위해 휘둥그레 커졌고, 입술은 살짝 벌어져 있었다. 나는 문손잡이를 잡고 있는 그녀의 손을 보았다. 그녀도 장갑을 끼고 있었다.

"이쪽이야." 내가 말했다.

미란다가 몸을 돌렸다. 나는 내가 서 있는 곳이 보이도록 펜라이트를 켜서 바닥을 비췄다가, 그녀가 내 위치를 확인하자마자 펜라이트를 껐다.

"릴리?" 그녀가 말했다.

"들어와. 곧 눈이 적응될 거야."

미란다는 등 뒤로 문을 닫았다. "정말 극적인 재회 아니야?" 그녀의 목소리를 듣자 여대생 페이스에 대한 기억이 물밀듯이 밀려들었다. 세인트 던스틴의 파티장, 침침한 불빛 아래 한 손에는 술, 한 손에는 담배를 든 채 살짝 취해 내게 빈정거리던 모습.

"브래드에게 내 요구 사항이 뭔지 들었어?" 내가 물었다.

그녀가 한 발짝 다가왔다. 무릎 아래까지 내려오는 코트를 입었고, 오른손은 코트의 큼직한 주머니에 찔러 넣었다. 본능적으로 내 손이 청바지 앞주머니에 든 전기충격기로 향했다. 전기충격기 끝이 주머니 위로 삐죽 나와 있었다.

"들었어." 미란다가 1미터쯤 떨어진 지점에서 걸음을 멈췄다. 나는 뒤로 약간 물러나고 싶었지만 발에 씌운 비닐봉지에서 바스락 소리가 나는 걸 원치 않았다. "정말 놀랐지 뭐야."

"뭐가?" 내가 물었다.

"음, 모든 일이. 네가 여기 있다는 거하며, 너와 테드가 서로 아는 사이라는 것도. 하지만 무엇보다 네가 돈을 원한다니 놀라웠어. 너답지 않은 일이잖아. 아버지 때문이야?"

"그게 무슨 말이야?" 내가 물었다.

"네 아버지가 사람을 죽였잖아, 안 그래? 영국에서. 변호사 수임료가 필요하겠지."

"아니, 이건 내가 쓸 돈이야."

"그래, 난 상관없어. 하지만 너도 알다시피 지금 당장 돈을 줄 순 없어. 이런 일은 시간이 오래 걸리는 법이니까."

"알아. 그냥 오늘 밤에 직접 만나 듣고 싶었어. 앞으로는 브래드를 통해 전할 거야."

"하나만 묻자. 너 테드랑 잤니? 둘이 어쩌다 그렇게 됐어? 애초에 어떻게 만났지?"

"우린 같은 비행기를 탔어. 테드는 다 알고 있었어. 네가 브래드와 바람피우는 걸 알고 있었다고. 넌 그를 속이지 못했어." 흐릿한 불빛 속에서 미란다가 어깨를 으쓱였다. 거리가 어찌나 가까운지 그녀의 냄새까지 맡을 수 있었다. 담배. 고급 로션.

"근데 왜 경찰에 신고하지 않은 거야? 날 그렇게 못된 년이라고 생각했으면서?" 미란다가 말했다.

"신고할 거야, 페이스. 내 말대로 하지 않으면."

"혹시 이거 다 에릭 때문이니?" 집 안 어딘가에서 문이 덜거덕거리는 소리가 들렸다. 밖의 바람이 더욱 거세졌다.

"아니, 에릭 때문이 아니야. 순전히 너 때문이지." 내가 말했다.

미란다가 먼저 고개를 돌렸고, 브래드가 어둠 속에서 나타나 우리 둘 사이에 섰다. 그의 오른손에는 길고 육중해 보이는 스패너가 들려 있었다. 파티오 쪽 문을 통해 들어온 게 틀림없었다. 게다가 어찌나 소리 없이 들어왔는지 신발을 벗었나 하는 의문까지 들었다. 그의 얼굴은 반이 어둠에 잠긴 채 뒤틀려 있었고, 목구멍에 뭐라도 걸린 것처럼 턱이 앞뒤로 움직였다. 육중한 스패너를 든 그의 손이 머리 위로 올라가더니 빠르게 내려오기 시작했다.

25장

미란다

우리는 위스키를 조금 섞은 커피를 한 포
트나 마시며 두 시간 동안 이야기를 나누었고, 브래드는 모든
걸 털어놓았다. 초저녁에 집 앞에 대기 중이던 순찰차를 발견
하고 겁에 질려 레바논에 있는 아버지의 낚시 오두막으로 갔다
고. 그냥 거기서 자려고 했는데 곰곰이 생각해보니 아무래도 의
심을 살 것 같았고, 꼭 뭔가 죄를 지은 사람의 행동 같았다고 했
다. 그래서 다시 케네윅으로 돌아와 집에 가는 대신 곧장 쿨리
스로 갔는데 주차장에서 자기를 기다리고 있던 릴리 킨트너를
만나게 됐다는 것이다. 둘은 그의 트럭에서 이야기를 나눴고,
그녀는 살인에 대해 다 알고 있다고 말했다. 브래드와 내가 불
륜을 저질렀고, 그래서 함께 테드를 죽이려고 했다는 사실도.

또한 브래드가 차를 몰고 보스턴으로 갔고, 강도가 집을 털러 들어왔다가 실수로 사람을 죽인 것처럼 꾸미려고 이웃집을 먼저 턴 다음, 테드의 집으로 가 그를 쏴 죽였다는 것까지.

"릴리가 그걸 어떻게 알았대?" 내가 물었다.

"안 물어봤어, 미란다. 그냥 알고 있더라고. 모든 걸 알고 있었어." 브래드의 목소리는 한 옥타브 올라갔고, 커피를 마시는 그의 손이 떨렸다.

"쉬, 이제 괜찮을 거야. 내가 여기 있잖아."

"알아. 내일 아침에 일어나자마자 전화하려고 했어. 이 사실을 당신에게 모두 알리려 했다고."

"그래, 자기 말 믿어. 그래도 내가 이렇게 왔으니 얼마나 다행이야. 릴리를 어떻게 해야 할지 좀 더 생각할 시간이 생겼잖아. 원하는 게 뭐래?"

브래드가 머뭇거렸다. "돈을 원한다고 말하기로 했어."

"말하기로 했다니 무슨 소리야?"

"들어봐. 다 말할 테니까. 그 여잔 돈을 원한다고 당신에게 말하기로 했어. 입 다무는 조건으로 1년에 백만 달러씩. 그리고 믹맥에 있는 집에서 내일 밤 당신을 만나고 싶어 한다는 말도 전하기로 했어. 당신이 동의한다는 말을 직접 듣고 싶대."

"내일 밤?"

"응. 10시에. 내가 당신을 데려가면 둘이 그 집에서 만나는 거야. 일대일로."

"맙소사."

"아냐, 미란다. 내 얘길 잘 들어봐. 당신에게는 거기까지만 말하기로 했어. 하지만 사실 그 여자는 당신을 죽이고 싶어 해. 당신을 죽일 작정이라고. 나한테 그렇게 말했어."

"어떻게 죽이겠대?" 내 머릿속에 떠오른 첫 질문이었다.

"전기충격기로 기절시킨 다음, 목 졸라 죽이겠대." 브래드가 손등으로 코를 훔쳤다.

"릴리가 왜 당신에게 그 얘길 했을까?"

"그 여잔 당신을 증오해. 대학 때부터 알았는데 당신은 사악한 여자라고 했어."

"세상에, 맙소사."

"행복한 표정인데?"

"내가? 아니, 난 무서워." 정말로 무서웠다. 하지만 뭐라고 꼬집어 말할 수 없는 다른 감정도 있었다. 고등학교 때 반에서 제일 귀여운 남학생이 친구들에게 내 얘길 했다는 것을 알게 됐을 때와 비슷했다. 난 내가 릴리에게 거슬리는 존재였다는 사실을 전혀 모르고 있었다.

"날 죽이고도 잡히지 않을 방법이 있대? 당신은 또 어쩌고? 경찰은 이미 당신을 의심하고 있어. 보스턴에 염병할 목격자가 있다고. 당신이 우리 집에 들어가는 걸 본 사람이 있어, 브래드. 그래서 오늘 밤 순찰차가 당신 집 앞에 있었던 거고. 당신은 취조를 받게 될 거야."

"그게 무슨 소리야?" 그의 입에서 침이 튀었고, 그중 일부가 내 얼굴에 떨어졌다.

"진정해, 별거 아냐." 난 거짓말을 했다. "당신에겐 알리바이가 있잖아. 잊었어? 어쨌든 그 일 때문에 내가 서둘러 온 거야. 곧 경찰이 당신을 찾아올 테니까. 언제일지는 모르겠지만 곧 올 거야. 우리가 연습한 대로만 하면 아무 문제 없어."

"하지만 이제 이 여자가 알고 있잖아."

"나도 알아. 생각할 시간을 좀 줘." 나는 두 번 심호흡을 하면서 릴리가 전부 알고 있고, 날 죽이고 싶어 한다는 사실을 받아들이려고 노력했다. "릴리가 테드를 어떻게 알게 됐는지 들었어?"

"아니. 난 당신이 아는 줄 알았지. 어쨌거나 그 여잔 모두 다 알고 있었어."

"잡히지 않을 방법은 뭐래? 날 죽이고 어떻게 경찰을 속일 거냐고?"

"시신과 차를 숨겨서 당신이 몰래 도망간 것처럼 꾸밀 거래. 그것만이 내가 경찰에 잡히지 않는 유일한 방법이라고 했어. 난 내일 밤 당신을 그 집으로 데려간 다음, 당신 시신을 차에 싣는 걸 도와주기로 했어. 그 여자가 다 생각해뒀더라고."

"그래서? 당신은 기꺼이 도와주겠다고 했어?"

"난 심장마비로 죽는 줄 알았어, 미란다. 그 여자가 모든 걸 알고 있으니 내가 얼마나 놀랐겠어. 생각해보겠다고 했지. 당신과 만나는 약속이 성사되면 내일 쿨리스 앞의 공중전화로 그 여자에게 전화하기로 했어. 전화기에 번호가 찍히도록 벨을 두 번만 울리고 끊기로. 당연히 난 당신에게 전부 말하려고 했지만, 그 여자 앞에서는 하라는 대로 하겠다고 했지. 내가 달리 어쩌겠어?"

"그래, 당신 말이 맞아. 잘했어. 당신이 자랑스러워. 잠깐 생각 좀 해볼게."

브래드가 구레나룻을 잡아당겼다. "우리가 어떻게 해야 할지 난 알아. 내가 어떻게 해야 할지."

"뭐라고?"

"난 그녀를 죽일 거야, 미란다. 어렵지 않아. 그 여자는 당신을 만나러 여기 몰래 오는 거야. 그 여자가 이 일에 연루됐다는 사실은 아무도 모른다고. 자기 입으로 그렇게 말했어. 내가 당신을 그 집으로 데려가면 당신은 현관으로 들어가. 나는 돌아서 뒤로 들어갈게. 당신이 그 여자에게 계속 말을 걸면 그 틈에 내가 뭔가로 내려칠게. 시신은 마당에 묻으면 돼."

"날 위해 그렇게 하겠다고?"

"난 당신을 위해 테드도 죽였어, 미란다. 당신을 사랑해. 당연히 이년도 죽여야지."

완벽하게 납득이 갔다. 이것만이 유일한 해결책이었다. 릴리가 모든 걸 알고 있다면 그녀는 죽어야 했다. 하지만 걱정이 됐다. "릴리도 그걸 예상하고 있지 않을까?" 나는 머릿속에 떠오른 생각을 그대로 말했다. "날 만나러 여기까지 온다는 건 너무 위험한 일……."

"그 여잔 당신을 만나러 오는 게 아냐. 죽이러 오는 거라고. 그렇게 말했다니까."

"내 말이 그 말이야. 어떻게 당신이 선뜻 도와줄 거라고 믿었을까? 방금 만났는데 말이야. 방금 전에 만난 거 맞지?"

"들어봐. 그 여자의 말은 설득력이 있었어. 내가 살 수 있는 유일한 길이라고 했거든. 당신은 모든 걸 내 탓으로 돌릴 테고, 그렇게 되면 당신에게 불리한 건 내 증언뿐이고, 당신이 남편을 살해한 공범이라는 증거는 전혀 없다고 했어. 당신은 경찰에게 내가 미쳤다, 자기에게 집착했다고 말할 거고 내 편을 들어줄 사람은 없다는 거야."

브래드가 남편을 살해한 혐의로 경찰에 체포되면 난 당연히 그렇게 말할 작정이었다. 내가 마음이 약해졌을 때 관계를 한 번 가진 적은 있다, 하지만 남편을 죽여달라고 말한 적은 없다고. 이제 생각해보니 브래드 다겟에게 제가 주말을 끼고 사흘간 플로리다에 다녀온다고 말한 적이 있네요. 그는 분명 그 말을…… 내가 남편을 죽여달라고 한 걸로 오해를…… 맙소사. 그들은 날 의심할 테지만 내 유죄를 입증하지 못할 것이다.

"그래서 그년의 헛소리를 다 믿었다는 거야?" 나는 역겹다는 표정으로 말했다.

"아니, 안 믿었지. 난 당신을 믿으니까. 하지만 그 여자에게는 돕겠다고 했어. 그 여자 말을 믿는 척했지. 우린 곤경에 처했어, 미란다. 그 여자가 모든 걸 알고 있다고."

"알았어, 알았어. 내가 내일 그 집에서 릴리를 만날 테니까 당신이 죽여버려. 다 잘될 거야. 반드시 해치워야 해."

그날 밤 우리는 좀 더 이야기를 나눴다. 하지만 술에 취해 있던 브래드가 헛소리를 하기 시작했고, 그는 잠을 자야 했다. 나는 소심한 알코올 중독자에게 남편을 죽여달라고 한 대가를 톡톡히 치르고 있었다. 동이 트기 한 시간쯤 전, 집을 나서면서 그에게 오늘 하루는 종적을 감춰야 한다고 말했다. 트럭을 타고 해변가를 올라가서 어딘가에 숨어 있고, 전화기는 꺼두라고.

"아직은 경찰의 신문을 받을 상태가 아니잖아." 내가 말했다.

"알아."

"다 잘될 거야. 경찰이 우릴 의심할진 몰라도 체포하진 못할 거야. 처음부터 알고 있었잖아."

"그래."

"자기가 원한다면 내일 밤 떠나. 이 도시를, 이 나라를 떠나라고. 섬에 가 있어. 모든 일이 다 마무리되면 내가 갈게."

"그럼 경찰은 내가 범인이라는 걸 알게 되겠지."

"하지만 자길 찾아내지 못할 거야. 내가 도피 자금을 줄게. 나중에는 더 많은 돈을 들고 당신을 만나러 갈 거고. 자긴 자유의 몸이 될 거야."

"우리 애들은 어쩌고?" 그가 갈라지는 목소리로 말하며 크고 우둔한 머리를 들어 올렸다. 눈가가 정말로 촉촉해져 있었다. 지금까지 그가 아이들 얘기를 꺼낸 적은 없었다. 한 번도.

"쉬. 그 얘긴 나중에 하자. 자긴 어디 가서 좀 자야 해. 그 얘긴 내일 밤에 하자고. 집 근처에 있지 말고, 전화기는 꺼둬야 한다는 점을 명심해. 트럭을 끌고 다른 데 가서 자라고, 알았어? 내일 아침 일찍 경찰이 올지도 모르니까. 그리고 옛날에 우리가 테드와 함께 식사했던 포츠머스 외곽의 레스토랑에서 만나는 거야. 알았지? 밤 9시에."

다시 보스턴에 돌아왔을 때는 도심의 지붕들이 떠오르는 태양의 얇고 차가운 빛 속에 막 잠기는 중이었다. 문 앞에 떨어진 화요일 신문을 집어 들고 집으로 들어가 커피를 내렸다. 그동안 샤워를 하고 옷을 갈아입었다. 원래는 눈을 좀 붙일 작정이었지만 지금으로서는 도저히 잘 수 없었다. 엿 같은 상황이었다. 경찰은 강도가 저지른 살인이라고 믿지 않는 눈치였고, 브래드에게 수사망을 좁히고 있었다. 거기다 릴리까지 나타나다니. 머리가 너무 복잡해서 터질 지경이었다. 릴리 킨트너에게는 늘 어딘가 별난 구석이 있었다. 눈치도 비상하게 빨랐다. 그건 분명히 기억한다. 나와 처음 만났을 때 아마 열여덟 살이었을 텐데 훨씬 더 나이 든 사람 같았다. 침착하고 확신에 찬 태도가 다른 신입생들과는 확연히 달랐다.

그녀는 알고 있을까? 에릭이 죽기 전 여름에 내가 그녀에게서 에릭을 훔쳤다는 걸? 사실 훔친 것은 아니고 릴리의 동의

332

없이 공유한 거지만. 혹시 릴리가 그 사실을 알아내고 줄곧 날 스토킹하며 죽일 기회를 노리고 있었던 걸까? 만약 에릭이 아 직 살아 있었다면 아마도…… 그러자 불현듯 지난번에 잠깐 스 쳤던 생각이 떠올랐다. 릴리가 에릭을 죽였을까? 그는 알레르 기 쇼크로 죽었지만 그에게 견과류를 준 사람이 릴리일 수도 있다. 에릭이 약을 가져오지 않았다는 걸 알고서. 말도 안 되는 생각이었지만 가능한 일이었다. 나는 당시 들었던 소문들을 기 억해내려고 했다. 당시 뉴욕의 친구들은 다들 그 사건 얘기를 했다. 그는 술에 취해 있었고, 인도 음식을 사러 갔다가 땅콩이 든 닭 요리를 사오는 바람에 죽었다, 뭐 그 비슷한 얘기였다. 다 만 릴리가 그의 곁에 있었다는 사실만은 분명히 기억한다. 아 마도 그의 죽음을 지켜봤을 것이다. 혹시 릴리가 그의 약을 숨 긴 건 아닐까? 지금 생각하니 가능하고도 남을 일이었다.

그날 하루가 느리게 흘러갔다. 나는 오늘 밤에 어떻게 할 지를 두고 계속 마음이 바뀌었다. 릴리가 죽기를 바랐지만, 내 가 범죄 현장에 있어야 한다는 사실이 영 마음에 걸렸다. 지금 까지는 테드의 살인과 관련해 내가 유죄를 받는 일이 없도록, 내가 연관되었다는 어떤 증거도 나오지 않도록 각별히 주의를 기울였다. 그런데 오늘 밤 일을 생각하면 함정에 빠지는 기분 이었다. 함정이 맞긴 했다. 릴리를 죽이기 위한 함정. 릴리를 생 각하는 것만으로도 마음이 불안했고, 오랜만에 처음으로 확신 이 서지 않았다. 하지만 릴리가 정말 본인이 말한 그런 사실들을 알고 있다면 반드시 죽여야 했다. 릴리가 사라지면 좀 더 홀가분해질 것이다. 그런 다음에 브래드를 처리하는 데 집중할 수 있다.

내 휴대전화는 머리맡 테이블에서 충전되는 중이었다. 나는 전화기를 집어 들고 침대에 누워 부재중 전화를 죽 훑어보고 음성 메시지를 들었다. 킴볼 형사가 남긴 메시지도 있었는데 시신 해부를 마쳤으니 상조회사에 전화해 편할 때 시신을 가져가라는 내용이었다. 또한 브래드 다겟과 연락이 닿을 수 있는 방법도 알려달라고 했다. 그 말을 들으니 마음이 놓였다. 브래드는 내가 시킨 대로 잠시 종적을 감춘 것이다. 상조회사에 전화할까 하다가 그만두기로 했다. 대신 몇몇 친구들에게 문자를 보내 난 잘 지낸다, 그냥 은신하고 있을 뿐이라고 알렸다. 또 엄마에게 전화해 짧게 통화하면서 장례식과 관련된 자질구레한 일들을 처리하려니 너무 힘들다고 털어놓았다. "당연하지, 얘야. 이혼도 장난이 아니란다. 준비해야 할 서류가 얼마나 많은지." 나는 좀 자두려고 했고 화장지처럼 얇은 선잠에 빠져들었지만 계속 릴리가 생각났다. 엉덩이가 작고 호리호리한 몸매, 윤기가 흐르는 빨간 머리, 상대를 불안하게 만드는 침묵. 얼굴을 떠올리려고 했지만 전반적인 느낌만 기억날 뿐 이목구비는 전혀 기억나지 않았다. 코가 어떻게 생겼더라? 입은? 기억난다 싶으면 어김없이 날아가버렸다. 잠자리채에 걸리지 않는 나비처럼. 나는 엄지손톱 밑의 살을 씹고 있다는 걸 깨닫고 피가 나기 전에 얼른 멈췄다. 입고 있던 요가 팬츠의 가랑이 사이를 만지며 얼굴 없는 남자를 상상했다. 여기는 이탈리아고, 이웃에 사는 부유한 유부남이 나와 섹스하기 위해 호숫가 옆 빌라로 날 찾아온다. 그렇게 상상하니 흥분되기 시작해 요가 팬츠를 허벅지 중간까지 내렸다. 하지만 절정에 도달하기 직전에 테드가 생각났다. 이 집, 이 침대에서 첫날밤을 보내려고 왔더니 침대에 장미 꽃잎이 뿌려져 있고, 날 위한 최고급 실크 잠옷이 놓여 있던 일, 그걸 보고 내 성욕이 싹 달아났던 일.

나는 브래드와 만나기로 한 포츠머스의 레스토랑 뒤 골목에 차를 주차했다. 날씨가 추워져서 롱코트에 모자를 쓰고 머리카락은 모자 속에 밀어 넣었다. 레스토랑 앞의 가로등 하나가 고장 났기에 그 아래 서서 브래드의 트럭을 기다렸다. 그래도 달빛이 환해서 내 정체가 탄로 나는 기분이었다. 브래드는 정확히 약속했던 시간에 나타났다. 나는 그가 맨정신이길 바라며 조수석으로 올라갔다.

"이 일 꼭 해야겠어?" 트럭이 출발하자 내가 물었다.

"뭘 물어, 씨발." 지나치게 큰 소리로 말하는 걸 보니 약간 취한 모양이었지만 맛이 가지는 않았다.

"우리가 어떻게 할지 한 번 더 말해봐."

"난 믹맥 로드에서 헤드라이트를 끄고 그 집으로 올라갈 거야. 당신은 차에서 내려서 열쇠로 현관문을 열고 들어가. 그

335

럼 나는 집 뒤로 돌아가서 파티오 문으로 들어갈게. 그런 다음, 당신들이 있는 곳으로 가서 스패너로 그 여자 머리를 내려치는 거지."

"그냥 총으로 쏘는 게 낫지 않아?"

"난 이제 총이 없어. 알잖아."

"맞다. 깜빡했어. 그다음엔?"

"그 집에 랩을 갖다 뒀어. 당신 도움을 받아서 랩으로 시신을 둘둘 만 다음, 트럭으로 운반할 거야. 당신을 아까 그 레스토랑에 다시 데려다주고 난 시신을 없앨 거야."

"왜 내가 굳이 가야 하는지 다시 말해봐."

브래드는 천천히 내 쪽으로 고개를 돌렸다. 우리는 1번 도로를 타고 북쪽으로 가는 중이었는데 반대편 차선의 헤드라이트가 그의 얼굴을 비췄다. 한순간 난 브래드의 눈에서 진정한 증오를 봤고 나도 모르게 움찔했다. "왜냐하면 그 여자는 당신을 보러 오니까. 나 혼자 갔다가 일이 어떻게 될 줄 알고? 그리고 당신도 이 일에 참여해야 해. 첫 번째 살인은 나 혼자 했지만 이번엔 당신 도움이 필요하다고. 다신 혼자 하지 않을 거야."

"알았어, 알았어." 내가 말했다. 브래드는 내가 누군가의 죽음을 지켜보기를 바라고 있었다. 테드를 죽인 후 넋이 나간 듯했던 그의 눈동자가 기억에 생생했다. 내가 감당할 수 없을 거라고 생각하나 본데 난 준비되어 있었다. 내가 긴장하는 이유는 일이 잘못될까 싶어서지, 릴리 킨트너의 머리통이 박살나는 꼴을 보는 것 때문이 아니었다.

우리는 약속 시간보다 약간 일찍 도착했기에 브래드는 케네윅의 인적 없는 거리 여기저기로 차를 몰았다. 차가 해변을 따라 달릴 때 나는 바다 쪽을 내다보았다. 길게 펼쳐진 바다가 은색 달빛에 반짝거렸다. 난 케네윅이 정말로 좋았다. 거주지로서가 아니라 도심에서 벗어날 수 있는 휴식처로서. 하지만 집 공사가 끝나고 테드의 돈이 모두 내 명의가 되면 절벽 위의 집은 팔아버릴 것이다. 여기 말고도 살기에 더 좋은 곳은 많다. 나는 지중해의 한 섬을 떠올렸다. 야자수 나무, 쿨리스와는 거리가 먼 고급스러운 술집들. 난 뉴잉글랜드에서 인생을 너무 허비했다.

밤 10시가 가까워지자 브래드는 트럭의 헤드라이트를 끄고 믹맥 로드에서 벗어나 우리 집 진입로에 들어섰다. 속도가 줄어들면서 트럭이 위아래로 요동쳤다. 자갈로 된 진입로는 최근 비가 내린 후에 어느 때보다도 바퀴 자국이 깊이 파여 있었다. 이윽고 저택이 모습을 드러냈다. 저택의 검은 실루엣은 다른 풍경을 왜소하게 만들 정도로 웅장했지만 동시에 광대한 바다 앞에서는 작고 연약해 보였다. 브래드는 쓰레기 수거함 옆에 차를 세우고 시동을 껐다. 바람이 계속 트럭을 강타했다.

"이미 안에서 기다리고 있을 거야. 우릴 지켜보면서." 브래드가 말했다.

"시간 낭비하지 말자. 일단 내가 집 안에 들어가면 당신은

바로 움직여. 나 혼자 그 사이코를 상대하고 싶지 않아." 내가
말했다.

"알았어. 나도 이 일을 빨리 끝내고 싶어."

"좋아." 내가 말했다. 트럭 안으로 들어오는 희미한 달빛으
로도 그가 살짝 떨고 있는 게 보였다. 그의 꺼끌꺼끌한 뺨에 손
을 대자, 그가 마치 뱀에라도 물린 사람처럼 화들짝 놀랐다.

"맙소사. 그렇게 긴장돼?" 내가 말했다.

"놀랐잖아. 난 지금 아무것도 안 보인다고. 어서 가."

나는 트럭 문을 열었고, 브래드는 손으로 내부 등을 가렸
다. "안에서 봐." 나는 그렇게 말하고 문을 닫았다. 엔진이 틱틱
소리를 내며 열을 식히고 있었다. 주머니에서 열쇠 꾸러미를 꺼
내 현관의 돌계단 쪽으로 걸어갔다. 가까이 다가가니 달을 등
진 저택은 마치 뒤에 아무것도 없는 검은 벽처럼 보였다. 숨을
깊이 들이쉬었다가 너무도 차가워진 공기에 깜짝 놀랐다. 열쇠
꾸러미를 더듬거려 현관 열쇠를 찾아낸 다음, 잠금장치를 돌리
고 문을 밀었다. 집 안에 들어선 순간, 그저 건물 정면만 통과
했을 뿐 여전히 밖에 있는 듯한 초현실적인 기분이 들었다. 별
을 보려고 고개를 들었지만 위에는 아무것도 없었다.

"여기야." 목소리가 들리더니 릴리가 빛 속에서 잠시 모습
을 드러냈다가 다시 사라졌다. "들어와. 곧 눈이 적응될 거야."

내가 문에서 손을 떼자 문이 저절로 돌아가 닫혔다. 회색
빛 속에서 높이 솟은 천장의 윤곽이 잡히기 시작했다.

나는 내 목소리가 어떻게 들릴지 궁금했다. "정말 극적인 재회 아니야?" 내 말이 집 안에서 날카롭게 울렸다.

"브래드에게 내 요구 사항이 뭔지 들었어?" 릴리가 물었다.

나는 목소리가 들리는 쪽으로 움직이며 본능적으로 한 손을 주머니로 가져갔다. 가끔씩 시내에 나갈 때 가지고 다니는 작은 페퍼 스프레이가 들어 있었다. 난 릴리에게 네가 돈을 원한다는 얘길 듣고 놀랐다, 아버지를 돕기 위해서냐고 물었다. 민감한 질문으로 그녀를 약 올리고 싶었다.

"그게 무슨 말이야?" 그렇게 묻는 릴리의 목소리는 차분했고 태평하기까지 했다.

"네 아버지가 사람을 죽였잖아, 안 그래? 영국에서. 변호사 수임료가 필요하겠지."

"아니, 이건 내가 쓸 돈이야."

나는 지금 당장 돈을 줄 순 없다고 말했고, 릴리는 그저 날 직접 만나 확답을 듣고 싶었을 뿐이라고 말했다. 우리는 1미터 정도 떨어져 있었고, 난 더는 가까이 다가갈 마음이 없었다. 눈이 어둠에 적응했지만 릴리는 여전히 이목구비가 없이 흐릿한 점으로만 보였다. 그녀는 제자리에 붙박인 듯 내가 집 안에 들어온 후로 한 발짝도 움직이지 않았다. 만약 그녀가 다가온다면 난 재빨리 달아날 생각이었다. 이 집을 구석구석 알고 있었기에 그 점을 이용할 작정이었다.

"너 테드랑 잤니?" 내가 그녀에게 물었다. 브래드가 오기 전에 어서 답을 듣고 싶었다. "둘이 어떻게 만났어?"

"우린 같은 비행기를 탔어. 테드는 다 알고 있었어. 네가 브래드와 바람피우는 걸 알고 있었다고. 넌 그를 속이지 못했어."

"근데 왜 경찰에 신고하지 않은 거야? 날 그렇게 못된 년이라고 생각했으면서?"

"신고할 거야, 페이스. 내 말대로 하지 않으면."

옛날 이름을 들으니 기분이 이상했다. 담배 연기가 자욱하던 마더 대학의 방들과 술을 진탕 마시는 파티장으로 돌아간 것 같았다. 불현듯 릴리의 얼굴이, 차가운 초록색 눈동자가 생각났다.

"혹시 이거 다 에릭 때문이니?" 우리 쪽으로 다가오는 검은 형체를 보며 내가 물었다. 릴리를 죽이려고 온 브래드였다. 난 그에게 잠깐 멈추라고 말하고 싶은 심정이었다. 그때 릴리가 런던에서 에릭을 죽였는지 알고 싶었다. 알아야 했다.

"아니." 릴리가 즐겁다는 듯이 말했다. "에릭 때문이 아니야. 순전히 너 때문이지."

그러자 브래드가 나타나 귀신같은 얼굴로 큼직한 스패너를 들어 올렸다. 나는 흥미진진하게 지켜보다가 문득 브래드와 릴리의 얼굴이 둘 다 내 쪽으로 향했음을 깨달았다. 스패너가 내려왔고 머리에서 강렬한 통증이 폭발했다. 다리의 힘이 풀리면서 난 손으로 머리를 감싼 채 톱밥이 떨어진 차가운 바닥에 쓰러졌다. 브래드가 날 내려다보더니 내 머리에서 손을 치웠다.

모자가 벗겨졌다. 이제 죽겠구나, 난 그렇게 생각했다. 브래드의 스패너가 다시 내려오면서 휙 하고 허공을 가르는 소리가 들렸다.

26장

릴리

브래드가 스패너로 미란다의 머리를 내려
쳤다. 미란다는 털썩 무릎을 꿇더니 이내 바닥에 쓰러졌다. 모
자가 벗겨지자, 그녀는 손을 들어 머리의 다친 부위를 감쌌다.
난 브래드가 더는 그녀를 때리지 못할 거라고 생각했다. 하지
만 브래드는 그녀 옆에 쪼그리고 앉아 예닐곱 번을 더 때렸다.
머리를 보호해주던 모자가 사라지니 스패너가 두개골을 강타
할 때마다 또렷하게 퍽퍽 소리가 났다. 그러더니 어느 순간부
터 누군가가 주먹으로 벽을 칠 때처럼 우드득 하는 소리로 바
뀌었다. 집 안의 희미한 불빛으로도 그녀의 머리 옆쪽이 움푹
파이고 바닥 위로 검은 피 웅덩이가 번져가는 게 보이자, 나는
미란다가 죽었다고 확신하며 부드럽게 브래드를 말렸다.

"스패너는 여기 두고 잠깐 나갔다 오죠." 내가 말했다.

브래드는 미란다의 시신 옆에 스패너를 살며시 내려놓으며 내 말대로 했다. 나는 그의 팔꿈치 위를 잡아 현관 쪽으로 끌어 밖으로 나갔다. 밖의 공기는 집 안과 똑같았지만 그래도 더 깨끗했고 짭조름한 바다 냄새가 났다. 우리 뒤로 문이 닫혔다. "끝났어요." 내가 브래드에게 말했다.

"죽은 거 같아요?" 그가 물었다.

"네, 죽었어요. 이제 끝났어요. 아주 잘했어요. 미란다가 의심하던가요?"

"아뇨, 미란다에게 당신이 가르쳐준 대로 말했어요. 하지만 미란다가 당신을 봤더군요."

"날 보다뇨?"

"어젯밤에요. 당신이 우리 집에서 나간 뒤에 미란다가 왔어요. 날 보러 왔다가 우리 집에 있는 당신을 본 거예요. 당연히 당신을 알아봤죠." 브래드는 재킷 주머니에서 담뱃갑을 꺼냈지만 좀처럼 담배를 빼내지 못했다.

"잠깐 트럭에 앉아서 담배를 피우죠. 시신은 그다음에 치워도 되니까." 내가 말했다.

우리는 브래드의 트럭에 올라탔다. 나는 배낭을 벗어 무릎에 올려놓았다.

"추워요? 히터를 틀어줄까요?" 브래드가 물었다.

"아뇨, 괜찮아요. 하지만 좀 마셔야겠어요." 나는 배낭의 지퍼를 내리고 살구맛 브랜디가 든 휴대용 술병을 꺼냈다. "놀랐나 봐요."

"당연하죠, 네." 브래드가 그렇게 말하더니 부자연스러운 웃음을 짧게 내질렀다.

나는 술병을 입술에 대기만 하고 마시지는 않았다. "좀 마실래요? 살구맛 브랜디예요. 맛이 좋아요." 내가 말했다.

그가 술병을 가져가더니 쭉 들이켜고는 다시 내게 건넸다.

"더 마셔요. 난 이미 충분히 마셨어요." 내가 말했다.

"하긴 이런 날 안 마시면 언제……." 그는 그렇게 말하더니 다시 술병을 기울였다. 꿀꺽 소리가 두 번 들렸다. 저 정도면 충분하다. 살구의 풍미가 브랜디 안에 든 이물질의 맛을 가려주길 바랐는데 성공한 모양이었다. 약효가 나타나기 전에 미란다가 찾아왔다는 얘기를 좀 더 듣고 싶었다.

"어젯밤 얘기 좀 해봐요." 내가 말했다.

브래드는 라이터를 켜고 담배에 불을 붙인 다음, 앞유리창에 푸른 연기를 내뿜었다. "놀라서 까무러치는 줄 알았다니까요. 당신이 떠나고 5분쯤 지나서 왔더라고요. 처음엔 당신이 되돌아온 줄 알았죠."

"왜 온 거죠?"

"나와 통화하고 싶지 않아서 직접 온 겁니다. 경찰이 무슨 목격자를 찾아냈고, 날 취조할 테니까 대비해야 한다면서요. 하지만 미란다가 당신을 보고 너무 놀라서 그 얘긴 많이 하지 않았어요."

"그래서 우리가 무슨 얘기를 했는지 말해줬나요?"

"네. 우리가 미리 계획했던 대로 말했죠. 당신이 나더러 미
란다를 죽이는 일을 도와달라고 했다, 그래서 내가 생각해보겠
다고 했지만 오히려 우리가 당신을 죽여야 한다고요. 미란다를
위해 기꺼이 당신을 죽이겠다고 했죠. 미란다는 내 말을 믿더
군요."

어젯밤 쿨리스 주차장에서 브래드에게 접근했을 때 원래
는 브래드를 이용해 미란다를 이 집으로 불러내기만 할 셈이었
다. 그게 1단계였다. 미란다와 단둘이 남으면 나 혼자서도 그녀
를 죽일 수 있었다. 먼저 전기충격기로 기절시킨 다음, 비닐봉
지로 질식시키거나 칼로 찔러서. 하지만 쿨리스 앞에서 브래드
와 이야기를 나누면서 나는 그가 무너지기 일보직전임을 깨달
았다. 트럭 운전석의 희미한 불빛 속에서도 그의 눈이 겁에 질
리고 넋이 빠졌다는 걸 알 수 있었다. 한쪽 다리가 덫에 걸려 굶
어 죽기 직전인 절박한 짐승을 연상시켰다. 나는 즉시 계획을
바꿔 대학 시절부터 미란다를 알고 지냈고, 그녀가 무슨 짓을
했는지 알고 있으며, 당신이 이용당한 거라고 말했다.

"미란다는 당신을 버릴 거예요, 브래드. 당신도 알고 있
죠?" 내가 말했다.

"모르는데요."

"브래드, 난 지금 묻는 게 아니라 알려주는 거예요. 미란다

는 사악한 여자예요. 미란다가 테드의 죽음에 관련이 있다는 증거가 하나라도 있나요? 당신의 증언뿐이에요. 미란다는 그냥 당신 혼자서 저지른 일이었다고 발뺌하면 그만이라고요. 당신은 평생 감옥에서 썩고, 미란다는 어떤 처벌도 받지 않은 채 떠날 거예요. 당신은 이용당한 거라고요."

"맙소사." 그가 그렇게 말하며 큼지막한 손으로 눈가를 훔쳤다.

그를 내 편으로 만들기는 누워서 떡 먹기였다. 그가 미란다에게 완전히 속아 넘어가진 않은 모양이었다. 오히려 반대였다. 난 브래드에게 그의 집으로 가서 앞으로 어떻게 해야 할지 의논하자고 했다. 차로 그의 트럭을 따라 그가 산다는 임대용 오두막으로 갔다. 테드가 예전에 아주 황량하고 썰렁한 집이라고 설명했는데 그 말이 맞았다. 가구는 튼튼했지만 멋이 없었다. 커피 테이블에는 잡지들이 부채처럼 펼쳐져 있었고, 집 안 전체에서 세척제 냄새가 풍겼다. 테드가 왔을 때보다 집이 한결 깨끗해진 것 같았다. 브래드가 괴로운 나머지 강박적으로 오두막을 청소한 게 아닌가 싶었다. 우리는 소파에 앉았다. 나는 맥주를 마시겠느냐는 제안을 거절했지만, 브래드는 거실 옆 벽감 속에 설치된 작은 부엌에서 하이네켄 한 병을 가져왔다. 그러더니 첫입에 반을 비웠다.

"미란다를 사랑하나요?" 내가 물었다.

"그런 줄 알았어요. 하지만 이젠 모르겠어요. 당신도 봤잖아요. 이제 미란다는 좆나 부자가 될 겁니다."

"네, 그럴 거예요. 하지만 그 돈을 당신과 나누진 않을 거
예요. 내 말 믿어요. 그게 미란다 방식이에요. 남자들에게 자기
가 원하는 일을 시킨 다음, 없애버리죠. 당신에게 남편을 죽이
게 하고 자기는 천 킬로미터 떨어진 곳에 있었잖아요."

그가 맥 빠진 얼굴로 고개를 끄덕였다. "그게 제일 나빠요."
나는 말을 이었다. "미란다는 당신을 살인자로 만들었고 그건
절대 돌이킬 수 없는 사실이에요. 하지만 살인자는 당신이 아
니에요, 브래드. 미란다죠. 그녀가 당신을 조종한 거예요. 당신
은 절대 살인을 저지를 사람이 아니라고요."

브래드의 두 눈에서 쏟아진 눈물이 구릿빛 얼굴을 따라 흘
러내렸다. 나는 그가 듣고 싶어 하는 말을 해주었다. 테드 스버
슨의 죽음을 책임져야 할 사람은 당신이 아니라 미란다라고. 그
에게 죄가 없다고 선언했다. 그가 울음을 그치자, 나는 맥주를
한 병 달라고 했다. 마실 생각은 없었다. 그저 그에게 뭔가 할
일을 주고, 이젠 우리가 같은 편이라는 느낌을 주고 싶었다. 그
가 맥주 두 병을 가지고 와서 소파에 앉더니 열쇠고리에 달린
오프너로 병을 땄다.

"그럼 내가 어떻게 해야 할까요? 경찰에 가서 자백할까요?
사실대로 모두 털어놔야 할까요?" 그가 물었다.

"그건 도움이 안 돼요. 테드를 죽인 사람이 당신이란 사실
에는 변함이 없어요. 사건이 일어났을 때 미란다는 근처에 있

지도 않았고, 자기는 아무 연관도 없다고 할 거예요."

"그럼 어떻게 하죠?" 그는 맥주를 마셨고 턱으로 맥주가 조금 흘렀다.

날 바라보는 눈빛으로 보아 설령 내가 당장 손가락을 부러뜨리라고 해도 그렇게 할 것 같았다. 그래서 난 도박을 해보기로 결심했다. "내가 미란다를 처리하도록 도와줘요. 미란다는 죽여 마땅하고, 그것만이 당신이 이 위기에서 벗어나는 길이에요. 날 도와줄 수 있겠어요?"

"그게 무슨 말입니까? 미란다를 처리하다니?"

"난 미란다를 죽일 거예요, 브래드."

"알았어요."

그래서 난 계획을 설명했다. 미란다에게 내가 만나고 싶어 한다고, 내가 살인에 대해 모두 알고 있고, 돈을 원한다는 말을 전하라고 했다. 우리는 내일 어두워진 후에 지금 공사 중인 집에서 만나기로 했다. "미란다가 의심할 겁니다." 브래드가 말했다.

"당신 말이 맞아요. 그러니까 미란다에게 내가 협박할 거라고 하지 말고 함정이라고 하세요. 협박하려고 만나자고 했지만 사실은 내가 미란다를 죽일 계획이라고, 대학 시절 이후로 죽일 기회만 노리고 있었다고. 미란다는 나올 거예요. 내가 알아요. 내가 미란다를 처리하면 당신이 시신 매장을 도와줘요. 설사 시신이 발견된다 해도 당신에게는 완벽한 알리바이가 생길 거예요. 경찰에게는 내가 여기 케네윅에 왔다가 당신을 만나게 됐고, 우린 하룻밤을 보냈고, 당신이 날 만나러 윈슬로에 왔다고 할 거니까. 당신은 아무 문제도 없을 거예요. 약속해요."

"돈은요?"

"어차피 당신은 그 돈 구경도 못해요, 브래드. 절대로. 그냥 감옥에 갔을 텐데 내가 지금 출구를 알려주는 거예요. 미란다가 사라지면 당신은 안전해요."

마치 엄마에게 혼난 아이처럼 그가 빠르게 고개를 끄덕였다. "미란다를 어떻게 죽일 겁니까?"

"내가 알아서 할게요." 내가 말했다.

"내가 할 수 있습니다." 그렇게 말하는 브래드의 눈빛은 어딘가 달라져 있었다. 두려움은 사라지고 대신 미움과 약간의 광기가 깃들어 있었다. 테드를 죽인 뒤로 잠을 자기는 했을까?

"무슨 뜻이에요?" 내가 물었다.

"미란다를 집으로 들여보낸 다음, 집 뒤쪽 파티오 출입문을 통과해 미란다에게 몰래 다가갈 수 있습니다. 내게 대형 스패너가 있어요. 그걸로 미란다의 머리를 내려치는 겁니다. 그럼 당신이 죽이지 않아도 돼요. 굳이 살인을 하고 싶진 않을 테니까."

완벽했다. 그걸로 나의 가장 큰 문제가 해결됐다. 내가 미란다를 죽일 경우 188센티의 남자가 아닌 172센티미터의 여자가 치명타를 입혔다는 법의학적 증거가 남을 수밖에 없기 때문이다.

"미란다에게 몰래 다가가지 않아도 돼요." 내가 말했다.

"무슨 말입니까?"

"미란다에게 내가 모든 걸 알기 때문에 날 죽일 거라고 하세요. 뒷문으로 몰래 들어가 스패너로 날 내려치겠다고. 그럼 당신이 집 안으로 들어오는 소리가 들려도 날 죽이려는 줄 알거예요. 자기를 죽일 거라는 생각은 못 할 거라고요."

"좋아요." 그가 고개를 끄덕였다.

"정말 할 수 있겠어요?"

브래드는 그렇다고 했고 난 그를 믿었다. 우린 좀 더 이야기하며 계획의 세세한 부분까지 상의했다. 나는 그에게 다 잘될 거라고 몇 번이나 안심시켰다. 브래드의 집을 나설 무렵에는 그가 계획대로 할 거라는 확신이 들었다.

그리고 브래드는 그렇게 했다.

하지만 아까 어둠 속에 미란다와 함께 서 있을 때는 잠시 불안하기도 했다. 내가 바보 같은 짓을 했고, 브래드가 미란다 대신 날 죽이지 않을까 하고. 하지만 마지막 순간, 브래드가 대형 스패너를 들어 올렸을 때 비로소 알았다. 내가 이겼다는 것을. 미란다는 이전에 내가 죽인 사람들처럼 죽고 난 살리라는 것을.

트럭의 창문이 올라가고 브래드가 담배를 피우자, 운전석은 독한 담배 냄새로 가득 찼다. "미란다가 기꺼이 날 죽이자고 하던가요?" 나는 브래드에게 물었다. 답을 알아야 했다.

"네, 당신이 말한 대로였어요. 하지만 놀라긴 하더군요. 대학 때 당신과 별로 친하지 않았다면서." 그는 손톱이 크고 둥글어서 주걱처럼 생긴 손가락으로 입술을 문질렀다. "근데 어떻게 아는 겁니까? 테드의 죽음에 대해 어떻게 그렇게 잘 알죠? 어젯밤엔 미처 못 물어봤네요."

"런던에서 출발한 비행기에서 테드 스버슨을 만났어요. 자기 아내가 집 공사를 맡긴 시공업자와 바람이 났다고 하더군요. 절벽 산책로에서 쌍안경으로 두 사람의 불륜 현장을 목격했대요. 우린 계속 만났어요. 테드는 미란다를 죽이기로 했죠. 물론 당신도요. 난 도와주겠다고 했고요."

브래드는 다시 담배를 길게 빨았지만 담배는 이미 필터까지 탄 상태였다. 그는 창문을 내린 다음, 담배꽁초를 밖으로 튕겼다. 꽁초가 웅덩이에 떨어지며 치지직 소리가 났다. "구라치지 말아요." 브래드는 그렇게 말하며 내 쪽으로 고개를 돌렸다. 클로럴하이드레이트의 효과가 나타나 그의 혀가 풀리고 눈꺼풀이 처지기 시작했다.

"아뇨. 나도 그런 거라면 좋겠네요. 테드는 미란다를 죽일 계획이었고, 미란다는 테드를 죽일 계획이었죠. 하지만 미란다가 한발 빨랐어요. 사실은 당신이 한발 빠른 거였지만. 어쨌든 이젠 다 끝났어요."

"끝났죠, 네." 그의 혀가 완전히 꼬부라져서 '끝났죠'가 '끄나지오'로 들렸고, 나는 간신히 그 말을 알아들었다. 고개가 비스듬히 기울어진 그를 보고 있자니 자기가 이미 의식을 잃었다는 걸 깨닫지 못한 채 링 위에서 정신을 차리려고 안간힘을 쓰는 권투선수가 떠올랐다. 그의 몸이 내 쪽으로 약간 기울기 시작했고, 나는 몸을 뒤로 뺐다. 발에 씌운 비닐봉지가 트럭 바닥에 닿으며 바스락거렸다.

"왜…… 왜 발에 비닐봉지를 씌웠죠?" 그의 발음은 완전히 뭉개져서 무슨 말인지 전혀 알아들을 수 없었지만 그의 시선이 향한 곳을 보고 유추할 수 있었다. 그의 몸이 기울며 옆으로 쓰러지는 바람에 오른쪽 어깨가 내 허벅지로 세게 떨어졌다. 나는 두 손으로 그의 두꺼운 데님 재킷을 움켜잡아 그를 의자에 똑바로 세웠다. 그의 고개가 뒤로 젖혀지고 입이 벌어졌다. 나는 조수석 문을 열고 트럭에서 내린 다음, 내부 등이 빨리 꺼지도록 얼른 문을 닫았다. 하늘을 올려다보았다. 밤하늘에 별이 총총했고 내가 처음 도착했을 때보다 훨씬 밝아졌다. 보이지 않는 바다가 조용히 하라는 듯이 쉿 소리를 냈다. 난 10초간 그대로 서 있다가 작업에 착수했다.

여분의 비닐봉지를 가져왔고 칼도 있었지만 먼저 트럭 짐칸에 올라갔다. 운전석 뒤에 고무 끈으로 연결되어 있는 연장통을 확인하기 위해서였다. 홈이 파인 금속 뚜껑은 잠겨 있지 않았고, 나는 펜라이트를 켜서 내부를 보았다. 예상했던 도구들이 다 있었다. 망치, 작은 톱, 타이어를 떼어내는 지렛대, 드릴이 든 플라스틱 상자. 하지만 내 시선을 끈 것은 옷걸이를 펴서 만든 기다란 갈고리였다. 열쇠를 꽂아둔 채 차 문이 잠겼을 때 문을 열기 위한 용도였다. 나는 갈고리를 집어 들어 반듯하게 폈다. 안성맞춤이었다. 트럭에 피는 흘리고 싶지 않았다.

다시 조수석에 올라타 차 문을 닫고 차창을 내렸다. 브래드가 마지막으로 피운 담배 냄새가 아직 운전석에 남아 있었다. 무언가 다른 냄새도 있었다. 브래드의 입에서 나는, 증류된 알코올의 화학약품 같은 냄새. 어쩌면 그의 체취일지도 모르겠다. 그가 코를 골기 시작했고 숨을 내쉴 때마다 요란한 콧소리가 났다. 나는 어깨를 잡아 가능한 한 세게 흔들었지만 그는 깊은 잠에서 깨어날 기미가 보이지 않았다. 알코올―오늘 대체 얼마나 마셨을까?―과 클로럴하이드레이트의 결합만으로도 그는 사망에 이를 수 있지만 그렇다고 운에 맡길 순 없었다.

나는 조수석 위를 무릎으로 딛고 섰다. 브래드의 머리를 내 반대쪽으로 돌려 운전석 창문을 보게 했다. 머리는 여전히 뒤로 젖혀져 있었고, 그의 굵은 목과 머리 받침대 사이에는 공간이 있었다. 나는 옷걸이를 편 철사를 그의 목에 감고, 양끝을 비틀어 철사로 목을 꽉 조였다. 그런 다음, 배낭에서 레더맨 멀티툴을 꺼내 비틀린 부분이 3센티미터 정도만 남아 있게 철사를 잘랐다.

레더맨 펜치로 철사 양 끝을 잡아 계속 돌렸다. 브래드의 숨통이 끊어질 때까지.

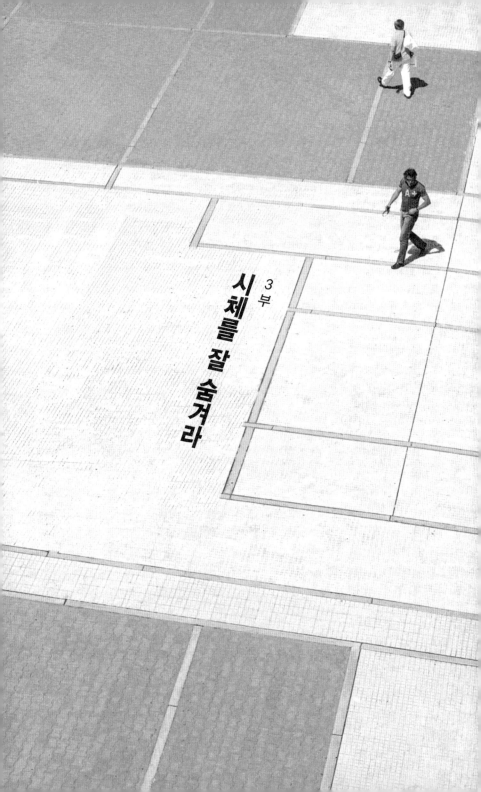

3
부

시체를 잘 숨겨라

27장

킴볼

잠이 오지 않았다.

새삼스러운 일도 아니었다. 특히나 사건을 수사 중일 때는. 머리맡 테이블의 시계를 확인했더니 새벽 3시가 조금 넘었다. 바닥에 벗어 던진 내 옷 위에서 고양이 파이웨킷이 자고 있었다. 죽은 척하는 털북숭이 애벌레처럼 몸을 둥글게 말고 있는 녀석을 보니 좀 추워 보였다. 녀석은 아마도 왜 바닥을 따라 설치된 금속판에서 졸졸 흐르는 소리가 나면서 집 안이 따뜻해지지 않는지 의아해할 것이다. 10월 말에 접어들며 갑자기 추워지긴 했어도 최소한 11월은 되어야 히터를 틀 생각이었다.

침대에서 일어나 터너 클래식 무비 채널에서 무슨 영화를

357

하는지 보고 싶었지만 그랬다가는 영영 잠들지 못할 터였다. 오늘은 조금이라도 맑은 정신을 유지해야 했다. 테드 스버슨은 금요일 저녁에 살해되었고 이제 수요일에 접어들고 있었다. 거의 일주일이 다 되어간다. 우리에겐 브래드 다겟이라는 용의자가 있지만 그는 도주해버렸고 아무도 행방을 모른다. 대체로 협조적인 케네윅 경찰과 함께 어제 하루 종일 브래드 다겟의 집을 감시하고, 그의 행방을 알아낼 수 있는 모든 단서를 확인했다. 분명 그놈이 범인이다. 몽타주를 본 미란다 스버슨에게 브래드 다겟을 닮은 것 같다는 말을 들은 후에 시스템을 조회했더니 거기에 놈이 있었다. 두 번의 전과 기록. 하나는 5년 전주거 침입 혐의였고, 하나는 2년 전 음주운전이었다. 나는 미란다가 알려준 번호로 전화했지만 그는 전화를 받지 않았다. 그래서 케네윅 경찰서에 전화해 브래드 다겟의 집에 들러 그가 있는지 확인해달라고 부탁했다. 또 몇 가지 질문을 하고, 테드 스버슨의 죽음에 대해 아는지도 물어봐달라고 했다. 그들은 내부탁대로 했지만 그는 집에 없었다. 나는 그들에게 다음 날 아침에 내가 직접 가겠다고, 내가 취조하면 더 많이 알아낼 수 있다고 말했다. 다음 날 아침, 경찰서에서 가장 최근에 찍은 브래드 다겟의 사진을 출력해 서머빌에 있는 레이첼 프라이스의 집으로 가져갔다. 그녀는 사진을 보더니 엄지발가락으로 깡충 뛰면서 "어머, 이 남자예요. 분명해요"라고 말했다.

"금요일 밤 6시에 그 집으로 들어갔던 남자가 이 사람 맞습니까?"

"네, 이 남자라니까요. 확실해요."

그게 화요일 아침이었다. 나는 보안관에게 전화하고 차를 몰아 케네윅으로 갔다. 브래드 다겟의 행방은 여전히 오리무중이었다. 그가 감독하는 공사 현장에도, 그의 소유라는 임대 오두막들 중 하나인 그의 집에도 없었다. 케네윅 해변을 따라 일렬로 늘어선 그 오두막들은 가장자리가 녹색으로 칠해진 흰 집이었다. 그걸 보니 어린 시절에 여기보다 약간 더 북쪽에 위치한 웰스 해변에서 방학을 보냈던 일이 생각났다. 그가 집에 없고 조만간 돌아오지 않으리라는 게 분명해지자, 나는 테드 스버슨의 침실 서랍에서 찾아냈던 열쇠로 브래드의 오두막 문을 열어보았다. 열쇠가 잘 돌아갔다. 왜 테드 스버슨은 자기가 고용한 시공업자의 집 열쇠를 가지고 있었을까? 둘이 불륜이라도 저질렀단 말인가? 나는 브래드의 집 밖에 서서 티끌 하나 없이 깨끗한 집 안을 들여다보기만 했다. 점심시간이 끝난 직후에 지방 판사가 수색영장을 발부해줬고, 우리는 집을 뒤졌지만 아무것도 나오지 않았다.

난 미란다 스버슨에게 브래드 다겟이라는 이름을 들은 후로 빨리 대처하지 않은 것을 하루 종일 자책했다. 브래드의 사진을 곧바로 레이첼 프라이스에게 보여줬어야 했다. 하지만 미란다 스버슨의 뜨뜻미지근한 태도를 보고 별로 기대를 하지 않은 게 사실이다. 물론 이제는 그녀가 어쩔 수 없이 브래드 다겟을 지목했고, 그를 보호하고 있었다는 게 명백해졌다. 분명 브래드 다겟에게 전화해 집에 가지 말고 전화기도 꺼놓으라고 경고했을 것이다. 아주 뻔한 이야기다. 애인에게 남편을 죽여달라고 한 부인. 이 사건의 변수는 테드 스버슨의 서랍 속에 감춰져 있던 열쇠, 브래드 다겟의 집 열쇠다. 그게 사실은 미란다의 열쇠이고, 그녀가 남편 서랍에 감춰놓은 건 아닐까? 가능한 일이다.

오후 3~4시쯤에는 전국에 브래드와 트럭의 지명 수배령을 내렸다. 그의 전 부인은 물론이고 밑에서 일하는 몇몇 직원들, 동료들까지 취조했지만 전날 점심시간에 그가 단골 피자 가게에서 큼직한 미트볼 샌드위치를 산 이후로 그를 본 사람은 없었다. 사라져버린 것이다.

나는 오후 늦게 케네윅을 떠나 95번 고속도로를 타고 보스턴으로 향했다. 가는 길에 빌리 엘킨스 경위가 전화로 재미있는 소식을 들려줬다. 그는 내 명령에 따라 일전에 미란다 스버슨에게 윈슬로에 사는 지인이라고 전해 들은 릴리 킨트너를 조사 중이었는데, 꽤 많은 정보를 알아냈다. 그녀는 현재 윈슬로 대학 도서관에서 일했고 본명 대신 릴리 헤이워드라는 가명을 쓰고 있었시만 윈슬로의 포플러 가에 본명으로 구입한 집이 있었다. 가장 중요한 사실은 그녀가 9월 20일 런던에서 테드 스버슨과 같은 비행기를 탔다는 것이다. 나는 주먹으로 어퍼컷을 날리고는 그녀의 집 주소를 받아 적었다.

빌리에게 비행기의 승객 명단을 확인하라고 한 건 약간의 단서를 바탕으로 하긴 했어도 순전히 형사로서의 감 때문이었는데 정말로 뭐가 나올 줄은 몰랐다. 미란다가 자기 지인 중에 릴리 킨트너라는 사람이 윈슬로에 산다고 했을 때 혹시 그 여자가 데이비드 킨트너의 딸이 아닐까 생각했다. 데이비드 킨트너는 현존하는 작가 중에 내가 가장 좋아하는 작가였는데 그의 딸에 대해서는 아는 바가 별로 없었다. 그저 이름이 릴리이고, 데이비드 킨트너가 미국인 아티스트와 결혼해 코네티컷 주에 살 때 낳은 아이라는 것 정도였다. 마더 대학은 코네티컷 주에 있었고, 릴리가 미란다와 동갑이라면 데이비드 킨트너의 딸과 비슷한 나이였다.

데이비드 킨트너는 단순히 소설가로 유명한 게 아니었다. 영국에서 음주운전을 하다가 두 번째 아내를 죽인 일로 더 악명이 높았다. 영국은 이 일로 떠들썩했지만 미국에는 잘 알려지지 않았는데 나는 팬이기 때문에 그 사건을 알고 있었다. 그는 형기를 마쳤고 출옥한 지 채 한 달이 되지 않았다. 그러니 그의 미국인 딸이 아버지를 만나러 런던에 가는 건 당연한 일일 듯했다. 또한 미란다 스버슨에게 최근 테드가 런던 출장을 다녀왔단 말도 들은 터였다. 그래서 이 릴리 킨트너라는 여자와 테드가 비행기에서 만났을 수도 있겠다는 생각이 들었다. 난 빌리에게 승객 명단을 찾아보라고 지시했고 내 예감은 적중했다. 브래드 다겟을 찾는 일에 아무런 소득도 없던 차에 마침내 성과를 얻으니 기분이 좋았다. 그날 테드가 윈슬로에 간 이유는 분명 릴리 때문일 것이다. 비록 그녀는 그의 죽음과 아무 연관이 없을 테지만.

95번 고속도로와 93번 고속도로가 갈라지는 지점에 이르렀을 때 난 보스턴으로 가는 93번으로 빠지지 않고 95번을 계속 따라갔다. 릴리 킨트너를 만난다고 해서 큰 도움이 될 것 같지는 않았지만 만나볼 필요가 있었다.

그녀는 집에 있었고, 내 예상대로 데이비드 킨트너의 딸이었다. 숲이 우거지고 집이 몇 채밖에 없는 호숫가에서 책들이 빼곡히 들어찬 집에서 살았다. 현관에서 날 맞이한 그녀는 좀 부스스해 보였고, 눈동자가 내 얼굴에 초점을 맞추기까지 약간 시간이 걸렸다. 아무래도 낮잠을 자다가 나온 것 같았다. 그녀는 날 집 안으로 들였다. 테드 스버슨에 대해 물었더니, 그를 알긴 하지만 신문 기사에서 이름을 봤고 대학 선배의 남편으로 알고 있을 뿐이라고 했다. 그녀는 커피를 마시겠냐고 했고, 나는 좋다고 했다. 그녀가 커피를 내리는 동안, 책꽂이를 훑어봤는데 일렬로 꽂힌 데이비드 킨트너의 소설이 눈에 들어왔다. 책등을 손으로 훑으며 내가 봤던 그의 사진들을 떠올렸다. 키가 크고 앙상한 체격에 숱이 많은 백발. 볼이 쏙 들어가고 낯빛이 좋지 않은, 전형적인 술꾼의 얼굴. 릴리는 커피를 가지고 왔다. 머리카락은 양쪽 귀 뒤로 넘겼고, 졸려 보이던 눈은 날카롭게 변해 하나도 놓치지 않으려는 듯했다. 내가 아버지의 책들을 읽었고 사실은 팬이라고 말했지만 그녀는 별로 감동받지 않은 표정이었다. 아버지의 천재성은 귀가 아프게 들었다는 듯이. 나는 영국에서 아버지가 겪은 일을 알고 있다고 말하면서 자연스럽게 그녀가 테드 스버슨과 함께 타고 온 비행기 얘기를 꺼냈다. 그녀의 선명한 초록색 눈동자에서 무언가가 반짝하더니 비행기에서 만난 남자가 있다, 그의 얼굴이 어쩐지 눈에 익었는데 어쩌면 그 남자가 테드일지도 모르겠다고 했다. 그와 오랫동안 얘기를 나눴기에 자기가 누구인지, 어디 사는지 말했을 수도 있다고 했다. 우리는 인터넷에서 그의 사진을 찾아냈고, 릴리는 자기와 얘기했던 남자가 테드 스버슨이 확실하지만 그가 왜 윈슬로에 왔는지는 모르겠다고 했다.

난 그녀가 했던 말 중에서 일부만 믿었다. 테드 스버슨이 자기를 보러 이곳에 온 줄 몰랐다는 말, 내가 찾아와서 놀랐다는 말은 믿었다. 하지만 비행기에서 만난 남자가 선배의 남편인 줄 몰랐다는 말은 믿지 않았다. 그건 말이 안 된다. 하지만 왜 그런 거짓말을 했을까?

그녀의 집을 나설 때 주머니에 손을 넣어 열쇠를 만지작거렸다. 이제는 이게 브래드 다겟의 집 열쇠임을 알고 있지만 시치미를 떼고 릴리에게 물었다. 혹시 이걸로 이 집 현관문을 열어봐도 되겠느냐고. 그냥 그녀의 반응이 보고 싶었다. 그녀는 당황한 듯했으나 걱정하는 눈치는 아니었다. 나는 그런 반응을 어떻게 받아들여야 할지 모른 채 그곳을 떠났다. 하지만 왜 테드 스버슨이 그날 윈슬로에 왔는지는 분명히 알 수 있었다. 그는 비행기에서 릴리 킨트너를 만났고, 그녀와 사랑에 빠진 것이다. 그것만은 확실했고, 나도 충분히 공감했다. 솔직히 어제 릴리 킨트너를 만난 후로 나도 그녀의 생각을 떨칠 수가 없었다. 그녀는 아름다웠다. 그 사실은 기억하지만 이목구비는 잘 떠올릴 수가 없었다. 긴 빨간 머리와 고양이 눈 같은 초록색 눈동자만 생각날 뿐 얼굴 전체는 자꾸 기억에서 빠져나갔다. 하지만 그녀의 외모보다도 비범할 정도의 초연함과 윈슬로의 숲에서 책에 둘러싸여 사는 생활 방식이 더 매력적이었다. 그녀는 혼자서 쓸쓸하게 살아갈까? 아니면 살면서 다른 인간을 필요로 하지 않는 별종일까? 난 그걸 알아낼 작정이었다.

세상에서 날 가장 잘 아는 동생 에밀리는 연애에서 내 문제가 끌리는 여자마다 사랑에 빠지는 것이라고 했다.

"남자들 다 그러지 않아?" 내가 물었다.

"아니. 대부분의 남자들은 끌리는 여자랑 그냥 자고 싶어 하지. 가장 피하고 싶은 게 사랑에 빠지는 거고. 오빠는 형사라면서 그것도 몰라?"

"네가 몰라서 그러는데 나도 그 여자들과 자고 싶어."

"그래, 하지만 그러다 그 여자들과 사랑에 빠지지. 그럼 여자들은 오빠에게 상처를 주거나……."

"이제 네 연애 얘길 할까?" 나는 동생의 말을 잘랐다. 동생이 내 실패한 연애를 분석할 때마다 대화 주제를 바꾸는 방법이었다.

파이웨켓이 꿈지럭거렸다. 지금이 새벽 5시라는 뜻이다. 녀석이 침대로 뛰어오르더니 날 깨우기 위해 눈꺼풀에 콧김을 불려고 했다. 하지만 내가 선수를 쳐서 이불 속에 있던 두 다리를 훌쩍 내려 침대에서 일어났다. 비상구 계단으로 이어지는 아파트 옆문을 열어 파이웨켓을 내보냈다. 녀석은 금속판 위를 민첩하게 걸으며 쏜살같이 밖으로 뛰어나가 작은 뒤뜰로 향했다. 그곳에서 낙엽과 악당 다람쥐로부터 우리의 왕국을 지키는 것이 녀석의 임무였다.

이제 조금이라도 자기는 틀렸다고 생각하며 다시 침대에 누웠다. 침대 머리맡에 쌓인 책 더미에는 늘 스프링 노트와 펜 하나를 놓아둔다. 원래는 수사 중인 사건에 대해 늦은 밤에 떠오르는 생각들을 기록하는 용도였지만 시를 적기도 했다. 난 여전히 내가 시인이라고 생각한다(경찰청 사람들은 전혀 모르는 사실이다). 비록 요즘에는 리머릭(5행으로 이뤄진 시. 유머러스하며 음란한 내용을 담는 경우가 많다-옮긴이) 외에 다른 시를 쓰는 능력은 상실했지만. 그래도 최소한 뭔가를 쓰기는 하고, 그게 사건 해결에 도움이 될 수도 있다고 위안을 삼았다. 어제 아침에는 이 두 문단을 썼다.

옛날 한 남자가 있었네. 그의 이름은 테드.

그는 총에 맞아 데드.

그는 부자.

그리고 부인은 나쁜 여자.

그러니 그가 죽은 게 놀랄 일도 아니지.

옛날 한 여자가 있었네. 그녀의 이름은 미란다.

다들 그녀를 싫어했네.

고약한 심술덩이.

하지만 그 이면에 끝내주는 엉덩이.

그래서 부자들은 그녀를 가지려고 줄 섰네.

같은 페이지에 나는 다음과 같이 덧붙였다.

옛날 소설가의 딸이 살았네.

눈동자는 초록빛 바닷물.

난 그녀의 옷을 벗겨

알몸이 훨씬 더 섹시하다는 걸 밝혀.

새삼스러울 것도 없지만 왜 내 시는 꼭 야하게 끝나는지 모르겠다. 브래드에 관한 시도 지어보려고 했지만 실패했다. 대신 침대에서 일어나 커피를 내리고 출근 준비를 시작했다.

7시가 막 지났을 때 사무실 책상에 앉아 케네윅 경찰서장에게 전화했다. 브래드 다겟은 집에 돌아오지 않았다고 했다.

366

"놀랄 일도 아니군요." 반쯤 혼잣말하듯 내가 말했다. "그래도 혹시 모르니 순찰차를 계속 집 앞에 대기시켜주세요. 도망간 게 분명하지만요."

"간밤에 그자의 여자 친구와 얘길 했네." 아일랜드 서장이 말했다. 감기에 걸린 것처럼 쉰 목소리였다. "폴리 그리니어라고 브래드 다겟이 자주 들르는 쿨리스의 죽순이지. 둘이 오랫동안 만났다 헤어졌다 했나 봐. 브래드의 고등학교 동창이고."

"뭐 아는 게 있던가요?"

"브래드의 소재는 전혀 모르더군. 근데 마지막으로 본 게 언제냐고 물었더니 금요일 밤에 함께 있었다고 했어."

"지난주 금요일 밤에요?"

"그렇게 말했어. 쿨리스에서 함께 술을 마시다가 브래드의 집에 갔고, 그날 밤 거기서 잤다고 말이야."

"지난주 금요일이 확실한가요?"

"확실한진 모르겠지만 확인할 순 있네. 두 사람이 쿨리스에 있다가 함께 나갔다면 바에 있던 사람들이 기억할 거야. 여긴 작은 마을이라 사람들이 그런 걸 눈여겨보니까."

"그럼 확인 좀 해주시겠어요?"

"물론이지."

"그리고 하나 더요. 브래드 다겟이 짓고 있다는 스버슨 부부의 집으로 순찰차를 보내주세요. 또 그가 열쇠를 가지고 있을 만한 집에도요. 만약 아직도 그 근처에 있다면 자기가 열쇠를 가진 집에 숨어 있을 가능성도 있습니다. 그의 소유라는 해변가의 임대 오두막들도 모두 확인해주시고요."

"이미 확인했네."

"고맙습니다, 아일랜드 서장님."

"짐이라고 부르게."

"네."

통화가 끝난 뒤 한동안 책상에 앉아 브래드 다겟의 알리바이를 걱정했다. 알리바이가 성립될 리가 없다. 분명 여자 친구에게 금요일 밤에 함께 있었던 걸로 해달라고 부탁했을 것이다. 그렇다면 그의 알리바이는 허리케인에 맞닥뜨린 창문보다 빨리 깨질 것이다. 나는 앞에 있던 노트에 폴리 그리니어라는 이름을 쓰고 여러 번 동그라미를 쳤다. 그러자 파트너인 로베르타 제임스가 내 책상에 에그 맥머핀을 올려놓았고 ("하나 사면 하나 더 준다기에 당신 생각이 났지") 난 그녀에게 경찰서장과 통화했던 내용을 들려줬다. 그녀가 떠난 후, 노트에 적힌 폴리 그리니어라는 이름 아래에 이렇게 썼다. "왜 그녀는 브래드를 위해 거짓말을 할까? 왜 테드는 브래드의 집 열쇠를 가지고 있을까? 왜 릴리 킨트너는 내게 거짓말을 했을까?" 짐 아일랜드 서장에게 내가 직접 폴리 그리니어라는 여자와 얘기를 해봐야겠다고 전화하려는 찰나, 그에게서 전화가 왔다. "여기 와보는 게 좋겠네. 시신이 나왔어. 다겟이 짓는 집에서." 서장이 말했다.

"다겟인가요?" 나는 이미 일어나서 재킷을 걸치고 자동차 열쇠를 찾아 주머니를 뒤지는 중이었다.

"아니, 다겟과는 거리가 멀어. 여자일세. 전에 본 적은 없지만 미란다 스버슨이 분명해. 머리통이 박살 났네."

"곧 가겠습니다." 나는 그렇게 말하고 전화를 끊었다. 막 책상에 앉으려는 제임스의 팔을 잡고 함께 케네윅으로 가야 한다고 말했다.

28장
릴리

　　브래드가 죽은 걸 확인한 뒤, 나는 그의 목
에 감았던 철사를 풀었다. 데님 재킷을 움켜잡아 운전석에서 조
수석으로 끌어 온 다음, 안전벨트를 채웠다. 몸이 뒤로 기울도
록 조수석을 약간 젖히고, 가장자리에 양가죽을 댄 재킷 칼라
를 세워 목의 상흔을 가렸다. 누군가 우리 차를 본다면 그가 조
수석에서 졸고 있는 것처럼 보일 것이다. 적어도 그게 내가 바
라는 바였다.

　　트럭에 시동을 걸고 진입로를 빠져나와 도로로 나갔다. 헤
드라이트는 계속 끈 채로 뒀다가 믹맥 로드에 진입한 후에 켰
다. 연료 게이지를 봤더니 4분의 3 이상이 채워져 있었고 그 정
도면 코네티컷 주까지 가기에 충분할 것 같았다. 원래는 셀프

주유소에서 현찰로 가스를 충전할 생각이었는데 다행히도 그럴 필요가 없었다. 지금까지는 메인 주에서 날 본 사람이 없었고 앞으로도 목격자를 만들지 않을 생각이었다.

나는 95번 주간고속도로 진입로가 있는 북쪽으로 차를 몰다가 케네윅 해변에 도달하기 전에 믹맥 로드에서 빠져나왔다. 경찰이 이미 브래드를 쫓고 있다면 그의 집 앞에 잠복하고 있을 것이기 때문이다. 브래드의 집으로 돌아가 몇 가지 물건을 가지고 나와 그가 정말로 도망간 것처럼 꾸미고 싶은 마음이 굴뚝같았지만, 그 정도 위험을 감수할 가치는 없었다. 주간고속도로에 진입하기 전에 영업이 끝난 마이크 카센터로 갔다. 도심에서 동떨어져 폐차들에 둘러싸인 카센터였다. 헤드라이트를 끈 채 폐차들 사이에 주차하고 트럭에서 내렸다. 그곳에서 족히 두 번의 겨울은 보낸 듯한 차 한 대를 발견했다. 레더맨 멀티툴을 이용해 그 차의 메인 주 번호판을 떼어낸 다음, 브래드의 트럭 번호판과 바꿔 달았다. 대략 5분 정도 걸렸는데, 꾸준히 부는 바람에 나무에 남아 있던 나뭇잎들이 바스락거리는 소리만 들릴 뿐 주위는 고요했다. 일이 다 끝나자 다시 트럭에 올라탔다. 트럭 내부 등이 잠시 브래드를 비췄는데 이제 그의 머리는 부자연스럽게 옆으로 축 늘어져 있었다. 그에게서 시선을 돌리자, 앞 유리창 안쪽에 붙어 있는 이지패스가 눈에 들어왔다. 주간고속도로에는 요금 징수소가 있는데 메인 주에 두 곳, 그리고 뉴햄프셔 주를 잠깐 통과할 때 또 한 곳이 있었다. 나는 추적당할 위험을 무릅쓰고 이지패스로 징수소를 통과하는 게 나을지, 아니면 저걸 떼어버리고 현찰로 통행료를 내는 게 나을지 고민했다. 그러다 현찰로 내는 게 낫겠다는 판단을 내리고 이지패스를 떼어내 차고 옆 숲에 버렸다. 브래드는 정말로 술에 취해 곯아떨어진 내 남편처럼 보였고, 난 요금 징수소 직원이 내 얼굴을 볼 수도 있는 위험을 감수하기로 했다. 내 외모에서 가장 눈에 띄는 특징인 빨간 머리는 모자 속에 감췄으니 괜찮을 것이다.

그리고 그건 기우에 불과했다. 코네티컷 주로 돌아가는 꼬박 네 시간 동안, 요금 징수소 직원들은 나나 브래드에게 눈길조차 주지 않았다. 도로는 텅 비어 있어서 목적지까지 세 시간 반 만에 갈 수도 있었지만, 난 계속 오른쪽 차선에 머물며 제한속도를 엄격히 준수했고 화물 트럭들은 요란한 소리를 내며 추월차선에서 날 앞질렀다. 처음에는 라디오를 끄고 있었는데 워세스터 부근 어딘가에서 브래드의 몸이 움직이며 방귀를 뀌었다. 시신에서 이런저런 소리가 난다는 사실은 이미 알고 있었고 그래서 마음을 단단히 먹고 있었는데도 막상 소리가 나자 너무 놀라 좌석에서 5센티미터가량 펄쩍 뛰어올랐다. 그후에는 라디오를 켜고 쓰레기 같은 방송들 사이로 이리저리 채널을 돌리다가, 코네티컷 주의 어딘가에 이르러서야 다이얼 맨 왼쪽에서 광고가 나오지 않는 심야 재즈 방송을 찾아냈다. 부모님 생각이 나서 딱히 재즈를 좋아하진 않지만. 유명한 곡들을 들을 수 있었다. 마일스 데이비스가 부르는 〈On green dolphin street〉에서 넷 킹 콜의 〈Autumn Leaves〉로 넘어갔다. 나는 노랫말에 귀를 기울이며 지금 내가 죽은 남자를 태운 채 한밤중에 운전하고 있다는 사실은 외면하려고 애썼다. 라디오를 크게 틀었어도 방귀 소리는 두 번이나 더 들렸고, 운전석에는 오줌과 대변 냄새가 진동했다. 어릴 때 죽였던 검은 길고양이가 생각났다. 녀석이 죽으면서 똥을 싸는 바람에 어찌나 놀랐던지. 녀석에게 더욱 혐오감이 들어 죽이길 잘했다고 생각했던 기억이 났다. 지금 내 옆에 있는 브래드 다겟도 마찬가지였다. 그는 분수에 맞는 죽음을 맞이했다. 어쩌면 분에 넘치는 죽음일 수도 있다. 이제 그는 죽었고 따라서 누구도 해칠 수 없지만, 내겐 역겨운 시신을 처리하는 일이 남았다. 그리고 남은 여행도 잘 마쳐야 했다. 난 액셀러레이터를 좀 더 밟으며 제한속도를 약간 넘겨도 괜찮을 거라고 생각했다. 〈There's a small hotel〉과 쳇 베이커의 〈Almost blue〉, 디나 워싱턴의 〈This bitter earth〉를 들으며 몇 킬로미터를 지났다. 몽크스하우스에 다가갈수록 노래들이 지글거리며 잘 들리지 않았지만 다이얼은 돌리지 않았다. 가구 회사 광고들과 형편없는 라디오 토크쇼를 듣느니 차라리 옛 음악을 한 토막씩 듣는 편이 나았다.

셰포그에 도착하자 라디오를 끄고, 정적 속에서 나무들이 양옆으로 늘어선 익숙한 길을 따라갔다. 몽크스하우스의 진입로를 지날 때 본능적으로 고개를 돌려 아직 2층 한 곳에 켜진 불을 바라봤다. 아마 엄마가 책을 읽다 잠들었을 것이다. 매일 밤 그러듯이 가슴에 책을 펼치고 독서 등은 켜놓은 채. 다음 모퉁이에서 우회전해 잡초가 무성한 진입로를 내려갔다. 빈 농가로 이어지는 진입로였다. 트럭의 헤드라이트를 끄고 기어간다 싶을 정도로 속도를 늦췄다. 케네윅과 마찬가지로 이곳도 구름 한 점 없었고, 검은 밤하늘에는 밝은 별들이 총총했다. 이젠 초원이 되어버린 마당에 전혀 꾸미지 않고 페인트도 칠하지 않은 농가가 우뚝 솟아 있었다. 농가에 너무 가깝게 심어진 나무 한 그루가 집을 감싸는 듯했고 심지어 가지가 지붕을 관통했다. 트럭에서 내리자, 근처 숲에서 익숙한 소나무 냄새가 밀려왔다. 나는 펜라이트를 꺼낸 다음, 바로 옆의 목초지로 들어갔다. 말라비틀어진 잔디가 발아래서 바스라졌다. 성인이 된 후로 이 목초지에 몇 번 와보긴 했지만 쳇을 죽인 날 말고 밤에 오기는 처음이었다. 우물이 있으리라 짐작되는 쪽으로 걸어가다가 거의 다 왔다 싶을 무렵에 펜라이트를 켜서 땅을 비췄다. 5분이나 걸리긴 했지만 결국에는 오래전 풀을 덮어 감춰둔 우물 뚜껑을 찾아냈다. 나무로 된 우물 뚜껑의 가장자리에 펜라이트를 받쳐두고 멀리서도 그 불빛이 보이도록 살짝 기울인 다음, 다시 트럭으로 돌아갔다.

전날 비가 내리긴 했지만 9~10월 내내 건조한 날씨가 이어진 터라 목초지의 땅은 말랑거릴 뿐 질척거리진 않았다. 난 펜라이트 불빛에서 눈을 떼지 않은 채 트럭을 진입로에서 빼

목초지로 들어갔다. 오래된 돌벽의 잔해를 넘을 때 브래드 다 겟의 몸이 앞뒤로 크게 흔들리며 다시 가스를 분출했다. 나는 차창을 내리고 머리를 밖으로 반쯤 내밀었다. 우물 왼쪽에 트럭을 세운 다음, 시동을 켜둔 채 트럭에서 내려 우물 뚜껑이 있는 곳으로 갔다. 장갑을 낀 채로 목초지의 풀을 치우고 뚜껑을 들어 올렸다. 썩은 나무가 부러지지 않도록 살살 들어 올려 우물 입구 옆에 내려놓고 펜라이트를 집어 들었다. 펜라이트의 불빛 아래로 뚜껑이 있었던 자리에서 벌레들이 꿈틀거렸다. 나는 불빛을 우물 속으로 옮겼다. 쳇을 매장한 돌과 흙만 보일 뿐이었다. 저 아래에 뭐가 남았을지 상상해봤다. 말라비틀어진 시신, 물감이 튄 옷가지, 썩은 그림틀, 갈색 뿔테 안경. 갑자기 세상이 어두워졌고, 나는 조금 무서워서 가슴이 철렁 내려앉았다. 고개를 들어보니 구름 한 조각이 달을 가리고 있었다. 나는 구름이 지나가는 걸 지켜봤고 세상은 다시 달빛으로 환해졌다.

트럭 조수석 문을 열고 브래드의 안전벨트를 풀자, 그가 저절로 고꾸라지면서 얼굴을 땅에 처박았고 큼직한 워커를 신은 한쪽 발이 문틀에 걸렸다. 문틀에서 그의 워커를 빼냈더니 다리도 몸을 따라 바닥에 철퍼덕 떨어졌다. 시신은 우물로부터 90센티미터 정도밖에 떨어져 있지 않았는데도 워낙 무거워서 옮기기가 쉽지 않았다. 몇 번이나 굴린 끝에 그의 머리와 상체를 우물 속에 밀어 넣었고, 그다음에는 육중한 두 발을 들어 올려 우물 속으로 떨어지게 했다. 쿵 소리와 함께 시신이 떨어졌고, 매캐한 공기가 훅 올라왔다.

브래드, 여긴 쳇. 쳇, 여긴 브래드. 서로 인사해.

나는 다시 우물 뚜껑을 덮고 양옆을 톡톡 쳐서 눌러 넣은 다음, 다시 목초지의 풀을 끌어와 뚜껑을 덮었다. 머리가 벗어진 부분을 머리카락으로 가리듯이. 손목시계를 보니 새벽 3시가 다 되었다. 모든 게 계획대로 진행되고 있었다. 다시 트럭을 타고 돌아가기 전에 별이 총총한 하늘 아래서 오로지 어둠과 자연에 둘러싸인 채 잠시 나만의 시간을 가졌다. "이런 희귀종 같으니." 한때 아빠는 날 그렇게 불렀는데 지금 내 기분이 딱 그랬다. 생생하게 살아 있고, 생생하게 혼자인 기분. 이 순간 내 유일한 동반자는 어린 나, 쳇을 우물에 밀어 넣은 아이뿐이었다. 우리의 시선이 마주쳤고 우린 서로 말할 필요도 없었다. 생존이 가장 중요하다는 걸 알고 있었다. 그것이야말로 삶의 의미였다. 따라서 다른 사람의 생명을 빼앗는 것은 여러모로 살아 있음을 보여주는 가장 훌륭한 표현이었다. 내가 눈을 깜빡이자 어린 나는 사라지더니 내 안으로 들어왔고, 우린 함께 뉴욕 시로 향했다.

나는 아침 10시쯤 다시 셰포그로 돌아왔다. 그 전에 맨해튼으로 가서 로어이스트사이드 근처를 배회하다가 지하철역에서 좀 떨어진 곳에서 주차할 곳을 발견했다. 폐업한 가게들이 즐비하고 사방에 쓰레기가 널린 지역이었다. 새벽이 다 된 시간이었는데도 반 블록 떨어져 주차된 차에서 음악이 쿵쾅쿵쾅 흘러나왔다. 나는 깜빡거리는 가로등 아래 차를 세웠다. 밤새 장갑을 끼고 있어서 닦아낼 지문도 없었지만 그래도 트럭의 사물함에서 찾아낸 작은 수건으로 구석구석 닦았다. 다 닦은 수건은 더러워진 조수석에 펼쳐 놓았다. 트럭 안에서 브래드의 이름으로 된 서류를 모조리 찾아낸 다음, 근처 쓰레기통에 피자 크러스트 조각들과 테이크아웃 종이컵 속으로 밀어 넣었다. 그리고 운전석 옆 보도, 햇빛이 비치는 곳에 트럭 열쇠를 떨어뜨렸다. 떨어진 열쇠를 맨 처음 발견하는 사람이 쓸데없이 경찰에 신고하는 선행을 베풀지 않기를 바랐다. 그런 일만 없다면 해 뜰 무렵에는 트럭이 여러 부품으로 분해되어 불법으로 거래될 것이다.

난 지하철을 타고 그랜드센트럴역으로 가서 셰포그까지 가는 티켓을 샀다. 한 시간을 기다려야 해서 커피를 마시고 기름진 도넛 한 개를 먹으며 이른 아침의 통근자들로 서서히 붐비기 시작하는 기차역을 바라봤다. 기차 안에서 조금 졸았지만, 밤새 잠도 못 자고 이동하느라 뼈에 한기가 들어 이내 몸을 부르르 떨며 깨어났다. 셰포그 역에서 내린 후에는 선로의 사용하지 않는 부분을 빙 둘러가는 길을 따라 몽크스하우스까지 거의 5킬로미터를 걸어갔다. 이 동네를 떠난 지 10년이 다 되었지만 그래도 누군가의 눈에 띄고 싶진 않았다.

문을 열어준 엄마는 한 손에 큼직한 머그컵을 든 채 "어서 와라, 애야"라고 말했다. 난 내가 올 거라고 미리 말했나 잠시 혼란스러웠지만 이내 엄마가 선수를 쳤음을 깨달았다. 혹시라도 내가 온다고 한 걸 잊었을까 봐 그런 것이다.

"나 기다렸어?" 집 안으로 들어가며 내가 물었다.

"아니. 기다렸나? 그 사람 오늘 오는 거 아니지?"

여기서 말하는 그 사람은 아빠였다. 아빠는 미국으로 돌아와 다시 몽크스하우스에서 살 예정이었다. 지난번 런던에 갔을 때 내가 주선한 일이다. 간단히 말하면, 아빠는 현재의 나약한 정신 상태로는 누군가 돌봐줄 사람이 필요했고, 엄마는 카드 청구서 대금을 낼 돈이 필요했다. 그래서 내가 중재자가 되어 협상을 한 것이다. 과연 이 계획이 성공할지 알 수 없었으나 적어도 시도해볼 가치는 있었다. 혹은 나 스스로에게 그렇게 말하는 중이었다.

"이번 주말이라니까, 엄마." 나는 그렇게 말하며 부엌의 커피포트를 향해 걸어갔다.

"근데 네가 여기 웬일이니? 게다가 그 옷은 또 뭐야? 꼭 빈집털이범 같네."

커피를 마시며 난 엄마에게 대학 기록보관소에 보관할 문서를 받아오기 위해 출장을 다녀왔다고 말했다. 처음에는 메인 주로 갔다가 그다음에는 뉴욕으로 가야 했는데 메인 주에 차를 두고 뉴욕행 비행기를 탔다고 했다. 일을 마친 다음 다시 메인 주로 돌아가야 했는데 그만 비행기를 놓쳤고, 그래서 차라리 셰포그로 가서 엄마가 운전하는 차를 타고 메인 주까지 가서 내 차를 찾아오는 게 낫겠다는 생각이 들었다고 했다. 사실 말도 안 되는 이야기라는 건 나도 알고 있었다. 하지만 자칭 뛰어난 직감의 소유자라면서도 엄마는 놀랄 만큼 잘 속는데, 남의 일에 별 관심이 없다는 단순한 이유 때문이었다.

"글쎄다, 릴리, 오늘 도자기 수업이 있어서…….'"

"메인 주까지는 차로 세 시간 정도밖에 안 걸려." 나는 거짓말을 했다. "메인 주까지 간 다음에 엄마가 내 차를 따라서 윈슬로에 가는 거야. 우리 모녀끼리 저녁 먹자. 자고 가도 되고."

엄마는 생각에 잠겼지만 난 엄마가 동의하리라는 걸 알고 있었다. 이유는 알 수 없지만 엄마는 늘 윈슬로에 있는 내 집에 초대받고 싶어 했다. 내 '작은 오두막(엄마의 표현이다)'과 근처의 대학가를 좋아했고, 내가 요리해주는 것도 좋아했다. 그러니 우리 집에 가자고 하면 날 메인 주까지 데려다줄 것이다.

"그러자꾸나. 정말 신나는구나. 우리 둘이서 충동적으로 떠나는 메인 주 여행이라니." 엄마가 말했다.

엄마가 준비하는 데 두세 시간이 걸리기는 했지만 정오 무렵에는 집을 나섰고 내가 엄마의 낡은 볼보를 운전했다. 거의 서른 시간 동안 제대로 잠을 자지 못한 데다 또 네 시간을 운전해야 한다고 생각하니 끔찍했지만 모든 일이 완벽하게 진행 중이었고 거의 다 끝났다.

우리는 가는 길에 주로 아빠 이야기를 했다. "네 아빠가 행

여나 부부관계를 기대할까 걱정이구나." 엄마가 또 그 얘기를
꺼냈다.

"엄마는 아빠랑 결혼한 사이도 아니잖아. 그러니까 부부관
계라고 할 수도 없어."

"무슨 말인지 알잖니."

"걱정 마. 엄만 아빠를 알아보지도 못할 거야. 감옥 가기 전
과 완전히 다른 사람이라니까."

"당연히 그래야지."

"아빠는 집에 혼자 두면 안 돼. 특히 밤에는. 지금 공황장
애라고. 늘 아빠 옆에 붙어 있을 필요는 없지만 엄마가 어디 있
는지 아빠가 알고 있어야 해."

"그래, 이미 말했어."

나는 엄마에게 누누이 일러두었다. 하지만 엄마는 달라진
전 남편을 받아들일 준비가 되어 있지 않았다. 옛날부터 아빠
에게는 기벽과 공포증이 있었다. 어둠을 무서워했고, 길 건너
기를 무서워했고, 자동차 뒷좌석에 앉기를 무서워했다. 이해하
기 힘든 일이었다. 왜냐하면 아빠는 많은 관객 앞에서 연설하
는 걸 조금도 두려워하지 않았기 때문이다. 부인이 잠들면 침
실에서 몰래 빠져나온 다음, 집에 애인을 들여 거실 소파에서
섹스를 했고, 친구와 한 내기 때문에 프로빈스 타운에 있는 순
례자 기념비를 절반이나 올라간 남자였다. 하지만 그런 무모한
면은 두 번째 부인인 젬마가 사고를 당한 후로 완전히 사라져

버렸다. 아빠가 그녀를 만난 것은 엄마와의 이혼을 마무리 짓고 런던의 올드 브롬프턴 가에 있는 호텔에서 지낼 때였다. 젬마 다니엘스는 나보다 한 살 어린 소설가 지망생이었는데 아마도 아빠를 만나겠다는 목적으로 아빠의 단골 펍을 찾아갔을 것이다. 둘은 죽고 못 사는 사이가 되었고, 만난 지 6개월 만에 결혼했다. 아빠에게 런던 생활의 단점 중 하나는 영국 타블로이드 신문들이 축구선수와 팝스타만큼이나 작가의 나쁜 행실에도 관심을 가진다는 것이다. 아빠와 젬마가 거리에서 소리를 지르며 싸우는 모습이 신문에 실렸고, 둘은 '추잡한 데이비와 어린 신부' 같은 헤드라인으로 조롱받았다. 이 모든 게 사고가 일어나기 전, 그러니까 토요일 밤의 하우스 파티에 참석했던 아빠가 술에 취한 채 파티장을 떠나 1986년산 재규어로 나무를 들이받기 전의 일이다. 조수석에 앉아 있던 젬마는 머리로 앞 유리창을 들이받으며 목이 부러졌다. 아빠는 늘 그랬듯이 안전벨트를 하고 있었기에 다치지 않았다. 간신히 구급차는 불렀지만 재규어에서 내려 젬마의 상태를 확인할 여력까진 없었다. 설사 확인했다 해도 소용없었을 것이다. 그녀는 즉사했기 때문이다. 그런데도 아빠 혼자 차 안에서 웅크리고 있었고, 부인은 도로 옆 산울타리에 내동댕이쳐져 있었다는 소문이 돌았다. 그것은 과실치사로 간주되었고 아빠는 2년 형을 선고받았다. 그러다 항소심에서 1년으로 줄었고 9월 초에 석방되었다. 나는 코츠월즈의 친구 집에 머물던 아빠를 찾아가 미국으로 돌아오라고, 와서 엄마와 함께 살라고 부탁했다. 아버지에게는 아직 상당한 돈이 있는 반면 엄마는 학과장과의 마찰로 교수직을 그만둔 뒤 생계에 어려움을 겪어 몽크스하우스를 담보로 은행에서 돈을 받아 쓰는 상태였다. 아빠는 눈물이 그렁그렁한 눈으로 날 보며 미국에 돌아가겠다고 했다. "너도 멀지 않은 곳에 있는 거지, 릴? 언제든 날 보러 올 수 있지?" 예순여덟인 아빠는 마치 기숙학교로 떠나기 전 엄마에게 말하는 아이 같았다.

"경치가 예쁘네." 우리 차가 케네윅코브로 접어들자, 엄마가 말했다. 밖은 아직 환했지만 서쪽에 나직이 걸린 태양이 길을 가로질러 긴 그림자를 드리웠다. 하늘은 진한 강청색이었다.

나는 24시간 전쯤에 내 차를 두고 갔던 애드머럴스인 호텔 주차장에 들어섰다. 차는 그대로 있었다. 윈슬로로 돌아가기 전에 엄마와 나는 다리 스트레칭을 하고, 해변가로 걸어 내려가 석판 빛깔의 바다를 바라보았다. "난 늘 바다를 좋아했지만 네 아빠 싫어했어."

"맞아." 난 그렇게 말하고 웃음을 터뜨렸다. "마치 죽음을 보는 것 같다고 했어."

"난 죽음을 보는 거 같은데 다들 너무 멋지다고 난리군." 엄마가 아빠를 흉내 내며 영국 억양으로 말했다.

"응. 아빠 늘 그렇게 말했어. 다른 하난 뭐였지? '난 해변을 좋아해. 그 망할 모래와 망할 태양과 망할 바다만 제외하고.'"

"그래, 기억난다. 한마디로 해변에서 맘에 드는 건 수영복 입은 여자들뿐이라는 거지."

우린 함께 웃었고, 엄마가 추위로 몸을 부르르 떨자 그만 윈슬로로 가기 위해 각자 차로 돌아갔다. 난 미란다의 집이 있는 북쪽으로 가서 상황을 살펴보고 싶었지만 괜한 위험을 무릅쓰지 않기로 했다. 경찰이 미란다의 시신을 발견하는 데 얼마나 걸렸는지 곧 알 수 있을 것이다. 대신 남쪽으로 돌아 95번 고속도로까지 가장 빠른 길로 갔다. 6시가 조금 못 되어 윈슬로의 우리 집 진입로에 들어섰다. 엄마는 뒤에서 잘 따라오고 있었다. 날 기다리는 경관들도, 숲에서 나타나는 특별 기동대도 없었다. 난 무사히 집에 도착했고 경찰에 잡히지도 않았다. 열다섯 시간 전 목초지에서 느꼈던 것과 비슷한 행복감이 밀려들었다. 난 세상을 바꿨고, 누구도 그 사실을 알지 못하리라. 설사 브래드의 트럭이 뉴욕에서 발견된다 해도 경찰은 그가 트럭을 버려둔 채 도망갔다고 생각할 것이다. 경찰은 그를 절대 찾아내지 못할 테고, 이번 사건과 나를 연결시키지도 못할 것이다. 미란다는 주검으로 발견되고 모든 증거가 브래드 다겟을 범인으로 지목할 것이다. 그리고 브래드는 영원히 사라질 것이다. 경찰은 그가 도주 중이라고 생각할 테지만 절대 찾아내지 못할 것이다. 그리고 사건 종결.

테드에게 시체를 숨기는 데 두 가지 방법이 있다고 말한 적이 있다. 하나는 글자 그대로 시체를 숨기는 것이다. 하지만 또 다른 방법은 시체의 진실을 감춰서 실제와 다른 일이 일어난 것처럼 보이게 하는 것이다. '우리가 해냈어요', 차에서 내리며 난 그렇게 속삭였다. 잠시나마 이 기쁨을 함께 나눌 누군가가 있다고 믿고 싶었다. 엄마는 날 따라 집 안으로 들어왔다. 난 현관의 불을 켜고 엄마의 짐이 든 가방을 넘겨받았다.

"어머, 고풍스럽기도 하지." 엄마가 말했다. 우리 집에 오면 늘 그랬듯이.

29장

킴볼

제임스 형사와 내가 케네윅의 스버슨 씨 저택에 도착했을 무렵에는 진입로에 차를 세워둘 공간조차 찾기 힘들었다. 예상대로 온갖 부서에서 몰려들었기 때문이다. 케네윅 경찰서가 총출동했지만 수사반의 인력이 적은 관계로 메인 주 경찰서 형사들과 수석검시관까지 호출되었다. 미 연방 보안관실에 살인 용의자가 주 경계선을 넘었을 가능성이 있다는 보고까지 했다고 했다. 우리는 끝없이 이어진 노란색 폴리스 라인과 범죄 현장을 지키겠다는 결의에 찬 표정의 경관들을 일곱 명 정도 통과한 끝에 간신히 저택 안으로 들어갔다.

전날 브래드 다겟을 찾아다닐 때 이 거대한 저택을 보긴 했지만 안에 들어가기는 처음이었다. 저택 현관은 내 아파트만

했다. 미란다 스버슨은 공사가 덜 끝난 바닥에 얼굴을 대고 누워 있었다. 값비싸 보이는 암녹색 코트에 청바지, 부츠 차림이었다. 장갑을 낀 한쪽 손은 부서진 머리 부근에 있었다. 짧은 챙이 달리고 회색 트위드 천으로 만든 모자는 벗겨져 있었다. 검은 머리카락은 머리 주위로 흩어져 있었는데 어디서부터 머리카락이고, 어디서부터 엉겨 붙은 검붉은 피인지 분간할 수 없었다. 흐트러진 머리카락과 피가 머리에 검은 후광을 만들고 있었다.

"살인 흉기는요?" 난 옆에 와서 선 아일랜드 서장에게 물었다. 그는 아무 말도 하지 않은 채 내가 시신을 다 볼 때까지 기다렸다.

"방금 전에 가져갔네. 24인치 멍키 스패너야. 여자 바로 옆에 놓여 있었지." 그는 먼지 쌓인 바닥에 표시된 수많은 테이프 중 하나를 애매하게 가리켰다.

"또 뭐가 나왔죠?"

"보아 하니 엄청나게 나올 거 같네. 발자국, 섬유, 머리카락. 방금 전에 감식반이 다 들고 갔어."

"특이한 게 있었나요?"

"머리통이 부서신 여사보나 더 특이한 길 말하나?"

"그러니까 우리 짐작과 달라 보이는 게 있었냐는 말입니다. 다시 말해, 패닉에 빠진 브래드 다겟이 여기로 여자를 데려와 때려죽였다는 가설과 어긋나는 게 있었냐고요."

"음, 없네. 케네윅 시장의 지갑 따위는 나오지 않았어. 자네가 말하는 게 그런 거라면 말일세. 집 앞에 생긴 지 얼마 안 된 타이어 자국이 그대로 남아 있었네. 내가 보기엔 트럭 자국 같은데 아마도 브래드 다겟의 F-150 타이어일 거야. 그러니까 딱히 이상해 보이는 건 없네. 굳이 내 의견을 말하자면…… 죄다 이상해 보이긴 해. 보다시피 여자는 맞지 않으려고 손으로 머리를 감쌌어." 아일랜드 서장은 큼직한 손을 머리 옆으로 가져가 직접 시범을 보였다. "하지만 반항이라곤 그게 전부야. 그러니까 좀 이상하긴 하지. 남자는 대형 스패너를 손에 든 채 여자를 집 안으로 데려왔고, 여자는 우두커니 서서 남자가 머리를 때리도록 내버려뒀다는 말이니까."

"이상하군요. 집 안에 제3자가 있었던 흔적은 없나요?"

"글쎄, 전부 다 사진을 찍어갔으니 나중에 결과가 나오겠지만 육안으로는 없었네. 또 하나 이상한 점은 여자는 현관으로 들어오고, 다겟은 미닫이 유리문으로 들어왔다는 거야. 저쪽에 있는 문 말일세. 큰 발자국이 보이지? 저게 다겟의 발자국이라네."

먼지 쌓인 바닥은 테이프투성이였지만 그 사이로 작은 진흙 덩어리가 보였다. 브래드의 워커에서 떨어진 흙이 분명하다.

"왜 그랬을까요?"

"확실하진 않지만 몇 가지 이유를 생각해볼 수 있지. 어쩌면 현관문이 잠겨서 여자가 열쇠를 찾는 사이에 다겟이 다른 문이 열렸는지 보려고 뒤로 갔을 수도 있어. 혹은 여자를 먼저 들여보내고 자기는 다시 나와 스패너를 들고 뒷문으로 몰래 들어갔을 수도 있고. 여자를 기습 공격하기 위해서 말이야."

"일리 있는 가설이네요." 내가 말했다.

"아니면 브래드가 달빛에 반짝이는 바다를 보고 싶었는지도 모르고."

"모를 일이죠." 내가 말했다.

아일랜드 서장 휘하의 제복을 입은 경관 하나가 거실 건너편에서 손짓했다. 서장은 실례한다고 말한 뒤, 경관에게 갔다. 나는 시신을 내려다보며 한동안 서 있다가 발자국을 생각했다. 검은색 바지 정장에 회색 트렌치코트를 입은 제임스가 내게 다가왔다. 늘 그렇듯이 멋진 옷차림이었지만, 레프리콘 요정이 손끝으로 농구공을 돌리는 끔직한 로고가 들어간 보스턴 셀틱스의 초록색 털모자를 쓰고 있었다.

"뭐 좀 알아냈어?" 내가 물었다.

"모든 게 브래드 다겟을 지목하고 있어. 사망 시각은 아마도 열두 시간 전일 테고, 그렇다면 지금쯤 아주 멀리 도망쳤을 거야."

"잡힐 거야." 내가 말했다.

"물론."

나는 그녀에게 현관으로 들어온 발자국과 뒤로 들어온 발자국 얘기를 해주었다. 그녀는 잠시 생각에 잠겼다. "일리 있네.

다겟은 여자를 죽이려고 여기 데려왔지만 처음부터 손에 대형 스패너를 들고 갈 순 없었겠지. 그래서 뭔가 핑계를 대고 다시 트럭으로 돌아가 스패너를 가지고 집 뒤쪽으로 돌아간 거야. 미닫이문은 미리 열어뒀을 테고. 근데 뭐라고 했기에 여자가 먼저 집으로 들어갔을까? 좀 이상하지 않아? 할 얘기가 있다고 했다면 트럭에서 해도 되잖아. 집 안이 딱히 더 따뜻하고 아늑한 것도 아닌데 말이야."

"응. 나도 그게 걸려."

우리는 잠시 말없이 서 있었고 이내 내가 입을 열었다. "경치 봤어? 저 뒤쪽."

"아니." 우리는 석조 파티오로 이어지는 미닫이 유리문을 통과해 아름다운 가을날 속으로 들어갔다. 경치는 놀랄 만큼 아름다웠다. 저택이 위치한 절벽 바로 밑이 대서양이었고, 사방이 탁 트여 있었다.

"저기에 수영장을 만들려고 했던 걸까?" 제임스가 경사진 뒤쪽 잔디밭에 널찍하게 파인 구덩이를 가리켰다.

"그런 것 같아."

"뭔가 좀 안 어울려. 집의 위치 말고 크기가. 아기 없는 부부가 살 집이라기보다 호텔 같잖아."

나는 조금 더 앞으로 걸어간 다음, 뒤로 돌아 베이지색 저택 앞면을 올려다봤다. 2층에 일렬로 작은 발코니가 늘어서 있었다. 침실마다 하나씩 딸린 모양이었다. 석조 파티오에는 벽을 움푹 파서 만든 벽난로가 있었고, 고기를 구울 곳과 작은 냉장고를 넣을 공간도 마련되어 있었다. 장차 이 집이 어떻게 될지 궁금했다. 누군가 사들여 공사를 마칠까? 아니면 그냥 방치되고 부식되어 박쥐와 너구리 군단의 호화로운 소굴이 될까?

"하나 더 있어." 제임스가 말했다. 그녀는 여전히 바다를 바라보고 있었다. "만약 우리 가설이 맞다면, 그러니까 정말로 미란다 스버슨이 브래드 다겟에게 남편을 죽여달라고 했다면, 그는 언젠가 자기가 이 모든 부를 차지하게 될 거라고 생각하면서 죽였을 거야."

"미란다를 정말로 사랑해서 그랬을 수도 있어, 제임스. 너무 시니컬한 거 아냐?"

"어쨌든. 설사 그렇다 해도 내 요점은 변하지 않아. 그러니까 왜 브래드가 미란다의 남편을 죽인 지 일주일도 안 돼서 그녀를 죽였냐는 거야. 애초에 테드를 죽인 이유가 미란다 때문이잖아. 그런데 미란다를 죽이면 그 모든 게 사라진다고. 돈도, 섹스도."

"그래, 이상해. 하지만 우리가 모르는 이유들이 있을 수 있지. 이를테면 브래드가 패닉에 빠져서 미란다가 자길 신고할 거라고 생각했을 수도 있고."

"만약 그런 경우라면 그냥 달아나면 되지 왜 굳이 여자를 죽였을까?"

"모르겠어. 어쩌면 브래드의 단독 범행일 수도 있어. 미란다를 짝사랑한 나머지 남편을 죽이면 그녀를 차지할 수 있을 거라고 생각했는데 일이 뜻대로 풀리지 않아 미란다를 죽여버린 거야. 다른 사람이 그녀를 차지하지 못하도록." 내가 말했다.

"나도 그런 가능성을 생각했어. 하지만 그게 사실이라면 어떻게 미란다를 여기로 유인했을까?"

"뭐, 알게 되겠지. 곧 잡힐 테니까. 길어야 24시간이야. 그동안 우린 기소 준비를 해야 해. 난 폴리 그리니어라는 여자를 만나볼게. 금요일 밤에 브래드의 알리바이를 제공한 여자."

"같이 가줘?"

"그럼 좋지만 이 여자는 혼자 만날 수 있어. 여자에게 보스턴에서 브래드를 확실히 목격한 사람이 있다고 말하면 알리바이가 깨질 거야."

"알았어. 도움이 필요하면 전화해. 주립 경찰이 테드 스버슨 살인 사건에 관한 모든 자료를 넘겨달래. 그래서 알았다고 했어."

난 아일랜드 서장에게서 주소를 알아낸 다음, 케네윅 해변 북쪽으로 차를 몰았고 지난주 금요일 오후에 브래드가 폴리를 만났다는 쿨리스를 지났다. 해변가 도로에서 시 미스트 로드로 빠져 내륙으로 2킬로미터쯤 들어가니 집들은 점점 더 작아지고 숲이 울창해졌다. 폴리 그리니어는 요크 코트라는 막다른 길가의 작은 단층집에 살았다. 마당은 여름 내내 잔디를 한 번도 깎지 않은 듯했다. 나는 우편함의 주소를 두 번이나 확인했다.

창문마다 모두 블라인드가 내려져 있어서 사람이 사는 집 같지가 않았다.

족히 30센티미터는 자란 듯한 잔디를 가로질러 현관으로 갔다. 초인종을 눌렀더니 집 안에서 딩동 소리가 울렸고, 거의 동시에 문이 활짝 열렸다. 귀와 어깨 사이에 전화기를 낀 금발 여자가 서 있었다. 나는 그녀에게 경찰 배지를 내밀었다.

"잔, 끊어야겠어." 그녀가 전화기에 대고 말했다. 그러고는 방충망이 달린 문을 살짝 차면서 들어오라고 손짓했다. "그래, 그래, 나중에 전화할게. 그만 끊어. 경찰이 왔어."

"무슨 일이죠?" 내가 웰컴이라고 적힌 현관 매트에 발을 닦고 지저분한 거실에 들어서자 그녀가 물었다.

"지난주에 브래드 다겟을 만난 일에 대해 물어보려고 왔습니다. 시간 괜찮으신가요?"

"아, 네, 그럼요." 그녀는 여전히 한 손에 전화기를 들고 있었다. 다른 손에는 불을 붙이지 않은 담배가 들려 있었다. 표면이 오돌토돌하고 길이가 긴 가운을 입었는데 앞쪽이 벌어져서 풍만한 가슴 한쪽이 살짝 보였다. 나는 그녀의 얼굴에 시선을 고정했다. 그녀는 담배를 든 손으로 가슴 앞쪽을 여미며 앉으라는 말과 함께 소파와 짝을 이루는 리클라이너 쪽을 가리켰다. 개 방석에 누워 있던 코커스패니얼이 내 쪽으로 촉촉한 눈을 돌렸다. 폴리는 잠깐 실례하겠다고 말했고, 나는 코듀로이 천을 씌운 리클라이너에 앉았다. 집 안에서는 담배와 페브리즈 냄새가 났다.

다시 거실로 돌아온 폴리는 여전히 가운을 입고 있었지만 허리를 질끈 동여맸다. 금색 머리는 뒤로 묶었고 살짝 화장을 한 것도 같았는데 확실하지 않았다.

"뭐 좀 드릴까요? 커피?"

"있다면 주세요. 없으면 안 주셔도 됩니다."

그녀는 부엌으로 들어가 커피 두 잔을 가져왔고, 묻지도 않고 내 커피에 우유와 설탕을 탔다. 나는 기다리는 동안 허리를 숙여 코커스패니얼의 뒤통수를 긁어주었다. 큰 눈이 백내장으로 하얗게 된 것을 보니 늙은 개였다. "이름이 잭이에요." 커피를 건네며 폴리가 말했다. 그녀가 반대편 소파에 앉는 동안 나는 커피를 한 모금 마셨다. 그녀가 다리를 꼬자 가운이 다리 옆으로 미끄러져 내렸다. 복부에 살이 많아서 가운 안에서 배가 볼록 튀어나오긴 했어도 연한 구릿빛으로 늘씬하게 뻗은 다리는 아주 예뻤다. 발톱에는 펄이 들어간 푸른색 매니큐어가 칠해져 있었다.

스버슨 씨 저택에서 시체가 발견됐다는 이야기를 폴리가 들었을지 궁금했는데 이젠 알 수 있었다. 문을 열 때 귀와 어깨 사이에 끼여 있던 전화기로 보아 아마도 아침 내내 그 일로 통화했을 것이다.

"오늘 아침에 시신이 발견되었다는 얘기 들으셨습니까?" 내가 물었다.

"그럼요. 온 마을에 파다한걸요. 정말로 미란다 스버슨이에요?"

"아직 신원 확인은 하지 않았습니다만, 네, 미란다가 맞는 것 같습니다. 하지만 여기 온 이유는 브래드 다겟 때문입니다."

"저도 그이가 어디 있는지 몰라요. 맹세해요. 어젯밤에 서장님께 모두 말했어요."

"네, 압니다. 당신이 브래드의 행방을 알 거라고 생각해서 온 게 아닙니다. 그와 마지막으로 만났던 일을 더 자세히 듣고 싶어서 왔습니다. 아일랜드 서장님 말로는 지난주 금요일 밤에 만났다고요?"

"맞아요."

"얘기를 좀 해주시겠습니까? 이미 자세히 말하셨을 테지만 저도 듣고 싶군요."

그녀는 자기와 브래드가 케네윅 고등학교 시절 이래 만남과 헤어짐을 반복해온 사이이며, 아직도 둘 다 쿨리스에 자주 가고 가끔씩 자기도 하는데 지난주 금요일에도 그랬다고 했다. "자랑할 일은 아니지만 우린 오랫동안 알고 지냈어요. 이따금씩 우리가 결국 맺어질 운명은 아닐까 하는 생각도 들었고요."

"금요일이 확실합니까?"

"그럼요." 그녀는 몸을 내밀어 테이블에 있던 말보로 멘솔에서 한 개비를 빼냈다. "좀 피워도 될까요?" 그녀가 물었다.

"물론이죠."

"한 대 피우시겠어요?"

"그러죠." 나는 몸을 내밀어 담뱃갑에서 한 개비를 꺼냈다. 주로 손으로 만 담배만 피우지만 폴리 그리니어와 약간의 연대감을 쌓아서 나쁠 건 없었다. 그녀는 자기 담배에 먼저 불을 붙이고 내게 빅 라이터를 건넸다. 몇 년 동안 멘솔을 피우지 않았던 터라 첫 모금에 목구멍이 얼얼했다. "금요일이 아닌 다른 요일일 가능성은 없습니까?" 내가 물었다.

"내가 유일하게 일찍 퇴근하는 날이니까요. 금요일에 매너 하우스 양로원에서 새벽 5시부터 오후 1시까지 교대 근무를 서죠. 근무가 끝나고 쿨리스에 점심을 먹으러 갔는데 거기서 브래겟을…… 그러니까 브래드를 만났어요. 우린 술을 몇 잔 마셨고 그의 집으로 갔죠."

"거기서 만나기로 미리 약속했나요? 아니면 우연히 만났나요?"

"사실 반반이었어요. 지난주 초에 브래드를 만났는데 먼저 얘길 꺼내더라고요. 아직도 금요일에 일찍 끝나냐고 물으면서 그날 쿨리스에 갈 예정인데 거기서 한잔 하자고 했어요. 주말을 기념해서."

"두 사람에게 일상적인 일이었나요? 미리 계획하고 만나는 게?"

폴리가 콧구멍으로 푸른 연기 기둥을 내뿜더니 커피 테이블에 있던 유리 재떨이 가장자리에 담뱃재를 떨었다. "아뇨. 사실 우린 미리 약속을 잡고 만나진 않아요. 그냥 자주 마주치죠. 여긴 작은 동네니까요."

"그날 뭐 이상한 일은 없었나요? 브래드의 태도에서요."

"좀 이상하긴 했어요. 점심값을 대신 계산하기도 하고 자기가 맥주를 사겠다고 우겼거든요. 저한테 잘 보이려고 했죠. 뭐 예전에도 그런 적은 많았지만 대낮에 그러진 않았거든요. 좀 이상하다고 생각했죠. 그래도 기분은 좋았어요. 이혼하고 외로워서 여자 친구를 만들고 싶은가 보다 했죠."

나는 담배를 다 피우고 재떨이에 비벼 껐다. "폴리, 금요일 밤 6시경에 보스턴에서 브래드 다켓을 봤다고 증언한 사람이 있습니다. 그런데도 당신 말이 맞다고 할 건가요?"

"그럴 리가 없어요. 우린 브래드의 집에 함께 있었다고요."

나는 입에서 박하 맛을 씻어내기 위해 커피를 한 모금 마시고 입을 열었다. "분명히 말할게요, 폴리. 브래드는 지금 곤경에 처했어요. 두 살인 사건의 가장 큰 용의자죠. 당신이 브래드와 함께 있었다고 거짓말을 하면, 고의적으로 법 집행을 방해한 거고 따라서 당신은 감옥에 가게 될 거예요. 확실합니다."

그녀는 한 손으로 입을 막았다. 눈을 보니 충격을 받은 듯했지만 동시에 혼란스러운 듯했다. "브래드가 누굴 죽였어요?"

"금요일 밤에 그와 함께 있었습니까?"

"함께 있었어요. 근데 잘 모르겠네요. 별로 기억이 나질 않아요. 의식을 잃었던 거 같아요." 그녀의 어조가 고음으로 바뀌

었다. 잭이 걱정스럽다는 듯이 고개를 들었지만 계속 누워 있
었다.

"당신이 기억하는 걸 정확히 말해주세요. 사실대로 말하면
곤경에 처할 일은 없을 겁니다."

"술집을 나설 때 우린 꽤나 취해 있었어요. 폭탄주 같은 걸
마시기도 했거든요. 그의 집에 가서도 계속 마시다가……."

"그게 몇 시였습니까?"

"정확히 모르겠어요. 3시쯤? 내가 쿨리스에 1시쯤 갔고,
거기 두 시간 정도 있었거든요. 하지만 정확한 시간은……."

"괜찮습니다. 3시쯤이면 충분합니다. 그래서 둘 다 술을 마
셨나요? 주로 뭘 마셨습니까?"

"예거마이스터를 마셨어요. 그러다가 서로 만지기 시작했
고요. 둘 다 엄청 취해 있었어요. 브래드는 발기가 안 될 정도
였죠. 그건 기억나요. 그러자 브래드가 일단 자고 나서 다시 해
보자, 뭐 그런 말을 했어요. 그래서 우린 곯아떨어졌죠."

"몇 시에 일어났나요?"

"늦은 시간이었는데 잘 모르겠어요. 10시쯤이었던 거 같아
요. 시계를 보면서 아침 10시인지, 밤 10시인지 헷갈렸던 기억
이 나니까요."

"브래드도 당신 옆에 누워 있었나요?"

"아뇨, 하지만 집에 있었어요. 거실에서 텔레비전을 보고
있었죠. 그러다 내 차가 있는 쿨리스까지 태워다 줬고 난 집에

갔어요. 기분이 엿 같았죠."

"폴리, 고마워요. 큰 도움이 됐어요. 그후로 브래드에게서
연락이 오거나 만난 적이 있습니까?"

"아뇨. 정말 브래드 짓이에요? 브래드가 둘 다 죽인 거예
요?" 그녀가 손으로 얼굴을 감싸자 가운 앞이 벌어졌다. 끄지
않은 채 재떨이에 놓아둔 담배가 서서히 타들어갔다.

"그걸 알아내려는 겁니다. 브래드가 스버슨 부부 얘길 한
적이 있습니까?"

"아뇨, 한 번도 없어요. 하지만 브래드는 스버슨 씨와 친했
어요. 함께 술을 마시곤 했는걸요. 나도 한 번 본 적이 있고요."

"둘이 함께 술을 마셨다고요?"

"적어도 한 번은요. 브래드가 그 남자에게 날 소개해줬어
요. 절벽에 대저택을 짓고 있는 남자. 그 사람 맞죠? 둘이 친해
보였어요."

"그럼 미란다 스버슨은요? 그 남자 부인 말입니다. 그 여
자를 쿨리스에서 본 적이 있나요?"

"아뇨, 없어요. 들은 적은 있지만…… 맙소사, 이런 일이 일
어났다는 게 믿기질 않아요." 그녀는 재떨이에 놓인 담배를 향
해 손을 뻗었지만 필터까지 타들어간 것을 보고 그냥 비벼서
껐다.

나는 명함을 주면서 뭐라도 기억나면 바로 연락하라고 말
한 뒤 차로 돌아갔다. 정오가 다 된 시간이었다. 원래는 쿨리스

에 들러 바텐더와 얘기를 나누며 폴리의 이야기를 검증할 작정이었지만 이제는 그럴 필요가 없었다. 폴리는 사실을 말하고 있었다. 브래드는 그녀를 취하게 해 자기 집에서 정신을 잃게 만든 뒤, 차를 몰고 보스턴으로 가서 테드를 죽인 것이다. 난 제임스에게 전화해 내가 알아낸 사실을 말해주고 브래드의 알리바이가 깨진 것 같다고 말했다. 그녀는 별로 놀라지 않았다. 난 한두 시간 후에 그녀가 있는 포틀랜드의 주 경찰본부로 데리러 가겠다고 말했다. 그동안에 충분히 점심을 먹을 수 있을 것이다. 남쪽으로 차를 몰아, 여전히 경찰 차량에 둘러싸인 스버슨 부부의 집을 지나 케네윅인 호텔의 진입로에 들어섰다. 케네윅에 올 때마다 테드와 미란다가 여기 묵었다는 얘기를 들었기 때문이다. '빈방 있음'이라고 적힌 나무판자가 바다에서 불어오는 미풍에 흔들렸다. 언론에 이 사건이 알려지면 호텔의 빈방 문제는 해결될 것이다.

호텔 본관 앞에는 '리버리 펍'이라고 적힌 더 작은 간판이 달려 있었다. 나는 좁은 보도를 따라 마른 낙엽을 바삭바삭 밟으며 그쪽으로 걸어갔고, 지하 출입문으로 이어지는 외부 석조 계단을 내려갔다. 안으로 들어가 보니 길쭉한 공간에서 나무 타는 냄새와 프렌치프라이 냄새가 났다. 나는 바에 앉았다. 손님은 두세 명뿐이었지만 다들 침을 튀겨가며 얘기를 하는 중이었다. 분명 오늘 아침에 발견된 시체에 관한 소문을 퍼뜨리고 있을 것이다. 나는 투실투실한 바텐더에게 커피 한 잔과 치즈 버거를 주문했다. 기다리는 동안 수첩을 꺼내 아침에 적어놓은 메모를 보았다.

폴리 그리니어, 왜 그녀는 브래드를 위해 거짓말을 할까? 이 질문의 답은 알게 되었다. 그녀는 거짓말을 하지 않았다. 다만 자기도 모르게 브래드의 알리바이로 이용되었을 뿐이다.

왜 테드는 브래드의 집 열쇠를 가지고 있을까? 이 답은 여전히 모르겠지만 폴리로부터 브래드와 테드가 쿨리스에서 함께 술을 마셨다는 사실을 알게 됐다. 누가 먼저 제안했을까? 브래드가 테드에게 열쇠를 줬을까?

마지막으로 쓴 메모는 이랬다. 릴리 킨트너는 왜 거짓말을 했을까? 이건 여전히 의문이었지만 그녀가 이번 사건에 연관이 있다는 생각은 들지 않았다. 그래도 휴대전화를 꺼내 인터넷이 되는지 확인한 다음, 인터넷에 단 하나 있는 릴리 킨트너의 사진을 찾아냈다. 10년쯤 전에 아버지와 찍은 흐릿한 사진이었는데 지금과 별로 달라 보이지 않았다. 똑같은 머리 모양에 똑같은 빨간 머리. 똑같이 창백한 피부에 똑같이 강렬한 눈동자. 바텐더가 치즈 버거를 가져오자, 나는 충동적으로 전화기를 돌려 그에게 사진 속 여자를 알아보겠느냐고 물었다. 그는 허리를 숙이고 전화기 액정을 5초간 들여다보았다. 나는 모른다는 대답이 나올 거라고 확신했기 때문에 그의 말을 얼른 알아듣지 못했다. "물론이죠. 이번 주 초에 여기 왔습니다. 호텔에 이틀 정도 머물렀을 거예요. 예쁜 아가씨죠."

"여기 왜 왔죠?" 나는 놀란 동시에 흥분했지만 그런 티를 내지 않으려고 애쓰며 물었다.

"그거야 모르죠. 샘 라이트를 마시러 왔겠죠. 손님이 뭘 주문했는지는 늘 기억합니다."

그는 바의 반대쪽 끝에 앉은 두 손님을 맞이하려고 그쪽으로 갔다. 나는 전화기 속 릴리의 사진을, 그녀의 얼굴을 이루는 흐릿한 점들을 바라보았다. 그녀가 생각보다 이 일에 더 깊이 연루되었을 수도 있을까? 곧 만나서 왜 거짓말을 했는지, 왜 테드가 살해된 직후에 케네윅에 왔는지 알아내야 했다. 많은 걸 알아내리라고 기대하진 않았지만 적어도 그녀를 다시 만날 수 있었다. 그것도 빠른 시일 안에. 나는 치즈 버거를 한 입 먹었다. 세상의 어떤 치즈 버거보다 맛있었다. 일이 잘 풀리고 있었다.

30장

릴리

JFK 공항에서 셰포그로 가는 내내 아빠는 안절부절못하며 한숨을 쉬었다. "그냥 엄마예요. 예전과 똑같다고요." 내가 말했다. 아빠는 내게 미소를 지었지만 눈에는 여전히 두려움이 서려 있었다. "한번 살아보세요. 안 되면 다른 방법이 있을 거예요." 내가 덧붙였다.

"언제라도 너와 함께 살 수 있으니까." 아빠가 말했다.

그거야말로 내가 피하고 싶은 상황이었지만 난 그저 아빠의 무릎을 꽉 쥐었다.

코네티컷 주의 나직한 언덕들을 지나 익숙한 지역으로 접어들자 아빠는 말없이 창밖만 바라보았다. 단풍은 화사하게 물든 단계를 지나 빨간색은 녹슨 빨강으로 바뀌고, 노란색은 시

들었다. 몽크스하우스의 진입로에 들어서자 아빠가 말했다.

"불알이 쪼그라드는 걸 보니 집에 온 모양이구나."

차 트렁크에서 거추장스러울 정도로 큰 아빠의 수트케이스 두 개를 내리는 동안, 엄마가 물감이 튄 앞치마를 두른 채 현관에 나타났다. 입술에는 다홍색 립스틱까지 발랐다. "우리 집 가장께서 돌아오셨네." 엄마는 미리 연습한 사람처럼 말했고 그제야 난 엄마도 약간 긴장했다는 걸 깨달았다.

"샤론." 아빠는 그렇게 말하며 멀리 있는 엄마를 보기 위해 안경을 머리 위로 올렸다. "당신은 하나도 안 변했군." 아마도 이런 상황에서 아빠가 엄마에게 할 수 있는 최고의 칭찬일 것이다. 엄마는 고개를 끄덕이고 집 안으로 들어갔다.

집 뒤쪽에 있는 1층 손님방에 아빠의 짐을 풀고 정리하는 일을 도와드린 후, 해가 완전히 지기 전에 얼른 집 근처를 둘러보았다. "여긴 늘 해가 일찍 졌지. 기억난다." 아빠가 말했다.

"가을과 겨울에만요. 1년 내내 그렇진 않아요."

"내일 갈퀴로 낙엽을 긁어야겠다."

"엄마가 좋아하실 거예요. 갈퀴질이라면 질색하시니까."

"기억난다. 늘 내게 갈퀴질을 시켰지."

"음, 아빠 아니면 건넛집에 사는 남자애에게요."

"맞아." 10월 말의 저녁 치고는 따뜻했는데도 아빠는 목에 두른 스카프를 더 단단히 맸다. "넌 어릴 때 걸핏하면 낙엽 속에 기어들어 갔지. 기억나니?"

"아뇨."

"다른 애들은 다들 낙엽 위에서 뛰고 싶어 했어. 그런데 넌 그 속에 파묻혔지. 몇 시간이고 그렇게 있었어. 기억 안 나니?"

"네."

"넌 정말 이상한 아이였어. 네가 책에 빠지기 전까지는 우리가 야생동물을 낳았다고 생각했지. 잘 웃지도 않고 몇 시간씩 밖을 쏘다녔어. 동물 울음소리를 내기도 했고. 우린 널 늑대소녀라고 불렀다. 인간의 손에 자라는 늑대 소녀. 우리가 널 너무 망쳐놓은 게 아니면 좋으련만."

"잘 키워주셨어요." 내가 그렇게 말했을 때 하늘에서 빗방울이 살짝 떨어지기 시작했다. "이젠 두 분이 함께 살기까지 하잖아요. 모든 이혼 가정 자녀들의 꿈이죠."

"그게 진짜 네 꿈이냐?" 우리가 발걸음을 돌려 다시 집으로 향했을 때 아빠가 물었다. 부엌에서 나오는 불빛을 제외하고는 주위가 어두웠다.

"아뇨, 그냥 농담이에요. 게다가 두 분은 다시 합친 게 아니에요. 그냥 함께 사는 거죠. 서로 기생하는 거예요. 그게 우리 계획 아닌가요?"

"맞다, 그럴 계획이지. 평화와 고요. 책을 한 권 더 쓸 수도 있어. 아닐 수도 있고. 그저 아무에게도 피해를 주지 않으면서 여생을 보내고 싶구나. 진정 그러기를 바랄 뿐이야."

저녁 시간은 무사히 흘러갔다. 엄마가 구운 닭은 너무 익어 뻣뻣했는데도 아빠는 전혀 불평하지 않았다. 셋이서 와인 한 병을 마셨고, 식사가 끝난 후에는 아빠가 설거지를 하겠다고 나섰다. 앞으로는 당신이 설거지를 담당하겠다면서. "당신도 알다시피 난 요리는 못해, 샤론. 하지만 설거지는 기꺼이 하지."

엄마는 어이없다는 표정을 지으며 눈동자를 굴렸지만 내게만 그랬을 뿐 아빠에게는 아무 내색도 하지 않았다. 아빠는 이미 식탁을 치우고, 싱크대에 조심스럽게 접시를 쌓고 있었다. 엄마와 나는 거실로 갔다. 거실에는 텔레비전이 있었다. 내가 어릴 때는 집에 텔레비전을 둔 적이 없었다고 말하자, 엄마는 "교육 방송을 보려고 그래"라고 말했고, 우리는 낡은 소파 양끝에 앉았다. 난 아빠 얘기가 나올 줄 알았는데 엄마는 예전에 알고 지냈던 아티스트를 극찬하는 비평이 신문에 실렸다면서 그 내용을 시시콜콜 늘어놓았다. "난 그이를 대단하게 평가하지 않았는데 내 생각이 완전히 틀렸지 뭐니. 적어도 〈뉴욕타임스〉에 따르면 말이야." 나는 엄마의 말을 들으며, 부모님의 말도 안 되는 이 동거가 잘 유지될지도 모르겠다는 생각이 들었다. 적어도 당분간은. 떨어져 지내는 동안 두 분은 서로에게 점점 더 의미 없는 존재가 되었고, 덕분에 함께 살 수 있을 것 같았다. 서로 상처를 줄 정도의 애정도 남아 있지 않은 것이다.

나는 다음 날 아침을 먹은 뒤에 몽크스하우스를 떠났다. 느긋하게 운전했고, 하트퍼드에서 북쪽으로 방향을 틀어 파이오니어 벨리를 통과했다. 마침내 2번 도로와 연결되자 좀 더 좋은 경치를 보면서 윈슬로로 돌아갔다. 거센 바람이 부는 대기에서는 마른 낙엽 냄새가 풍기고, 집집마다 할로윈 장식이 되어 있는 지금이 1년 중에서 내가 가장 좋아하는 시기다. 일주일 전에 테드 스버슨의 죽음을 알게 되었고, 이제 내 인생의 추악한 장은 완전히 마무리되었다. 미란다와 브래드는 죽었고, 난 무사히 빠져나왔다. 잡힐지도 모른다는 불안감은 모두 사라졌다. 이제는 마음이 느긋했고 기운이 넘쳤다. 심지어 부모님과 함께 있는 것조차 즐거웠다.

두 살인 사건은 세간에 화제가 되었다. 케네윅은 일주일 간격으로 살해된 젊고 매력적인 부부의 사연을 파헤치려는 기자들로 넘쳐났다. 경찰은 브래드 다겟을 찾아내지 못했고 아마 앞으로도 그럴 것이다. 설사 트럭을 찾아낸다 해도 달라질 건 없다. 그는 테드와 미란다를 죽였고, 법의학적 증거들이 이를 증명할 것이다. 그가 나타나 진실을 밝힐 일은 더더욱 없을 것이다.

나는 어제 아빠가 했던 말을 생각했다. 그저 아무에게도 피해를 주지 않으면서 여생을 보내고 싶다는 말. 어쩌면 나도 그걸 내 인생의 목표로 삼아야 할지 모른다. 쳇을 죽인 후에도, 런던에서 에릭을 죽인 후에도 그런 기분이 들었다. 지금도 마찬가지였다. 과거에 내가 한 짓을 후회하지는 않는다. 미란다와 에릭은 둘 다 내게 상처를 줬다. 쳇은 그러려고 했고, 브래드는 직접 상처를 주진 않았지만 무고한 사람을 죽였다. 아마

406

도 테드 스버슨을 내 인생에 들여놓은 게 실수였을 것이다. 난 지난 몇 주간 엄청난 위험을 감수했고, 다행히도 무사히 빠져나왔다. 하지만 이젠 끝났다. 완전히. 앞으로는 조용히 살면서 다시는 누구도 내게 상처를 입히지 못하게 할 것이다. 나는 계속 생존할 것이다. 초원에서의 그날 밤, 쏟아지는 별빛 속에서 얻은 깨달음을 간직한 채. 그것은 내가 특별한 사람이고, 남과 다른 도덕성을 가지고 태어났다는 깨달음이었다. 정상적인 인간이 아닌 동물, 소나 여우, 올빼미의 도덕성을.

2번 도로를 빠져나와 윈슬로 시내를 통과해 집으로 향했다. 시내에서는 옥토버 페스티발이 한창이어서 폴카 밴드가 음악을 연주하고 있었으며, 천막이 세워져 있었다. 나는 차창을 내렸다. 공기 중에 사과 사이다 냄새가 감돌았다. 잠시 들렀다 갈까 생각했지만 그냥 집에 가기로 했다. 3킬로미터쯤 운전해 집 근처에 이르자, 우리 집 진입로에 주차된 길고 하얀 차가 보였다. 이제는 잎이 다 떨어진 나무들 사이로 쉽게 눈에 띄었다. 갑자기 공포가 엄습했고, 하마터면 그냥 지나갈 뻔했지만 아무 일 없을 거라고 스스로를 타이르며 진입로에 들어섰다.

차에 기대선 남자는 지난번에 찾아와 이것저것 물어봤던 형사였다. 보스턴 경찰청의 헨리 킴볼. 그는 날 보더니 피우던 담배를 버리고 발로 밟았다. 나는 주차를 하고 차에서 내렸다. 그가 내게 다가왔다. 얼굴에 알 수 없는 미소를 띤 채.

31장

킴볼

일요일 점심 식사 후, 난 릴리 킨트너와 이야기를 나누기 위해 다시 윈슬로로 차를 몰았다. 그녀는 집에 없었지만 청량한 가을날이고 너무 춥지도 않았기에 그냥 기다리기로 했다. 아마도 브런치를 먹으러 나갔을 테니 곧 돌아올 것이다. 집 너머 연못이 보이는 방향으로 차에 기대서서 담배를 말았다. 매일 할당된 두 개비 중 하나였다.

브래드 다겟은 아직 발견되지 않았다. 유일하게 믿을 만한 단서는 케네윅의 한 카센터에서 온 제보였는데 거기 보관된 차의 번호판이 바뀌었다고 했다. 정비공인 마이크 코모는 차의 다른 부분에 비해 유독 깨끗한 번호판을 보고 그 사실을 알게 되었다. 브래드 다겟은 메인 주를 떠나기 전에 번호판을 바꿔치기 할 정도로 똑똑한 것이다. 바꿔 단 자동차 번호판에 전국 수배령을 내리기는 했지만 아직은 아무 진전도 없었다. 앞으로도 그럴 것 같았다.

나는 담배에 불을 붙이고, 고개를 뒤로 기울여 얼굴로 햇볕을 받았다. 뒤쪽에서 한 무리의 거위가 느릿느릿 지나갔다. 담배를 거의 다 피웠을 때 릴리가 혼다 어코드를 몰고 진입로에 들어섰다. 나는 앞 유리창 너머로 그녀의 얼굴을 읽으려 했지만 그저 호기심 어린 표정일 뿐이었다. 차에서 내리는 그녀에게 다가가 다시 내 소개를 했다.

"기억나요. 겨우 며칠 전 일이니까요." 그녀가 말했다. 짙은 청색에 회색 물방울무늬 더플백을 든 것을 보고 난 어디 멀리 다녀왔느냐고 물었다.

"부모님이 계시는 코네티컷 주예요. 아빠가 런던에서 돌아오셨거든요."

"아, 이제 여기 사시는 건가요?"

"지금으로선 그럴 계획이에요. 근데 무슨 일로 오셨나요, 형사님? 미란다 소식은 들었어요. 정말 충격적이더군요."

"몇 가지 더 물어볼 게 있습니다. 어디 좀…… 앉아서 얘기할 수 있을까요?"

"그러죠. 먼저 짐 좀 두고 올게요. 집 뒤쪽 데크에서 얘기할까요? 그렇게 춥지 않으니까요."

나는 그녀를 따라 집 안으로 들어갔고, 거실을 지나 부엌

뒷문으로 나가 낙엽이 수북이 쌓인 작은 데크로 갔다. "걸레를 가져다 드릴게요. 그걸로 의자를 닦으세요." 그녀가 말했다.

난 그녀의 말대로 두 개의 나무 의자에 쌓인 부채 모양의 샛노란 은행잎을 쓸어내고 의자를 닦았다. 자리에 앉은 지 5분쯤 지나자, 릴리가 돌아왔다. 여전히 청바지를 입었지만 코트는 벗었고 캐시미어로 보이는 V자 네크라인의 흰색 스웨터만 입고 있었다. 묶었던 머리는 풀었고, 다시 세수한 듯한 얼굴은 화장기가 하나도 없었다. "뭘 도와드릴까요?"

나는 곧장 본론으로 들어가자고 마음먹은 터였기에 이렇게 말했다. "당신이 왜 거짓말을 했는지 알고 싶습니다."

릴리는 놀란 것 같지 않았지만 창백한 눈꺼풀을 천천히 깜박였다. "정확히 뭘 말하시는 거죠?"

"당신과 테드 스버슨의 관계 말입니다. 그리고 이번 주 일요일과 월요일에 케네윅에 머물렀던 사실도요. 지난번 제가 찾아왔을 때 그 얘기를 해야 한다는 생각은 안 들었나요?"

"그건 설명할 수 있어요. 그리고 거짓말한 건 미안해요. 아버지 일 때문에 스트레스를 많이 받고 있었거든요. 지난번에 찾아오셨을 때 살인 사건 수사에 말려들게 될까 봐 너무 겁이 났어요. 그렇게 되면 아버지가 감당할 수 없을 테니까요. 그래서 테드를 모른 척한 거예요. 만약 우리 관계가 살인 사건과 조금이라도 연관이 있었다면 거짓말하지 않았을 거예요."

"두 분은 정확히 어떤 관계였습니까?"

"우린 런던 공항에서 만났어요. 처음엔 전혀 알아보지 못했는데 얘기를 하다가 전에 만난 적이 있다는 걸 알게 됐죠. 미란다를 통해서요. 둘 다 비즈니스 클래스였고, 어쩌다 옆자리에 앉게 됐어요. 그런데 자기 부인이 시공업자와 바람을 피우는 것 같다고 하더군요."

"그건 중요한 정보입니다. 일주일 전에 알려주셨다면 큰 도움이 됐을 텐데요." 내가 말했다.

"알아요, 알아. 미안해요. 하지만 테드도 확신하진 못했어요. 그런 것 같다고만 했죠. 난 미란다와 같은 대학을 다녀서 아마도 그의 추측이 맞을 거라고 생각했어요. 어쨌거나 우린 죽이 잘 맞았고, 그는 속마음을 털어놓았죠. 가끔씩 비행기에서 이방인에게 그럴 때가 있잖아요."

"그래서 사귀게 되었군요."

"아뇨, 그런 낭만적인 관계는 아니었어요. 콩코드에서 다시 만나 한잔 하기는 했지만 딱히 의도가 있진 않았어요. 그 사람은 유부남이니까요."

"하지만 좋아했죠?"

그녀는 다시 천천히 눈을 깜박거렸다. "네. 좋은 사람이었어요."

"살해됐다는 소식은 언제 들었습니까?"

"일요일 자 〈글로브〉에서 기사를 읽었어요. 기사에는 강도에게 살해된 것처럼 쓰여 있었지만 전……."

"브래드 다겟에게 살해됐을지도 모른다고 생각했습니까?"

"그게 시공업자 이름이죠? 그리고 당신은 그 사람이 테드와 미란다를 죽였다고 생각하나요?"

"케네윅에는 왜 갔는지 말해주세요."

"나도 잘 모르겠어요. 이유야 많죠. 테드가 그곳을 얼마나 사랑하는지 알고 있었고, 그래서 가기로 했어요. 아마 그를 추모하고 싶었을 거예요. 우린 두 번밖에 만나지 않았지만 두 번 다 꽤나 강렬한 만남이었거든요. 그리고 혹시라도 뭘 알아낼 수 있지 않을까 하는 마음도 있었고요. 아무래도 낸시 드류 흉내를 낸 거 같아요. 어리석은 짓이었죠."

"케네윅에서 뭘 하셨나요?"

"여기저기 산책했어요. 호텔 바에서 저녁을 먹었고, 다들 살인 사건 얘기를 하길래 엿들었죠. 하지만 미란다가 바람을 피운다는 얘기는 없었어요. 다들 그 얘기를 할 줄 알았거든요. 테드 말에 의하면 미란다는 케네윅인 호텔에 살다시피 했으니까요. 미란다가 동네 남자와 잤다면, 당연히 소문이 파다하지 않겠어요? 어쨌든 난 그렇게 생각했어요. 하지만 아무도 그런 얘긴 하지 않더군요. 심지어 쿨리스에도 갔어요. 동네 사람들이 잘 다니는 술집인데 해변가에 있죠. 거기서 뭐라도 듣거나, 잘하면 브래드를 볼지도 모른다고 생각했죠. 하지만 둘 다 아니었어요."

"브래드와 미란다가 불륜 관계였다는 걸 알아내면 어떻게 할 작정이었습니까?"

"당연히 브래드를 함정에 빠뜨려야죠. 자백을 받아내고, 용감한 시민이 범인을 체포하는 거죠." 그녀의 표정은 조금도 바뀌지 않았고, 난 조금 후에야 그 말이 농담이라는 걸 깨달았다. 내가 씩 웃자, 그녀도 미소 지었다. 미소를 지으니 인중에 주름이 잡혔다. "솔직히 말해서," 그녀가 말을 이었다. "어떻게 해야 할지 몰랐어요. 계획이 없었으니까요. 브래드와 미란다가 바람을 피운다고 해서 그게 테드의 죽음과 관련이 있다는 뜻도 아니고요."

"우린 브래드가 스버슨 부부를 죽였다고 확신합니다."

"그리고 브래드는 실종됐고요?"

"네."

잠시 침묵이 흘렀다. 나는 릴리가 왼손을 의자 팔걸이에 문지르는 것을 지켜보았다. 그녀가 긴장했다는 신호를 보내기는 처음이었다. 마침내 그녀가 입을 열었다. "내가 다 망쳐놨네요. 형사님이 처음 찾아왔을 때 다 말했어야 했어요. 테드가 아내의 불륜을 의심하고 있다고. 미안해요. 솔직히 형사님이 왔을 때는 저 나름대로 테드가 강도에게 살해당했다는 결론을 내린 상태였어요. 내가 케네윅에 가서 혼자 알아보고 다닌 게 부끄러울 지경이었죠. 바보 같아 보일 테니까요."

"낸시 드류처럼요." 내가 말했다.

"음, 지금 내 어린 시절 영웅에게 바보라는 건가요?"

"아뇨, 그럴 리가요. 나도 낸시 드류를 좋아합니다. 내가 왜 형사가 됐겠습니까?"

초라한 행색의 고양이 한 마리가 데크로 올라와 릴리에게 야옹거렸다. "고양이를 키우시는군요." 내가 말했다.

"아뇨." 그녀가 대답하며 일어섰다. "이 녀석의 이름은 모그예요. 주로 밖에서 살다가 배고플 때만 찾아오죠. 음식을 좀 가져다줘야겠어요. 뭐 마실래요?"

"아뇨, 괜찮습니다." 그녀가 자리를 비운 동안, 나는 혀를 차며 모그를 유인했지만 녀석은 꼼짝하지 않았다. 눈동자 색깔이 서로 달랐다. 혹은 어쩌다 한쪽 눈을 다쳤거나. 릴리가 고양이 먹이가 담긴 그릇을 가져와 데크 가장자리에 내려놓았다. 모그는 쪼그리고 앉아 먹기 시작했다.

나는 더 있고 싶었지만 더는 물어볼 게 없었다. 아직도 감추는 게 있는 듯했지만 릴리의 답변은 충분히 설득력이 있었다. "아버님은 어떠신가요?" 내가 물었다.

"아, 아버진…… 아버진 그대로예요. 아버지를 미국으로 데려오는 게 최선이었어요. 영국에서는 언론의 뭇매를 맞았거든요."

"집필 활동은 계속 하시나요?"

"책을 한 권 더 쓸 수도 있다고 하셨는데 잘 모르겠어요. 두고 봐야죠. 다시 엄마랑 사니까 영감을 받을 수도 있고요."

"부모님은 이혼하신 줄 알았는데요."

"맞아요. 천만다행이죠. 이건 그냥 계약 동거예요. 이상한 거 알아요. 하지만 엄마는 돈이 필요하고, 아버지는 이제 엄마의 집에 머무르니까 재정적 도움을 줄 수 있죠. 게다가 아버지는 혼자 두면 안 돼요. 밑져야 본전이지만 성공하면 두 분의 문제가 동시에 해결되죠. 실패하면 아버지는 여기서 나와 함께 사실 거예요."

나는 그녀의 아버지에 대해 더 묻고 싶었다. 개인적으로 관심이 있기도 했지만, 더 큰 이유는 릴리 킨트너의 집 뒤쪽 데크에 더 오래 머물고 싶어서였다. 그녀를 계속 바라보고 싶었다. 태양을 등지고 앉은 탓에 그녀의 머리카락은 불타오르는 듯했다. 가슴 아래로 팔짱을 껴 스웨터가 몸에 밀착된 탓에 얇은 하얀색 캐시미어 스웨터 안에서 볼록 솟은 가슴과 핑크색 브래지어의 희미한 윤곽을 볼 수 있었다. 나는 더 오래 머물 수 있는 방법을 궁리해보았다. 그녀의 아버지에 대해, 낸시 드류를 향한 애정에 대해, 윈슬로 대학에서 하는 일에 대해 더 물을 수 있었지만 그래서는 안 될 일이었다. 이건 친목 도모를 위한 방문이 아니다. 나는 자리에서 일어났고, 릴리도 따라 일어났다. 먹이를 다 먹은 모그는 릴리에게 다가가 발목에 옆구리를 비비더니 데크에서 훌쩍 뛰어내려 왔던 길로 되돌아갔다.

"아, 하나 더요." 나는 물어보려고 했던 마지막 질문이 기억났다. "제가 처음 찾아왔을 때 미란다와 대학 선후배 사이라고 했죠?"

"네. 코네티컷 주 뉴체스터에 있는 마더 대학 동문이죠."

"미란다 말로는 당신이 자기 남자 친구를 훔쳤다더군요."

"그건 제가 할 말인데요. 우리가 같은 남자를 사귀긴 했죠. 미란다가 먼저 사귀었고, 그다음에 제가 사귀었고, 그러다 남자가 다시 미란다에게 돌아갔어요. 당시에는 골치 아팠지만 다 옛날 일이죠."

"그래서 테드를 만났을 때 그가 미란다 남편이고, 결혼 생활이 불행하다는 걸 알고 복수할 기회가 왔다고 생각했나요?"

"물론이죠. 그런 생각을 하긴 했어요. 난 테드를 좋아했고, 미란다는 싫어했으니까요. 하지만 아뇨, 테드와 난 그런 관계가 아니었어요. 우리 사이에 낭만적인 감정은 없었죠. 난 그저 잠시 테드와 이야기를 나눈 사람이었을 뿐이에요."

릴리와 나는 다시 집 안을 가로질러 내 차가 있는 곳으로 갔다. 그녀는 손을 내밀었고 우리는 악수를 했다. 그녀의 손바닥은 메마르고 따뜻했다. 우리가 손을 뗄 때 릴리의 손끝이 내 손바닥을 부드럽게 쓸어내렸다. 이건 의도적인 행동일까? 아니면 우리 사이에 있지도 않은 무언가를 기대하는 나의 망상일까? 그녀의 얼굴에서는 아무것도 읽을 수 없었다.

차에 타기 전에 나는 뒤를 돌아보며 물었다. "남자 친구 이름이 뭐였나요?"

"네?"

"대학 때 당신과 미란다가 사귀었다는 남자요."

"아, 그 사람." 양 볼에 살짝 홍조가 스치더니 그녀가 머뭇거리며 말했다. "에릭 워시번이라고 해요. 하지만 그 사람은, 음, 죽었어요."

"아, 어쩌다가요?"

"대학 졸업 직후에요. 과민성 쇼크로. 견과류 알레르기가 있었거든요."

"아." 난 뭐라고 말해야 할지 몰라 또 그렇게 말했다. "유감입니다."

"괜찮아요. 오래전 일이니까."

나는 차를 몰아 그 집에서 나왔다. 다시 보스턴으로 향하는 동안 나직하게 깔린 구름이 태양을 가리기 시작했다. 아직 이른 오후였는데도 해질 무렵 같았다. 나는 릴리와 나눴던 대화를 곱씹었다. 그녀가 한 말이 대부분 사실이라고 믿었지만 여전히 거짓말을 하고 있다는 느낌이 들었다. 처음 만났을 때처럼 어딘가 빼먹은 부분이 있었다. 하지만 왜? 그리고 마지막에 내가 남자 친구의 이름을 물었을 때 왜 머뭇거렸을까? 마치 내게 알려주기 싫은 것 같았다. 오래전 일이라고 했지만 사실은 그렇지 않다. 그녀는 겨우 이십대 후반일 뿐이다. 에릭 워시번. 나는 그 이름을 잊지 않도록 큰 소리로 말했다.

32장
릴리

　　킴볼 형사가 두 번째로 찾아온 지 일주일
이 지났을 때 나는 다시 콩코드로 차를 몰았다. 매일 밤 스버슨
부부 살인 사건에 관한 지방 방송과 신문 기사들을 찾아보았
다. 비록 수사에는 아무런 진전도 없었지만. 앞으로도 그럴 것
이다. 브래드 다겟은 영영 발견되지 않을 것이다. 브래드가 어
디에 있는지, 또 카리브 해의 어느 해변에서 다이키리를 마시
는 모습이 목격될 리 없다는 사실을 아는 사람은 세상에서 나
뿐이다. 그는 사람들에게 잊힌 초원에서 서서히 썩어가고 있었
다. 근처를 지나가는 새와 동물들 그리고 나만이 그 사실을 알
고 있다. 동물들은 그의 냄새를 맡고, 덩치 큰 동물이 또 하나
죽었구나 생각하며 일상을 살아갈 것이다.

그날은 서머타임이 끝나고 맞이하는 첫 일요일이었다. 아침에 추워지더니 새벽에 눈을 동반한 돌풍이 지나갔지만 정오가 되면서 눈은 말끔히 사라졌다. 이제 하늘에는 두껍게 쌓인 먹구름이 위협하듯 나직이 걸려 있었다. 나는 공영 방송의 클래식 음악을 들으며 시골길을 따라 천천히 차를 몰았다. 콩코드에 도착했을 때는 오후 중반이었고 중심가에 차를 주차했다. 보도는 사람들로 붐볐는데 맛있는 점심으로 인기 있는 식당 앞에는 가족 단위로 줄을 서 있었고, 스포츠웨어를 입은 중년 여성들은 보석 가게를 들락거렸다. 나는 기념 광장 쪽으로 천천히 걸어갔고, 넓은 교차로를 건너 올드힐 공동묘지 입구로 향했다. 돌 비석 사이를 지나 언덕 꼭대기로 가는 가파른 길을 느릿느릿 올라갔다. 묘지에는 아무도 없었다.

불과 한 달 전쯤 테드 스버슨과 마지막으로 만났을 때 앉았던 벤치를 지나 언덕 맨 꼭대기로 올라갔다. 콩코드 시내의 지붕들 너머를 바라보았다. 이제 언덕의 나무들은 잎이 다 떨어져서 내 차가 주차된 곳까지 훤히 보였다. 연두색 코트를 입은 나는 한동안 그렇게 서서 차갑고 매서운 뉴잉글랜드의 공기와 고독을 즐겼다. 여유 있는 일요일을 맞아 여러 가지 볼일을 보러 바쁘게 오가는 보행자들을 신이 된 심정으로 바라보았다. 테드와 키스했던 곳을 보며 그 키스가 어떤 느낌이었는지 기억해내려 했다. 놀랍도록 부드럽던 그의 입술, 내 스웨터에 밀착되던 크고 강한 손. 5분 뒤에는 돌 비석이 드문드문 있는 언덕으로 주의를 돌렸다. 판석이 깔린 길을 다시 천천히 내려가, 뒤틀리고 잎이 다 떨어진 나무에 가려진 무덤 하나를 골라 그 앞에 쪼그리고 앉았다. 비석에는 엘리자베스 미노가 1790년에 45세의 나이로 사망했다고 적혀 있었다. "그녀는 침착하고 즐거운 마음으로 지지부진한 죽음을 맞이했다." 비석 맨 위에는 날개 달린 해골이 새겨져 있고, 주위에 "죽음을 기억하라"라고 적힌 띠가 둘려 있었다. 나는 계속 쪼그린 채 비석을 바라보며 엘리자베스 미노의 짧고 신산한 삶이 어땠을지 생각했다. 사실 이제 와서 그게 뭐 그리 중요하겠는가. 그녀는 죽었고, 그녀를 알던 사람들도 모두 죽었다. 어쩌면 남편이 베개로 그녀를 질식시켰는지도 모른다. 그녀의 고통을 끝내기 위해. 혹은 자기의 고통을 끝내기 위해. 하지만 이제는 그 남편도 죽은 지 오래다. 그들의 자녀도 죽었고, 그 자녀의 자녀도 죽었다. 아빠는 100년마다 세상 사람들이 물갈이가 된다고 했다. 아빠가 왜 그런 말을 했는지, 그게 아빠에게 무슨 의미인지는 잘 모르겠다. 아마도 "죽음을 기억하라"의 변주가 아닐까 싶은데 어쨌거나 내게무슨 의미인지는 안다.

　나는 내가 죽였던 사람들을 생각했다. 아직도 성이 뭔지모르는 화가 쳇. 제대로 살아보기도 전에 죽은 에릭 워시번. 그리고 불쌍한 브래드 다겟. 아마 그는 미란다 스버슨을 처음 본순간부터 죽을 팔자였을 것이다. 가슴이 아팠다. 익숙한 감정은 아니지만 무엇인지는 알고 있었다. 내가 한 짓을 후회하거나 죄책감을 느껴서가 아니다. 난 후회하지도, 죄책감을 느끼지도 않았다. 내가 저지른 살인마다 이유가, 그것도 충분한 이유가 있었다. 이렇게 가슴이 아픈 까닭은 외로움 때문이다. 이세상에 내가 아는 사실을 공유하는 사람이 한 명도 없다는 외로움.

나는 언덕을 내려와 다시 마을로 걸어갔다. 가방 속에서 전화기의 진동이 느껴졌다. 엄마였다. "얘, 〈타임스〉 읽었니?"

"난 〈타임스〉 안 봐요." 내가 말했다.

"거기 마사 장에 관한 기사가 대대적으로 실렸어. 너도 마사 기억하지? 안무가 말이야." 엄마는 기사 내용을 시시콜콜 설명하며 일부를 읽어주기도 했다. 나는 중심가가 보이는 차가운 벤치에 앉았다.

"아빠는 어때요?" 엄마의 말이 끝나자 내가 물었다.

"어제 한밤중에 비명을 질렀지 뭐니. 날 침실로 끌어들이려는 수작이라고 생각하며 가봤더니 네 아버지가 정말로 맛이 갔더구나. 울면서 부들부들 떨더라고. 뜨거운 우유와 위스키를 가지고 다시 갔더니 자고 있더라니까. 솔직히 말해서, 어린애를 키우는 기분이야."

난 전화를 끊어야 한다고 했고, 엄마는 내가 기억하지 못하는 엄마의 친구들에 대해 또 서너 가지 이야기를 늘어놓았다. 전화를 끊고 나서 아까 식당 앞에 서 있던 줄이 줄어든 것을 확인하고 안으로 들어가 테이크아웃 커피를 대형 사이즈로 주문했다. 그런 다음 좀 더 걷다가 테드와 술을 마시며 살인을 모의했던 콩코드 리버인 호텔을 지나갔다. 우리의 계획은 성공했을 것이다. 브래드에게 미란다의 살해 혐의를 씌운 다음, 브래드의 시신을 숨겨 그가 영영 사라진 것처럼 보이게 하자는 계획이었으니 실제 일어났던 일과 매우 유사했다. 다만 테드가 브래드의 시신을 바다에 버리는 동안, 내가 그의 트럭을 몰고 보스턴으로 가 도둑맞을 만한 곳에 버리고 온다는 점만 달랐다. 하지만 결과는 같았을 것이다.

나는 위풍당당한 콜로니얼 양식의 저택들이 줄지어 있는 조용한 뒷길을 따라 천천히 걸었다. 아까 갔던 공동묘지 뒤쪽으로 되돌아가는 중이었다. 정원사들이 큰 마당에서 낙엽을 치우고, 한 소년이 축구공을 똑바로 위로 찼다가 다시 받았다. 그 외에는 아무도 보이지 않았다. 공동묘지 뒤쪽과 인접한 막다른 길이 나오자 낮은 울타리를 뛰어넘은 다음, 나무에 기대서서 기다렸다. 언덕 꼭대기와 마치 척추 마디처럼 언덕을 따라 늘어선 비석들이 보였다. 하늘에는 짙은 먹구름 뒤에서 하얗게 빛나는 태양이 나직이 걸려 있었다. 나는 몸을 녹이기 위해 따뜻한 커피를 가슴에 댔다. 틀어 올린 머리는 브래드와 미란다가 죽은 날 밤에 썼던 진초록색 털모자 속에 감춰져 있었다. 만약 일이 계획대로 진행됐다면 테드와 나의 관계가 어떻게 됐을지 다시 한번 생각했다. 우리는 틀림없이 사귀었을 테지만 그 관계가 얼마나 오래갔을까? 난 그에게 모든 것을 말했을까? 지금까지 살아온 삶을 그와 공유했을까? 서로를 잘 안다는 것이 관계를 더 돈독히 했을까? 아니면 결국 그 때문에 헤어졌을까? 아마도 헤어졌을 것이다. 한동안은 내 비밀을 누군가와 공유할 수 있다는 사실이 행복했을 테지만.

나는 커피를 다 마시고 열린 가방 속에 빈 컵을 넣었다. 그리고 기다렸다.

33장

킴볼

윈슬로 중심에서 살짝 비켜난 5차선 교차로의 던킨 도넛 앞에 차를 세워두면, 릴리 킨트너의 차가 집에서 나와 레이턴 로드를 내려가는 걸 볼 수 있었다. 레이턴 로드를 내려오는 차량은 매우 적은 데다 그녀의 차가 짙은 빨간색이라 눈에 쉽게 띄었다. 나는 릴리를 두 번 찾아간 후로 매일 여기서 그녀를 기다렸고, 총 일곱 번 미행했다. 집과 윈슬로 대학 사무실을 오가고, 식료품점에 가고, 한 마을 건너 장터에 가는 그녀를 미행했다. 한번은 그녀가 주간고속도로를 타고 남쪽으로 내려가기에 코네티컷 주에 있는 부모님을 보러 가나 싶어서 그냥 돌아왔다. 시내에 볼일이 있어서 가는 그녀를 도보로 잠깐, 큰 간격을 두고 서너 번 미행하기도 했다. 하지만 흥미로운 구석은 전혀 없었다.

나는 별 특징 없는 은색 소나타를 타고 다니며 철저히 혼자서 미행했다. 대체 뭘 기대하는지는 나도 알 수 없었다. 그저 릴리 킨트너가 어떻게든 이 사건과 연관되었고, 계속 감시하다 보면 꼬리가 밟힐 거라고 생각했다.

일요일 오후에도 역시나 던킨 도넛 앞에 있었고, 막 포기하고 돌아가려는 찰나에 릴리의 혼다 어코드가 눈에 띄었다. 그녀는 브룩스에서 좌회전하더니 동쪽으로 차를 몰아 도심에서 멀어졌다. 나는 주차장에서 나와 세 대의 차량을 사이에 두고 그녀를 따라갔다. 그녀의 혼다는 구형이라 요즘 도로에서 볼 수 있는 혼다보다 덩치가 컸고 그래서 미행하기가 수월했다. 나는 그녀를 따라 스토, 메이나드를 지나 웨스트콩코드로 들어갔다. 적어도 항상 두 대의 차를 사이에 두고 따라갔다. 메이나드 도심을 지날 때 UPS 트럭 뒤에 갇히는 바람에 잠깐 놓쳤지만, 그녀가 62번 도로를 계속 따라갈 거라는 예상이 적중해 다시 따라잡았다. 그녀는 콩코드 도심으로 들어가더니 중심가에 주차하고 차에서 내렸다. 단추를 목까지 채운 연두색 코트를 입은 채 작은 공원 주위를 돌아가는 대형 로터리처럼 보이는 곳으로 걸어갔다.

내가 릴리 킨트너를 미행한다는 걸 아는 사람은 파트너인 로베르타 제임스뿐이다. 하지만 그녀도 내가 이렇게 자주 미행하는 줄은 모른다. 특히나 해가 진 후 레이턴 로드에 차를 세우고 숲을 지나 릴리의 집 부지 끝에서 그녀를 감시한 적이 두 번이나 있다는 사실은. 그중 한 번은 무려 한 시간이나 지켜보기도 했다. 빨간 가죽 의자에 앉은 릴리는 양 다리를 들어 올려 옆으로 나란히 눕힌 자세로 양장본 책을 읽었다. 읽는 동안에는 자기도 모르게 손가락으로 긴 머리카락을 돌돌 말았고, 옆에 놓인 찻잔에서는 김이 모락모락 피어올랐다. 나는 그만 가야 한다고 스스로를 다그쳤지만 두 발이 그 자리에 고정된 것 같았다. 설사 갑자기 집에서 나온 릴리에게 발각된다 해도 발이 떨어질 것 같지 않았다. 제임스에게 이런 얘기는 전혀 하지 않았다. 그녀는 벌써 내 미행의 동기를 의심했기 때문이다. "그 여자 어떻게 생겼어, 헨?" 어젯밤 그녀가 물었다. 우리는 카르보나라 스파게티와 스카치를 앞에 두고 있었다.

"아름다워." 나는 거짓말하지 않기로 했다.

"아하." 제임스는 그렇게 대꾸했고 그걸로 충분했다.

"들어봐. 릴리의 대학 시절 남자 친구가 에릭 워시번이야. 그 남자는 미란다 스버슨, 혹은 당시 이름으로 하자면 페이스 호바트의 남자 친구이기도 했어. 미란다는 릴리가 에릭을 뺏어 갔다고 했고, 릴리는 미란다가 다시 에릭을 뺏어 갔다고 했어. 에릭은 대학을 졸업하던 해에 견과류 알레르기로 죽었어. 런던에서 릴리와 함께 있었지."

"릴리가 견과류를 먹여서 남자를 죽였다는 거야?"

"만약 그랬다면 정말 기막힌 아이디어 아냐? 그런 일은 사

426

고가 아니라고 증명하기가 힘드니까."

"그러네." 제임스는 고개를 끄덕이며 매캘란을 한 모금 마셨다.

"그로부터 몇 년이 흘러 이제 릴리는 미란다의 남편과 친구가 됐어. 어쩌면 친구 이상일 수도 있고. 그런데 그가 살해된,"

"테드 스버슨은 브래드 다겟에게 살해됐어. 그건 사실이잖아. 릴리가 브래드도 알고 있었다는 거야?"

"아니, 하지만 릴리는 분명 거짓말을 했어. 게다가 에릭 워시번에 이어 미란다의 죽음에까지 연관되어 있다면 우연치곤 지나치다는 거지."

"그 여자를 경찰서로 데려와서 더 신문할 수도 있어. 미란다가 죽던 날 밤에 알리바이가 있는지 물어봤어?"

"아니. 어차피 미란다도 브래드에게 살해된 게 사실이니까. 릴리가 처음부터 브래드를 알고 있었고, 그에게 이 두 사람을 죽이도록 사주했고, 지금은 그의 행방도 알고 있을 가능성이 있을까?"

"물론 있지. 하지만 그 여자가 왜 그러겠어? 대학 때 남자친구를 뺏었다는 이유로 누군가를 죽이진 않아."

"음, 글쎄." 내가 말했다.

"그게 다야? 음, 글쎄?"

"응, 그게 다야."

제임스는 미소를 지었다. 그녀는 자주 웃지 않았지만 어쩌다 웃을 때면 약간 엄격해 보이던 얼굴이 완전히 바뀌어서 아름답게 빛났다. 우리는 파트너가 된 지 1년이 조금 넘었는데 석 달 전부터 파스타와 스카치의 밤을 정해 함께 저녁을 먹기 시작했다. 지금까지 우리 관계는 내 인생에서 섹스가 동반되지 않은 이성과의 관계 중에서 최고였다. 처음 만난 날부터 이야기가 잘 통했고 그래서 오랫동안 알고 지낸 사이 같았다. 최근 들어서야 내가 로베르타 제임스에 대해 아는 바가 거의 없다는 걸 깨달았다. 그녀의 고향(메릴랜드 해안가)과 출신 대학(델라웨어 대학교), 현재 거주지(워터타운 3층 집의 3층)만 아는 정도였다. 아무래도 동성애자 같았지만 터놓고 얘기한 적은 없었다. 처음 맞는 파스타와 스카치의 밤에 마침내 그 얘기를 꺼냈더니 그녀는 이렇게 말했다. "난 남자를 좋아해. 이론적으로는."

"그렇다면 현실에선 여자를 좋아한다는 뜻이야?"

"아니. 난 자발적인 금욕주의자야. 하지만 금욕주의를 그만두기로 마음먹는다면 남자와 잘 거야."

"알았어, 제임스." 난 그렇게 말했고 더 이상의 설명은 요구하지 않았다. 이 짧은 대화를 나누는 동안, 평상시에 흔들림이 없던 그녀의 눈동자가 살짝 흔들렸다.

스카치와 파스타의 밤은 대부분 우리 집에서 진행되었다. 아마도 내가 늘 스카치를 너무 많이 마시기 때문일 것이다. 어쩌다 제임스의 집에서 할 때는 내가 늘 소파에서 잤다. 한번은 소파에서 일어나 물을 마시러 갔는데 돌아오는 길에 제임스의 침실을 지나게 되었다. 침실 문은 빼꼼 열려 있었고, 노란 불빛이 새어 나왔다. 나는 문을 살짝 밀면서 "똑똑"이라고 말했다. 제임스는 침대에 누워 책을 읽고 있었다. 무더운 밤이어서 늘씬한 한쪽 다리를 얇은 이불 밖으로 내놓았고 안경을 쓰고 있었다. 안경 너머로 날 바라보는 그녀는 살짝 놀란 기색이었다. "잠이 안 와. 혹시라도 네가 외로울까 봐." 내가 말했다.

내 제안에 제임스가 어떤 반응을 보일 거라고 기대했는지는 잘 모르겠다. 하지만 이렇게 깔깔 대고 웃을 줄은 정말 몰랐다. 나는 두 손을 들어 올리고는 "알았어, 알았어"라고 말하며 문에서 물러났다.

그녀는 날 붙잡으려고 했지만 난 얼른 소파로 후퇴했다. 다음 날 새벽 제임스는 내게 커피를 건네며 말했다. "어젯밤에 웃어서 미안해."

"아니야. 그렇게 늦은 밤에 찾아간 내가 미안하지. 정말로 부적절한 행동이었어." 목소리가 갈라졌고, 양쪽 관자놀이가 지끈거렸다.

"너무 갑작스러워서 깜짝 놀랐던 거 같아. 마지막으로 내게 접근했던 세 사람은 모두 여자였거든. 어쨌거나 마음이 안 좋아."

"그럴 거 없어. 선을 넘으려고 했던 쪽은 나야. 게다가 우린 직장에서 좋은 파트너잖아. 그걸 왜 망쳐?"

"맞아. 그걸 왜 망쳐?"

그후로는 더 이상 이런 일로 이야기를 나누지 않았다. 한동안 서먹했지만 서먹함은 금세 풀렸고 지금은 이렇게 정기적으로 만나 내 연애사를 상의하기까지 한다.

"그래서 내일 또 그 여자를 미행할 거야?" 제임스는 그렇게 말하며 우리 잔에 스카치를 더 따랐다.

"모르겠어. 하루 쉴까 봐." 내가 말했다.

"그래. 분명 네가 잘 알아서 할 테지만, 그 여자에게 들켜서 신고당하기 십상이라고."

"맞아." 그녀의 말을 듣지 않으리라는 걸 알면서도 난 맞장구를 쳤다.

릴리가 중심가 끝을 향해, 로터리 근처로 다가가자 나는 차에서 내려 그녀를 따라갔다. 그녀는 넓은 교차로를 건너, 상자 모양의 흰 교회와 비계가 설치된 첨탑 쪽으로 가더니 오른쪽으로 돌아 언덕의 공동묘지로 들어갔다. 나는 나직한 돌담에 앉아 담배를 말며 그녀를 지켜봤다. 릴리는 200미터 정도 떨어져 있었지만 연두색 코트 덕분에 눈에 잘 띄었다. 공동묘지 사이의 길을 천천히 올라가 한동안 이리저리 거닐더니 퍼걸러 pergola (기둥과 지붕만으로 이뤄진 구조물. 주로 그늘을 만들어 그 아래 쉬는 공간을 마련하기 위해서 세운다-옮긴이)가 있는 낡은 석조 주택의 슬레이트 지붕 뒤로 잠시 사라졌다. 내가 담배에 불을 붙이자, 스판덱스 등산복을 입고 딸각딸각 소리가 나는 등산화를 신고 가던 중년 여자가 마치 자기 자식을 죽인 사람이라도 보듯 나를 쏘아보았다. 나는 계속 묘지를 바라봤다. 마침내 언덕 꼭대기를 향해 걸어가는 릴리가 다시 나타났다. 뒤틀린 나무 아래에 비석이 있었는데 그곳이 그녀가 찾던 무덤인 듯했다. 그녀는 쪼그리고 앉아 비문을 읽었고, 한동안 그렇게 앉아 있다가 일어나서 다시 언덕을 내려왔다. 나는 저게 누구의 무덤인지, 저 무덤이 무슨 의미가 있는지 궁금했다.

릴리는 묘지 앞 인도로 나오더니 기념 광장을 건너 내 쪽으로 오기 시작했다. 나는 중심가를 건너 쇼윈도가 보이는 고급 여성복 가게로 들어갔다. 그리고 골똘히 스카프—모두가 멀쩡한 중고차 한 대 값 정도였다—를 바라보는 척하면서 릴리를 지켜봤다. 그녀는 돌 벤치로 가서 앉더니 이제는 휴대전화로 통화를 하고 있었다. 나는 그녀의 진초록색 털모자에서 흘러내린 붉은 머리카락 한 가닥이 보일 정도로 가까운 거리에 있었다.

"모두 캐시미어예요." 갑자기 내 등 뒤로 바짝 다가온 직원이 말했다.

나는 움찔했다. "정말 아름답군요. 아주 부드러워요."

"그렇죠?"

나는 스카프 진열대를 떠나 작은 가게를 좀 더 둘러보았다. 릴리는 당분간 벤치에 앉아 있을 작정인 듯했다. 몇 분 뒤, 직원에게 고맙다고 말하고 다시 인도로 나갔다. 릴리는 사라지고 없었다. 혹시라도 가게 앞에서 그녀와 마주칠까 봐 아까 앉왔던 돌담으로 돌아갔다. 마음 같아선 언덕 위 공동묘지로 올라가 아까 릴리가 그토록 유심히 봤던 비석을 보고 싶었다. 언덕 꼭대기에서 튀어나온 뒤틀린 나무 바로 아래 있는 묘지였다. 하지만 릴리가 이곳을 떠난 후에 가는 게 안전할 것 같아서 기다리기로 했다.

난 담 위에 앉아 오랫동안 주위를 둘러보았다. 릴리는 자취를 감췄고, 이러다 어디선가 불쑥 나타나 나와 마주칠까 초조해지기 시작했다. 미행은 그만두기로 하고 자리에서 일어나 콩코드 도심을 빠져나와 걷기 시작했다. 콩코드 리버인이라는 회색 지붕널의 낡은 호텔 앞을 지나가는데 호텔 지붕에서 연기가 나고 있었다. 이런 곳이라면 아마 바가 있을 것이다. 난 안으로 들어갔다. 하얀 식탁보가 깔리고 정교한 무늬의 벽지를 바른 식당이 정면에 나타났다. 호텔 뒤쪽에서도 사람들 목소리가 들렸다. 천장이 낮은 복도를 내려가니 작은 바가 나왔는데 주차장보다 조금 큰 공간에 꼭 끼어 있었다. 릴리가 없는지 확인하기 위해 재빨리 내부를 둘러봤다. 두 커플이 늦은 점심을 거의 다 먹은 상태였고, 한 남자가 그롤쉬를 마시며 신문을 읽고 있었다. 나는 길이가 짧은 바의 불편한 나무 스툴에 올라가 앉았고, 보딩턴 생맥주를 주문했다. 여기서 천천히 맥주를 마시다가 공동묘지로 가서 릴리가 보던 비석을 확인할 계획이었다. 그 비석에서 단서가 나오리라고 기대하진 않았다. 오래된 묘지이니 아마도 200년 전쯤에 죽은 사람의 비석이겠지. 하지만 꼭 봐야만 할 것 같았다. 릴리는 비문을 뚫어 져라 바라보았고, 난 이유를 알고 싶었다. 어제 저녁을 먹을 때 제임스가 했던 말없는 경고를 생각했다. 내가 사적으로 릴리 킨트너에게 집착하고 있다는 경고. 아마도 그녀의 생각이 맞 을 것이다.

나는 맥주를 한 모금 마신 다음, 그릇에 놓여 있던 작은 프 레첼 스틱을 먹고 재킷 주머니에서 펜을 꺼냈다. 냅킨에 리머 릭을 끄적거렸다.

옛날에 한 경찰이 있었네. 그의 이름은 킴볼.
그의 뇌의 크기는 베이스볼.
그는 여자를 따라
온 세상을 돌아.
잠자리에서 그녀의 손가락이 민첩하리라는 희망을 품고.

나는 냅킨을 꾸겨서 재킷 주머니 속에 밀어 넣었다. 쌓여 있는 냅킨 더미에서 또 한 장을 집어 들고 다시 끄적거렸다.

옛날에 한 여자가 있었네. 그녀는 빨간 머리.
언젠가 그녀의 벗은 엉덩이를 보리.
그런 일이 일어날 확률은
백만 분의 일.

그러니 레이스 팬티를 입은 엉덩이라도 보리.

나는 이것도 구겨서 아까와 같은 주머니에 밀어 넣고 다시 맥주를 마셨다. 갑자기 바보 같다는 생각이 들었다. 이 형편없는 리머릭 때문이 아니라 사건에 별 연관도 없는 여자를 동료들 몰래 강박적으로 미행한다는 사실 때문이었다. 제임스의 말이 맞았다. 릴리 킨트너가 무언가를 숨긴다고 생각한다면 경찰서로 연행해 신문하면 그만이었다. 그녀가 이 사건에 연관되었다고 해봐야 테드 스버슨이 살해되기 직전 그녀와 사랑에 빠진 게 전부 아닌가. 그녀가 거짓말을 한 이유는 교통사고로 부인을 죽이게 된 아버지의 골치 아픈 상황 때문이었다. 또한 그녀는 브래드 다겟과도 아무 연관이 없었다. 브래드는 테드와 미란다를 죽이고 종적을 감췄다. 그가 테드를 죽인 뒤 미란다를 협박해 공사 중이던 집으로 돈을 가지고 나오라고 했을 거라는 게 최근 가설이다. 이 가설대로라면 왜 그들이 한밤중에 만났는지, 어떻게 브래드가 완전히 종적을 감출 수 있었는지 설명된다. 수중에 충분한 현찰이 있으면 행적을 감추기가 훨씬 더 용이하기 때문이다. 나는 맥주를 다 마시고 계산을 했다. 호텔에서 나가 차를 타고 보스턴으로 돌아갈 것이다. 내일은 상사에게 릴리 킨트너를 연행해 신문하는 게 어떻겠느냐고 물어볼 것이다. 그가 신문할 만하다고 하면 제임스와 함께 그녀를 연행할 것이고, 헛다리를 짚었다고 하면 일주일 기다렸다가 릴리

434

에게 전화해 언제 술이나 한잔 하자고 청할 것이다.

나는 호텔의 낮은 문으로 나왔다. 안에 있던 30분 동안 날이 꽤 어두워졌다. 서머타임이 끝나서 해가 일찍 진다는 사실을 잊고 있었다. 차로 걸어가면서 언덕 위의 묘지를 계속 바라봤다. 묘지는 텅 비어 있었다. 스러져가는 햇빛 속에서도 그 나무와 묘비를 찾아낼 수 있었다. 묘비 좀 본다고 해서 큰일이 나지는 않을 것이다. 큰 교차로를 건너가니 묘지의 작은 입구가 나왔다. 새것처럼 보이는 검은색의 윤기 나는 화강암에 올드힐 공동묘지라고 새겨져 있었다. 나무로 이어지는 가파른 길을 올라갔다. 잎이 다 떨어진 나뭇가지들이 석재 빛깔의 하늘을 검게 수놓았다. 릴리가 그토록 열심히 들여다보던 비석을 발견하고 그녀처럼 쪼그리고 앉아 비문을 읽었다. 1790년에 사망한 엘리자베스 미노 부인. 대체 난 여기까지 올라와서 무슨 소득을 얻을 거라고 생각한 걸까? 마모된 비문을 손끝으로 훑었다. 아름다운 묘비였다. 맨 위에 영혼의 상징이 새겨졌고 경고문이 있었다. 죽음을 기억하라. 몸을 살짝 떨며 일어났더니 양쪽 무릎에서 빠그닥 소리가 났다. 황혼녘의 무채색 햇빛 속에서 살짝 현기증이 일었다. 꾸준히 불어오는 바람에 언덕 꼭대기에 쌓인 낙엽이 소용돌이치기 시작했다. 집에 돌아갈 시간이었다.

언덕 반대편에서 나뭇가지가 딱 부러지는 소리가 났다. 뒤를 돌아보니 몇 걸음 떨어진 곳에 릴리 킨트너가 있었다. 양손을 큼직한 코트 주머니에 찔러 넣은 채 나를 향해 단호하게 걸

435

어오고 있었다. 무슨 환영이라도 보는 것처럼 그녀의 존재가 비현실적으로 느껴졌다. 나는 달리 어떻게 해야 할지 몰라 그냥 미소 지었다. 그녀를 따라왔다는 사실을 인정해야 할까? 아니면 순전히 우연인 척해야 할까?

릴리는 계속 걸어와 내 코앞에 섰고, 난 순간적으로 그녀가 내게 키스하려는 줄 알았다. 하지만 키스 대신 그녀가 나직이 속삭였다. "미안해요."

갈비뼈 쪽에서 찌르는 듯한 통증이 느껴졌다. 아래를 내려다보니 장갑을 낀 그녀의 손이 내 몸에 꽂힌 칼을 위로 밀어 올리고 있었다. 내 심장이 있는 쪽으로.

34장
릴리

묘지 외곽의 마로니에 아래 서 있던 나는 홀로 언덕 마루를 올라오는 형체를 발견했다. 날은 빠르게 어두워지고 있었지만 킴볼 형사의 얼굴을 알아볼 수 있었다. 그는 쪼그리고 앉아 묘비를 들여다보았다. 아까 내가 봤던 바로 그 묘비였다. 미노 부인.

땅거미가 질 무렵에 인적 없는 장소로 킴볼 형사를 유인하는 데 성공했다. 나는 잠시 이 성공을 자축하며 피가 통하도록 양팔을 털고 그를 향해 걸어갔다. 혹시라도 이 묘지에 다른 사람이 있을지 몰라서 주위를 둘러봤지만 아무도 없었다.

그와의 간격이 5미터쯤 됐을 때 땅에 떨어진 나뭇가지를 밟는 바람에 그가 뒤를 돌아보았다.

코트의 한쪽 주머니에는 전기충격기가, 다른 쪽에는 생선 포를 뜨는 칼이 있었다. 원래는 전기충격기로 기절시킨 다음, 칼로 찌를 생각이었다. 하지만 날 본 그가 너무 놀라서 멍하니 서 있자, 나는 가까이 다가가 곧장 그의 갈비뼈 사이로 칼을 밀어 넣었다. 칼이 심장으로 향하도록 비스듬히.

아주 쉬웠다.

순식간에 그의 얼굴이 창백해졌고, 따뜻한 피가 내 손으로 흘러내렸다.

우리의 시선이 마주쳤고, 내 심장 뛰는 소리가 어찌나 요란하던지 왼쪽에서 쿵쿵거리며 올라오는 발소리를 거의 듣지 못했다. "남자에게서 떨어지고 양손 들어올려!" 바스락거리는 바람 소리를 뚫고 여자의 외침이 들렸다.

뒤를 돌아보니 트렌치코트를 입은 키 큰 흑인 여자가 양손으로 권총을 잡은 채 언덕을 올라오고 있었다. 단추를 잠그지 않은 트렌치코트가 뒤로 젖혀지며 바람에 펄럭거렸다. 나는 손에서 칼을 놓았고, 킴볼은 무릎을 털썩 꿇었는데 한쪽 무릎이 판석에 부딪히며 크게 빠그닥 소리가 났다. 나는 두 손을 들어올리고 뒤로 한 발짝 물러섰다. 여자는 계속 다가오면서 눈으로 킴볼을 살살이 살폈다. 킴볼의 갈비뼈에 꽂혀 있는 칼을 발견하더니 걸음이 빨라졌고, 한 손으로 총을 잡아 내 쪽으로 겨눴다. "땅에 엎드려, 지금 당장. 얼굴 박아." 그녀에게서 아드레날린이 솟아나는 소리가 들리는 듯했고, 나는 공동묘지의 차갑고 딱딱한 땅에 엎드렸다. 싸우거나 달아날 생각은 전혀 없었다. 난 체포되었다.

"움직이지 말고 거기 누워 있어, 헨. 칼은 그대로 두고. 알았지?" 킴볼에게 말하는 여자의 목소리는 나직하고 가르릉거리는 듯했다. 나는 상황을 보기 위해 고개를 돌렸고, 여자는 여전히 권총을 내 쪽으로 겨눈 채 휴대전화의 다이얼을 빠르게 눌렀다. 그러더니 "콩코드 도심 언덕 위에 있는 염병할 공동묘지"로 앰뷸런스를 보내달라고 했다. 자신을 보스턴 경찰청 소속 로베르타 제임스라고 밝혔고, 형사 한 명이 쓰러져 있다고 덧붙였다. 그녀는 전화를 끊고 재빨리 킴볼 형사의 상태를 살피더니—"그렇게 심각한 것 같지는 않아, 헨. 그냥 가만히 누워있어"—나를 돌아봤다. 스르륵 소리가 나면서 그녀가 트렌치코트에서 벨트를 빼내더니 내 등 한가운데를 무릎으로 누르고 무릎에 체중을 실었다. 차가운 총구가 목에 닿았다. "허접한 이유따윈 대지 마. 양손 등 뒤로 돌려." 그녀가 말했다.

나는 그녀의 말대로 했고, 그녀는 한 손으로 능숙하게 트렌치코트의 벨트로 내 손목을 단단히 묶었다. "조금이라도 움직이면 머리를 날려버릴 거야." 그녀의 말에 난 몸에서 힘을 뺐다. 바삭하게 마른 낙엽 하나가 바람을 타고 내 볼에 떨어졌다. 나는 눈을 감았고, 내 인생이 이렇게 끝났다는 게 끔찍하면서도 믿을 수가 없었다. 여형사가 킴볼에게 나지막이 웅얼거리고, 킴볼이 뭐라고 대답했지만 잘 들리지 않았다. 이렇게 잡힌 이상 그가 죽기를 바랄 이유는 없었다. 사실 난 그가 살기를 바랐고, 아마도 살 거라고 생각했다. 내가 칼을 끝까지 밀어 넣지 않았기 때문이다. 멀리서 들리는 앰뷸런스의 사이렌 소리가 점점 가까워졌다. 여형사가 킴볼에게 괜찮다고, 죽지 않을 거라고 말했다. 나는 눈을 떴다. 머리카락 한 가닥이 시야를 가렸지만 내 앞의 광경을 일부분 볼 수 있었다. 킴볼 형사는 엘리자베스 미노의 무덤 앞에 누워 있었고, 여형사는 출혈을 지연시키기 위해 그의 옆구리를 손으로 누르고 있었다. 하늘은 슬레이트 색깔로 어두워졌고, 번쩍거리는 앰뷸런스의 희미한 불빛이 내 앞의 광경을 비추기 시작했다.

24시간 뒤 미들섹스 카운티 법원에서 내 보석이 기각됐다.

"다시 신청할 거예요." 내 국선 변호사가 말했다. 그녀의 이름은 스테파니 플린이었고 스물다섯쯤 되어 보였다. 이목구비가 작고 예뻤지만, 손톱은 속살까지 물어뜯겼고 몇 년간 단잠이라고는 자지 못한 얼굴이었다.

그녀는 나와 함께 유치장으로 돌아왔다. "보석이 재심리될 테고 그럼 당신을 계속 잡아두진 못할 거예요. 이런 상황에서는요."

"괜찮아요. 당신은 최선을 다했어요. 아무리 그래도 난 칼로 경찰을 찔렀으니까요." 내가 말했다.

"당신을 미행하면서 괴롭힌 형사예요." 스테파니는 그렇게 말하며 멋진 안경 너머로 날 뚫어지게 바라봤다. "그나저나 위험한 상황은 넘겼다더군요. 방금 중환자실에서 나왔대요."

"잘됐네요." 내가 말했다.

변호사는 손목시계를 보더니 내일 같은 시간에 오겠다고 약속했다. 내가 직접 개인 변호사를 고용하거나 부모님이 고용해서 보내줄 수도 있었지만 난 그냥 국선 변호사에게 맡기기로 했고, 이 순간 그렇게 하기를 잘했다는 생각이 들었다.

변호사가 떠난 뒤, 상하의가 붙은 진녹색 죄수복 차림으로 침상에 누웠다. 근엄한 얼굴에 제복을 입은 여자 경관이 점심을 가져다주었다. 여러 가지 야채를 곁들인 햄버거였다. 딱히 배가 고프진 않았지만 햄버거를 몇 입 먹고, 함께 나온 사과 주스도 마셨다. 사과 주스가 담겨 있던 컵으로 유치장 수도꼭지에서 미지근한 물을 받아 몇 잔을 더 마신 뒤 다시 침상에 누웠다. 오늘 아침, 복도에 설치된 공중전화로 마침내 부모님께 수신자부담 전화를 드렸다. 부모님은 곧 오시겠다고 했고, 나는 두 분이 오기 전의 짧은 고요를 음미했다. 어제 처음에는 앰뷸런스 한 대가, 그다음에는 여러 대가, 이어 순찰차 부대가 들이닥치는 동안 난 올드힐 공동묘지 땅바닥에 조용히 누워 나중에 취조실에서 뭐라고 할지 생각했다. 사실대로, 전부 다 말하고 싶은 생각도 있었다. 우물 속의 시체 두 구, 런던에서 에릭 워시번에게 있었던 일, 그리고 테드와 미란다 스버슨, 브래드 다겟과 연루된 일까지. 그 모든 것을 자백하는 기분과 내가 이야기하는 동안 날 바라보는 사람들의 차가우면서도 완전히 매료된 눈을 상상했다. 그러다 그런 눈이 수감 생활 내내, 나아가 여생을 따라다닌다고 상상했다. 데이비드 킨트너의 악명 높은 딸. 나는 별종이자 연구 대상이 되고, 사람들은 책을 쓰라고 성화를 대고, 내 익명성은 영원히 사라질 것이다.

그래서 다른 이야기, 훨씬 더 간단한 이야기를 생각해냈다. 사람들에게 헨리 킴볼 형사가 너무 무서웠다, 그가 일주일 넘게 날 미행했다고 말할 것이다. 그를 몇 차례 목격하면서—이건 사실이었다—신변의 위협을 느꼈다고 할 것이다. 왜 경찰에 신고하지 않았느냐고 묻는다면 그가 바로 경찰이었기 때문이라고 할 것이다. 난 늘 전기충격기와 작은 칼을 가지고 다녔는데 문제의 그날, 내가 좋아하는 콩코드 묘지로 차를 몰고 갔다가 그를 발견하고 겁에 질려서 칼로 찌른 것이다. 잘못된 일이라는 건 알았지만 당시에는 머리가 제대로 돌아가지 않았다. 스트레스를 받아 순간적으로 정신이 나갔던 것이다.

그리고 난 실제로도 그렇게 말했다. 날 체포하고 살인미수로 기록하고 취조한 콩코드 경찰서 경관에게, 그리고 킴볼 형사의 목숨을 구해준 여형사인 로베르타 제임스에게도. 취조를 당하는 동안 나는 킴볼과 제임스가 처음부터 함께 날 미행했는지, 아니면 이 여형사가 우연히 현장에 오게 됐는지 알아내려고 했다. 킴볼이 경찰서에 알리지 않고 단독으로 날 미행한다고 확신했기 때문이다. 그는 분명 내게 집착하게 되었고 그렇다면 곧 내 인생을 속속들이 들춰볼 터였다. 이미 에릭 워시번이라는 이름까지 들었으니 당시 기록을 조사해 에릭이 죽을 당시 나와 함께 있었다는 사실을 알아낼 것이다. 나는 약간 패닉에 빠졌고, 만약 그가 정말로 혼자서 날 미행하는 거라면 외진 곳으로 유인해 문제를 해결하자는 생각이 들었다. 그러자 테드 스버슨과 함께 갔던 공동묘지가 떠올랐다. 꽤나 트인 곳이었는데도 사람을 본 적이 없었다. 킴볼 형사가 날 따라 콩코드까지 온다면 공동묘지를 올라가는 내 모습이 아래쪽 시내에서도 보일 것이다. 나는 오랫동안 한 묘지를 응시하며 그가 거기로 오길 바랐고, 그를 기다렸다.

내 작전은 완벽했다. 제임스 형사가 나타나기 전까지는.

난 내 진술이 통하리라 믿었다. 일시적으로 감옥이나 정신병동에 수감될 테지만 오래 있지는 않을 것이다. 다만 경찰이 미란다의 죽음과 브래드의 실종을 어디까지 파헤칠지가 제일 걱정이었다. 난 그날 밤 알리바이가 없었지만 있어야 할 이유도 없었다. 화요일 늦은 밤이었고, 난 혼자 살기 때문이다. 설사 그들이 엄마를 신문한다 해도 내가 케네윅까지 차로 데려다 달라고 했던 일이 언급될 가능성은 매우 낮았다. 엄마가 기억이나 하고 있을지도 의문이었다.

그렇게 엄마 생각을 하고 있을 때 복도 끝의 뻑뻑한 경첩이 삐그덕 소리를 내며 문이 열렸고, 엄마의 호통치는 목소리가 들렸다. '보석금'과 '말도 안 돼'라는 단어를 알아들을 수 있

443

었다. 아까 점심을 가져다준 제복 입은 경관이 유치장으로 부모님을 데려왔다. 엄마는 화가 나 보였고, 아빠는 늙고 겁에 질려 보였다. "아이고, 애야." 엄마가 외쳤다.

사흘 뒤 보석 재심사 전날, 난 아침으로 전자레인지에 익힌 계란과 감자를 먹고 취조실로 끌려갔다. 전에도 여기 온 적이 있었다. 무자비한 하얀색으로 칠해진 벽에 창문은 없는 상자 같은 방.

제임스 형사가 들어와 천장 한쪽 구석에 달린 카메라에 자신의 신분과 현재 시간을 밝혔다.

"좀 어때요, 킨트너 양?" 자리에 앉은 뒤 그녀가 물었다.

"좋아요. 킴볼 형사님은 어떤가요?"

그녀는 말없이 입술을 내밀었고, 한쪽 벽을 가로질러 설치된 사각형 편면유리(한쪽에서만 상대방을 볼 수 있는 유리-옮긴이)를 힐끗 바라보았다. 킴볼 형사가 지금 이 신문을 지켜보고 있는 걸까?

"회복 중이에요. 운이 좋았죠." 그녀가 말했다.

나는 고개를 끄덕였지만 아무 말도 하지 않기로 했다.

"추가로 물어볼 게 있어요, 킨트너 양. 지난번 조사에서 일요일에 콩코드로 가서 공동묘지를 방문하기 전에도 킴볼 형사가 수차례 당신을 미행했다고 했죠? 그게 언제였는지 말해줄 수 있나요?"

나는 윈슬로 도심에서 날 미행하는 킴볼 형사를 본 적이
있고, 그가 차로 우리 집 앞을 천천히 지나가는 것도 봤다고 말
했다. 그녀는 나와 테드 스버슨의 관계, 그리고 왜 그가 죽은 후
에 케네윅에 갔는지 물었다. 나는 킴볼 형사에게 했던 말을 되
풀이했다.

"그러니까 당신 말은, 당신이 살인 사건에 관한 중요한 정
보를 알고 있었는데도 경찰에게 알리지 않고 직접 가서 알아봤
다는 건가요? 그러다가 그저 수사를 하고 있던 한 형사가 당신
을 미행하면서 귀찮게 한다는 이유로 그를 죽이기로 결심했고
요? 문제를 아주 재미있는 방식으로 해결했군요."

"처음부터 킴볼 형사를 죽이겠다고 결심한 건 아니에요."

"어쨌거나 칼로 찌르겠다고 결심했잖아요."

나는 아무 말도 하지 않았다. 제임스 형사는 테이블 반대
편에서 날 바라보았다. 이 여자와 킴볼 사이에 무언가가, 어떤
낭만적인 교류가 있는지 의심스러웠지만 그럴 것 같지는 않았
다. 비교적 미인이었고 몸매도 모델처럼 길고 늘씬했다. 하지
만 어딘가 사납고 포식자 같은 면이 있었다. 어쩌면 지금 날 바
라보는 저 눈빛, 마치 날 꿰뚫어 속내를 볼 수 있다는 듯한 저
눈빛 때문인지도 모른다.

취조실에 침묵이 흘렀고, 난 제임스 형사가 더는 질문할
거리가 없다고 생각했다. 그때 그녀가 입을 열었다. "킴볼 형사
말로는 당신이 칼로 찌르기 직전에 무슨 말을 했다더군요. 뭐

라고 했는지 기억나요?"

당연히 기억났지만 난 고개를 저었다. "솔직히 말해서 그날 오후에 있었던 일은 거의 기억나지 않아요. 잠시 의식을 잃었던 것 같아요."

"참 편리하네요." 그녀는 자리에서 일어나 방에서 걸어 나갔다.

나는 대략 30분 정도 혼자 남겨져 있었다. 하지만 손목시계도 없고, 방 안에 시계도 없으니 확실히 30분이라고는 할 수 없다. 나는 그대로 앉아 무표정을 유지하려고 노력했다. 저 유리 너머에서 사람들이 날 관찰하고 분석하고 나에 대해 이야기한다는 걸 알고 있었다. 어딘가에 알몸으로 묶인 채 더러운 손들이 내 몸을 더듬는 기분이었다. 하지만 난 알고 있었다. 지금까지의 진술을 고수하고, 브래드의 시신이 영영 나오지 않는다면 저들이 날 영원히 잡아둘 수 없다는 것을. 난 내 삶을, 예전과는 다를지라도 어쨌거나 삶을 되찾게 될 것이다. 그리고 다시는 같은 실수를 하지 않을 것이다. 절대로 내 인생에 다른 사람을 들이지 않을 것이다. 문제만 생길 뿐이다.

취조실의 문이 열리더니 킴볼 형사가 들어왔다. 평상시처럼 트위드 재킷에 청바지를 입었지만 족히 일주일은 면도를 하지 않은 듯했고, 안색이 창백했다. 의자가 있는 쪽으로 조심스럽게 다가왔지만 앉지는 않고 그저 등받이에 한 손을 올린 채 화가 났다기보다 호기심 어린 눈으로 날 뚫어지게 바라보았다.

"형사님." 내가 말했다.

"당신은 분명 기억하고 있어. 날 찌르기 전에 뭐라고 했는 지." 그가 말했다.

"기억이 안 나요. 내가 뭐라고 했죠?"

"미안해요."

"그렇군요. 형사님이 그렇다면 그런 거겠죠."

"내가 무서웠다면서, 내가 당신을 스토커처럼 쫓아다녔다 면서 왜 그런 말을 한 거지?"

나는 고개를 저었다.

"당신이 감추고 싶어 하는 걸 찾아낼 거야. 그게 어디 있는 지, 뭔지 몰라도." 그가 말했다.

"그러세요." 나는 그렇게 말하며 그의 눈을 똑바로 바라보 았다. 내 시선을 피할 줄 알았는데 그러지 않았다. "무사하셔서 기뻐요." 이 말은 진심이었다.

"이 시점에서는 내가 무사한 게 당신에게 이득이겠지."

나는 아무 말도 하지 않았고, 그는 계속 날 바라봤다. 그의 눈에서 증오를 찾으려 했지만 찾을 수 없었다.

갑자기 문이 쾅 열리더니 지금까지 한 번도 본 적이 없는 남자가 취조실로 들어왔다. 덩치 큰 중년 남자였는데 양복을 입 었고 회색 콧수염을 길렀다. "나가요, 킴볼 형사, 당장." 헨리 킴 볼은 천천히 몸을 돌리더니 힘차게 취조실을 걸어 나갔다. 남 자는 그가 지나갈 때까지 열린 문을 잡고 있었다. 그들 뒤로 문이 닫히자, 또다시 남자의 우렁찬 목소리가 들렸다. "맙소사, 지금 이게 뭐하자는······." 나는 다시 침묵 속에 남겨졌다.

그날 저녁, 내가 다시 유치장으로 돌아온 후에 변호사가 찾아왔다. 그녀는 유치장 앞으로 의자를 끌고 와서 앉았다. "오늘 뜻밖의 손님이 있었다면서요?" 그 말을 하는 그녀의 얼굴이 어딘가 이상했고 난 그게 웃음을 참는 표정임을 깨달았다.

"킴볼 형사 말이에요?"

"네. 그 남자가 취조실에 무단으로 침입했다고 들었어요. 애초에 당신 혼자 가지 말았어야죠. 취조를 받을 땐 언제나 날 불러달라고 요청할 수 있어요."

"알아요."

"그가 뭐라고 하던가요?"

"내가 자기를 찌르기 전에 뭐라고 했는지 기억하냐고 묻더군요. 난 기억나지 않는다고 했고, 그건 사실이거든요. 그랬더니 내가 뭘 숨기는지 알아내겠다고 했어요."

이제 변호사는 웃음을 터뜨렸고, 아랫니에 설치된 투명한 플라스틱 교정기가 처음으로 눈에 들어왔다. "미안해요." 그녀가 말했다. "당신에겐 짜증나는 일이었을 거예요. 일어나지 말았어야 할 일이죠. 헨리 킴볼은 공식적으로 정직 처분을 받았어요. 어차피 그렇게 될 일이었죠."

"그렇다면 그가 정말 단독으로 날 미행했다는 건가요?"

"그럼요. 우리가 이미 알고 있던 사실이잖아요. 제임스 형사는 킴볼의 정신 건강이 걱정돼서 그를 감시하고 있었던 거예요. 그 사건이 있기 전날 밤에 자기 입으로도 인정했다더군요. 근무 외 시간에 당신을 미행하고 있다고. 제임스는 킴볼이 당신에게 집착한다고 생각했어요. 그래서 다음 날 킴볼을 만나러 갔다가 결국 그를 미행해서 콩코드까지 갔던 거고요. 그뿐만이 아니에요. 킴볼이 병원으로 이송될 때 그가 당신에 대해 쓴 글이 나왔어요. 시였죠."

"정말요? 무슨 시요?"

"상당히 악질적인 시였어요. 아마 킴볼 형사는 복직되지 못할 거예요."

"그럼 난 어떻게 되는 건가요?"

휴대전화가 진동했는지 그녀가 재킷 주머니에서 전화기를 꺼내 들더니 버튼을 누르고 다시 내려놓았다. "괜한 기대를 심어주고 싶진 않아요, 릴리. 하지만 이번 일로 검찰과 협상을 할 수 있을 것 같아요. 당신이 정신감정을 받고, 한동안 병원에 입원해서 분노조절 장애를 치료 받는다고 하면 어떨까요?"

나는 기꺼이 협상에 동의하겠다고 말했다.

"좋아요. 잘해보자고요." 그녀는 눈을 들어 날 봤고 다시 웃었다. "어쨌거나 당신이 여기 오래 있을 것 같진 않네요." 그녀는 자리에서 일어나더니 불룩한 서류가방을 뒤졌다. "하마터면 잊을 뻔했어요. 당신에게 또 편지가 왔어요."

그녀는 유치장 안으로 음식을 넣어주는 구멍에 편지를 넣었다. 이번에도 아빠가 보낸 편지였다. 여기 있는 사흘 동안 아빠에게 세 통의 편지를 받았다. "고마워요." 내가 말했다.

변호사가 떠나자, 난 곧바로 편지를 뜯지 않고 잠시 침상에 누워 있었다. 변호사가 전해준 소식은 예상보다 훨씬 좋았다. 나는 내 삶을 되찾을 것이다. 지금 당장은 아닐지라도 결국에는. 어서 편지를 읽고 싶어서 봉투를 뜯었다. 아빠는 어릴 때부터 내게 편지를 써줬는데 그걸 읽으면 늘 기운이 났다.

사랑하는 릴

오늘 저녁에 네 엄마는 평생교육원에 수업하러 떠났고(네 엄마의 유일한 수입원!), 난 이렇게 집에서 냉동 라자냐를 전자레인지에 돌리고 있구나. 해동하는 데 15분이나 걸린다니 그사이에 편지나 써야겠다. 오늘 아침에 네 변호사와 얘기했는데 온갖 희망적인 얘기들을 해주더구나. 마치 네가 곧 원래대로 돌아갈 것처럼 말이야. 우리도 그렇게 되길 바란다.

밤 10시는 된 것 같은데 겨우 5시라니! 여긴 참 해가 일찍 져. 난 최근에 내가 개발한 끝내주는 칵테일을 마시는 중이다. 물큰 컵으로 하나에 약간의 스카치를 섞는 거야. 한마디로 위스키 맛이 나는 물이라고 할 수 있지. 아주 맛이 좋은 데다 신체

적으로나 정신적으로 어디 하나 손상되지 않고 아침부터 밤까지 마실 수 있단다. 또 다른 장점은 하루 종일 반쯤 취해 있으면서도 다음 날 아침에는 눈을 번쩍 뜨고 일어날 수 있다는 거지. 이렇게 마시는 법을 진작에 알아냈더라면 좋았을 텐데. 그럼 특허를 내서 큰돈을 벌었을 게다.

오븐에서 땡 소리가 나는구나. 칵테일도 새로 타야겠다. 네 엄마가 이번 주말에 널 만나러 가자더라. 그럼 그때까지 "잘 버텨"라고 나뭇가지에 매달린 새끼 고양이가 그러는구나.

기운 내렴.

아빠가

아. 추신. 지난번 편지에 깜빡 잊고 못 적었는데 슬픈 소식이 있다. 우리 옆집의 오래된 바드웰 농가가 머리에 피도 안 마른 헤지펀드 매니저에게 팔렸지 뭐냐. 그곳을 평평하게 골라서 방이 쉰일곱 개쯤 되는 싸구려 호텔을 짓겠다더라. 벌써 불도저가 도착하기 시작했다. 네가 농장 옆의 작은 초원을 얼마나 사랑했는지 알기 때문에 이 소식을 전한다. 유감스럽게도 내일이면 저 불도저가 모든 걸 부숴버릴 게다. 네 엄마는 갑자기 분노하는 환경보호주의자가 됐지. 나쁜 소식 전해서 미안하다. 어쩌면 넌 그 초원이 전혀 기억나지 않을지도 모르겠구나. 곧 보자, 릴. 아빠는 널 사랑하고 앞으로도 언제나 그럴 거다. 무슨 일이 있든지 간에.

'죽어 마땅한'과 '죽여 마땅한'의 차이는 무엇일까? 'deserve to die'가 아닌, 이 책의 원제에도 나오는 'worth killing'은 살인자로서의 정체성과 능동성을 드러내는 표현이다. 누군가의 죽음을 보고 죽어도 싸다고 말하는 데 그치지 않고, 내가 직접 살인을 실행하리라는 의지. 주인공 릴리의 성격을 단적으로 보여주는 제목이라고 할 수 있다.

평소 알프레드 히치콕을 좋아해 그의 영화에 관한 소네트까지 쓴 작가 피터 스완슨은 히치콕 영화에서처럼 평범한 사람이 우연한 만남을 통해 갑자기 낯설고 위험한 상황에 처하는 이야기를 쓰고 싶었다고 한다. 부유한 사업가 테드 스버슨은 공항에서 아름다운 여인 릴리를 만나 아내의 불륜을 털어놓는다.

농담 반 진담 반으로 아내를 죽여버리고 싶다고 말하는 순간, 릴리는 기꺼이 그를 도와주겠다고 나선다. 추리소설을 좋아하는 독자라면 이런 도입부가 익숙하게 느껴질 것이다. 퍼트리샤 하이스미스의 《열차 안의 낯선 자들》과 똑같은 설정이기 때문이다. 하지만 저자는 이 소설에서 영감을 받지 않았다고 한다. 오히려 《열차 안의 낯선 자들》과 비슷해지는 것을 우려해 서로 상대가 원하는 사람을 죽여주는 설정을 없애고, 주인공들도 죄책감을 덜 느끼게 했다. 또한 주인공이 모두 남자인 《열차 안의 낯선 자들》과 달리 남녀 주인공으로 바꾸었는데, 그들 사이에 흐르는 팽팽한 성적 긴장감 때문에 줄거리의 개연성이 더 높아졌다는 평가를 받았다.

이야기는 각기 다른 네 명의 시점 그리고 과거와 현재를 오가며 진행된다. 자칫 복잡해질 수 있는 설정이지만 자연스러운 전개 탓에 오히려 이야기는 훨씬 풍부해진다. 작가는 원래 테드를 주인공으로 정했으나 쓸수록 릴리에게 매료되어 주인공을 바꿨다고 한다. 그런 작가의 심정이 충분히 이해될 정도로 릴리는 매력적이고 독특한 인물이다. 이 세상에는 생명이 너무 많다, 그러니 누군가 권력이나 사랑을 남용한다면 그 사람은 죽여 마땅하다고 거리낌 없이 말하는 여자. 릴리는 《나를 찾아줘》의 에이미처럼 추리소설에서 흔히 볼 수 없는, 희대의 여성 사이코패스다. 그럼에도 우리가 릴리를 응원하게 되는 이유는 그녀가 살인자인 동시에 피해자이고, 우리 마음속에도 죽여 마땅한 사람이 하나쯤 있기 때문이다. 릴리는 우리의 그런 내밀하고 어두운 욕망을 대신 실행하는 인물이다.

피터 스완슨은 시와 단편을 쓰다가 (작품 속 킴볼 형사가 리머릭을 쓴 것은 우연이 아니다) 10년 전부터 장편소설을 쓰기 시작했고, 두 번째 작품《죽여 마땅한 사람들》로 큰 성공을 거뒀다. 이 책은 이미 영화화 작업이 진행 중인데 재미 삼아 작가가 희망하는 캐스팅을 살펴보자면, 테드 스버슨은 마이클 패스벤더, 릴리는 에이미 아담스, 미란다는 제니퍼 로렌스, 브래드는 크리스 프랫, 헨리 킴볼은 조셉 고든 레빗이다. 작가 스스로도 실현 불가능한 캐스팅이라 말했으니 이 굉장한 조합을 스크린에서 볼 수는 없겠지만, 독자로서 읽는 동안에는 마음껏 상상하며 즐길 수 있다.

마지막으로 다소 모호하지만 그래서 더 재미있는 이 소설의 결말에 대해 이야기해보자. 불도저로 초원을 밀어버리면 시신이 발견될 수도 있고, 혹은 그 위에 호텔이 지어져 더 완벽하게 매장될 수도 있다. 무슨 일이 있어도 널 사랑한다는 아빠의 말은 어떤 뜻일까? 혹시 아빠는 이미 우물 속 시체를 발견하고 먼저 손을 쓴 건 아닐까? 아빠가 미국으로 돌아온 직후 갈퀴로 낙엽을 긁어야겠다고 말한 대목, 한밤중에 소리 지르며 깨어났다는 대목은 그냥 우연일까? 아니면 우물 속 시체를 발견하고 그런 것일까? 또 남의 일에 지극히 무관심하던 엄마는 왜 갑자기 환경주의자가 됐을까? 엄마도 뭔가를 알고 공사를 반대한 건 아닐까? 평생 자식을 방치해온 부모가 마지막으로 자식에게 속죄하려 했을까? 물론 이것은 과장된 해석일 수 있다. 아빠가 아무리 갈퀴로 낙엽을 긁었다 한들 몽크스하우스를 벗어나 초원까지 갔을 리 없고, 밤에 비명을 지르며 깨어난 건 단순히 교통사고 후유증일 수 있다. 이 결말의 반전이 릴리가 잡히는 것일지, 아니면 이번에도 무사히 빠져나가는 것일지는 독자의 해석에 달렸다. 여러분의 다양한 해석을 기대해본다.

2016년 여름
노진선

옮긴이 **노진선**

숙명여대 영어영문학과를 졸업했고 잡지사 기자 생활을 거쳐 전문번역가로 활동하며
감칠맛 나고 생생한 언어로 다양한 작품들을 번역해왔다. 옮긴 책으로《블러드 온 스
노우》《미드나잇 선》《스노우맨》《데빌스 스타》《네메시스》《아들》을 비롯한 요 네스
뵈의 책들과《먹고 기도하고 사랑하라》《토스카나 달콤한 내 인생》《아빠가 결혼했다》
《나의 외로움이 널 부를 때》《만 가지 슬픔》《새장 안에서도 새들은 노래한다》《금요
일 밤의 뜨개질 클럽》등 80여 권이 있다.

죽어 마땅한 사람들

첫판 1쇄 펴낸날 2016년 7월 22일
26쇄 펴낸날 2025년 1월 15일

지은이 피터 스완슨
옮긴이 노진선
발행인 조한나
편집기획 김교석 유승연 문해림 김유진 전하연 박혜인 함초원 조정현
디자인 한승연 성윤정
마케팅 문창운 백윤진 박희원
회계 양여진 김주연

펴낸곳 (주)도서출판 푸른숲
출판등록 2003년 12월 17일 제2003-000032호
주소 서울특별시 마포구 토정로 35-1 2층, 우편번호 04083
전화 02)6392-7871, 2(마케팅부), 02)6392-7873(편집부)
팩스 02)6392-7875
홈페이지 www.prunsoop.co.kr
페이스북 www.facebook.com/prunsoop   **인스타그램** @prunsoop

ⓒ푸른숲, 2016
ISBN 979-11-5675-655-2 (03840)